权威·前沿·原创

皮书系列为

“十二五”“十三五”国家重点图书出版规划项目

BLUE BOOK

智库成果出版与传播平台

黑龙江蓝皮书

BLUE BOOK OF HEILONGJIANG

黑龙江文学发展报告（2019）

ANNUAL REPORT ON LITERATURE DEVELOPMENT OF HEILONGJIANG (2019)

主　编／战继发　郭淑梅

社会科学文献出版社
SOCIAL SCIENCES ACADEMIC PRESS (CHINA)

图书在版编目（CIP）数据

黑龙江文学发展报告．2019／战继发，郭淑梅主编．--北京：社会科学文献出版社，2020.9
（黑龙江蓝皮书）
ISBN 978-7-5201-6913-4

Ⅰ．①黑… Ⅱ．①战… ②郭… Ⅲ．①当代文学-文学研究-研究报告-黑龙江省-2019 Ⅳ．①I206.7

中国版本图书馆CIP数据核字（2020）第128697号

黑龙江蓝皮书
黑龙江文学发展报告（2019）

主　　编／战继发　郭淑梅

出 版 人／谢寿光
责任编辑／丁　凡
文稿编辑／王　娇

出　　版／社会科学文献出版社·城市和绿色发展分社（010）59367143
地址：北京市北三环中路甲29号院华龙大厦　邮编：100029
网址：www.ssap.com.cn
发　　行／市场营销中心（010）59367081　59367083
印　　装／天津千鹤文化传播有限公司

规　　格／开 本：787mm×1092mm　1/16
印 张：20.5　字 数：304千字
版　　次／2020年9月第1版　2020年9月第1次印刷
书　　号／ISBN 978-7-5201-6913-4
定　　价／128.00元

《黑龙江文学发展报告（2019）》
编　委　会

主编简介

战继发　现任黑龙江省社会科学院党委副书记，编审，硕士研究生导师。黑龙江省政府特殊津贴专家。主要从事中国古代史、廉政史和地方历史文化等的研究。2016 年完成省长课题“破解阻碍我省冰雪产业发展突出问题的对策建议”。承担中国社会科学院创新工程项目《黑龙江屯垦史》第 1 卷、省社科规划重点项目“国外黑龙江史料搜集整理与研究”。有专著《明神宗评传》，主编《国外黑龙江史料提要》。所发表论文有多篇被《新华文摘》、人大《复印报刊资料》等全文转载或摘编。所撰《史义与传统史学的经世功能发微》获 1998 年黑龙江省第八届社会科学优秀成果一等奖，2013～2015 年，《读菜根谭　品官德经》等三篇廉政史文章，被中央纪委监察部网站等数十家官方网站转载，所发表论著文字量已达百余万字。

郭淑梅　黑龙江省社会科学院文学研究所二级研究员，艺术社会学硕士生导师，省级领军人才梯队学术带头人，国务院政府特殊津贴专家，黑龙江省文化名家。主要研究方向为现当代文学、少数民族文学、文化艺术与产业。主持国家社科基金项目及省社科规划项目、省艺术科学规划项目 13 项；主持省委宣传部委托项目 24 项。出版学术著作 14 部。在《文学评论》《光明日报》《民族文学研究》等报刊上发表论文多篇。获黑龙江省社会科学优秀成果一等奖 2 项，获省文艺奖（文艺理论评论类）一等奖 1 项；获中国女性文学研究优秀成果表彰奖 1 项。

摘 要

《黑龙江文学发展报告（2019）》对2017～2018年的黑龙江文学发展动态，以及改革开放40年来黑龙江作家在当代文坛的影响力及其作品海外传播的影响力、改编成电影电视剧的影响力等诸多方面进行了全方位、多角度的回顾和总结。

近年来，黑龙江文学创作总体呈稳步上扬态势。黑龙江作家创作作品数量大幅度增加，专业作家表现出扎实的艺术功力，青年创作人才队伍逐渐形成一定规模。黑龙江文学创作队伍的主要方阵——第六届合同制作家中，青年作家人数明显增加。各门类文学创作扎实推进。

黑龙江文学在稳步发展中也有一些新动向，表现为以下几方面。

第一，黑龙江省委高度重视新时代黑龙江文学事业的发展繁荣。2017年10月29日，党的十九大刚落下帷幕，省委书记张庆伟从北京回黑龙江后，第一个调研的部门就选择省作家协会，这体现出省委对黑龙江作家的高度重视。张庆伟书记详细了解了黑龙江文学发展历程以及文脉走向，希望黑龙江广大作家，以精品力作“引领社会新风正气。当好中国梦时代主题的先行者，汇聚起同心共筑中国梦的强大精神力量”。

第二，黑龙江文学馆建设工程启动。在省委宣传部的关心支持下，黑龙江省作家协会启动了黑龙江文学馆筹备工作，向各团体会员单位发出《关于征集黑龙江文学馆馆藏文学史料的通知》，对征集内容、征集要求、征集方式等方面做出详细规定。建成后的黑龙江文学馆将落实省委提出的“公益、开放、互动、展演”功能要求，成为集馆藏展览、交流研讨、教育培训、社会服务等功能于一体的省级现代化综合性文学场馆。黑龙江文学馆建设工程的启动，助推了新时代黑龙江文学的发展繁荣。

第三，文学发展呈现出作品创作数量整体大幅度增加、对“70后”“80后”青年创作人才扶持培养力度加大、网络作家人数增长趋势。

黑龙江文学创作虽总体呈稳步上扬态势，但也存在一些较为明显的问题。首先，各门类文学发展存在不均衡现象。以全国优秀儿童文学奖为例，黑龙江作家在长篇小说创作门类上保持绝对优势，但诗歌、童话、散文、报告文学、科幻文学、幼儿文学较少有人问鼎。作家视野应该更加宽阔，应该尝试更多门类的精品创作。其次，存在网络文学创作队伍数量不足、网络文学评论家极度匮乏问题。要将目光投向各大院校的本科生、硕士生、博士生，从中培养网络文学创作人才，应采取相应的支持办法，在网络文学作家内部产生网络文学评论家。再次，对合同制作家也要加大资助力度，以保证其生活无忧安心创作精品力作。最后，还要加大对纯文学的宣传力度。黑龙江作家作品不仅要在文学馆里供人欣赏，还要走入大众生活，为提高全民素质做出贡献。

关键词： 黑龙江省　文学创作队伍　文学发展态势

Abstract

Annual Report on Literature Development of Heilongjiang (*2019*) has evaluated and summarized the dynamic development of Heilongjiang literature from the perspective of multi-position. It has also made the conclusion of influence of Heilongjiang writers in contemporary literature and overseas communication during the 40 years of reform and open policy. It also introduced some works which were adapted into movies and TV series.

The overall trend of Heilongjiang literature development goes well in recent years. The number of works has increased greatly, professional writers have shown solid artistic skills, and the talent of young creative talents has gradually formed a certain scale. As the main square of Heilongjiang literary creation team, the number of young writers has increased significantly in the sixth contract production home. The literary creation of various categories has been solidly advanced.

There are some new trend in the steady development of Heilongjiang literature. The following are the main aspects.

Firstly, literature business was paid highly attention from Provincial Party Committee. On the 29th October, 2017, after the 19th CPC National Congress, the Provincial Party Committee secretary, Zhang Qingwei, surveyed on Writers Association of provincial, giving support to the literature development and prosperity. During the survey period, the secretary tried to learn learn more about the development process and its trend. He looked forward to more pieces of work which can lead us into a new social atmosphere. The writers should be the pioneer of contemporary theme of Chinese dream, and the representative to call upon the spiritual strength of constructing Chinese dream as well.

Secondly, with the care and support of the Propaganda Department of the Provincial Party Committee, the Heilongjiang Writers Association initiated the preparations for Heilongjiang Literature Museum. It informed other institutions of collecting the brilliant achievements of Heilongjiang literature, including the detailed rules of contents, requirements, forms etc. The completion of Heilongjiang Literature Museum will be a collection of literary history exhibition, literary exchanges, training seminars, social services and other functions with the principles of public benefit, opening, interaction and exhibition. The construction of Heilongjiang Literature Museum has opened a historical chapter of the development and prosperity of Heilongjiang literature.

Thirdly, the numbers of literature works enhanced a lot and the support given to the young writers such as after 70s and after 80s increased as well. More and more network writers appeared.

There are much more improvement in Heilongjiang literature but some obvious problems can be seen as well. First, the imbalanced development in different literature categories can be found easily. Take the Excellence Children Literature as an example, Heilongjiang writers did a good job in long stories but seldom made a good performance in poems, fairy stories, prose, report literature, science fiction and children literature. The writers should open their minds and try to create more works in different fields. Second, more network writers are needed in our province. The undergraduates and post-graduates and doctors in the universities should get more attention, who are the potential network writers in fact. Some supporting rules should be adopted. The network critics should be born in network writers. Third, to the contract producers, more financial support are needed as well, which can help them concentrate on producing better works. Last but not least, more promotion to the pure literature should be given. The literature works of Heilongjiang writers should not only be exhibited but also walk into public life and make great contribution to improve the quality of the whole people.

Keywords: Heilongjiang Province; Literary Creation Team; Development Trend of Literature

目　录

Ⅰ　总报告

Ⅱ　分报告

Ⅲ　热点篇

Ⅳ 专题篇

Ⅴ 附录

皮书数据库阅读**使用指南**

CONTENTS

I General Report

II Topical Reports

Ⅲ Hot Reports

Ⅳ Special Reports

V Appendices

总　报　告

General Report

B.1
新时代：创作更多具有黑龙江特色的精品力作

郭淑梅*

摘　要： 2017～2018年，黑龙江文学创作总体呈现稳步上扬趋势。改革开放40年来，黑龙江作家在当代文坛的影响力及其作品海外传播的影响力、改编成电影电视剧的影响力等诸多方面取得令人瞩目的成就。黑龙江文学馆开启了新时代黑龙江文学发展繁荣的历史篇章。黑龙江作家作品创作数量大幅度增加，专业作家表现出扎实的艺术功力，青年创作人才队伍逐渐形成一定规模。黑龙江文学创作队伍的主要方阵——第六届合同制作家中，青年作家人数明显增加。各门类文学创作扎实推进。但还需要关注各门类文学的均衡发展，加大对网络作家的培养力度，

* 郭淑梅，黑龙江省社会科学院文学研究所研究员。

加大对合同制作家的资助力度，加大对纯文学的宣传力度。

关键词： 黑龙江省　文学大事件　文学事业　文学创作

2017～2018 年，黑龙江文学承前启后，进入崭新的历史时期。党的十九大召开后，黑龙江省委书记张庆伟到省作家协会（简称“作协”）调研并做出重要指示，为黑龙江省分布在城区、农场、林场、油田、矿山、部队、公安、传媒以及大学、科研院所等 3000 多位作家加油鼓劲，为创作更多具有黑龙江特色的精品力作、开创黑龙江文学发展新局面提供指导。2017 年 11 月 23～24 日，中共黑龙江省委十二届二次全会在哈尔滨召开，提出“文化强省”等 6 个强省建设目标。至此，新时代黑龙江文学创作在大时代背景下拉开帷幕。

一　黑龙江文学大事件

（一）省委高度重视新时代文学事业的发展繁荣

2017 年 10 月 29 日，党的十九大刚刚落下帷幕，省委书记张庆伟从北京回到黑龙江后，第一个调研的部门就选择省作家协会，这体现出省委对黑龙江作家的重视。调研期间，张庆伟书记详细了解了黑龙江文学发展历程以及文脉走向。“翻看部分作家作品，畅谈对文学作品的感受”，提出“要创作推出更多龙江特色文艺精品。聚焦振兴发展主题，推出一批紧跟时代步伐、洋溢龙江味道的现实题材作品”，希望黑龙江广大作家，要以精品力作，“引领社会新风正气。当好中国梦时代主题的先行者，汇聚起同心共筑中国梦的强大精神力量”。①

① 黑龙江文艺网，http：//www. hljswl. com。

张庆伟书记对黑龙江省作家协会开展调研，详细问询黑龙江文学的发展情况。省委书记问询文学发展，这在黑龙江文学史上是很少见的大事。2017年10月31日，省作家协会召开全体会议，贯彻落实张庆伟书记调研指示精神。会议决定，省作家协会要联系实际，重点做好五项工作。①

一是组织好深入学习贯彻党的十九大精神工作，坚定文化自信。在新时代，在作协系统深化改革的同时，注重文学作品的社会效益，为人民提供优质的精神食粮。

二是把握“以人民为中心”的创作导向，创作出更多具有黑龙江特色的文学作品。深刻认识新时代的历史特点，坚持“以人民为中心”的创作导向，立足黑龙江深厚的历史文化资源和全省人民建设中国特色社会主义的伟大实践，开展好文学采风和“深入生活，扎根人民”主题实践活动，引导广大作家创作出更多讴歌党、讴歌祖国、讴歌人民、讴歌英雄，有温度、有质感的精品力作。开展文学惠民活动，为黑龙江经济社会发展助力。

三是加强人才队伍建设。深化作协体制机制改革，把服务大局与服务作家统一起来。对杰出人才、重要作家要“重点服务”。抓好专业作家和20多位合同制作家的服务保障工作，切实帮助作家解决生活和创作中的困难，使其全身心投入创作。改进机关工作作风，以“四零”服务承诺为标杆，以“三个好把式”“五个好作风”为标准，进一步简化流程，提高工作质量和效率。

四是积极引领社会风气，以优秀文学作品培育践行社会主义核心价值观。鼓励广大作家关注现实，深入实践，传递好黑龙江声音，讲好黑龙江故事。以作品研讨会为载体，对思想精深、艺术精湛、制作精良的优秀文学作品，充分打磨，宣传推介，扩大名家名作的文学传播力和影响力。教育引导广大作家以文学形式弘扬主旋律、传递正能量，为筑就中华民族伟大复兴的文学“高峰”而努力。

五是坚持正确的政治方向，加强阵地建设。推进黑龙江文学馆建设，发

① 黑龙江作家网，http：//www. hljzjw. gov. cn。

挥其展示、研究、交流、宣传文学和服务人民、服务社会的作用。

迟子建主席表示，习近平总书记在党的十九大报告中对于文化对一个民族发展的重要性进行了精辟阐述，张庆伟书记在调研会上对文学工作者谆谆教导，这充分体现了中央和省委对文学工作的高度重视，对广大文学工作者的殷切期待和深切关怀，同时让全省文学工作者倍感荣耀和备受鼓舞，也深感肩上责任之重。黑龙江有丰厚的历史文化资源，黑龙江作家的“初心”，就是脚下肥沃的黑土地，我们一定要深入生活，扎根人民，创作出更多具有黑龙江本土特色的文学作品，鼓励多种文学探索，团结广大作家，为黑龙江发展助力。①

黑龙江省作协党组成员、副主席司兆国指出，张庆伟书记专程到省作协调研，对文学工作取得的成绩给予充分肯定，对进一步做好文学工作做出了系统性、有针对性的重要指示。作协系统全体干部、职工要把深刻领会、贯彻落实张庆伟书记调研指示精神，作为当前的一项重要政治任务来抓。一是继续坚持对党的十九大精神，特别是习近平新时代中国特色社会主义思想的学习，以张庆伟书记调研时的重要指示精神指导2018年和以后的工作。二是在对黑龙江省文学领军人物和广大作家的服务工作上，解放思想，创新方法，切实把服务落到实处。三是做好黑龙江作家网、《北方文学》、《黑龙江作家》三个阵地的舆论宣传工作。四是做好2017年工作总结和2018年工作部署，确保党的十九大有关文学工作的重大部署、张庆伟书记的重要指示落到实处，取得成效。②

（二）改革开放40年来黑龙江文学的辉煌成就

2018年，是中国改革开放40周年。黑龙江省作家协会以“展现改革开放取得的伟大成就和40年来中国社会发展的历史性巨变”为内容开展主题征文活动。活动共收到征文171篇，其中中篇小说18篇，短篇小说24篇，报告文学14篇，散文75篇，诗歌40篇。经过专家评审，共有49篇获奖。

---

① 黑龙江作家网，http：//www.hljzjw.gov.cn。

② 黑龙江作家网，http：//www.hljzjw.gov.cn。

杨勇诗歌《边境纪事》、廉世广中篇小说《病树前头》、王善常短篇小说《苞米地里长出鱼》、董岐山报告文学《国门是这样打开的》、丁海龙中篇小说《又闻油香》等5篇作品获一等奖。张伟东中篇小说《蓝眼睛》等10篇作品获二等奖。刘长虎中篇小说《责任》等15篇作品获三等奖。崔艳梅中篇小说《一年更比一年强》等19篇作品获优秀奖。①

回顾这40年，黑龙江广大作家坚持“以人民为中心”的创作导向，讲好中国故事，讲好黑龙江故事，大力推进文学事业繁荣发展，为完成好“建设文化强省”目标、谱写中国梦的黑龙江篇章，提供了强大的精神动力。

1978年，以党的十一届三中全会为标志，黑龙江文学界开始了改革开放的起步探索阶段，为文学松绑的强烈渴望，形成了内在浩荡奔涌的创作力量。作家率先发声，以主动干预现实社会重大问题的勇气和冲锋在前的敏锐，成就了其文学史地位，为全省迎接文学大发展大繁荣奠定了思想基础。而后，作家持续发力，冲击文学各门类全国奖项，频频拔得头筹，获奖门类囊括了当代中国文学最高奖项，黑龙江成为中国北部边疆的文学重镇。

1. 黑龙江作家在当代文坛的影响力

1980年，锦云、王毅的《笨人王老大》，张抗抗的《夏》，张林的《你是共产党员吗?》三部短篇小说同获全国优秀短篇小说奖，几位作家在全国作家中先声夺人，引起广泛的社会反响，显示出新时期初年，黑龙江作家的不凡业绩。1981年，老作家舒群以短篇小说《少年chen女》获得全国优秀短篇小说奖，对20世纪30年代活跃在哈尔滨文坛、在上海左翼文坛成名的舒群来说，这个奖项充分说明他根植于黑土地持久不懈的创作活力。1982年，梁晓声以《这是一片神奇的土地》、孙少山以《八百米深处》同获全国优秀短篇小说奖。接下来，王凤麟《野狼出没的山谷》、阿成《年关六赋》又获全国优秀短篇小说奖，继续保持黑龙江作家在全国优秀短篇小说奖擂台上不败的业绩。

20世纪80年代，黑龙江作家老中青三代集体发力，整体阵容强大。

以东北三省作家为例，20世纪80年代，在全国优秀中短篇小说奖、全

① 黑龙江作家网，http：//www. hljzjw. gov. cn。

国优秀报告文学奖获奖作家中，黑龙江作家成绩名列前茅。

在小说方面（见表1），黑龙江11人次获全国优秀中短篇小说奖，吉林获奖作家5人次，辽宁获奖作家12人次。在东北三省获奖作家中，黑龙江作家获奖人次超过吉林，以1人次之差落后于辽宁，排名第二。

表1　全国优秀中短篇小说奖获奖作家（东北三省）

作家	作品	奖项	省份
张抗抗	《淡淡的晨雾》	1977～1980年全国优秀中篇小说奖	黑龙江
梁晓声	《今夜有暴风雪》	1983～1984年全国优秀中篇小说奖	黑龙江
锦云、王毅	《笨人王老大》	1980年全国优秀短篇小说奖	黑龙江
张抗抗	《夏》	1980年全国优秀短篇小说奖	黑龙江
张林	《你是共产党吗?》	1980年全国优秀短篇小说奖	黑龙江
舒群	《少年chen女》	1981年全国优秀短篇小说奖	黑龙江
梁晓声	《这是一片神奇的土地》	1982年全国优秀短篇小说奖	黑龙江
孙少山	《八百米深处》	1982年全国优秀短篇小说奖	黑龙江
王凤麟	《野狼出没的山谷》	1984年全国优秀短篇小说奖	黑龙江
梁晓声	《父亲》	1984年全国优秀短篇小说奖	黑龙江
阿成	《年关六赋》	1987～1988年全国优秀短篇小说奖	黑龙江
顾笑言	《你在想什么》	1981～1982年全国优秀中篇小说奖	吉林
张笑天	《前市委书记的白昼与夜晚》	1985～1986年全国优秀中篇小说奖	吉林
张天民	《战士通过雷区》	1979年全国优秀短篇小说奖	吉林
林元春	《亲戚之间》	1983年全国优秀短篇小说奖	吉林
杨咏鸣	《甜的血腥的铁》	1987～1988年全国优秀短篇小说奖	吉林
刘兆林	《啊,索伦河谷的枪声》	1983～1984年全国优秀中篇小说奖	辽宁
邓刚	《迷人的海》	1983～1984年全国优秀中篇小说奖	辽宁
金河	《重逢》	1979年全国优秀短篇小说奖	辽宁
金河	《不仅仅是留恋》	1982年全国优秀短篇小说奖	辽宁
王中才	《三角梅》	1982年全国优秀短篇小说奖	辽宁
刘兆林	《雪国热闹镇》	1983年全国优秀短篇小说奖	辽宁
邓刚	《阵痛》	1983年全国优秀短篇小说奖	辽宁
王中才	《最后的堑壕》	1984年全国优秀短篇小说奖	辽宁
金河	《打鱼的和钓鱼的》	1984年全国优秀短篇小说奖	辽宁
于德才	《焦大轮子》	1985～1986年全国优秀短篇小说奖	辽宁
谢友鄞	《窑谷》	1985～1986年全国优秀短篇小说奖	辽宁
谢友鄞	《马嘶·秋诉》	1987～1988年全国优秀短篇小说奖	辽宁

注：锦云非黑龙江籍作家，故不计入人次。

资料来源：中国作家协会主办中国作家网，http：//www. chinawriter. com. cn；《吉林文学通史》，吉林人民出版社，2013；辽宁作家网，http：//www. liaoningwriter. org. cn。

在报告文学方面（见表2），黑龙江7人次获全国优秀报告文学奖，吉林作家获奖5人次，辽宁作家获奖0人次。在东北三省获奖作家中，黑龙江作家排名第一。

综合两项获奖指标，黑龙江作家获奖18人次，吉林作家获奖10人次，辽宁作家获奖12人次。在三省获奖人次排名中，黑龙江作家位居第一。

表2　全国优秀报告文学奖获奖作家（东北三省）

作家	作品	奖项	省份
程树榛	《励精图治》	1977～1980年全国优秀报告文学奖	黑龙江
蒋　巍	《大洋的此岸和彼岸》	1981～1982年全国优秀报告文学奖	黑龙江
贾宏图	《大洋的此岸和彼岸》	1981～1982年全国优秀报告文学奖	黑龙江
蒋　巍	《在大时代的弯弓上》	1983～1984年全国优秀报告文学奖	黑龙江
贾宏图	《她在丛中笑》	1983～1984年全国优秀报告文学奖	黑龙江
蒋　巍	《人生环行道》	1985～1986年全国优秀报告文学奖	黑龙江
贾宏图	《大森林的回声》	1990～1991年全国优秀报告文学奖	黑龙江
李玲修	《笼鹰志》	1977～1980年全国优秀报告文学奖	吉林
李玲修	《足球教练的婚姻》	1981～1982年全国优秀报告文学奖	吉林
乔　迈	《三门李轶闻》	1981～1982年全国优秀报告文学奖	吉林
乔　迈	《希望在燃烧》	1983～1984年全国优秀报告文学奖	吉林
李玲修	《奥迪迎面驶来》	1990～1991年全国优秀报告文学奖	吉林

资料来源：中国作家协会主办中国作家网，http：//www. chinawriter. com. cn；《吉林文学通史》，吉林人民出版社，2013；辽宁作家网，http：//www. liaoningwriter. org. cn。

进入20世纪90年代，黑龙江作家迟子建开始发力。早在1986年，迟子建就以中篇小说《北极村童话》一鸣惊人。文坛惊喜于她的自然灵性、山野气质以及大气无垠的苍凉笔韵。她不负众望，随后以短篇小说《雾月牛栏》《清水洗尘》以及中篇小说《世界上所有的夜晚》三度摘取鲁迅文学奖桂冠。21世纪，迟子建又以长篇小说《额尔古纳河右岸》过关斩将，夺得茅盾文学奖。迟子建是中国文坛唯一的三获鲁迅文学奖、一获茅盾文学奖的双栖作家。她以雄厚的实力跃升为当代文坛最令人瞩目的著名作家之一，获《小说选刊》评选的“新世纪十大小说家”称号，获《小说月报》第十五届百花奖。此外，冰心散文奖、庄重文文学奖、澳大利亚悬念句子奖等相当有分量的国内外奖项也“青睐”于她。2014 年 10 月 15 日，迟子建在习近平总书记主持召开的文艺工作座谈会上，会上她道出了广大作家的心声：黑龙江有广袤的森林，有大油田，有漫长的边境线，可写的资源太多了。我们应该利用好这些可贵的资源，深入挖掘，潜下心来，创作出更多无愧于时代、无愧于艺术的好作品。强烈的使命感，成为其文学精品创作的巨大动力。

当代著名城市小说家阿成继《年关六赋》获全国优秀短篇小说奖后，又以《赵一曼女士》获首届鲁迅文学奖，这奠定了他在中国当代小说领域的重要地位。张雅文是一位在小说、报告文学、影视编剧领域不断跳转，具有跨界能力和视野的作家。她以报告文学《生命的呐喊》获第五届鲁迅文学奖。2015 年，张雅文的长篇小说《盖世太保枪口下的中国女人》作为国礼，被习近平主席赠予比利时国王，为黑龙江文学争得巨大荣誉。诗人李琦长期从事诗歌创作，形成了质朴素然的独特诗风。《李琦近作选》获第五届鲁迅文学奖。谈到诗歌，当代著名诗人、被誉为“中国的白朗宁夫人”的林子是黑龙江诗歌发展过程中的重要里程碑。1985 年，林子以诗集《给他》突破书写爱情的禁区，在全国引起巨大反响，对文坛解放思想、突破禁锢起到了先声作用。诗人冯晏诗集《镜像》进入“商务印书馆十大好书”出版推介，被认为“代表了中国诗歌的高度和难度”。桑克的诗集《午夜的雪》《冬天的早班飞机》获得国内外诗人的广泛推崇。中国“第三代诗人”代表张曙光，以其诗歌“保持着理性的思考与超验的命运感受之间的张力”获“诗建设”诗歌奖。

20 世纪 90 年代至 21 世纪，黑龙江作家在影响力方面仍然保持领先地位。

以东北三省为例，茅盾文学奖获奖作家仅 1 人次，即黑龙江作家迟子建。与以往三获中短篇小说奖不同，这次迟子建长篇小说《额尔古纳河右岸》（见表 3）获奖，是其在长篇小说领域长期辛勤耕耘的结果，也是对其持久创作力和才华最公允的褒奖。在中短篇和长篇小说写作中，迟子建循着自己的节奏，交替进行。她的长篇小说《树下》《伪满洲国》《白雪乌鸦》《群山之巅》等，每一部都在文学史上留下了可圈可点的业绩，迟子建可谓中国当代文坛当仁不让的实力派作家。

表3　茅盾文学奖获奖作品（东北三省）

作家	作品	奖项	省份
迟子建	长篇小说《额尔古纳河右岸》	第七届茅盾文学奖(2003～2006)	黑龙江

资料来源：中国作家协会主办中国作家网，http：//www. chinawriter. com. cn。

以东北三省为例，在鲁迅文学奖获奖作家中，黑龙江表现突出。中短篇小说方面，黑龙江获奖4人次，吉林获奖0人次，辽宁获奖1人次。黑龙江获奖排名第一。报告文学方面，黑龙江获奖1人次，吉林获奖1人次，辽宁获奖0人次。黑龙江与吉林并列第一。散文方面，黑龙江获奖1人次，吉林获奖0人次，辽宁获奖2人次。辽宁获奖排名第一。诗歌方面，黑龙江获奖1人次，吉林获奖1人次，辽宁获奖1人次。三省名次并列。（见表4）

综合三省鲁迅文学奖获奖作家情况，黑龙江获奖7人次，吉林2人次，辽宁4人次。三省获奖作家人次排名中，黑龙江名列第一。

表4　鲁迅文学奖获奖作家（东北三省）

作家	作品	奖项	省份
迟子建	短篇小说《雾月牛栏》	第一届鲁迅文学奖(1995～1996)	黑龙江
阿　成	短篇小说《赵一曼女士》	第一届鲁迅文学奖(1995～1996)	黑龙江
迟子建	短篇小说《清水洗尘》	第二届鲁迅文学奖(1997～2000)	黑龙江
张抗抗	散文《张抗抗散文》	第二届鲁迅文学奖(1997～2000)	黑龙江
迟子建	中篇小说《世界上所有的夜晚》	第四届鲁迅文学奖(2004～2006)	黑龙江
张雅文	报告文学《生命的呐喊》	第五届鲁迅文学奖(2007～2009)	黑龙江
李　琦	诗歌《李琦近作选》	第五届鲁迅文学奖(2007～2009)	黑龙江
曲有源	诗歌《曲有源白话诗选》	第二届鲁迅文学奖(1997～2000)	吉林
任林举	报告文学《粮道》	第六届鲁迅文学奖(2010～2013)	吉林
王充闾	散文《春宽梦窄》	第一届鲁迅文学奖(1995～1996)	辽宁
孙惠芬	中篇小说《歇马山庄的两个女人》	第三届鲁迅文学奖(2001～2003)	辽宁
素　素	散文《独语东北》	第三届鲁迅文学奖(2001～2003)	辽宁
林　雪	诗歌《大地葵花》	第四届鲁迅文学奖(2004～2006)	辽宁

资料来源：中国作家协会主办中国作家网，http：//www. chinawriter. com. cn；《吉林文学通史》，吉林人民出版社，2013；辽宁作家网，http：//www. liaoningwriter. org. cn。

在儿童文学创作领域，黑龙江也是东北一方重镇。十七年文学时期，陶耶、苗欣的儿歌与儿童诗，孙幼忱的科普童话创作，李冰牧的童话诗都为黑龙江增添了明媚快乐的春光。到了20世纪80年代，黑龙江儿童文学进入了一个新的历史转折点，突破了创作主题单一视角固化的模式，创作方法多元化，内容饱含深度，进而由儿童文学的教化功能转向了满足儿童文学多元审美的现实需要。尤其是以不断创新的魅力赢得了广大儿童的追捧，为儿童文学开辟了崭新天地。常新港和王左泓是著名儿童文学作家。常新港久负盛名，从短篇小说《独船》获第一届全国优秀儿童文学奖起，他的3部长篇小说《青春的荒草地》《陈土的六根头发》《五头蒜》分获第二届、第六届、第九届全国优秀儿童文学奖；小说《青草的骨头》成为上海首届国际童书展“金风车”最佳童书。从1983年“全国优秀儿童文学选本”诞生之日起，他是唯一每年都有作品入选的儿童文学作家，是目前活跃在该领域的“常青树”。王左泓以长篇小说《呦呦鹿鸣》《魔鬼河》《猫王》等跻身儿童文学名家行列，是第一届《儿童文学》小说擂台赛银奖得主。“70后”作家格日勒其木格·黑鹤凭借长篇小说《黑焰》、小说集《狼獾河》，连续获第七届、第八届全国优秀儿童文学奖，是当代儿童文学领域负有盛名的青年作家。

以东北三省为例（见表5），在全国优秀儿童文学奖获奖作家中，黑龙江获奖6人次，吉林获奖3人次，辽宁获奖7人次。三省获奖作家人次排名中，辽宁名列第一，黑龙江以1人次之差名列第二。

表5　全国优秀儿童文学奖获奖作家（东北三省）

作家	作品	奖项	省份
常新港	短篇小说《独船》	第一届全国优秀儿童文学奖	黑龙江
常新港	长篇小说《青春的荒草地》	第二届全国优秀儿童文学奖	黑龙江
常新港	长篇小说《陈土的六根头发》	第六届全国优秀儿童文学奖	黑龙江
格日勒其木格·黑鹤	长篇小说《黑焰》	第七届全国优秀儿童文学奖	黑龙江
格日勒其木格·黑鹤	小说集《狼獾河》	第八届全国优秀儿童文学奖	黑龙江
常新港	长篇小说《五头蒜》	第九届全国优秀儿童文学奖	黑龙江

续表

作家	作品	奖项	省份
薛卫民	幼儿文学《快乐的小动物》	第二届全国优秀儿童文学奖	吉林
薛卫民	诗歌《为一片绿叶而歌》	第四届全国优秀儿童文学奖	吉林
胡冬林	科幻文学《巨虫公园》	第九届全国优秀儿童文学奖	吉林
车培晶	短篇小说《神秘的猎人》	第三届全国优秀儿童文学奖	辽宁
薛　涛	中短篇小说《随蒲公英一起飞的女孩》	第五届全国优秀儿童文学奖	辽宁
刘　东	中短篇小说《轰然作响的记忆》	第六届全国优秀儿童文学奖	辽宁
王立春	诗歌《骑扁马的扁人》	第六届全国优秀儿童文学奖	辽宁
常星儿	中短篇小说《回望沙原》	第七届全国优秀儿童文学奖	辽宁
薛　涛	长篇小说《满山打鬼子》	第八届全国优秀儿童文学奖	辽宁
王立春	诗歌《梦的门》	第十届全国优秀儿童文学奖	辽宁

资料来源：中国作家协会主办中国作家网，http：//www. chinawriter. com. cn；《吉林文学通史》，吉林人民出版社，2013；辽宁作家网，http：//www. liaoningwriter. org. cn。

通过对黑龙江、吉林、辽宁三省作家获全国文学奖的人次分析，黑龙江作家在中短篇小说、报告文学方面，综合排名第一；在茅盾文学奖（长篇小说）方面排名第一；在鲁迅文学奖方面排名第一；在儿童文学奖方面仅以 1 人次之差排名第二。综合作家影响力分析，改革开放 40 年来，黑龙江作家在当代文坛上的地位稳居东北三省之首。

2. 黑龙江作家作品海外传播的影响力

近年来，中国文化“走出去”战略，不仅仅向国外展示中国改革开放的正面形象，传播中国好声音，也成为国与国之间友好往来的助推器。正如习近平主席曾在《在文艺工作座谈会上的讲话》中指出：“文艺是世界语言，谈文艺，其实就是谈社会、谈人生，最容易相互理解、沟通心灵。”海外中国文化年、《中国文学》与“熊猫丛书”等都对中国当代文学的海外译介做出了重要贡献。

一段时间以来，黑龙江作家作品通过上述渠道以及国内外多种路径，被频繁译成各种海外译本，在文化“走出去”方面，成果显著（见表 6）。

表 6　黑龙江作家作品的海外译本

文学史分期	作家	作品	翻译语种
现代	萧红	长篇小说《呼兰河传》	英文
现代	萧红	长篇小说《呼兰河传》	韩文
现代	萧红	合集《生死场和呼兰河传》	英文
现代	萧红	中篇小说《生死场》	韩文
现代	萧红	合集《萧红短篇小说集》	德文
现代	周立波	长篇小说《暴风骤雨》	英文
现代	周立波	长篇小说《暴风骤雨》	法文
现代	周立波	长篇小说《暴风骤雨》	俄文
现代	周立波	长篇小说《暴风骤雨》	朝鲜文
十七年	曲波	长篇小说《林海雪原》	英文
十七年	曲波	长篇小说《林海雪原》	俄文
十七年	曲波	长篇小说《林海雪原》	日文
十七年	曲波	长篇小说《林海雪原》	挪威文
十七年	曲波	长篇小说《林海雪原》	越南文
十七年	曲波	长篇小说《林海雪原》	朝鲜文
十七年	曲波	长篇小说《林海雪原》	蒙古文
十七年	郭先红	长篇小说《征途》	日文
十七年	郭先红	长篇小说《征途》	朝鲜文
新时期	张抗抗	长篇小说《隐形伴侣》	英文
新时期	张抗抗	中篇小说集《残忍》	英文
新时期	张抗抗	中篇小说集《残忍》	法文
新时期	张抗抗	中短篇小说集《白罂粟》	英文
新时期	迟子建	长篇小说《额尔古纳河右岸》	英文
新时期	迟子建	长篇小说《额尔古纳河右岸》	法文
新时期	迟子建	长篇小说《额尔古纳河右岸》	日文
新时期	迟子建	长篇小说《额尔古纳河右岸》	韩文
新时期	迟子建	长篇小说《额尔古纳河右岸》	意大利文
新时期	迟子建	长篇小说《额尔古纳河右岸》	瑞典文
新时期	迟子建	长篇小说《额尔古纳河右岸》	荷兰文
新时期	迟子建	长篇小说《额尔古纳河右岸》	阿拉伯文
新时期	迟子建	长篇小说《伪满洲国》	日文
新时期	迟子建	长篇小说《群山之巅》	法文
新时期	迟子建	长篇小说《群山之巅》	韩文
新时期	迟子建	长篇小说《树下》	法文

续表

文学史分期	作家	作品	翻译语种
新时期	迟子建	中篇小说《晚安玫瑰》	英文
新时期	迟子建	中篇小说《晚安玫瑰》	法文
新时期	迟子建	中篇小说《白银那》	泰文
新时期	迟子建	中篇小说《踏着月光的行板》	英文
新时期	迟子建	中篇小说《踏着月光的行板》	意大利文
新时期	迟子建	短篇小说集《逝川》	波兰文
新时期	迟子建	小说集《世界上所有的夜晚》	法文
新时期	迟子建	小说集《秧歌》	法文
新时期	迟子建	小说集《秧歌》	意大利文
新时期	迟子建	小说集《银盘》	法文
新时期	迟子建	小说集《银盘》	意大利文
新时期	迟子建	小说集《格里格海的细雨黄昏》	英文
新时期	迟子建	小说集《第三地晚餐》	日文
新时期	迟子建	小说集《向着白夜旅行》	意大利文
新时期	迟子建	小说集《磨坊》	法文
新时期	迟子建	小说集《香坊》	法文
新时期	阿成	《良娼》	法文
新时期	阿成	《空坟》	英文
新时期	阿成	《年关六赋》	英文
新时期	常新港	《土鸡的冒险》	韩文
新时期	常新港	《猪，你快乐》	韩文
新时期	常新港	《蓝雪黑鸟》	韩文
新时期	常新港	《少年黑卡》	韩文
新时期	常新港	《咬人的夏天》	韩文
新时期	常新港	《兔子快跑》	韩文
新时期	常新港	《老鼠米来》	韩文
新时期	常新港	《变身狗》	韩文
新时期	常新港	《陈土的六根头发》	韩文
新时期	张雅文	《盖世太保枪口下的中国女人》	英文
新时期	张雅文	《香港百年钟声》	英文
新时期	张雅文	《香港百年钟声》	罗马尼亚文
新时期	张雅文	《与魔鬼博弈——留给未来的思考》	英文
新时期	张雅文	《生命的呐喊》	英文
新时期	张雅文	《生命的呐喊》	孟加拉文

续表

文学史分期	作家	作品	翻译语种
新时期	张雅文	《生命的呐喊》	塞尔维亚文
新时期	李琦	《李琦短诗选》	英文
新时期	格日勒其木格·黑鹤	《黑焰》	英文
新时期	格日勒其木格·黑鹤	《黑焰》	法文
新时期	格日勒其木格·黑鹤	《黑焰》	俄文
新时期	格日勒其木格·黑鹤	《黑焰》	德文
新时期	格日勒其木格·黑鹤	《黑焰》	韩文
新时期	格日勒其木格·黑鹤	《黑焰》	越南文
新时期	格日勒其木格·黑鹤	《鬼狗》	韩文
新时期	格日勒其木格·黑鹤	《旗驼》	阿拉伯文
新时期	格日勒其木格·黑鹤	《旗驼》	蒙古文
新时期	格日勒其木格·黑鹤	《美丽世界的孤儿》	斯里兰卡文
新时期	格日勒其木格·黑鹤	《琴姆且》	斯里兰卡文
新时期	格日勒其木格·黑鹤	《狼獾》	蒙古文
新时期	格日勒其木格·黑鹤	《睡床垫的熊》	蒙古文
新时期	格日勒其木格·黑鹤	《鄂温克的驼鹿》	英文
新时期	格日勒其木格·黑鹤	《鄂温克的驼鹿》	法文

资料来源：黑龙江文学馆展陈大纲（内部资料）。

与黑龙江现代作家海外译本9部次，涉及文字6种，十七年作家海外译本9部次，涉及文字7种相比较而言，黑龙江当代（新时期）作家译本67部次，涉及文字18种。无论从数量上还是从语种上，都较前有很大的增加。这些海外译本，为树立黑龙江形象，为当代中国文学走向世界，做出了很大贡献。

3. 黑龙江作家作品改编成影视剧的影响力

黑龙江作家的影响力，除了获国家级重要奖项和大量的海外翻译，还表现在作家作品改编成电影电视剧所产生的二次传播。这里，不包括影视剧播出后，对原作和影视剧进行比较而产生的影响，也不包括作家接受采访产生的影响。仅就二度创作而言，黑龙江作家也取得了不少战绩。

据不完全统计，改革开放40年来，黑龙江作家作品改编为电影的有9部，与十七年文学时期改编电影5部，“文革”期间改编电影2部相比，有一定的增加趋势。改编成电影的作品如《我的父亲母亲》《她从雾中来》，在社会上产生了很大影响。但整体而言，文学作品改编成电影不如改编成电视剧的影响力大。黑龙江作家作品改编成有影响力的电视剧的约 13 部。这些文学作品改编成电视剧播出后都产生了很大或较大的反响，“知青剧”“抗联剧”甚至形成收视率居高不下的观剧热潮和街谈巷议的文化现象，成为当代中国人无法忘却的历史记忆。

（三）黑龙江文学馆建设工程启动

2017 年 10 月 29 日，省委书记张庆伟到黑龙江省作家协会调研时做出重要指示，支持黑龙江省作家协会建设黑龙江文学馆，并多次就黑龙江文学馆选址等事项做出重要批示，这体现出省委省政府对黑龙江文学发展传承的高度重视，以及对黑龙江文学在改革开放高质量发展中精神引领作用的认可。

在省委宣传部的关心支持下，黑龙江省作家协会启动了黑龙江文学馆筹备工作。2018 年 12 月 8 日，黑龙江省作家协会向各团体会员单位发出《关于征集黑龙江文学馆馆藏文学史料的通知》[①]，对征集内容、征集要求、征集方式等方面做出详细规定。建成后的黑龙江文学馆将落实省委提出的“公益、开放、互动、展演”功能要求，成为集馆藏展览、交流研讨、教育培训、社会服务等功能于一体的省级现代化综合性文学场馆。

黑龙江文学馆展陈内容由古代文学、近现代文学、当代文学、民间文学等 12 个板块组成，彰显黑龙江文学从古至今的辉煌成就。黑龙江文学馆的建设，开启了新时代黑龙江文学发展繁荣的历史篇章。

二　黑龙江文学发展总体态势

2017 ~2018 年，黑龙江文学创作总体呈稳步上扬趋势。作品创作数量大幅度增加，专业作家表现出扎实的艺术功力，青年创作人才队伍逐渐形成

① 黑龙江作家网，http：//www. hljzjw. gov. cn。

一定规模。黑龙江文学创作队伍的主要方阵——第六届合同制作家中，青年作家人数明显增加。各门类文学创作扎实推进。

（一）作品创作数量整体大幅度增加

从发表作品上看，2017 年，黑龙江作家共出版各类文学作品 100 余部。其中，专业作家、合同制作家出版具有一定影响力的长篇小说、中短篇小说、散文随笔集、诗集等文学作品 50 余部。

与 2017 年相比，2018 年文学作品创作数量再创新高。黑龙江作家共出版各类文学作品 180 余部，仅长篇小说就达 60 余部，中篇小说、短篇小说、散文随笔集、诗集、报告文学、儿童文学和纪实文学约 120 余部；发表中短篇小说、散文、诗歌等单篇作品 1000 余篇（首）。作品创作数量较 2017 年大幅度增加，增加了 80 个百分点。

（二）加大对“70后”“80后”青年创作人才的扶持培养力度

从创作队伍上看，2017 年加大了对青年作家的扶持培养力度，合同制作家中，青年作家人数出现同比上升趋势。

第五届（2012～2016）合同制作家和第六届（2017～2021）合同制作家相比较而言，后者青年作家人数明显增多。

第五届合同制作家共计 18 位：王若楠、王鸿达、格日勒其木格·黑鹤、朱珊珊、全勇先、刘浪、孙且、何凯旋、宋成君、张爱玲、陈力娇、徐岩、唐飙、桑克、萧笛、梁帅、葛均义、程琳。[①] 其中，“70 后”作家 4 位；“50 后”“60 后”作家 14 位。“70 后”青年作家人数约占总人数的 22.2%。

第六届合同制作家共计 22 位：孔广钊、王若楠、王鸿达、格日勒其木格·黑鹤、阎逸、吕天琳、孙且、刘浪、耳根、朱珊珊、桑克、陈力娇、杨勇、鲁奇、张建祺、张爱玲、鱼人二代、唐飙、梁帅、曹立光、程琳、

---

① 战继发、郭淑梅主编《黑龙江文学发展报告（2017～2018）》，社会科学文献出版社，2018，第 186～187 页。

薛喜君。[①] 其中，“70 后”“80 后”作家 12 位；“60 后”作家 10 位。“70 后”“80 后”青年作家人数约占总人数的 54.5%。该届青年作家人数与第五届相比增加了 32.3 个百分点。

很明显，2017 年黑龙江省作家协会通过聘任合同制作家，有意识地加大了对青年作家的扶持培养力度。青年作家亦表现卓越。格日勒其木格·黑鹤获第二届中华文学基金会“茅盾文学新人奖”和陈伯吹国际儿童文学奖。鱼人二代获第二届中华文学基金会“网络文学新人奖”提名。

（三）各门类文学创作扎实推进

从创作类型上看，长篇小说方面，名家频繁推出新作。常新港的《家有八只猴》《脚丫子发烧了》《尼克代表我》、格日勒其木格·黑鹤的《驯鹿六季》、王左泓的《萤火虫河谷》、韩乃寅的《世相：女人和狗》，虽然选题各不相同，但表现出极富魅力的艺术特质，可圈可点。此外，葛均义的《流放》获第十届黑龙江省文艺奖一等奖，王鸿达的《青马湖》获第十届黑龙江省文艺奖二等奖。李文方的《六角街灯》、程琳的《人民警察》、孙且的《有一个地方叫“偏脸子”》也表现不俗。

长篇小说重量级作品是黑龙江籍老作家梁晓声出版的《人世间》。这部以哈尔滨一个平民社区为背景的小说，将人们带到大跨度的历史空间中，波澜壮阔地展现了中国社会的巨大变迁，使小说具有了“史诗”品格。

中篇小说方面，迟子建的《候鸟的勇敢》闪亮登场。虽然名义上是中篇小说，但 10 万字内容已接近一部小长篇。作家极简的笔墨、纯净的语言蕴藏着丰富的内涵和社会批判精神。她以金瓮河候鸟自然保护区管护站候鸟的管护为切入点，将诸多当下真实的社会现象层叠带出，细节处的现实性时代印记如影随形。人对自然的掠夺与对自然的保护两种力量激情上演直击心灵。最终张黑脸和德秀师父与一对迁徙失败后死亡的东方白鹳归于一处，刹

① 许诺：《省作家协会举行 2017 至 2021 年度合同制作家聘任大会》，东北网，2017 年 8 月 29 日，https://heilongjiang.dbw.cn/system/2017/08/29/057762818.shtml。

那间迸发的绚烂映照出作家对自然界的大爱和生态审美旨趣。《候鸟的勇敢》入选“人民文学出版社 2018 年度十五大好书”，领衔 2018 年收获文学排行榜中篇小说之首，足见其影响力。此外，迟子建的中篇小说《空色林澡屋》获第十七届《小说月报》百花奖；张抗抗的中篇小说《把灯光调亮》获《小说选刊》年度奖、上海文学奖、《北京文学·中篇小说选刊》年度奖、第十届黑龙江省文艺奖一等奖；阿成的中篇小说《私厨》获第十届黑龙江省文艺奖一等奖。

短篇小说方面，阿成的《你方唱罢我登场》以他对城市生活的熟稔，将笔触探伸到哈尔滨老道外北三道街的茶摊，烟火气和生活味重现了经典的历史画面。曾获《大家》先锋新浪潮年度大奖的何凯旋以《三匹马》再度引起关注。陈力娇的《南磨房》《紫河殇》发表后双双被《小说月报》转载，前者落笔于知青记忆，后者将历史拉回到战争年代，两者都对人性做出深层挖掘。

纪实文学方面，74 岁老将张雅文的《妈妈，快拉我一把》被评为“《作家文摘》2018 年度十大非虚构好书”。该书是作者采访 11 个省市未成年人管教所和女子监狱的 242 位青少年，直面青少年犯罪的纪实文学。这部关心下一代的好书甫一出版就赢得社会广泛赞扬，被称为“一部有温度的感人肺腑之书”。她的《与魔鬼博弈——留给未来的思考》获第十届黑龙江省文艺奖一等奖，英文版在英国伦敦出版发行。

网络文学方面，加入黑龙江省作家协会的网络作家共 56 人。以牡丹江市网络原创领军人才白金级作家为首，形成网络签约作家 500 多人，有固定收入的约 200 人，创作收入达全市基本工资水平的约 100 人。在牡丹江市 8 所大中专学校和各行各业，也存在数量庞大的网络文学创作者。2017 年，在北京举办的“中国文化产业学院奖”评选中，牡丹江市网络作家耳根、鱼人二代、小刀锋利、潇湘冬儿等 6 位作家入选“2017 年度网络文学作家”。

哈尔滨网络作家也取得骄人的战绩。梁不凡创作的都市爱情题材小说《超品战兵》，发表于纵横中文网，2018 年连载结束，总字数 800 万字，纵横中文网总点击量突破 2 亿人次，读者投票 4000 多万人次，获“第二届网文之王全国百强作品”荣誉。2018 年 5 月，梁不凡位列第三届“橙瓜网络文学奖”百强大神。另一位“80 后”哈尔滨网络作家沐清雨，以现代题材作品《翅膀之末》入选“2018 年中国网络小说排行榜”，跻身全国网络文学作家行列。

网络自媒体文学也异常发达，“陈斋新韵诗”和“林记出品”是两个具有代表性的微信公众号。“陈斋新韵诗”微信公众号，是哈尔滨师范大学文学院师生创建的一个专门刊发汉语新诗创作和批评成果的网络文学平台，是培养新诗人才的专号。“林记出品”是国内著名“家族写作工坊”的专号，订阅者涵盖全球 20 多个国家、全国 300 余座城市，一次单篇作品阅读量达 15 万 +，是黑龙江文学自媒体中影响力最大的微信公众号。自媒体文学以非传统的方式热情洋溢地拥抱文学，凸显黑龙江文学发展的潜在力量。

诗歌、儿童文学、散文、小小说、影视、戏剧等门类也有一些相当不错的获奖作品。如乙福海的《仓央嘉措》获 2017 年“夏衍杯”优秀电影剧本“潜力电影剧本”奖；朱明东的《加格达奇》获第八届冰心散文奖。限于篇幅，这里不一一赘述。

此外，文学平台萧红文学院、《小说林》、《诗林》、《剧作家》在发表文学精品、培养人才等方面，于平稳中呈上升趋势。从地市特色文情报告中可以看出，北大荒作协、大庆作协、黑河作协、绥芬河作协、佳木斯作协发挥地方作协基层文学建设的优势，突出各自特色优长，将基层文学办得红红火火。

总体而言，黑龙江文学创作势头相当强劲，名家仍辛勤写作，为文坛奉献精品。尤其可喜的是，对青年队伍的扶持培养初见成效，整体创作水平有所提升。

三 存在的问题与对策建议

（一）需要关注各门类文学的均衡发展

一个地区的文学要想繁荣发展，突出地域特色和优长不失为良策。但是，从文学发展的大趋势、大格局来看，单纯以某种类型见长，并不符合“百花齐放，百家争鸣”方针的要求。从上面讲到的黑龙江作家获全国文学奖人次排名来看，黑龙江作家在东北三省中综合创作实力排名第一。但是，也存在不容忽视的问题。盘点获奖作品，主要集中在长篇小说、中篇小说、短篇小说方面。对于考验作家虚构能力的小说，黑龙江老中青三代作家都保持了极大的热情和较好的韧性，矢志不渝。在报告文学类型上，虽然获奖比例很高，但主要集中在新时期初年成名的老作家群，接下来的中青年作家梯队鲜有更高的成就。以全国优秀儿童文学奖为例，黑龙江作家在长篇小说创作上保持绝对优势，但是诗歌、童话、散文、报告文学、科幻文学、幼儿文学较少有人问鼎。当然，文学创作并不是以获奖为目的的，但是高层次的奖项意味着你可以站在一个业界公认的更具竞争力的平台，与全国作家同台竞技。在某种程度上，这可以体现创作水平的高低。鲁迅文学奖是业内公认的具有权威性的文学奖，在类型上除了小说，还有报告文学、诗歌、散文杂文、文学理论评论类、文学翻译类，黑龙江作家没有对这些类型进行创作上的目标定位，缺少这些类型的精品力作。

实际上，作家对于创作素材和类型的运用不应局限于某一种某一类，作家的视野应该更加开阔，不仅要在长篇小说、中短篇小说这些重量级的传统门类上潜心打磨艺术精品，其他各门类也应该尝试，并且努力做到有所建树。

（二）需要对网络作家加大培养力度

2018 年，中国网络文学作家 1755 万人，合同制作家 61 万人，各类网络文学作品累计 2442 万部。“Z 世代”[①] 的“95 后”全面进入网络文学领域，网络文学需求和创作人员数量呈几何级数增长。

网络文学迎来了新的变化，提倡表现正能量、抵制“三俗”作品的文艺创作导向，使近年来网络文学现实题材作品大幅度增加，网文空气得以进

① Z 世代也称网络世代、互联网世代，通常指出生、成长于中国互联网时代的“95 后”青年，其热衷于在社交媒体上表达自我，接受新鲜事物的能力普遍较强。

一步净化。面对未来，以网络文学为核心 IP 来源的产业不断丰富自身价值，网络文学以互联网的低成本优势积累了大量读者，呈现值得关注的广阔发展空间。

通过对黑龙江作家梯队构成信息进行分析发现，传统的纯文学主要集中在“50 后”“60 后”“70 后”作家创作群体，网络文学主要集中在“80 后”“90 后”创作群体。代际区分十分明显。以 3000 多名省级会员和 23 个团体会员单位的大体量黑龙江省作家协会为例，仅仅以牡丹江市为网络文学创作中心是远远不够的，还有很大的拓展空间。

网络文学发展需要解决的问题非常多，主要有以下两个方面。

一是网络文学创作队伍培养问题。鉴于“95 后”“00 后”全面进入网络文学队伍，黑龙江要将目光投向各大院校的本科生、硕士生、博士生，针对其中的网络文学爱好者定期举办培训班，成立各级网络文学专业委员会及网络作协，将年轻力量集中起来，为未来网络文学发展提供基础性人才。

二是网络文学评论家极度匮乏问题。传统的文学评论家长期浸润在艺术旨趣高雅的纯文学领域，不屑于阅读网络文学作品，更遑论著书立说去评价这类作品。就现状而言，网络文学评论家应该从网络作家中产生。建议在网络作家中培养评论人才。通过签约网络文学评论家、作品发表后奖励、课题经费资助等各级各类别的扶持和奖励办法，推动网络文学评论发展，解决网络文学评论家不足的问题。

（三）需要对合同制作家加大资助力度

黑龙江省作家协会从 1993 年开始进行体制改革，打破作家终身制，实行作家合同制。文学院采用作家个人申请，经过地市、产业作协推荐，按创作成绩评聘的方法，现已聘任六届合同制作家。合同制作家与原单位的工作隶属关系不变，视其完成作品情况决定是否予以补贴奖励或续聘。从最初每年补贴或奖励几百元，不断地提升额度，到目前每年创作补贴已达 5000 元。从黑龙江作家自身纵向比较来看，合同制作家聘期内获得的补贴额度不断提升。

但与邻近的辽宁合同制作家横向比较后，明显见出黑龙江补贴力度不足。以 2015～2017 年合同制作家创作补贴为例，辽宁作家每年完成省级以上刊物发表作品的任务量，可获得基础补贴 12000 元。重要选刊转载及在重要刊物上发表作品可以获得几百至几千元不等的奖励。获得国家级文学奖同样可以得到奖励，额度在 5000～10000 元不等。

合同制作家是黑龙江文学的主要方阵，是文学各门类具有代表性的领军人才。合同制作家的生活水平、采风调研次数、作品扶持力度等直接关乎其创作力能否爆发，进而影响到作家在社会上的地位，甚至影响到黑龙江在外的整体形象。建议黑龙江在文学创作资金投入上加大力度，保证合同制作家能够生活无忧，安心创作，多出精品。

（四）需要对纯文学加大宣传力度

黑龙江是东北文学重镇，是文学创作大省，也是文学创作强省。对改革开放 40 年来，黑龙江作家获国内外重要奖项、作品译往海外、作品改编成电影电视剧二度创作等影响力因子的分析表明，黑龙江文学取得了令世人瞩目的辉煌成就。这些成就多数集中在纯文学领域，但黑龙江纯文学宣传仍不到位。纯文学阅读受到网络文学自媒体等新媒体文学样式的冲击，阵地越发地小。著名作家因其社会名流身份可以获得媒体的青睐，但其作品蕴含的价值仍然不能被完全开发出来，经常会被喧闹的媒体阅读掩盖，一些作家作品出版后往往被束之高阁，如此更无法进行作品意义的深度发掘。

建成后的黑龙江文学馆，将成为集馆藏展览、文学研讨、教育培训、社会服务等功能于一体的省级现代化综合性文学场馆，这对黑龙江纯文学宣传来讲，是一件大好事。届时还应该与主流媒体合作，与互联网等新媒体合作，加大对黑龙江纯文学的宣传力度。黑龙江作家作品不仅要在文学馆里供人欣赏，还要走入大众生活，为提高全民素质做出贡献。

分 报 告

Topical Reports

B.2

长篇小说：曾经的边远流放之地的文化、民生观察

金 钢*

摘 要： 2017～2018年的黑龙江长篇小说，呈现一种整体平稳、偶有重头作品出现的发展态势。一个重要的收获是城市题材写作取得了不俗的成绩，多部作品展现了北方城市的历史沿革、城市平民生活等内容。在城市化迅猛发展的今天，市民生活成为当代文学一个不容忽视的主题。此外，对地域历史的深入挖掘仍是黑龙江长篇小说的一个重要创作方向。可以看出，回归故事叙述，立足本土经验，在此基础上各尽所能，已经是黑龙江作家在长篇小说创作中的普遍追求。

关键词： 城市文学 平民生活史 流民 侨民 地域文化

* 金钢，黑龙江省社会科学院文学研究所副研究员。

在当今的文坛，长篇小说越来越受到读者们的广泛关注。读者们对长篇小说的期待很高，但长篇小说的创作需要较长的时间来积淀和打磨，尤其是以黑龙江一省来看，长篇小说的发展并不会随着读者的期待越来越高而不断加快，而是呈现一种整体平稳、偶有重头作品出现的发展态势。回顾2017～2018年的黑龙江文坛，2017年底，老作家梁晓声出版了115万字的长篇小说《人世间》，这可以说是近年来黑龙江文坛的重量之作。2018年，第十届黑龙江省文艺奖颁布，在长篇小说方面，葛均义的《流放》、王鸿达的《青马湖》、王延才的《厂魂》等作品榜上有名。参评作品中，李文方的《六角街灯》、程琳的《人民警察》、刘海生的《高人》、孙彦良的《爷的村庄》、王如的《家风》、徐景辉的历史题材作品《风雨中东路》等也都表现出了较为优秀的品质。2018年夏，孙且的《有一个地方叫“偏脸子”》出版；2018年底，迟子建的长篇小说《伪满洲国》在译林出版社再版。我们可以认为，有了这些长篇小说，省内人、省外人乃至国外人会对黑龙江这块曾经的边远流放之地的文化与民生产生更多的兴趣和获得更深入的了解。

一 北方城市平民生活史

有论者认为，“某种意义上，知青身份与道德理想主义，可谓标识梁晓声的两个关键词”。[①] 在《人世间》问世之前，这样的判断应该说是较为客观的，而当《人世间》这部115万字的鸿篇巨制摆在读者们面前的时候，之前的判断就显得片面了。年近七旬的梁晓声在2017年捧出了这部沉甸甸的长篇小说，光是这部作品的巨大篇幅便已经让人叹服了，长久保持强劲的创作动力并不是一件容易的事。而且，这部内蕴丰富的作品显示了梁晓声对50年来中国社会状况的深入观察，体现了他强烈的社会责任感和深沉的悲

① 张细珍：《论作为症候的“梁晓声现象”》，《中国现代文学研究丛刊》2014年第8期，第120页。

惘情怀。可以肯定地说，这部作品相比梁晓声之前的一系列长篇小说有着明显的进步，或许也可以说，这是目前为止梁晓声的巅峰之作。

《人世间》是梁晓声几十年创作积淀的集大成之作。在经历了知青写作、荒诞主义写作等之后，步入老年的梁晓声把他的目光再次聚焦于针对平民生活的现实主义写作。如果说《平凡的世界》是一部讲述农村青年闯入城市的奋斗史，那么《人世间》则是一部关于城市工人家庭的生活史。有论者指出，"《人世间》所描写的城市百姓生活，是其他同代作家很难实现的。这是梁晓声所具备的独特生活优势。多年之后，梁晓声才去触碰它，可谓是用心良苦"。[①] 仔细阅读《人世间》会发现，这部小说具有自传性和亲历性的特点，小说开篇所讲到的共乐区正是哈尔滨市道里区的一个社区，作为梁晓声的出生地，哈尔滨这座城市具有浓重的移民色彩。哈尔滨现代城市文化的兴起，与建设中东铁路[②]紧密相关。中东铁路的建设，强力地、被动地将哈尔滨推入现代世界体系，这是哈尔滨现代城市文化兴起的节点。伴随着中东铁路的修建以及之后的苏联建立等历史事件，大量俄罗斯侨民涌入哈尔滨及其周边地区，对这里的历史文化产生了深远的影响。

俄罗斯侨民的到来给哈尔滨带来了浓郁的异域情调。梁晓声在《人世间》中也写到了这些俄侨在哈尔滨的活动，他们住的是"独栋的或连体的俄式楼宅，美观得如同老俄国时期的贵族府邸"，十几条街的道路都是用"马蹄石"铺成，也就是"由一尺长的石条一凿凿敲凿成钉状，再一排排按照图案砸入地里，那样的街道几乎没有凹陷一说"。当年高轮马车载着那些俄侨经过街道时，"马蹄踏石发出的脆响声伴着悦耳的马铃声由远而近由近而远，宛如出行进行曲"。这些侨民还修建了"商店、饭店、旅馆、书店、电影院、医院、教堂"，他们虽为流亡者，但其中的一部分人在出逃时带出

① 李师东：《梁晓声长篇小说〈人世间〉：百姓生活的时代书写》，《文艺报》2018 年 2 月 23 日。

② 中东铁路从俄罗斯的赤塔平原延伸而来，越过口岸城市满洲里进入中国东北，翻过大兴安岭、松嫩平原、东部张广才岭、老爷岭，一路绵延过去，过海拉尔、齐齐哈尔（昂昂溪）、哈尔滨、一面坡、横道河子等地，历经数十座城镇，再从东端边境城市绥芬河出境，全长 1480 公里。哈尔滨是节点城市，从哈尔滨向南，经双城堡、宽城子（长春）、公主岭、铁岭、沈阳、鞍山、大连，最终抵达军港旅顺口的支线铁路，全长 940 多公里。

了大笔钱财，所以能够在异国还过着一如既往的贵族生活。梁晓声据此笔锋一转，谈到了近二三十年内携巨款逃到外国去的那些中国贪官及形形色色的经济罪犯们，“据说后者们转移到国外的钱财，建几座深圳那么大的新城市也不在话下呢!”[①] 不过，这些异域情调只是故事的背景，梁晓声所关注的是当下这座城市的百姓生活。

在20世纪的上半叶，哈尔滨现代城市的形成、发展与铁路建设、俄日殖民势力入侵有着密切的联系。而新中国成立之后，哈尔滨作为东北老工业基地中的重镇，其命运便与新中国的发展路向紧密结合在一起。《人世间》分上、中、下三部，跨越了50年左右的时间，作家在这50年中，截取了三个时间段。上部是自1972年前后至1976年“天安门事件”爆发，故事以一个行刑场面拉开序幕，从一个侧面反映了这一时段城市青年的生活状态。根据当时的规定，多子女家庭只能有一个留城，其他属于“上山下乡”对象的子女则必须离城。而留城的青年，他们中不少人的父母或接受劳动改造，或被关押在“牛棚”甚至监狱里，这些青年的成长道路并不比下乡青年的平坦。过去，大量的知青文学对“上山下乡”知青关注较多，对城市留守青年则很少描写，《人世间》对此做了一种填补。中部是自1986年周志刚退休回家至1989年周秉昆入狱，20世纪80年代的中国，正逢改革开放之初，福克纳小说《喧哗与骚动》的书名，或可概括那一时段的中国。可是，80年代的哈尔滨似乎并没有明显的变化，只有两件事引人注目：一是大批知青返城；二是曾经赫赫有名的一些军工企业被改成了生产民用产品的企业，谓之“军转民”。而作为东北老工业基地重镇的哈尔滨，显示了某种衰颓之势，“大批工人面临失业，又出现了什么官倒，还大有蔓延之势，似乎为官不‘倒’就是傻了。人们现在满脑子想的不是‘拼缝’，就是‘扎条子’”。[②] 此时的城市发展，就如北方的春天，春风带来丝丝暖意的同时，也带来了融雪后的泥泞。下部是自2001年周秉昆刑满释放至2016年前后，梁

---

① 梁晓声：《人世间》上部，中国青年出版社，2017，第1~2页。

② 梁晓声：《人世间》中部，中国青年出版社，2017，第378页。

晓声似乎是有意跳过了90年代，不过这并不影响小说的精彩程度。经济大潮下的私营企业兴起、老旧城区拆迁、子女出国留学、反腐等事件接续上演。整部作品以周秉昆为中心，通过对其周围亲人、朋友的描写，笔墨辐射到政、商、文教等各个社会层面，将一座北方城市50年来的社会变迁和百姓命运徐徐展现出来，表达了作者对这座北方城市发展的深入思考，以及对城市烟尘中平民百姓艰辛人生的深深悲悯。

相对于梁晓声以往的创作，《人世间》在精神上淡化了从前的理想主义情怀，在叙事格局上则有了较大的扩展。在《人世间》中，梁晓声对社会生活的展现不再集中于某一特定的人群或社会阶层，而是通过周秉昆这个工人子弟，将叙事触角延伸到城市的各个层面，从而展现出“人世间”的生存情形。通过这样一种从城市底层平民的视角重构城市历史的努力，梁晓声打开了历史的另一个面向，即远离庙堂的广阔民间社会。不同于正史的宏大与辉煌，《人世间》发现了历史更为卑微、更令人无奈的一面。近年来，国内的一些学者致力于微观史的研究，这在过去是较为少见的，王笛认为其原因主要有以下几个方面：一是方法论的问题，中国的史学传统过于讲究宏大叙事，历史学家认为只有讨论关系国计民生的大题目，研究才有意义；二是资料的缺乏，关于地方社会和社会生活的详细资料非常少；三是中国的史学传统注重国家、帝王和精英的记录，一般民众往往被忽略了。因此，我们今天在试图重建过去的基层社会和生活时，面临相当的困难。[①] 不可否认的是，平民史、微观史与庙堂正史是同时存在的，却与正史的激昂高亢有着极大的不同，《人世间》书写的是50年历史进程中平民百姓低沉、喑哑的絮语，偶尔闪现的幸福和快乐总是转瞬即逝，虽然从总体上来看，50年来社会发生了巨大的变化，平民生活水平也的确在不断提高，但从生活的精髓来看，平民生活的压抑感、无力感、动荡不安感等几乎一成不变。从某种程度上说，文史可以互证。《人世间》以其对北方城市平民生活的深入探索，或可成为后世考察

① 王笛：《不必担忧“碎片化”》，《近代史研究》2012年第4期，第30~33页。

这段历史的宝贵资料。

在《人世间》里，梁晓声倾注了对北方城市平民生活的真切关怀。人总是向往更美好、更幸福的生活，但追求的具体目标、方式和手段以及个人的能力和素养等因素，又使得人们达到的人生境界各不相同。平民百姓如何摆脱生存困境，如何有效地实现生活向往，如何改善乃至改变人生和命运，这是梁晓声在《人世间》中所着力探讨的问题。梁晓声是一位具有很强社会责任感的作家，他说过，写作说到底是把普通人的命运写给更多的人看。“当我的命运和这些人同命运的时候，我要写这些人；当我的命运已经超高于这些人，已经从贫苦的层面上升起来的时候，我更有义务这样做。这才是写作和我们热爱写作热爱文学热爱文化的这些人之间的关系。”① 秉持这样的创作态度，梁晓声一直努力探寻平民百姓的命运走向与生存哲学。人性善恶之争，自古有之。综观梁晓声的创作，他显然站在了人性善的立场上，他在《人世间》中这样写道：“如果说人类只不过是地球上的一类物种，那么这一物种的进化方向只有一个，便是向善。善即是美，善即是优。人与人的竞争，所竞善也。优胜劣汰，也必是善者优胜。”② 在多次媒体访谈中，梁晓声都强调了他所提倡的“好人文化”，他所谓的“好人文化”在民间社会包含了对道义、忠诚、与人为善等价值观念的坚持，但不能否认的是，这些坚持在人世间的风霜雨雪中非常艰难。

在城市平民生活中，梁晓声对“好人文化”的阐释便体现为对友情、爱情、亲情的描绘，《人世间》可以说是一部“情”字当头的小说，其中多有让人难以忘却、感喟再三的情感故事。在《人世间》中，梁晓声编写了一段友情的历史，周秉昆、乔春燕、曹德宝、孙赶超、吕川、唐向阳等人自青少年时代即结下的深厚情谊，成为故事发展的一条重要脉络。这样的友情框架我们在《年轮》《雪城》等作品中也可以看到，而它在《人世间》中表现得更为细腻。友情的维系与道义、忠诚、与人为善这些因素不可分割。

---

① 梁晓声：《未死的沙威》，上海三联书店，2006，第 28 页。

② 梁晓声：《人世间》下部，中国青年出版社，2017，第 264 页。

值得注意的是，民间的道义与官方的社会法规并不完全一致，如涂志强被判处死刑，体现的是那种不出卖朋友的私人义气，而作为涂志强的发小，周秉昆拒绝前往行刑现场观摩正义的处决，拒绝无果之后，周秉昆的呕吐、晕倒等一系列生理反应再次表现出其强烈的本能拒绝。对于底层社会的青年而言，他们都本能地明白，友情是必须认真对待的。这在很大程度上是一种报团取暖的需要，“老百姓在人世间的生活真是不容易啊，谁家一不小心就会出不好的事，一出不好的事往往就束手无策，叫天天不应，叫地地不灵”。[①]这时朋友们的互相帮助就显得非常重要，底层人群不掌握官方的权力，弱小的个体想要解决生活中的困难，想要伸张正义，缔结一些小范围的集体同盟是一种有效的办法。不过，不得不承认的是，这样的友情带有很大的局限性，它势必会妨碍个体意识的萌发，一旦有个体的成长突破了这个朋友圈的界限，这些曾经的友情也就淡化乃至消亡了。比如，当吕川进入高层权力机构之后，他与那些老朋友之间就产生了莫名的隔阂；又如，当周秉昆靠着哥哥周秉义的帮助在拆迁中得到好处之后，曹德宝夫妇试图也沾沾光，没有达到目的就匿名举报了周秉义。几十年的友情在房子面前竟然不堪一击，不由得让人叹息。

与浓墨重彩的友情描绘相比，梁晓声对爱情的描绘则淡薄得多。周蓉与诗人冯化成的爱情似乎充满了浪漫情调，而且经历了下乡插队的考验，也有了爱情的结晶，他们的爱情却不能抵御城市生活的诱惑，回到北京之后，冯化成就不断出轨，两人最终还是分道扬镳。周玥和楠楠青梅竹马的爱情受到了家长的强烈阻挠，而当家长同意了他们的交往之后，楠楠却在美国求学时遭遇枪击事件死去了，这或许是周玥日后一心追求金钱，甘愿给大款当二奶的主要原因。作为主角的周秉昆，他对郑娟的感情似乎是同情、怜悯更多一些，而且充满了他主观的想象，“每次想郑娟时，他还会联想到契诃夫的短篇小说集，他偶尔读到了《美人》……在周秉昆看来，自己所面临的事正

① 梁晓声：《人世间》上部，中国青年出版社，2017，第121页。

是这样，如果郑娟最终嫁给了别人，他的人生就注定忧伤不已、黯淡无光”。[①] 他的这份爱既不同于周蓉与冯化成那样的相互欣赏，也不是青梅竹马的心心相印，他的这份爱从一开始就充满了人生的艰辛，甚至还带有一种拯救与被拯救的悲壮色彩。在那样一个年代，与一个带着孩子的“小寡妇”结婚是一件让人笑话的事，所以郑娟对于周秉昆的情感带有一定的依附性，可以说二人对于爱的理解都是有局限性的，然而正是这份有局限性的爱让二人白头到老，这不由得让读者思考：二人究竟是谁拯救了谁？小说中还塑造了郑光明这样一个盲人形象，他早年受到周秉昆的照顾，长大后出家为僧帮助众人，这位盲僧屡有警世之论，这为小说增添了神性主义的容量和深度。

亲情可以说是“草根阶层赖以抵挡生活和命运打击的最后盾牌”，[②] 在物质极为匮乏的城市平民家庭，亲情是人们最温暖、最有力的依靠。从周秉昆的人生路途来看，哥哥、嫂子、姐姐、姐夫都对他给予了很大的帮助，虽然周秉昆一生也在不断地奋斗，但他到老年能够住上楼房，过上较为舒适的生活，并不是靠他的能力实现的，而是靠哥哥暗中“帮忙”。然而，我们不无悲哀地看到，这样的手足之情在未来的儿孙辈是难以重现了。这恰如周秉昆的感慨：“往后许多代中，估计再难出一个他姐周蓉那样的大美人儿，也再难出一个他哥周秉义那样有情有义的君子了。寻常百姓人家的好故事，往后会百代难得一见吗？”[③] 梁晓声在《中国社会各阶层分析》中曾指出，如今的中国经济基础在逐渐摆脱薄弱，而社会阶层的分化也在迅速进行之中。而从阶层流动的可能性来看，50 年来阶层的壁垒反而越来越难以被打破。以周家为例，虽然周秉义借助“上山下乡”、高考、婚姻等机缘进入了权力体系，但经过周聪这一代的弱化，到周聪的下一代几乎注定又要重新回到本原的阶层。值得注意的是，作为周家的长子，周秉义成长为一市之长，但他没有留下子女，当他去世之后，妻子冬梅改嫁并远走美国，这或许是梁晓声对阶层固化的另一种言说。从某种意义上说，周秉义、周蓉这一代人的精彩

① 梁晓声：《人世间》上部，中国青年出版社，2017，第 368 页。
② 梁晓声：《人世间》下部，中国青年出版社，2017，第 229 页。
③ 梁晓声：《人世间》下部，中国青年出版社，2017，第 503 页。

像是特定年代产生的人生童话，很美好，却难以重现。如果阶层不能流动，城市底层平民的奋斗和努力将变得苍白无力，他们对于改变命运的追求也就变得毫无希望，从这个角度上看，梁晓声写出了城市平民让人惊心的绝望感。

平民百姓的生活圈子或许在逐渐变小。梁晓声在《人世间》中写道："不论男女，一旦组成了自己的家庭，感情的触须几乎必然就短了一些，有了自己的儿女后，就又短了些。有的人甚至变得眼中只有老婆孩子或丈夫孩子，渐渐六亲不认起来。"① 这大概便是城市平民的一种生存哲学了，面对人世间的风霜雨雪，他们蜷缩进自己的小家，以保存那一点点生活的温热。通读《人世间》这部作品会让我们觉得，梁晓声对那段自己曾经经历的生活没有加以夸饰，他丝毫不回避其中的艰辛、低微乃至丑陋、卑鄙的部分，他写出了周秉昆这样一个普普通通的好人的艰辛人生，他写的是一部城市平民的血泪史。而且，相比于这部小说的现实主义成就，其批判的色彩与锋芒更值得注意，面对50年来中国城市的飞速发展，梁晓声写出了城市平民生活的变与不变。

当代文学中不缺少对乡村生活的展示，反映城市生活的作品也不少见，其中描写进城务工者生活的尤其多，表现官场浮沉、知识分子生活的作品也频现文坛。但像《人世间》这样以鸿篇巨制描绘共乐区光字片这样的老城区市民生活的作品并不多见，这座北方工业城市的老市民与乡村人不同，也不同于北京、上海等城市的市民，如果梁晓声没有这般浓重的故乡情结，便不足以刻画出这些城市平民内心深处的图景。《人世间》是一座剧场，梁晓声写成的这部悲喜交加的作品一来可以慰藉他的乡情，二来也可为哈尔滨这座城市补上一部平民生活史记。

从某种角度看，王延才的《厂魂》也可以看作一部城市平民生活史。顾名思义，《厂魂》写的是一个工厂的故事，工人是东北老工业城市的重要人口构成，他们的生活状况真切地反映了城市的社会发展历程。作者曾是一

① 梁晓声：《人世间》下部，中国青年出版社，2017，第229页。

名普通工人，亲身经历了国企改革的艰辛，在夫妻双双下岗、生活无着的窘境中还收了几年的破烂，不过这样的人生经历却成就了王延才的文学梦想。在收了 8 年破烂，解决了生计问题之后，王延才只用 10 个月便创作完成了 30 集电视剧本《王破烂》，后又把它改成了长篇小说。这是一部献给善良的“小人物”的作品，讲述了一个收破烂的平凡市民自强不息的故事。与《王破烂》的一气呵成不同，《厂魂》的完成前后经历了 20 年，在佳木斯纺织厂当工人时，王延才就开始了这部小说的写作，经过反复修改、打磨之后，才形成了最终成书时的模样。评论家贺绍俊为该书作序，他敏锐地指出，“老工业基地上的厂房能够拆掉，但老工业基地上的产业工人精神并没有拆掉，而且也许永远也拆不掉。老工业基地上的马达虽然不再运转了，但仍然在工人们的心中运转，仍然在释放出能量”。因此，我们应该“重视老工业基地所凝聚的精神资源，老工业基地应该成为培育都市文学新传统的重要基地之一”。[①] 小说写的就是老工业基地国企改革的故事，作者具有鲜明的工人立场，小说歌颂了工人阶级的主人翁意识，是一部充满正能量的主旋律作品。人有灵魂，厂有厂魂，国有国魂。在当下，表现信念屹立不倒的《厂魂》无疑值得重视。

人民警察是人民的卫士，人民警察的辛勤工作保障了城市的有序发展。程琳的《人民警察》讲述的是一个发生在边疆城市的警察故事。这部小说将近百万字，分为 3 部，出版之前曾分 3 期在《当代》杂志连载，并获得《当代》文学拉力赛年度总冠军。程琳曾说，“小说虽然是他写的，但书中浓缩的是他千千万万战斗在第一线的警察战友们的命运，是他们用汗水甚至生命写成的。在他看来，在中国做警察，比美国艰难十倍。但如果能够熬过去，百炼成钢，那你所获得的光荣和自豪也会比美国警察大十倍。中国进步到今天，越来越强调依法治国，警察的职业环境也渐渐好起来。而对于过往的那些艰难岁月，我们不能够就此忘记，而应该如实地记录下来，加以深刻

① 王延才：《厂魂 · 序》，作家出版社，2015，第 3 页。

的反思”。[①] 这部小说从青涩少年陈文警校刚毕业时讲起，直到他年近50岁当上了公安局局长结束，上、中、下共3部，每部时间跨度为10年，而人民警察在这30年里社会地位、作用、执法方式的变化，以及作为背景的国家、地区的发展和人民生活的变化，被作者用粗粝的语言描绘出来。这部小说最大的亮点是其真实感，作者在警界从业数十年，对警察的生活非常理解，对于绝大多数并不了解人民警察工作的人来说，这是一个很好的机会去一窥其真貌。如今很多警察题材的作品频频出现常识性错误，其主要原因就是写作者缺乏相关的生活经历，而程琳的这部作品是用亲身体验的现实生活写成的，其中所表现的并不光鲜甚至越来越憋屈的警察故事让人无奈。

孙且是哈尔滨本埠作家中极具个性的一位，他的小说几乎全部以哈尔滨当年一个被称为“偏脸子”（哈尔滨道里区经纬街偏南、新阳路两侧，街道大都以“安”字命名，除安德街和安隆街外的20多条街巷都偏斜，故得此称谓）的地方为背景。对于哈尔滨这座兴起于铁路修建的城市而言，“偏脸子”称得上是最具代表性的一个区域。这里曾生活着俄侨、闯关东者、本土原居民等不同血脉、不同文化背景的人们，多元文化的碰撞形成了这里独特的地域文化，养育了众多个性突出的人，演绎了许许多多不一样的故事。可以说，孙且笔下的《有一个地方叫“偏脸子”》，是一部邻居街坊们的人生传奇，也是他对哈尔滨这座城市的深切记忆。《有一个地方叫“偏脸子”》具有某种地方志的色彩，在杂志上发表时就叫《偏脸子辞典》。辞典用于文学作品的命名倒也不算新鲜，塞尔维亚作家帕维奇的《哈扎尔辞典》亦是如此。我们在每个条目下首先看到的是街道的历史沿革，来龙去脉准确翔实，可见作者对此用功不浅。不过，这毕竟是一部小说，它并不全如志书那样是对城市历史的客观纪实，这部书有一个活生生的“我”参与其中，书中所写的一切，都是“我”耳闻目睹、亲身经历的。那些冷硬的地方知识因“我”的参与而具有了切肤的温度。哈尔滨不是一座布局横平竖直的城市，一如“偏脸子”之偏，外地人很容易在这里迷失方向，而从深层的寓

---

① 刘秀娟：《程琳新作〈人民警察〉：书写真实的警察生活》，《文艺报》2015年5月25日。

意来看，迷失方向正是当今很多城市和城市人的命运写照。评论家乔焕江指出，“疯长的摩天楼群，明亮的城市夜景，当人们再难看到城市的天际线，又能向何处去寻找方向？……人们多已被今日或明天各种待完成的指标所裹挟，而这些不得不拼命向前生怕被城市落下的人，这些无力寻思今日之我从什么样的过去而来的人，又如何得知自己到底要去往何方？忘记了自己的过去，某种意义上，我们都成了流离失所的人”。[①] 或许孙且一直坚持对“偏脸子”的书写，就是在努力让我们不要忘记过去、忘记历史，“偏脸子”曾是一处流亡者的收容之地，生活在这里的人们虽然命途多舛，但始终保持生命的尊严。书中“老巴夺”一部分的结尾有这样一句话：“对精神需求有过多要求的人，都活在过去。”这句话值得今天迷失方向的人们仔细思考。

二　边地历史与传奇

黑龙江是一个具有丰富历史文化资源的边疆省份，从 19 世纪末以来，这片土地经历了太多的血与火、开发与建设，对本土历史文化的深入描写是黑龙江文学的一个长盛不衰的主题。回顾近代以来的黑龙江历史，我们可以看出中东铁路的修筑对这一区域的发展起到了举足轻重的作用。徐景辉的历史题材作品《风雨中东路》围绕中东铁路修建、使用的过程，进行了深入细致的考察，提供了大量珍贵的图片和历史资料。中东铁路这条运营 100 多年的“丁”字形大铁路，“不仅构架了东北铁路的网络格局，也推动了东北的城市化进程，加速了东北的开发和发展。更重要的是，这条大铁路，也拉动了中国的近现代史，牵动了亚洲的神经和历史走向，引发一次又一次的血腥战争。中东铁路，是一条实在过于沉重的大铁路，也是一条拉动历史并改变历史的大铁路”。[②] 在中东铁路修建和使用的过程中，中、俄、日三国乃至英、美等强国竞相登场，明争暗斗。甚至可以说，明了中东铁路的前因后

① 乔焕江：《作为地方知识的“偏脸子”》，《黑龙江日报》2019 年 2 月 15 日。

② 徐景辉：《风雨中东路》，北方文艺出版社，2016，第 2 页。

果，便清楚了东北亚区域近现代历史的发展脉络。这条大铁路是一把双刃剑，既为东北区域的发展带来了巨大的助力，也给列强搜刮东北资源提供了便利，其关键在于铁路权掌握在谁手中。围绕铁路权，中、俄、日三国进行了几十年艰苦的斗争；围绕这条大铁路，产生了无数令人唏嘘的故事。

王鸿达的《青马湖》是一部具有“史诗”品格的作品。小说以黑龙江省肇州县的青马湖为地域背景，以闯关东移民乔、邹两家的生活为故事线索，勾勒出了东北黑土地半个多世纪的发展历程，其中涉及了关内农民闯关东、民国期间东北战乱、抗战、东北光复后的农村土改等历史事件。乔家以大地主乔焕章为主要人物，突出其勤劳操家，为民族大义守德守义的关东人豪迈的民族气节。乔守廉是乔家的大儿子，也是国民党军队的一名少校营长，东北抗战爆发时，不惜舍生取义。邹家以地主邹守田为主要人物，描写其随同父亲流落到关东，一心想要在家产、地产上与乔家争斗，不惜做了伪保长。其大老婆生的儿子邹新华，却忤逆父道，走上了革命道路，最终成为县长。小说故事脉络清晰，场面恢宏，故事情节跌宕起伏、波澜壮阔，人物性格鲜明丰满，语言极具关东风情，可谓苦难辉煌的黑龙江大地的缩影。

孙彦良的《爷的村庄》是一部抗战题材的长篇小说。作品描写了抗战时期东北深山老林里的抗日斗争，主人公张步利用甲长的身份同日寇及汉奸周旋，保护乡亲邻里与抗日武装，后成长为一名抗联战士。小说故事生动感人，语言朴实简练，具有较强的可读性和感染力。

三　边地流民与侨民

东北区域虽地处边疆，又有着漫长的冬季，但土地辽阔、物产丰富。明末清初以来，东北区域的人群流动变得频繁起来，包括流人到东北、旗人入关、俄侨来东北、穷苦人民闯关东等。人群的流动会带来文化交融、习俗碰撞等诸多社会问题，这些问题成为一些作家创作的主题。葛均义的《流放》对东北流人问题有着深入的思考；李文方的《六角街灯》对俄侨及其后代在哈尔滨的生活有着细致的描绘。

以这样十几部作品为“点”，来概观 2017～2018 年黑龙江长篇小说的“面”，挂一漏万毋庸置疑，遗珠之憾在所难免。但即便是这样一个简要的勾勒，也可以看出，回归故事叙述，立足本土经验，在此基础上各尽所能，群峰竞秀，已经是黑龙江作家在长篇小说创作中的普遍追求。可以说，在长篇小说这个重要的文学领域，黑龙江这片肥沃的黑土地上在不断奏响动人的乐章。

B.3

中篇小说：时空分延与记忆迭代

姜　超*

摘　要： 2017～2018年的黑龙江中篇小说竭力在乡土空间、城市空间、历史空间中寻找塑造灵魂的题材，作家行列年龄齐整、思维多元、多重叙事风格汇聚，呈现迅跑冲击的发展态势。黑龙江新的时代特征成为作家们竞争灵智的表现对象，也决定了他们从俗世中来、到灵魂里去的写作命运。诸多结实饱满的中篇小说记录了时代空间变换的新变与多变，世界的差异性和生活的丰富性均得到艺术化的呈现。

关键词： 时空分延　记忆迭代　中篇小说　黑龙江

黑龙江作家坚持从俗世中来、到灵魂里去，用诸多结实饱满的中篇小说记录时代空间变换的新变与多变，不同代际的作家顽韧书写了世界的差异性和生活的丰富性。饮誉文坛的迟子建、阿成、张抗抗、张雅文、何凯旋、陈力娇、王鸿达等名宿，始终保持旺盛的创造力，佳作频出；老长、杨勇、刘浪、苦瓜、薛喜君、杨中华等青年作家靠坚实的作品走向了全国，频获奖项，为黑龙江文学拓边，争得了荣誉。

孟繁华说："文体自身的优势和载体的相对稳定，以及作者、读者群体的相对稳定，都决定了中篇小说在物欲横流的时代获得了绝处逢生的机缘。"黑龙江作家骨血里浑厚苍劲的品性，最适宜选择中篇小说这个艺术渡口来摆渡

* 姜超，黑龙江省作家协会秘书长。

灵魂，抑或是中篇小说天然的稳定质素与黑龙江作家的诉求不谋而合。百年文学的迅捷变革也唯有中篇小说一直坚持诚实多思。此间，投身黑龙江中篇小说创作的作家行列年龄齐整、思维多元、多重叙事风格汇聚，呈现迅跑冲击的发展态势。老长的《死亡证明》《残年》、杨勇的《夏天掉了一块骨头》、孙彦良的《一地雨水》，奋力挥别固有的叙事传统和框架，在小说的无限可能性、叙事的能指、叙事结构、叙事语言上竞争灵智，有了不同程度的斩获。

近年来，全省人民重整行装奋力奔向新振兴，留下了许多春风里破冰、浴火重生等可歌可泣的奋斗故事。黑龙江独特的空间特征和新时代农垦、林业、农村、城镇建设的新变新容，已经化作文学创作牵涉的物、场、事。盛满故事的空间，将帮助读者形成深刻的场所记忆、提升主体的空间参与度。大都市、大森林、大油田、大平原、大草原不仅是黑龙江文学的背景，更是决定黑龙江文学气质的文化血脉。

地处东北边陲的黑龙江，地貌特征突出，物产丰富，本土世居少数民族民俗文化斑斓多彩，古老的农业生产与全面机械化操作并行，大工业、大行业等经济社会结构长期嵌入，生成了传统与现代的冲撞与融合、地方与全国的交互接榫，在文学创作中体现为多种文化视野与美学价值的碰撞。无论是历史故地，还是真实现场，2017～2018年的黑龙江中篇小说既有苍茫悠远、宁静致远的坚实表达的一面，也有持续关注灵魂的震荡、记录世界的裂变、一贯挞伐平庸的一面，作家们坚持在世俗生活中披坚执锐而通往良知慈悲，带着杜鹃啼血式的痛苦行在追求天问的路上。以上二者，合力裸裎了黑龙江文学的地理空间与精神空间。

众所周知，空间场域因其鲜明的生存实践性，而对文学创作产生了显在或潜在的影响。郑重打量黑龙江中篇小说空间经验的敞开，将有助于我们勘察中篇小说意蕴与样态的种种变化。

一 现实空间的美学表达

乡村是众多黑龙江作家的出生地、成长地，是他们赖以存放情感的地理空间和精神空间，藏着他们永远书写不尽的“艺术潜能”。

一如既往的是，他们笔下的乡土世界，成为人与自然、人与社会和谐相处的见证，是真善美生长的土壤。“万物美好，我在中央”，在观看乡村物象、物事时，黑龙江作家如同患上了“恋物癖”。作家们对乡村风物的热恋一如既往。他们总是将故乡做浪漫化、审美化处理，这里的“诗意地栖居”是一种艺术化选择策略。

迟子建是日益走向开阔与雄浑的优秀作家，始终不渝地怀恋故乡山水田园的自在时光，哼唱自然而忘忧解愁。《候鸟的勇敢》甫一发表即受到热切关注，这部大中篇体大思沉，如一阕在岁月的演进中感伤自然凋敝的挽歌。迟子建劝诫世人：生态系统的大厦吱嘎作响、摇摇欲坠，却唤不醒酣睡不起的人。这部小说同时讲述多个故事，呈现了多个叙事结构：德秀师父与张黑脸的情爱故事为表层结构，老葛与周铁牙们的故事是隐性线索，而瓦城的市井人物与上述主要人物的交往为叙事的第三脉络。如追溯小说的题名，可见迟子建的深意。“候鸟”是作家在现实世界守持的美好事物，更是理想寄托的象征之物。“红尘拂，寒暑来去，所有的翅膀都渴望着飞翔。”在冰雪中殒命的候鸟与徘徊于痛苦里的人物何其相似，“飞翔”几与救赎同义，均有超拔生活的理想化倾向。如苏童所说：“大约没有一个作家会像迟子建一样历经二十多年的创作而容颜不改，始终保持着一种均匀的创作节奏，一种稳定的美学追求，一种晶莹明亮的文字品格。”

迟子建笔下的小人物形象纤细却饱满，他们平凡却不无故事，平常但有心底波澜，这些人物姿态万千而绝不雷同。以慈悲心打量这些寻常可见的人物，迟子建深刻挖掘他们命运的成因，并持续探讨时代变迁对心灵的强烈撞击。她对时代变迁保持警觉，甘心做一个守夜人，而“守夜人的更鼓声是一个警报——呼唤人们从睡梦中醒来，迅速联合起来对抗危险”。[①] 小说结尾中的一对东方白鹳毙命于冰雪之上，张黑脸与德秀师父的满心悲伤，就像

---

① 〔美〕丽贝卡·D. 科斯塔：《守夜人的钟声：我们时代的危机和出路》，李亦敏译，中信出版集团，2017，前言 viii。

夜深人静时分守夜人的更鼓发出的求援召唤，久久撞击着阅读者的心灵，阅读者也满眼悲伤——悲哉，世上再无天心明月般的乡愁！仅就这部小说本然的诗性书写来说，迟子建温暖的文字接近“忘适之适”，摆脱了欲望和概念化的日常，作家才可在现世“诗意地栖居”。如此，迟子建在小说中不断敞开官能感受，不但在亲近自然的同时找回了主体已经失去的感性，还可以此摆脱终极思考的紧张状态。综观《候鸟的勇敢》，迟子建深情描绘了金瓮河周遭的美丽，但世间好物不坚牢，维护纯美的守持在现代化大背景下尤为艰难；现实如锈剑，须思想之布反复擦拭才可见其锋芒。迟子建倾情呼唤的“勇敢”，是直面现实、破解困厄的道德担承。唯有如斯不断与现实对撞的写作，才能维护文学的尊严。

山河依旧在，乡情已不同。黑龙江作家多半有深厚的乡土情结，在近年的社会演进中他们的乡土经验表达增添了新的表现。出生地与居住地的迥异，派生了丰富的乡愁、城愁，这几乎是黑龙江中青年作家一致的情感走向。王鸿达的《同桌》、薛喜君的《秋风渐凉》、吕占明的《大山兵》、尹群的《公社往事》、张大朋的《三花》等，一贯有伸向大地的根须和亲近乡情的触角，在作家笔下乡土是一个完美的世界，乡土伦理价值支配了作家的精神大厦。陈力娇的《布控》聚焦卑微的生命图景，在如蝼蚁般艰难生存的人们身上发现生命的顽韧。陈力娇在浊世中没有历练出巧慧、机巧，她心思专注，澄心以冥思，时时拷问俗世背景下灵魂是否在场。《布控》礼赞了在黑白较量、善恶角力中高贵的人性，我们仿佛听见毅然赴死的男孩宁死也不作恶的内心呼喊，作品的张力堪比昌耀的《慈航·爱与死》里的名句：“是的，在善恶的角力中/爱的繁衍与生殖/比死亡的战残更古老/更勇武百倍。”决然不肯与劫匪同流合污的男孩形象跃然纸上，然而作家巧妙省略了人物灵与肉对峙的心理活动。“他不会水，会水也不可能在大冬天从这条江游过去，那要横跨一公里，一公里寒冷刺骨的江水，会轻松吞噬人的生命，这谁都知道。”在陈力娇的相关作品中，道德底线（或者说是底线伦理）烛照世人灵魂，是不可或缺的叙事因子。陈力娇的小小说不可能穷尽全部的道德底线故事，她采取滴水藏海的方式，广泛调动了个人经验。扯起拒绝媚俗的旗帜，用小说对抗世界性的平庸化潮流，唤回被遗忘的人性记忆，陈力娇毅然举起了堂·吉诃德的长矛，向现实的沙塔冲击。

刘浪的《没有几个人知道我们曾经写诗》述写的是日常生存空间下的饮食男女生活。他秉承悲悯情怀，为小人物的时代生活画像，描摹了如蚁族群在盛世华彩之外饱受的辛酸情状。刘浪的小说如同他本人一样充满智慧，充盈着一种笑对人生的智慧。世界的可笑、可怜、可爱、可憎等诸种面孔，统统摄入刘浪的智慧之眼。刘浪悉心塑造的小人物身上具有“不幸中的超然”“磨难中的坚韧”“苦难中的逍遥”等品性，道德闪射出的希望之光使文艺“美学”与“神学”联姻。

黑龙江高天厚土的乡土空间几千年来具备均质性，至20世纪末乡土世界的外在物象仍具备稳固的同一性，黑龙江文学对故乡主题的书写变化无多，盖因其心理基础稳固顽韧，所能变化的唯有不同的生命细节。乡野虽阔大，但均质的空间属性，适合安静幽闭的诗性言说。随着现代化的深入，时间的重要性减弱，而空间的重要性突显。空间造成的时代焦虑更为常见，空间的变迁牵扯着大时代的象征秩序的重组。随着黑龙江省城乡二元结构的不断变化，空间不再是均质的空洞容所，而开始成为能体现社会生产关系的位所。面对乡土世界的荒芜与空疏，黑龙江人到异地谋生更为常态化。从熟悉温暖的乡土空间置身陌生冷酷的城市空间，他们对新空间的体感与认知刻骨铭心，这样的生命经验鲜活、沉痛，为黑龙江文学书写注入了源源不断的现实流水。

吴极的《飞鸟各投林》写的是从林区走出去的游子在异乡艰难生存，返回故乡却如“万箭穿心”。出生地似藏有无限力量，不断撕扯着吴极频频向故乡遥望。在吴极的故乡书写中，故乡被一再神圣化，往昔带着久违的温馨和持久的诗意，而生存现实粗鄙不堪、面目狰狞。尹群《公社往事》的主题也是对故土往事的询唤，旧人旧事重新映现，依然是与现实互动后的产物。作家们这种城乡二元对立的思维，是对现代性的“误识”。城市潜藏的无限涵蕴，对作家来说更像是一个重要隘口，突破了则进入另一番天地。对城市的当下性之思，仍然是黑龙江作家写作的短板。

黑龙江作家直面现实的努力体现为在平凡中发现久违的诗意，呈现世界的庞杂性与生命的丰富性。在日常生活空间里，作家们的写作难度在于艰难挖掘隐藏在生活层面之下的“意义”。薛喜君《秋风渐凉》《雪夜晚钟》《花事》涌动着小说家特有的谨慎与悸动，仿佛劝诫世俗生活空间里的凡人抖掉尘埃，继续带着光亮活下去。她为笔下人物保存了梦想的活力及现实中精神的闪电。这些谨慎、悸动与内心的匆忙，让作家摆脱了一切俗世的羁绊，从而领略心灵的自由与思考的乐趣。铺陈文字间的琐屑与庸常，并不是作家的本意，薛喜君总是引领主人公们不拘囿于生存的狭促而坦然活着。申长荣的《桥头堡》虽有人性的微妙博弈，但讲述的故事含有朴素动人的温情与光亮，生活的艰辛终被人性之光所释解。这些生活琐事含藏的人生经验，可以帮助作家接近写作的意义——通过写作，寻找生活本就存在的价值。申长荣坚持书写底层故事，与无限愁苦笼罩下的底层人物同悲共泣。不论笔下的人物面临多少困厄，申长荣还是给冷酷的世界留了一丝温暖，普通人的良知从未被这个芜杂的社会全部泯灭。

赵仁庆“看目光流盼多妩媚，入红尘俗世尽风流”。他将生活橄榄咀嚼出香味，让小说“凡俗不俗，庸常不庸”。他讲述的街道办故事并无多少传奇，也没有叙述的精巧与奇崛，流溢其间的是对身边常人的体恤、抚慰、劝诫。赵仁庆放弃了对小说人物的启蒙、教化，为小说留下柔软、友善的肉身，他让小说中的人物在凉薄中寻觅快乐，在伤痛里迎来爱与暖。《融雪剂》同时获得第二十六届“东丽杯”梁斌小说评选中篇小说一等奖和省政府文艺奖。这篇小说叙事语言上呈现了一种中国文化的民间幽默和智慧，那是一种对人生的看透、对社会的调侃、对历史的反证，使小说文本更加具有感人的力量和阅读的趣味。赵仁庆的作品有口语表达的魅力，民间话语的艺术化为小说增添了“悦感”和“乐感”。

身在乡土空间的王善常，其小说坚持原初的生命表达，他的《追风人》《撂荒地》篇幅短小，却有足够的中篇含量。编辑家韦健玮认为王善常的文字有温度，“在他那里，你可以惊喜地发现他对世俗世界和文字世界的那些非常新鲜的有别于他人的感觉，常常会令你在耳目一新的同时又有会心的一笑”。

王善常描摹乡村事物给人以缓慢的感觉。“每一个季节的阳光都有重量，比如冬天的阳光就像羽毛一样轻，甚至落不到地面，只在半空飘飘悠悠地打着转。夏天的阳光却很沉重，砸在皮肤上火燎燎地疼，箍在胸膛上让人喘不过来气，压在脊梁上吱呀呀地响。”他叙写人事、描摹物事的致思基点不在当下，而是回望“过去”。与史家笔法不同的是，作家之意不在于展现真实，表现心理上的履痕才是核心所在。因缓慢而生成的静态之美，实际上是由时间绵延生成的。这种主观化手段，如同让古老的时钟凝滞一般，作家通过场面调度或蒙太奇手段，赋予现实生活一种美好的诗性，从而让疲惫的灵魂于此时此地漫游，又可以在短暂的“飞升”期获得愉悦、满足感。尹群的小说《公社往事》依然是旧闻旧事，守着他的信仰与理想，守护着一片纯粹清洁的精神世界。黑龙江作家还会在相当长的一段时间内书写故乡，回眸朗笑或大放悲歌，均是自我原宥为迷乱的生活薄奠。

二　历史空间的精神叩问

黑龙江近现代历史虽谈不上波谲云诡，但自有其独特之处。阿成、何凯旋、王鸿达、申志远、杨中华等作家不直接采用宏大的历史视角，抛弃了后来者回望历史的高傲与批判惯性，从寻常事件中叩问本相，以“偶发”来见证“必然”。凡是曾有记忆的地方，就该有历史。阿成的《逃离地震带》虽然是小人物见证大历史，个体却有着强烈的创伤记忆表达。作品以唐山大地震为大背景，讲述了这次灾难对一个普通家庭所造成的影响，其中掺杂着众多的情感纠结，它不是单纯重现灾难，而是注重人文关怀，注重对生命的关怀。《逃离地震带》看似拉杂，内里则是一段生死之间的心灵晤对。阿成突破了对重大事件的简单图解，注重心灵省思，在灾难文学表现中别具一格。这篇小说凸显了个体生命在大灾大难中的心理轨迹，展现了深切的人文关怀与丰厚的人文内涵。对不能预知命运的当事人来说，每一刻的活着都应深具意义，只有这样，当机变到来时，人们才能从容处置。类似的历史书写还有王鸿达的《英雄喋血决战前》、王玉波的《抗日英雄张甲洲》《侠虎仙踪》、朱法成的《江山万里图》、王跃斌的《沉重的九连环》等。

历史是对过去的再现，带着真实客观的外貌；记忆具有情感色彩，有时还会有错误和偏差。“我们今天所称的记忆，全都不是记忆，而已经成为历史。我们所称的记忆的火焰，全都已经消失在历史的炉灶中。记忆的需要就是历史的需要。”① 何凯旋的小说有一种独属的“荒寒”美学风格，他在《大益文学·戏》上发表的《兴凯湖》散发着荒凉、死寂、干枯的气息。主人公桃儿、光、张队长各自沉浸在不同的记忆空间中，而置放他们的记忆的地理概念，无疑作为“边缘空间”之一种，作为异质性的一种存在，带有强烈的规训色彩，它是诞生创伤记忆的产床。对亲身经历的过来人来说，那些难以名状的记忆，反而在最初的诗歌创作中并不多见，成为一种选择性的遗忘，需要外界偶然刺激才可能显现。记忆作为苦难的宝藏，有选择性地向文学敞开。记忆书写是有选择的，突出一部分记忆的同时就意味着要刻意遗忘一些痛苦。这样的回忆始终与遗忘相随，如同手举蜡烛进入角落，反而会使房间其他地方变得更黑暗。

何凯旋一直坚持以先锋的姿态复现历史、拷问人性，《兴凯湖》有中篇小说的样貌与容量，大量对白与场景描摹又颇具戏剧之风。桃儿、光、屠夫均有不同的文化经历，讲述他们的故事以“他说”总觉得似有障碍，而自我言说才更适合接近幽闭空间。“兴凯湖”非上帝的应许之地，作家通过讲述者与追问者历史狂欢化的叙事而深刻反思。顾左右而言他的叙事风格，无疑是一种先锋的姿态，但比先锋更决绝的是主题的深刻钻探。这部作品与见证文学颇为相似，而作家的创作雄心是拨开历史埋藏着的废弃物，在无用的东西和被遗忘的东西的深渊里造出新的物质的档案。还要提及的是，作为

① 〔法〕皮埃尔·诺拉主编《记忆之场——法国国民意识的文化社会史》，黄艳红等译，南京大学出版社，2017，第13页。

“幸存者”的桃儿、光，内心始终存有入骨入肉的历史伤痛体验，也烙印着深深的回忆体验，这些经由作家的艺术处理随时会由回忆变为历史。小说涌动着猪舍、树林、湖水等“主干意象”，这些充满主观性的“意象”是经验与超验的混合体，可称为“思想的荷载物”，可归属于历史的返照与超脱。

申志远出版的《亚历山大伯爵的巴扬》收录中篇小说9篇。《击毙1909》叙事舒缓，移用影视画面频闪的方式，徐徐切入往昔，切入历史空间。世事如烟，弥漫着模糊一切的伟力。他的小说则体现吹开迷雾、展示本相、谛听歌哭的艺术化努力，这让他的小说的“历史想象力”绵长丰富起来。这部小说集故意不去讲述完整的故事，而精微记述时空中的瞬间。它对现实的有效介入，增添了深邃的历史感，也使得其小说创作获得了意义承载。

墨凝的《江界情迷》在平稳的叙事语调中，已透露出惊心动魄的历史深处的往事。“每当这个时候，在后面推车的女人总是泪流满面。而他从没回过头去看一眼站在他身后的女人，即使看了他也许不会想起这个女人是谁。”一般情况下，记忆通过书写被赋予的意义和书写行为本身的意义相叠加，我忆，故我在；与寻求存在意义相联系，回忆是一种抵抗，也是回忆者的挪亚方舟，这篇小说的主人公贾商也是如此。

天地有大美，人心藏幽微。木糖的《烟火记忆》《出城记》探入往昔，小说中的“他”或“他们”可能没有真正“放下”，回忆中的抒情或许既意味着创伤的纾解，又暗示着创伤的永不痊愈。所有从时间深处走出来的人都乐于回忆美好，“越是在回忆美好的东西，就只能说明他们的当下情状（特别是灵魂）越是困窘、无奈和凄惶，越是需要向往和想象中的世界来存放和驰骋他们的心灵；越是在纸张上建筑宁静、祥和、恬淡……只能说明他们有多么厌倦、苦恼而又无能为力；越是在用笔尖堆砌力量、斗志和情愫，就只能说明他们此在的消沉、疲软、孤独无援和对温暖与情爱的向往”。[①]木糖切近的是身边年青一代的生存处境与价值判断，与其说木糖在关注他们

① 王昌忠：《在精神的乡土上——试论“两栖人”乡土诗的诗歌意绪指向》，《当代文坛》2002年第1期，第29页。

的青春故事，毋宁说他在勾勒一代青年面迎时代的“情感形式”。没有任何一段人生不值得打量，木糖近年来一再将写作的触点降低，推移到少年经历的人生书写。他重视描写青春个体意识的萌芽与瞬息万变，不回避少年在成长中碰见的青春困惑，将青涩酸楚与叛逆纯洁镶嵌在一起，玉成了别具一格的青春叙事。

杨中华的小说《洗心经》似在致青春，不断回望20世纪90年代的青春故事，场景芜杂，混合着浓烈的青春荷尔蒙气味，文字间充盈着追忆似水年华的痛惜。在叙述语言上，淡雅的书面语和东北方言的融合贴近了20世纪90年代中学生的现实生活，形成了如在左右的叙事效果。“那天，元狩上路了，去寻找女儿小环，毕竟是苏白的遗愿。可是，茫茫大地，到哪去找呢?”慌乱与迷茫中生存的元狩、苏白、吴可、戚戚，踏入新时代后成为迷途浪子。美国思想家爱默生曾言:“一个时代的经验需要一种新的忏悔，这世界仿佛常在等候着它的诗人。”杨中华的青春回溯肯定有一种“忏悔”，他试图以回忆支撑起旧日时空，在慢放旧事的节奏里品味生活、生存的意义。他竭力缀连过去、现在与将来，现实的惯性却一再将这个完整链条冲断，写作的一切努力就是为驻留一份美好的记忆。

三　异质空间的灵魂震荡

反映时代，提高介入现实的能力，为存在寻求救赎的出口，这是笔者对小说的一贯期待。两年间数量颇多的黑龙江中篇小说，不约而同地把自己关注的视野投向了日益复杂的现实生活，并在表现现实生活的同时，有着对人性世界的深度挖掘与勘探。“相对于时间，空间的焦虑在这个时代更为醒目……空间的变迁更为常态化……空间越来越多地参与到了大时代象征秩序的重组中。”[①] 不可否认的是，黑龙江遭逢的空间转向有着鲜明的独特性。大时代似乎要抛弃作家，可作家们却依然在心中对故乡、生活保存了一份留

① 战宇婷:《异质空间理论与吉林空间记忆》，时代文艺出版社，2018，第9页。

态。不可否认的是，黑龙江出现了人口向外流动而造成的“空村”“空镇”等异态化现象，留守儿童、留守妇女、空巢老人并不鲜见。当异态化成为常态，麻木的人们则发掘了更低的底线并安之若素。多种文体的插入也是小说产生空间效果的重要原因。黑龙江作家依然一如既往地恪守其关于小说、历史、记忆、现实的观念，深耕具备多种可能性的现代小说。如上存在的多重异质空间，引带黑龙江作家以现代主义多种手法的交互性使用和自觉性探索，来积极探入社会生活的各个“里层”，对时代的快速新变与艰难把控有着入骨的领悟。

杨勇的《夏天掉了一块骨头》依然没有完整的故事走向，全篇赖由无数个片段串成。如作家自己所说：“这些东西会在阅读中暗溢出来，它勾连着小村的历史与恩怨，也平行地引导着事件的进展。另外，线性的叙述中因为穿插了平行的叙述，仿佛是一株纵向的树干，又多了一些横向的枝叶，这是出于小说内在旨意饱满的需要。我以为：形式也是内容，生活就是这样。小说故事的边界一旦打破，你会发现，小说的天地很广阔无边。”杨勇有上佳的诗歌写作表现，他投入小说写作中时具有了先锋意识。他要追索的不是故事本身，而是表现无数个偶然。杨勇故意让一种败坏从环境向人心蔓延，他描摹了人文环境的沦落导致的人与人、人群与人群的互害形成新的反噬链条，人与环境的另类互害也就此呈现。老长《死亡证明》《残年》书写那些城市生活中的失意者、失败者、无奈者、患病者，并让这些人物吐露自我心声。老长有着多年的美术修为，他的小说创作深具团块意识。在小说语言表述上，老长借鉴了色彩构成、参差对照等法则，让小说多了绘画感。他的小说叙事采用绘画方式塑造人物性格，以美术思维推动故事情节发展。近年来，老长在代际冲突上用力颇多，他对老年境遇的细致描绘有青年一代孝亲意识的淡化、传统伦理的消散、老年生存的艰辛。老长不仅关注无处安放的身体状态，还刻画了他们长期处于游离、尴尬、寂寞、痛苦的心理情境。

孙彦良说：“探索文学史博大的可能，一定是个案，是少数作家，而且是少之又少的独特作品，火山一般突然呈现出来。”他的小说《一地雨水》

变形较大，题旨跳跃，叙事含混，很难一下判清意义走向。于作者来说，它也是不可复制的“异数”，蕴含着二种隐喻：一层是如春晓、王元等人一般，本来河顾自流，奈何寻常百姓的正直善良总被雨打风吹去，终而被浇灭、被践踏；另一层则是雨水汇聚成河流，人的命运如一滴水一样不可预知下一刻的结局。孙彦良故意为有些小权力的东衣赋予权力的魔力，让其有了上下其手的能力，以期抖开权力结构对人性的侵蚀。对权力结构与人性进行书写的还有瑚布图的《冒顶》、任青春的《山雨欲来》、廉世广的《病树前头》，这些小说世界有着强烈的沉重感与伤痛感，在阅读过程中使人难以喘息。作家打开官场说世情，注重用小说与现实劈面相迎，关注了权力结构中的人性纠结，期望权力空间下的公务员走出禁锢与自我封闭的误区，以开放、公平、阳光的积极心态参与到文明昌达、社会和谐、吏治清明的建设当中去。空间本是纯粹物理学或地理学概念，当它转变为权力运作的场域时，空间与权力之间就出现了不可避免的张力。尤其是廉世广的《病树前头》的诉求和题旨非指官场之内，丰富了现实主义写作的内涵，其意在于唤醒走偏的灵魂。它的“内驱力”着重于世情、人情、人性的精微呈现和深刻观察，而充满人性的叙述基调能引导人们获得对政治清明、社会治理的正确理解。

空间常常是作为打断“时间流”的描述或作为情节的静态“背景”，或作为小说事件在时间中展开的“场景”而存在。深谙此道的一些作家在空间转向的书写中强调了空间优先于时间的主导地位。孙且的《偏脸子辞典》采用辞典的体例，是将非虚构的地方志和虚构的小说进行融合的实验文本。以偏脸子为核心的地理志书写，关于哈尔滨的断代史与风物展示，恰恰是以文证史、以史证文的绝好证词。他将地方经验纳入笔下，在其独特感知的记忆空间下自由转换，此中的风俗、传统、想象交融，投射在个体履痕与情感踪迹里，如同建设了一个不断分叉的花园。《偏脸子辞典》颇似小说地域性的文化寻根，但也有作家的野心——小说中的地理学附带着作家强烈的感知与认知，增添了文化意义，实现了文化增值，从而让文学地貌升华为文学景观。

张伟东的《多余》、张望朝的《家殇》书写的都是特殊家庭内部的往事，但作家让人物始终向光亮处走，力争让被世界漠视、轻视、忽视的事物于幽暗处闪光。红岸的《傻瓜之书》采用动物叙事，对精神困境的暗喻展示，使得小说更像是艺术真实的矗立之所。王芳的《火红的萨日朗》关注了蒙古族青年的命运走向与情爱故事，这种由向外追寻到向内回归的题材选择，描摹了外乡人的逐梦之旅，也体现了多面人性的展示与博弈。李文方的《玻璃屋》写的是哈尔滨俄侨与太阳岛当地原居民的交往故事，几多离愁和人际间的温暖深情缱绻。

如贺绍俊所说："小说并不是为了告诉人们现实发生了什么事情，而是要告诉人们，作家是如何对待现实的。小说正是以这种方式，抵达了现实的纵深处和隐蔽处，我们从小说中看到了别样的风景。"黑龙江作家对奇险巧妙的情节设置，实际上是要铺展别样的风景，而这些风景恰恰发生在不同的空间背景下，黑龙江作家还需要继续努力，提升"思力"，用多变的小说形式为世人立心，替世界立德，始终以热烈拥抱时代的介入性和开放视野，实现黑龙江文学创作在精神与技艺上的双重拓展。

B.4

短篇小说：万紫千红总是春

王　璐*

摘　要： 2017～2018年黑龙江的短篇小说创作收获颇丰，总体基调仍是扎根于现实主义的本土书写。对人的热爱、对生命的关怀，仍是作家们深切的追求。作家在写作题材的选择上呈现多样化的趋势，写作方式的探索上也更为多元，艺术个性愈发鲜明。充分利用短篇小说的特性，为读者提供独特的审美体验。同时，作家们用短篇小说的创作，不断探索自我的边界。新老作家群体辛勤耕耘，多样化的书写使黑龙江短篇小说的花园百花争艳，春色满园。

关键词： 短篇小说　现实主义　黑龙江

对于短篇小说，黑龙江的作家一直保持创作热情。2017～2018年，无论是成名已久的作家王阿成、迟子建，还是中生代、新生代作家，都为短篇小说拿出了自己的得意之作。从数量上看可谓收获颇丰。大部分作品都是对现实的书写，以呈现当下生活现实的作品为主，其中历史中、记忆中的现实书写也不在少数。短篇小说由于篇幅所限，宏大叙事的作品少，检视生活细微之处，剖析人性隐秘层面的为多。日常生活琐事的书写，人性微妙之处的剖析，固然为现实主义的写作。如何处理这样的差异较小的书写，成为短篇小说写作者共同面对的问题。

---

* 王璐，黑龙江省社会科学院文学研究所助理研究员，博士。

作家在现实主义题材上，尤其是在接近生活本身的题材上，如何理解现实，如何用短篇有限的篇幅表达繁复的具体而微的现实，是展现作家审美思维和艺术创造的关键。透过现实洞察本质，是作家用写作思考的能力的体现。正因为文学创作是人类精神活动的产物，所以其具有强烈的主观色彩，更具有幻想的创造性。其在再现现实的时候，必然也反映了创作者的内心境况、价值取向、个体审美意趣。朱光潜先生曾说："凡是文艺都是根据现实世界而铸成另一超现实的意象世界，所以它一方面是现实人生的返照，一方面也是现实人生的超脱。"文艺的两面"返照"与"超脱"，正是文学所具有的属性。"返照"表现现实，"超脱"则是对现实的思考。而现实主义文学的"超脱"无法全然摆脱经验和常识。

一　茉莉花：现实的细微之处

越来越多的短篇小说将日常化作为叙事策略，微观化聚焦内心，这样的写作固然可观，而精妙之作并不多见。应该思考如何立足于日常生活的微观层面，让人物的内心感受得到彰显，成为内驱动力，从而充分展现当代人们在面对困惑与无奈，应对意想不到的尴尬与种种挑战时，内心深处所涌动的最隐秘而复杂的精神活动。这种微观化的叙事虽称不上波澜壮阔，内心化的描写也不怎么深邃，然而在人物彼此的拉扯之间，却凸显出生活的诸多层面，在这些日常中积淀了生活的丰饶质感。

迟子建的《最短的白日》讲述了一位肛肠科医生，在冬至这个一年中白天最短的日子里，到外地做手术后坐火车返回，在车上短短几个小时的经历。坐火车的经历并不特别，尤其是对于为了工作经常需要出门的人而言。而这位医生在短短的几个小时内，心绪流动，半生的经历如车窗外闪动的风景。貌似光鲜的生活，其实千疮百孔——儿子吸毒进了戒毒所，妻子沉迷于用物质填补空虚对他不闻不问，情人也只是把他当作恩客之一。车上偶遇了一名技工小伙子，攀谈中了解了小伙子大部分的人生经历，得知他想学艺术拍摄微电影，然而他也只不过是旅途中擦肩而过的人。即将到达终点站，等待“我”的是万家灯火，却找不到一盘冬至的饺子。火车进站前接到电话，说上午做手术的病人出了意外，“我”必须马上返回。站台上“小伙子挥手与我告别。他拉着行李箱，走进哈尔滨冬至的夜晚，而我则在抵达故乡的一瞬，又开始了夜色中的旅程——我们奔向的都是异乡”。当我们用一把手术刀轻轻剖出生活的一个断面之时，生活就如同显微镜下的标本一般纤毫毕现，迟子建就是给了我们这样一把手术刀。当我们对当下的现实主义进行讨论的时候，我们关注的重点并不是小说是否如实地再现了我们的生活，重复了我们的体验，而是小说如何“超脱”了现实，如何对现实进行独特的审美发现，如何完成对现实的思考。书写现实不落于凡俗，叙述常态不陷于庸常，才是现实主义小说创作的着眼点。要在面对现实的过程中，不忘小说是虚构的艺术，对现实素材进行独到的再加工，发挥想象对生活的本质进行再思考，对人性进行再发现。

陈力娇的《南磨房》同样讲述了发生在一日间的一件普通事。农民穆五站在敞开的办公室大门前，向“审计科四大美女”做自我介绍，他是来找主任老钟钟京北的，为了取杜先来的信。杜先来是北京知青，曾和老钟在一个青年点劳动，到草沟插队，后考入中央音乐学院，回了北京。最近一次回来给穆五塞了五百块钱。穆五仔细保留着杜先来的名片，上面的住址是南磨房。当年杜先来在穆五家住了五年，穆五把杜先来既当兄弟又当儿子，时过境迁，其实二人早已没有了交集，残酷又真实的话几人都不忍心说。红花提早离开跟老钟吃饭，老钟说出了事情的实质“是精神，精神在一个层面上你会一鼓作气，心无旁骛，可是下来再上去，上去再下来，坚持不久的”。那怎么办？只能“忘记”。穆五从早上等到下班也不知老钟是故意躲着他，只有细辛不忍心对他说出了实情：“朋友都是阶段性的”，“别拿往事当今天”，“往事只能住在往事里”。穆五终于踏上归途，夕阳还没落下，在出城的桥洞里，听到桥上方传来老钟的声音，他却不想见了。四大美女以桃李、麦冬、细辛、红花为名，显然是有意为之。人与人之间情感的缝隙是如何拉开的呢？曾经亲密无间的人们是如何到如今失去联系的呢？穆五的回忆、老钟的回忆都试图不断加深记忆留下的痕迹，可那不过是在沙滩上刻画，时间、空间的潮水瞬间就会把那些印记吞没殆尽。

二　冰凌花：现实的超脱

以是否创造性地运用现实生活素材审视短篇小说的创作，中国当代作家大多在拥抱现实，抱得过于用力，甚至放弃了“超脱”。这样难免会失去诗意与幻想的一面，沉浸于对庸常的重复，放大凡俗的欲望，抑或是在旧时记忆中捕捉往事，把道德关怀施予廉价的苦难……很多“现实”的故事，有尖锐的触感，讲述真实的伤痛，慨叹现实的无奈，却很少展现作家独特的想象和思考。只有穿透现实的“超脱”才能真正体现现实主义写作的艺术智性。

王鸿达《木头》讲述的是人称“木头”的贮木场工人张木的故事。木头一只耳朵失聪，人也木讷，偏对场子里木头的事得心应手。其他人都拿场子里的木头头儿回家烧火，只有木头把冒烟、不好燃烧的锯末子带回家。媳妇灵芝因未婚先孕才嫁给他，生下女儿枝丫。由于木头的“木”，媳妇满腹怨言。封山育林后，大家自谋职业，木头却天天守着场子，因阻止看场人监守自盗被打伤。灵芝去采山，跟山外客走了，留下冰冷的家和枝丫。几天的雨过后，木头在场子里发现黑木耳，想起收山货的人给过灵芝木耳菌，说锯末可以栽种。不久后，木头养殖的黑木耳卖出了好价钱，他跟孩子等待着灵芝的归来。《木头》以主人公木头的生活际遇为主线，在林场和村庄组成的相对狭小的空间里，揭示了世俗的“理所当然”对善良的伤害。木头无时无刻不在承受世俗的白眼，然而他内心的坚持并没有改变，在艰辛中守望家庭，在无望中寻找希望。小说以一种朴质的、略带苍凉的语调，讲述着这个平凡温情的故事，呈现凡俗人物内心的善良、正直、坚韧，虽然只发出微弱的光，却足以温暖长夜，温暖比他更弱小的枝丫。月光下，木头倚着装锯末的袋子睡着了，小人物不平凡的内心在暗夜中熠熠生辉。

徐岩是一位善于把普通人的生活讲出故事的作家，他并不满足于故事本身的偶然性和戏剧性，而是把人物置于人性冲突之中，纠结于情感与社会伦理，在良知与人性暗面之间，小人物在凡俗考验面前最终的抉择，往往展现出人性的光辉。《小酒馆》中小镇税收员丁老五、派出所治安员黄岩、汽车配件商刘怀礼，常在小酒馆盘桓，为的当然是跟漂亮的老板娘亲近。老板娘与镇长关系非凡，税收方面受丁老五的照顾。黄岩解救过被丈夫家暴的老板娘。每个人都有自己的故事，老板娘为了让舅舅进养老院，委身于许镇长；丁老五单身，拒绝了澡堂老板的妹妹，对按摩女李艳上了心；浴池着火刘怀礼被烧伤，跟按摩女一起被营救，一时间传为笑谈。丁、黄、刘三人闲聊提起西街裁缝铺来了个标致的女人，丁和黄去裁缝铺看小裁缝，这个貌美女子引起了黄岩的警觉，她自称下岗，又说要介绍镇上的女孩去城里工作。黄岩从派出所副所长处得知，此女已被县公安局监控。一个雪夜借着酒劲儿，黄岩拦住小裁缝的车不让她带女孩离开，结果被打晕，醒来时一条腿被冻成肌肉坏死，只得截肢。老板娘与刘、丁二人一起到医院看望，都要帮他过今后的日子。主人公都是普通小人物，私心私欲无损大是大非。他们所做的一切都是他们认为理所当然的，凡俗中的他们，围坐于小酒馆的灯光下，身上泛出暖暖的光晕。

现实主义不该满足于对生活表象的简单复制，而应拨开面纱，一睹现实的真面目。面对日趋复杂的现实生活，面对光怪陆离的生存现状，要观察人性是如何应对这些变化的。现实主义小说应该是立足于日常生活的，在看似平庸的表面下，掩藏着富有异质性的生活，这也正是人性的奇异所在。“它们是现实生活的书写，却又果断地超越了诡异的现实，直击作家对内在人性的叩问，展示了创作主体对某些非功利性的理想化生存的追求。”

张伟东《疯爷的火车》中的疯爷99岁了，说话一阵明白一阵糊涂的，儿女们“只当是家里喂养着一只老猫或者一条老狗”，儿媳桂芝把他“隔离”在下屋，儿子满囤给孙子小石头办喜事也没告诉他。疯爷一家原是自山东逃荒辗转到黑龙江扎根的，妻子在半路上饿死了，他独自拉扯三个孩子长大。疯爷的梦境里总是出现一列绿皮火车从大雾深处开出来，“火车头如同一座大山一样朝疯爷头上倾倒过来，轰隆轰隆地从疯爷的心口上碾轧过去……”为了不让疯爷在小石头的婚礼上丢人，儿女们把疯爷下屋的门窗都堵死，只留外山墙上一个小窗户递饭。婚礼当天，一个蓬头垢面、衣衫褴褛的叫花子来乞讨，疯爷把自己的馒头全丢给他，并趴在小窗口不停地叫唤“老大哎，他是老大！”小石头赶跑了叫花子。这夜疯爷在梦里回想起当年妻子临终前嘱托他把四个孩子全照顾好，老大先天性脑瘫，饭量还特别大，吃不饱就抢弟弟妹妹的。在一个下着大雾的早上，疯爷带着孩子混在逃荒的人流里挤绿皮火车，在准备拉老大上车的时候，疯爷犹豫了一下，闭了一下眼睛，老大就消失在他眼前的人流中了。此后他每次做梦火车都碾轧他而去，只有这次他梦见老大浑身是血爬回他家的院子，他被惊醒了。冬夜下屋冷得像冰窖，疯爷想烧炕却点燃了铺盖……疯爷被草草埋葬后，坟头出现了一个人，身形轮廓跟疯爷相似，正是小石头成亲当天的那个叫花子。“老叫花子咧开嘴，笑着说，呵呵……我……我是老大……”小说透出荒凉和寒意，让人想马上点一堆火来取暖。由人情直入人性：父母子女之间的情感本该是最难割断的，在艰苦的日子里为了让其他三个孩子活命，疯爷做了艰难的选择——抛弃了老大。从伦理延及世态：儿女们成家立业了，拉扯他们长大的父亲成了“吃白食的老废物”，弃之如猪狗。北方乡村的凛冽冬日里，世俗生活中某些不被正视的世态展现在我们面前，比冬天更冷的竟然是血缘关系。碾轧在老人心上的不是那趟绿皮火车，而是从未愈合的割断亲情后留下的鲜血淋漓的伤疤。愧疚折磨了疯爷一辈子，他的三个儿女却“理所当然”地弃他如敝屣，毫无亲情可言，这种冷漠比“疯”更可怕。

洞见俗世的不俗之处，发掘日常的不常之时，是小说艺术展现其魅力时常使用的技法。可以说，这也是现实主义作品的基本审美法则之一。运用叙事智慧，创作出于无声处响惊雷的作品可谓最见功力，也最能展现作家的思考能力。

孔广钊的《弱势群体》以老管的儿子小管上市重点高中的事为线索，演绎出下岗人员老管、老管之子小管、街道办周主任、教育局李局长、市重点五中蒋校长、老白老师、小白老师等众多人物的生存形态。每个人在现实的重压下，都称自己为“弱势群体”，可谓“无人不冤”。老管下岗，妻子早逝，后娶的妻子跑了。风里来雨里去，开蹦蹦车养活 15 岁的儿子小管，从生活境遇看其确属“弱势群体”。小管不好好学习，初中用骗老管给的补课费追女生，为了跟女生同校，说若想考大学得去读市重点中学。老管无奈在教育局外转悠了几天，街道办事处周主任怕他惹麻烦，只得解决了小管去五中的问题。学校老师老白，上课低血糖吃糖块被学生拍下来传上网，遭到批评。小白老师耐心教学，恨铁不成钢的一句气话却遭学生举报，被批评。区长的亲戚租用五中的房产卖盒饭，被曝光用工业盐，追究校长老蒋的责任，老友教育局李局长也一起受了处分，“表面上看风风光光的，其实也都是弱势群体”。小白老师周末在文化学校打工以弥补工资的不足，又被告到校长处。而小管的班主任小李老师，违规在校外收费给自己班的学生补课，还跟学生称兄道弟，却被评为最受学生欢迎的老师。小白对宣传栏小李照片嗤之以鼻的时刻，碰到了在校园里抽烟想心事的小管。小管女友出国，市重点高中他又不想念了。师生发生口角继而动起手来，小管打落小白两颗门牙，一边耳膜也被小白打穿孔了。老管无奈厚着脸皮向学校要 20 万元了事。为了息事宁人，学校给老管 8 万元。老管带着钱离开学校，途中剐蹭了一台豪车，逃离现场时把钱落在蹦蹦车上，等再返回时车上已经什么都没有了。挪到家，老管夺过小管正玩的手机扔出窗外，小管也追着手机飞了出去……小说叙事流畅，每个情节也控制得张弛有度。近年来社会新闻中司空见惯的桥段，在孔广钊的巧妙连缀之下，成为人们从不同角度观察社会的微缩标本。该作品获第十一届“哈尔滨天鹅文艺大奖”二等奖。

老长的《阁楼》依旧延续了他对都市生活中平凡人的心理探索。妻子陪女儿去外地读书后，家住顶楼拥有阁楼的“我”，日常生活死水无波。楼下的女邻居为水管漏水事来到家中，旋即在他内心搅动起波澜。此后每次碰到那女人，她留在家中的“日渐消散的气息便会重新汇聚起来，在他家的屋子里四处弥漫。那气息会让他生出几分冲动，随之，孤独感又会接踵而至……”此后，他放任阳台漏雨水也并未等到楼下的女人上来告他家阳台的状，于是，他又将之前漏水的下水管口改造成定会骚扰到楼下的样子……老长对细节的捕捉精彩，对心理细微之处具有独特的感受能力。在城市喧嚣的阴霾之中，主人公被压抑的隐秘心理纤毫毕现。都市人自我的压抑与分裂，彼此的隔膜，并不是每家的安全门造成的。日常生活的机械重复，人与人不可沟通的内心，通篇的压抑情绪弥散满溢。最终，下水管口是否能成为出口不得而知。老长用惯常的挑战姿态，“挑战我们每一个人可以产生共鸣的欣喜与欣慰，反而会引起莫名的压抑，不是抚慰而是消沉，一味地消沉到底，丝毫不留余地”，他的这种发掘为城市文学的矿藏开辟了一个作业面。怎样才能从心理活动延伸出去，不停留于情绪的压抑，寻找超拔的力量？作家的矿铲不应该停留于社会现象造成的情绪中，应该开掘出让光射进来的通道，“内心狭窄的光亮其实就是力量”。

现实主义题材的小说更多还是将日常生活的伦理与人们生活之间的碰撞，作为表现的主要对象。生活中，人们无法避免地承受着这种碰撞带来的种种。这些琐事无所谓对错，让置身其中的人们无所适从，疲于应对又毫无办法，不能抽身事外，只能承受着内心的撕扯。

薛喜君的中短篇小说集《李二的奔走》，依然保持其突出的个性化特征：关注“小人物”的普通生活。“普通的”就是普遍的，关注普通人本质上就是关注社会的基本层面。作品集中的8部中短篇小说，取材大都着眼于乡镇、矿山、油田等社会最基层。于普通人的艰辛处落笔，以生存的艰难、成长的艰难、情感的艰难等沉重的灰色为底。又不止于艰难的描述，也有亮色跳跃其上：普通人的平凡质朴、人与人之间朴素的交往、为别人隐忍自己的善良、为下一代成长的奉献……“这样的呈现既是作者坚持用现实主义的创作方法真实客观地反映我们社会生活的结果，更是作家尽情地拥抱坚实的土地、拥抱火热生活的结果。”薛喜君的《雪蝴蝶》依然是这样的故事，乡村小学校长刘梅，丈夫酗酒冷暴力。作为小学校长，她面临学校生源不足，如考核不合格将被裁撤的窘境。全靠她一力支撑，不停奔波。同时，她还要关心每个教师，解决他们生活中的各种问题。刘梅的母亲去世，又一个考核期过去了，学校继续保留，丈夫酒后打人进了公安局，飘舞的雪花，在刘梅眼中成了纷飞的蝴蝶……生活的繁复与本真在薛喜君的笔下不加掩饰，现实的残酷与温暖，同时呈现。沉静与自然的光泽是其作品的本色。对普通人的生活艰辛充满“悲悯”情怀，有博爱，又有批判和赞美，并不是一味地同情和哀叹。生活还在继续，冬天过去就是春天。作者的现实主义创作，“始终立足于坚实的生活沃土”，将中国式的日常生活讲述出来，剥开各种伦理的层层包裹，让背负着重担前行的人显露出来。他们负重前行，却难掩人性的光辉。

三　丁香花：地方经验的表达

2017～2018年，黑龙江地域题材的短篇小说中也不乏精品，地域文化的自觉催生了作者们的自觉创作，生于斯长于斯的生命体验孕育出独具审美特质的作品。地方经验的提炼与传达，也构成作者艺术个性不可分割的部分，成为极具辨识度的“招牌”。这两年的短篇小说中，有多篇优秀的作品。

《你方唱罢我登场》便是极具辨识度的阿成的城市文学。书写哈尔滨的老道外是阿成的“拿手好戏”，《你方唱罢我登场》用极为老道的笔法，浓淡得宜的笔墨，勾画出哈尔滨老道外北三道街的一隅。茶博士的茶摊坐落于此，每日一帮茶馆常客聚会于此，各有性格，各有故事。老阿、范爷、西人、老五、学者的名号各有来历，来茶摊喝茶、下棋、唱戏，已成为他们生活的一部分，谈古论今，乐天知命。然而老茶馆在城市改造的推进中即将被拆迁，老道外的很多店铺也即将消失。好在茶博士的儿子愿意继承父业，不是开茶馆，而是拆迁后开一家咖啡厅，给这些老客们保留一间能够继续其现在生活的茶室。老哥儿几个散去后，老阿想着：咱平头百姓除了跟爹娘亲，跟儿女亲，再就是跟住了多年的老房子、旧房子、破房子亲了。啥叫“乡愁”，没了这些破烂的故居，乡愁何来哉？“脚下却紧走起来”，想着到了范记永先喝碗热乎乎的饺子汤。城市改造中，规划建设能否为“乡愁”留下足以安放的空间，古老街巷的韵味能否保留，地域风俗能否延续，应该是值得思索的问题。阿成小说中的人物都在思考。作家捕捉动人的生活细节，脚踏实地，贴近生活，贴近人。呼吸生活的烟火气，体味平凡生活。诚如阿成《如影相随》吐露出的创作真谛：生活经历是文学创作的生机之源，“须先有生活，而后才有出作品的可能”。小说中每个人物、每个人物的家族史，都是时代的缩影。

与阿成一样致力于书写哈尔滨的作家还有孙且。他的“偏脸子”系列小说力图恢复城市特定生活空间的正当性，重新发现乡愁。《偏脸子辞典》以辞典的体例为结构，是内容具有互文性的系列短篇小说。以词条为序，借鉴古人笔记的手法，讲述偏脸子那些逝去的故事。在文体上，是将非虚构的地方志和虚构的小说融合的“实验性”文本。以人写地，小处着眼，以小见大，勾画出哈尔滨城市的成长史。时代的风云际会，在偏脸子居住的人的悲欢离合，演绎出哈尔滨百年的历史风云。名人逸事，奇闻怪事不一而足。有最真实的生存艰辛、世道变迁，也有虚构的鬼故事，生机盎然。阅读这本辞典，读到的不光是地方志，还有鲜活的民俗史、生动的城市发展史。作者孙且却在题记中说：“真正意义上的哈尔滨已不复存在，当下，它只是一座不合时宜之人的记忆之城。”“我的小说痴迷于地域文化符号，偏脸子是我的精神和文学故乡。我的许多小说貌似在缅怀哈尔滨这个城市，毋宁说，是在悼念！”

申志远的《二毛子彭大全》讲述了混血儿彭大全传奇的一生。二毛子是东北人对混血儿的俗称。彭大全的父亲彭阳是相声艺人，闯关东、下黑龙江、闯俄罗斯，结识俄罗斯姑娘，生下大全。彭阳带大全回哈尔滨抚养，得到香兰姑娘的帮助。大全从小伶牙俐齿，学相声无师自通，成了远近闻名的大腕儿。改革开放后，彭大全用相声技法表演当时热映的电影音乐和片段，广受欢迎。大全年轻时的爱情由于贫穷夭折了，后来有钱了，对相处的女孩十分大方，却终身未娶。混迹于三教九流，曾参与电影拍摄，出演苏联人。养母香兰去世后，大全也日益衰老，居住的房子也面临拆迁，生计无着。电视台的编导强哥见证了他的“英雄末路”，不知是否还有别人依然记得他。自彭大全来到这个世界上起，二毛子的身份便困扰着他，也成全了他。面对一个又一个的社会变化，他命运的起起伏伏，他所经历的风花雪月、爱恨情仇，见证的人事变迁都鲜活而丰满。随着他的逝去，属于他的表演终于落幕了。一系列的社会重大历史事件都是彭大全身后流动的背景板，彭大全的一生既跌宕起伏，又异彩纷呈，他以自己独特的命运旋律应和着不同的时代。

彭大全这个非典型的二毛子的个人史的讲述，并非能说得清混血儿与哈尔滨这座城市千丝万缕的联系，却着实提供了一个独特的艺术形象。

四　彼岸花：另一种现实

2017～2018年的短篇小说中，还有一些别具特质的作品。《北方文学》2017年第1期，王善常的几篇作品，于冷冽的风中夹着粗粝的沙扑面而来。王善常在《关于我文字的一些闲话》中说道："我出生在七十年代初的农村，直到如今我的身份还是一个农民。"当农村与城市的界限不再分明，当代农民的心理状态也有了太多的转变。"出生在这个年代的农民有可能是中国最后一批拥有'乡村故乡'的人。"① 传统与现代，背后绵延千年的传统乡村与眼前崭新的城市文明对比明显，社会变革的力量在这一代农民身上将产生怎样的影响？王善常的创作试图思考这些问题。与乡村和土地的血肉联系，使他无法割舍对土地的依恋与热爱。

王善常最近两年才开始从事文学创作，从散文到小说，他想用文学表达自己对于人生、世界和各种价值的态度。未经打磨的语言，毫不矫饰，带着原始的生命力。他毫不讳言农民依然是当前社会的底层，贫困、疾病的纠缠，让他们不停挣扎，却无法挣脱。《血鸟》就是塑造了一个在现实苦难重压下，选择以死亡反抗绝望的底层人物形象。他的遭遇并不能代表底层人，但相似的绝望和苦难，令农村自杀的人数，占了中国每年自杀人数相当大的比例。"生命是人最宝贵的财富，一个人能够鼓足勇气去亲手结束自己的生命，这背后一定隐藏着难以对抗的绝望。"《饿痨》的主人公"哑巴"是个孤儿，虽有善良的邻家帮助，可他的肚子总也填不饱。平日里被戏弄、侮辱，最终难逃被利用打赌而撑死的命运。作者想表达的是：这个世界充斥着太多的冷漠和自私，每个人都需要一些温暖和光亮。真实的农村除了孤儿，还有小小年纪就孤独度日的留守儿童，他们不仅需要物质上的帮助，更需要

---

① 王善常：《关于我文字的一些闲话》，《北方文学》2017年第1期，第30页。

理解和关心，需要心理上的安慰。王善常不仅观察现实生活，也思考人性——人是社会性的，所以没有强大精神世界的人，无法离开人类社会战胜孤独。《无处可逃》便是个极端的例子，一个杀人者逃脱到深山之中，生活了十几年，终因无法忍受孤独，重新回到人类社会，投案自首。其对人物心理的拿捏精准，让人感同身受。王善常“觉得许多人其实一直生活在各种各样的‘围城’里，不管是逃进还是逃出，最后的结果始终是无处可逃”。作为一名写作者，王善常拥有悲悯之心，他的文字具有“温度和亮度”，不仅能“温暖自己、照亮自己”，还能“温暖他人、照亮他人”。

袁炳发在创作小小说的同时，尝试短篇小说创作。2017～2018 年先后在《作家》《小说林》等杂志发表短篇小说。短篇小说《童年简史》以儿童视角，形成一种叙事线索上的明暗对比，让儿童自我世界中的“实”与儿童眼中成人世界的“虚”之间产生的落差，构造出不和谐的、缺乏因果逻辑的关系。于是，小说中的“我”，所有的困惑或者说受到的伤害，便愈加耐人寻味。

《我的姑姑李婉花》是袁炳发的一次尝试，故事发生在抗日战争期间，我的姑姑李婉花和恋人倪士亭把日本鬼子引入鬼愁山，消灭了敌人。此后被派遣到县城，负责地下交通站的工作。二人成为夫妻，后不幸被捕。在狱中，为了使妻子不受严刑拷打和侮辱折磨，倪士亭亲手杀死了李婉花。日本人改变了审讯策略，倪士亭被美女、美酒攻克了，地下组织遭到破坏。叛徒倪士亭被铲除时，他澄清李婉花不是叛徒，新中国成立后李婉花被追认为烈士。关于倪士亭的“来路”，袁炳发说：“与其说是作家在结构故事，毋宁说是小说人物在构建故事，人性的暗处和闪光的明亮之处，使这个人物活了起来，而那些细节和与时间相关的故事本身，附着在人物身上，而且，也只有附着在人物身上，才能显现出这个世界所蕴含的欢喜与悲哀。”

总体而言，近年来黑龙江作家的创作，已经不再盲目随文学潮流而动。逐渐自我调整，更贴近生活，贴近脚下的黑土地。本土意识开始复苏，社会转型的问题为作家们所关注。自我与现实，历史与现代，地方经验与文化传统，都是作家们不断思索的问题。“地方经验”能否成为“中国经验”继而成为“世界方案”，也逐渐进入黑龙江作家的思考范围。

B.5
散文：洒落的记忆　饱蘸的温情

王 威　侯 儒*

摘　要： 2017～2018年黑龙江散文作品有陈酿、有新酒，皆由事而发，于情所致。在主题选择上对母爱的怀念与珍惜、对故乡的眷恋、对游历城市的真情、对生活的记忆与抒写都成为作家们着笔的点滴。2017～2018年的黑龙江散文，有作家将自己过去创作的散文作品结集出版的，也有作家将经典作品重新出版的，更有在这两年里获得了国内有影响力的文学大奖的。

关键词： 黑龙江　散文　文学

书面文学具体起源于何时也许我们无法精确记忆，但散文被奉为最古老的文学形式，为世人所认同。从甲骨卜辞开始，中国历史上就从未缺少过散文。究因寻果，从文体到遣词造句抑或到表达功能，散文可谓众多文体之“鼻祖”与典范。时至今日，散文仍是作家甚至是每一个平常人用来抒写心情与感悟的不二之选。2017～2018年的中国散文创作有人用“难以释怀与理所当然”来形容，也有人认为是“深潭一般的宁静与从容”，更有人觉得当下的散文创作力度似乎不够，需更加用力。作为中国散文创作中的重要组成部分，综观2017～2018年的黑龙江散文创作，有陈酿、有新酒，皆是由事而发，于情所致。

---

* 王威，黑龙江省社会科学院文学研究所副研究员；侯儒，黑龙江省社会科学院文学研究所助理研究员。

一　母爱：永恒的主题

母亲是家的代名词，母亲在的地方即故乡。2017～2018 年黑龙江散文创作中，作家们不约而同地将视角投入这里。迟子建的《迟子建散文精选》开篇便是母亲、母爱与家的温暖与悲情。在《龙眼与伞》中，作家年迈的母亲“微弓着背”夹着未送出去的伞“缓缓地朝回走”。隐隐感觉到已经失去自己儿子的刘老师，依然将稀罕物龙眼攥在掌心，希望给儿子尝尝，读来令人不禁落泪。

无独有偶，张抗抗 2017 年出版的两本散文集《回忆找到我》和《打开自己那间屋的门窗》都收录了作家关于母亲的记忆。《苏醒中的母亲》中，那个最熟悉不过的人身上插满了管子躺在床上，变得“陌生”而又令人心痛。《母亲的精神财富》中，普通而不平凡的母亲令“我”懂得了爱是一种不求回报的付出。

同样写母亲，作家艾苓从另一个角度为我们诠释了平凡而深沉的母爱。散文集《当爱情上了年纪》中收录了作家讲述的母亲、婆婆与自己两代人，三个母亲的日常。《你是妈妈》中，作为母亲，即使害怕也要在儿子面前表现出勇敢的作家，代表了当下大部分母亲或者家长的共同心态。身教胜于言传，作家用亲身经历告诉我们：“既然选择了做妈妈，不管你是否愿意，有些时候你都必须勇敢起来。”《当妈的人》说出了我们每个人的心声，无论多大，只要有妈妈在，你就是个孩子。尤其在生病的时候，哪怕妈妈坐在身边，什么也不做，心里也是踏实的。另一篇《在我的眼皮底下，慢慢变老》中，三个女人一台戏，两个老母亲的日常跃然纸上。作为儿女，我们都希望时光慢些、再慢些，不必急着往前走。

除了这些出现在散文集中的作品，郑飞雪发表在《北方文学》（2018 年第 13 期）的《拈花微笑》以及王晓霞发表在《北方文学》（2018 年第 25 期）的《再陪母亲说说话》、王汝冰发表在《北方文学》（2017 年第 36 期）的《一夜思亲泪——空留想念》、杨晓发表在《北方文学》（2018 年第 31 期）的

《风吹不散的样子》、一尘的《兰草》（《北方文学》2018 年第 31 期），都从不同的视角为我们回忆了爸爸的母亲、妈妈的母亲以及作者自己的母亲。

母爱是深沉而伟大的，按照中国人的传统，有母亲在的地方才是家。2017 ~2018 年黑龙江散文创作中，母爱题材突出而且所占分量大，是这两年散文创作中不可忽视的一部分，相信未来乃至许久，母爱依旧会是散文创作的重头戏。

二　故乡：回忆最多的地方

年少时，为了梦想我们远走他乡，故乡是要挣脱的“锁链”。漂泊半生，回望故乡，是家、是回忆、是曾经梦的开始，却又是再也回不去的地方。2017 ~2018 年的散文中，故乡是作家们又一个重要的主题。

张抗抗的《故乡在远方》（《阅读》2017 年第 10 期）道出了一个知青关于故乡模糊而坚定的影像。“我从哪里来？哪儿是我的故园我的家乡？”那场宏大的历史活动，让生在江南的作家 19 岁便离开家乡，来到了遥远而又寒冷的北大荒。历经数年后，他乡故乡、杭城北国都成为作家生命中的家乡与他乡。“但现在我知道，我已经没有了故乡。我们总是在走，一边走一边播散着全世界都能生长的种子。我们随遇而安，我们落地生根；既来则安，四海为家。”

故乡有我们的亲人，故乡有我们熟悉的味道，故乡有我们熟悉而又平常的景象。谈到故乡，无论是在异乡还是身处其中，每个人都有自己独特的记忆。温暖的、平凡的抑或是熟悉得不能再熟悉的，不经意间就能撩起你的感动，住进你内心最柔软的地方。

迟子建的《故乡的吃食》（《共产党员》2017 年第 12 期），把对故乡的爱寄予吃食，一年四季、岁时节日，故乡的吃食简约而不简单。日子就像炖菜，温暖热闹。逢年过节，吃食既是改善也是仪式，寄予着人们对生活的向往。“灯影下大人们脸上的表情是平和的，他们很知足地看着我们，就像一只羊喂饱了它的羊羔，满面温存。”

朱明东的《加格达奇的夜》（《岁月》2017 年第 12 期）写的是作者的故乡加格达奇——大兴安岭中的一座城市，作家在作品中抒写加格达奇的四季。春天，那些在春寒料峭中就“蠢蠢欲动”到户外锻炼的人们，他们就像这座正在动起来的城市，精力旺盛、生机勃发。在作家的眼中“夏夜是加格达奇最美的盛宴”。旅游业的发展使加格达奇成为每年夏天全国热门的消夏避暑的旅游胜地，“外地游客们陶醉在加格达奇的夏夜里，仿佛置身一个神奇的世界”。秋季的加格达奇是收获的季节，殷实而安详，秋季的加格达奇“成了一座五花山，他在夜色中斑驳着色彩变换着姿态，与夜空中那轮满月一同陶醉。加速中，加格达奇夜色正酣，秋意正浓”。加格达奇的冬季寒冷而漫长，但加格达奇的冬夜是热闹的、温暖的，房子里家人围着火锅团聚，街道上清雪的环卫工人“把自己的汗水洒在了雪中洒在了大街小巷”。在作者的眼中，故乡是一座青春奔放的城市，是一座美轮美奂的城市。“很美，加格达奇；真的很美，加格达奇的夜。”

王征雁的《消失的村庄》（《北方文学》2018 年第 19 期）中，作者回到阔别 20 多年的故乡，年少时留在记忆中的三江平原与眼前的景象大相径庭。“我怅然地向更远处走去，参照地势的起伏，心里在努力还原着半个世纪前连队的格局。”走出半生，归来的不是那位少年，见到的也不是曾经熟悉的景象。如今的故乡，高楼鳞次栉比，街道纵横交错，俨然一座现代化的小城。而今天的改变又何尝不是老一代北大荒人梦寐以求的呢！“我就想，存在是道理，消失也是法则啊！”这道理是社会快速发展的道理，这法则是国家兴盛的法则啊！

马蔺有一个我们最熟悉的名字——马莲。儿时的歌谣“马兰花，马兰花，风吹雨打都不怕，勤劳的人们在说话，请你马上就开花”，说的也是这种植物。李枫的《挑马蔺》（《北方文学》2018 年第 22 期）把这种北方夏季遍地都是的植物呈现在读者眼前。小小的藕荷色花朵从来不是百花园中最出色的，像韭菜一样的叶子却是从前人们最常用的“绳子”。“爸爸说，晒干的马蔺，用水泡湿，就能当绳子使，可以绑豆角架黄瓜架什么的。妈妈接着说，还能包粽子，提拉肉。”是啊，在大多数北方人的记忆中，马蔺就是用来绑粽子的，用马蔺绑好的粽子结实，不易松散。与粽子叶一起把淡淡的清香留在粽子的内容上。提拉肉是故乡童年的记忆。那时买肉，没有现在这么多精美的包装，往往一根马蔺就系住了一家人当晚甚至几天的美食。跟着大人们去买肉，一路走来，看着父母手里的提拉肉，小小的内心藏不住的满是肉的香气。马蔺依然是那个马蔺，肉香却只能留在回忆中了。

朱明东的《从黄土山到大兴安岭》（《北方文学》2018 年第 34 期），散发着浓郁的黑土风情。20 世纪 80 年代的大兴安岭地区是作者印象中的童年景象，缓慢的绿皮火车在大兴安岭中依山而行，把作者从黄土山带到了大兴安岭的新家。在新家的生活体现了那个时代的特点，各种票证成为一家人的大问题，粮票和议价粮令作者及其家人们感到难堪。而这一家的问题，也恰恰是那个时代许许多多家庭的问题。但生活还是得继续向前行走，透过时代轰轰烈烈的变化，我们看到的是勃勃生机。从黄土山到大兴安岭，从笔直的灯笼杆到坚实挺拔的灯笼杆，生活朴朴实实、人们落落大方。

年少时，我们盼着走出故乡，经过岁月的流逝和异乡的漂泊，内心深处总有一个温暖的去处，那就是我们未必喜欢却念念不忘的故乡。“少小离家老大回，乡音无改鬓毛衰。”2017～2018 年的散文中，离家时的壮志或无奈，回乡时的感怀，是这些作者作品中的共同之处。不可否认的是，对家乡的抒写，无论是苦的还是乐的，都饱蘸作者们浓浓的乡情。

三　城市：难忘的记忆

时下流行“爱一个人，恋一座城”，一座城市能够留给我们的远远要比人多。2017～2018 年的黑龙江散文中，一些作家不约而同地将视角对准了黑土地上的某个城市或者乡村。在作品中我们能深刻感受到作者对它的欣赏，对它的留恋。

雪是北方的象征，北方的冬天是雪的主场。北方孩子记忆中最不缺少的就是关于雪飘逸洒脱的景象。这几年冬天少雪，尤其是 2018 年的冬天，淘气的冬雪似乎都到南方旅游去了。洪荒的《雪乡行》（《北方文学》2018 年第 1 期）中作家带着这几年少雪的遗憾和一群挚友奔去了雪乡——以雪闻名的小镇。雪乡的冬天如童话般的世界，引起了同行者极大的兴趣，“雪屋檐下，红灯笼杆儿下，顶着白雪蘑菇的火柴垛旁边都成了大家拍照取景的好去处”。随着雪乡旅游业的发展，越来越多的游客冬天来到这里欣赏雪景，体验雪世界的生活，这给雪乡这一原本偏远、寂寥的村镇带来了前所未有的变化。伴随着经济利益的增加许多令人遗憾的事情也衍生出来，无论是对动物的虐待还是活动中的各种失信、乱收费等都是雪乡旅游中的乱象，为美丽的雪乡添加了不和谐的因素。作者在这次旅游中也体验到了这些不和谐的因素，但更多的是被雪乡的美所吸引，这令作家不禁想起儿时的雪景：“这浩大的白，是那样的纯净，纯净得让我不敢轻易去触碰了，就像告别故乡时不敢轻易地回首，就让那滚烫的热留在心里吧！”

阎逸在《听雪记》（《北方文学》2018 年第 10 期）中描绘的不仅有冬天的雪乡，还有冬天的哈尔滨，甚至是整个北方冬天的雪。在作家的笔下，雪被赋予了思想和灵魂。作家将雪视为人生中必经的阶段，“一个人的身体里生长着几十个冬天和春天，能够数得着的仅仅只有几个，如果不是诸如结婚生子、连升三级此类的喜事，那就一定与人生的某场大雪有关……”这带着灵魂和伤痕的“雪”往往伴随人的一生，不能逝去，难以忘怀。作家在雪中冥想，脑海中的哈尔滨退回到阿勒锦，从现代化城市退回到柳树上挂着渔网的小渔村。在雪中冥想，幻觉中闪现古人亭中抚琴，“亭外，漫天的大雪如蝶之舞翩然于大地这朵璀璨之花，一阵风吹来，花上的事物如大海的桌布一样抖动……”在作家那里，雪不仅是观赏的佳品而且是可以用来听的。冬天的哈尔滨，雪落下的声音、踩在雪上咯吱咯吱的声音都是作家用心来聆听的。雪后的哈尔滨依然是热闹的，老人们依旧在外面吊嗓子，街头艺术家依然在街头拉着俄罗斯乐曲和雪的声音浑然一体，共筑了哈尔滨这座音乐之城的美。

王俏梅的《卜奎兴学梦》（《北方文学》2018 年第 13 期）为我们展现了一座边陲古城及其教育梦。卜奎原是黑龙江将军衙门所在地，后来设省便成了一省之省会，如今的卜奎被称为齐齐哈尔，是黑龙江第二大城市。卜奎建城虽早，但因地处边疆，其文风、学风不甚开化。作家在文中将笔力着重于文庙（孔庙）与魁星楼这两座象征一个城市文化传统的建筑，回顾了齐齐哈尔文化、教育发展的历史，追寻了这座城市的教育起源、这块土地的文化之根，字里行间流露出对这座城市深沉的爱。恰如作者在最后所说："一座城市的历史，不该在后人心中成为一片空白，所以我们追忆，猜想一块古砖、一片旧瓦代表的梦想，再仰头看一看今天林立的高楼、宽阔的大路，我们心中就会充满幸福和温暖。"

镜泊湖地处松花江支流牡丹江干流，是世界上第二大高山堰塞湖，早在《汉书·艺文志》中就有关于它的记载。随着近些年的旅游开发，镜泊湖已经成为黑龙江省内著名的旅游景点之一。陆蔚青的《再上镜泊湖》（《北方文学》2018 年第 7 期）从镜泊湖的历史介绍开始，带着读者游览了夏日的镜泊湖。湖里的"水清如无形，那里的鱼忽而怡然不动，忽而悄然远逝的游姿"令人在盛夏读来颇感清凉。湖的两侧山岛耸峙，树木茂盛"宛如绿色珍珠，圆润可爱，鬼斧神工一般"。镜泊湖的美景是大自然的鬼斧神工，文章中的介绍何尝不是作者对这湖的爱恋与欣赏。"我徘徊在镜泊湖，晚霞辉映，一湖金光，我们都被光影的湖面震惊了，那是怎样的美丽，整个山峦和湖水都被夕阳辉映着，湖水金光潋滟，显示出带着清凉的华美和温暖。"

诗人戴望舒在《雨巷》中写道："我希望逢着一个丁香一样的结着愁怨的姑娘，她是有丁香一样的颜色、丁香一样的芬芳、丁香一样的忧愁。"从这首诗中无数人认识了那株小小的、香香的，带着些许忧郁气质的丁香。丁香是哈尔滨市的市花，每逢春季尤其是"五一"劳动节过后，满城的丁香花绽放，整座城市都是香的了。李宝珠的《又逢丁香花语时》（《北方文学》2018 年第 16 期）不仅向读者介绍了丁香这一花的特点，而且带我们领略了丁香花丛中的哈尔滨。"春天来了！仿佛一夜之间，哈尔滨的大街小巷、楼边路旁，一片片、一排排的丁香花，团团簇簇、竞相开放！那四溢的芳香，直沁心脾，随手轻擎那一颤，心，便酥醉了！"因为有了丁香，哈尔滨在春天成了香气四溢的城市。而丁香成对开放，雌雄相拥，像极了甜蜜的爱情，也象征着哈尔滨这座充满浪漫情怀的都市。丁香是春季哈尔滨人茶余饭后流连的所在，可闻其香，偶尔也会有人折一枝带回家中慢慢赏玩。作为市花，哈尔滨的丁香不仅种类多而且花期长，经常会给经过的人带来惊喜。丁香花无愧是哈尔滨的市花，历经风雨，依然饱藏着顽强的生命力。“丁香花，不仅美丽芬芳了一座城市，也美丽芬芳了这里人的心田！因为，它是这座城市的——魂！”

老道外是哈尔滨的发源地之一，那里留存了太多关于老哈尔滨的影像与记忆。无论是友人还是归来的游子，来到哈尔滨都少不了到老道外转转，寻一寻老哈尔滨的味道。程颖刚《老道外的记忆》（《北方文学》2018 年第 31 期）从童年的游戏起笔，把读者带回了老道外大院里的生活。从男孩子们的扇揙记、弹玻璃球到女孩子们的跳皮筋、玩嘎啦哈，那时候的游戏还是群体性活动，而不像现在的孩子们人手一个手机或各自对着电脑就是一天。老道外的大院是热闹的，那里不仅有孩子也有各样的手工艺人，每天展示各式各样令人眼花缭乱的传统技艺。作家还给读者展示了独具东北特色的“储秋菜”。“在老道外大院儿里的生活，各家各户买秋菜是一件大事。”家家户户都是买够整个冬天所吃的，做成各种咸菜或者放入菜窖。当下人们的生活水准极大地提升，已经没有什么人家还这样来储备秋菜，作家的这段文字让我们似乎又回到了当年大院里各家各户储秋菜的热闹场景。文章中的水窖子和旱厕现在基本已经无法看到，但它们当年是老道外人生活中必不可少的一部分。

除了上面这些散文，于彩凤的《青巷》（《北方文学》2018 年第 31 期）带读者领略的是黑龙江一座普普通通的小城中，一条体现城市缩影的小巷——青巷。诚如作家在作品中所说的那样：“想要品味江南小巷的空灵飘逸，你到柯灵老先生的幽巷中去走走；想要邂逅那位婉约的撑着油纸伞的姑娘，你到戴望舒先生的雨巷中去逛逛；想要寻觅大自然的芳踪，领略北大荒的风土人情，感受东北人的亲切与醇厚，就请你到我的家乡——青巷来感受一下吧！”每座城市有每座城市的文化，每个地方有每个地方的故事。2017 ~ 2018 年黑龙江散文作家将视角对准了自己喜欢的城市与乡村，这里有东北特有的粗犷，也有东北人的朴实豪爽，更有黑龙江城市的厚重、浪漫与勃发的生命力。作家们在一个又一个地方寻找着它们的独特，诉诸笔端，展示它们的美，毫不掩饰地表露自己对这些地方的爱。

四　生活：诗意的日常

恩格斯说："有所作为是生活的最高境界。"散文一直是作家们抒写生活的最重要手段之一。2017～2018 年的黑龙江散文，作家们同样将日常的生活，将对生活的回忆，将自己对生活的感悟与思索付诸笔端，创作出一篇篇或生动或感人或温暖的散文。

郭婷在《白雪关照良善》（《北方文学》2018 年第 1 期）中，描写了其姥姥、姥爷的生活。在作者的心中，姥姥的坚强和姥爷的善良、豁达都是在那个艰苦的年代中练就的，他们也将这些品质在生活中传递给了自己的儿女，传递给作者。"妈妈说她达观的心态就是随了姥爷的。记得小时候，路上有什么石头挡路的，姥爷都会把石头踢到路边……受姥爷的影响，碰到有石子挡路的事，我也做过，因为知道姥爷做过，知道姥爷的善良。"由此可见，善良是来自生活中的一言一行，善良是生活中的言传身教。

酥饼是北方常见的食物，小吃店、早点摊随处可见。林艳红的《风中读书的女人》［《新青年（珍情）》2017 年第 7 期］给我们描述了一位以卖酥饼为生的女人，她的与众不同之处就在于她的酥饼摊总是伴着饼香与书香。"那条经过无数次洗涤而泛白的黑色裤子，与那本在春风里格外抢眼的书，水乳交融般连在一起，外加一双笨重的黑白运动鞋，好像春天里的一幅人物素描，是画家挥毫泼墨的创意，还是时光把酥饼，风，女人和书连在了一起。"生活没有给这个酥饼女人多少安逸与富足，但是她和丈夫并没有因为生活的艰苦而放弃读书，在不甚宽裕的经济状况下更是培养出优秀的女儿。可见读书带给他们的不仅是知识上的充实，更是人生境界上的超越。对比周围的商贩，作者发现，"读书熏染了她的静气、和气，也为女儿创造了一个雅气、才气、正气的温暖环境"。

人的一生中难免会搬几次家，搬家是一项辛苦而琐碎的劳动。尤其是当搬家遇到下雨，更给这件事情增加了难度。赵慧阳的《雨中搬家》（《北方文学》2018 年第 10 期）描写了作家在雨中搬家的细小琐事和个中感悟。因为下雨，搬家的脚步被迫放慢，各种大小家具被安放在搬家的车辆中，“就像统筹过的数字被填进了预先画好宽窄的表格一样”。跟在搬家车后面的作家，因这次搬家将思绪拉回了儿时的雨天，那时的无忧无虑和当下雨中被迫搬家对照鲜明。当搬家工人们将东西全部放进房间的时候，作者又开始了新一轮的忙碌，将搬过来的东西整理到它们该去的地方。为了削弱巨大的电钻声音，作者打开窗户开始在雨中擦窗，“刚淋湿雨的玻璃很容易擦净原来的灰尘，看来这场不期而至的雨虽是不速之客，却让我获得了意料之外的满足”。生活总是充满了两面性，只要心若磐石又何惧之有。

火车作为现代生活中最普及的交通工具，是很多人出行的首选。有人喜欢白天的火车，为的是可以欣赏沿途的风景，有的人喜欢夜间的火车，为的是不耽误白天的工作。阎逸的《火车，火车》（《黑龙江日报》2018 年 2 月 27 日）抒写了作家坐火车时的感悟，“坐火车最大的感触，是你会在不经意中发现时间和空间的迅速演变”。越来越快的生活节奏让我们没有时间将视线停留在越来越美的风景上，坐火车成了弥补这一遗憾的好方法。作家在散文中对火车旅行的感触就如同人生的过程，“我甚至觉得火车更像是一个人对着远方奔跑，气喘吁吁，大汗淋漓，我想我看见了它的双脚”。火车，象征着一次次的离开与归来，火车所到之处有不同的人与物，有相聚与离别，更有着不一样的烟火。

在 2018 年的黑龙江散文中有这样一篇，它篇幅短小，语言平实简练，抒写的是在农田里劳动时的感受，这篇散文就是连秀艳的《插秧》（《北方文学》2018 年第 31 期）。插秧作为耕种必不可少的一步，是力量、技术的统一，是秧苗与土地的结合，将秧苗插进土地承载着对未来的希望，“手指和秧苗黏在一起，秧苗和泥土黏在一起，村庄和稻田黏在一起，一年的希望和春天黏在一起”；收获的是劳动者对土地的热爱，“其实土地比谁想的都多……让它们在不知不觉中完成缓苗的青春期。你懂得土地，相信土地，更厚爱土地”。在 2017 ~2018 年的黑龙江散文中，抒写农村生活的散文有王善常的《酒乡》(《杏花村》2017年合刊)、关玉梅的《一双塞着玉米叶子的农田鞋》(《北方文学》2018年第31期)等优秀作品,但像这样抒写农村劳动的散文独独不多见。

生活每天都在继续,记录生活的散文也是2017~2018年黑龙江散文作者们的主要创作之一。除了上面提到的部分,还有安石榴的《突如其来的那场雨》(《北方文学》2018年第4期)、《火车迷》(《散文选刊》2017年第7期),王善常的《黑马与红骡》(《牛苑》2018年第2期)、《乡村散章》(《东北风》2018年第1期)、《冰雪渔趣》(《北方作家》2017年第6期)等一批优秀的散文作品。

五 散文集:感悟的精华

散文以其短小的篇幅和抒写的相对自由历来是文学创作中的主体,从我国第一部散文集《尚书》开始,我国历史上的经典散文集便层出不穷。2017~2018年,很多黑龙江作家将自己的散文结集出版,这些作品都是作家多年创作的积累,是作家们散文代表作的结集。这些散文集的出版,集中向读者展示了作家们的散文创作才华,令读者在阅读、欣赏的时候直呼"过瘾"。

迟子建的《迟子建散文精选》,2018年2月由长江文艺出版社出版。作为我国著名作家,迟子建多次获得国内有影响力的文学奖项,其中三次获得鲁迅文学奖,一次获得茅盾文学奖。这部散文精选集是迟子建多年散文创作的精华所在。散文集分三个部分,收录出版了作家创作的58篇散文作品,其中包括《北方的盐》、《我的世界下雪了》、《我对黑暗的柔情》和《落红萧萧为哪般》等多篇代表作。

2017年,作家张抗抗出版了两本散文集《回忆找到我》和《打开自己那间屋的门窗》。其中《回忆找到我》主要包括"父母之树的果实""回忆找到我""有书有绿,无声少尘""假如做一次女孩""冬天夺去的,新春会交还""风过无痕"等6个部分,共57篇散文。收录了《苏醒中的母亲》《生命的承受力》《恋爱中的老虎》《故乡在远方》等代表作。作家的另一部散文集《打开自己那间屋的门窗》主要分“我行”“我读”“我思”“我忆”4 个部分，共 34 篇散文。除与《回忆找到我》相同的代表作外，还收录了作家早期的经典之作《牡丹的拒绝》。这部散文集的第二部分“我读”，收录了作家对自己读过的一些作品的理解与感悟。这两部散文集也是近年来作家散文作品收录最全、最集中的散文集。

作家艾苓的散文集《当爱情上了年纪》是继其 2016 年出版的《咱们的学生》之后的又一部代表作。整部散文集分为“生命的清晨和黄昏”“边走边看”“这条叫往事的狗”三个部分，共 99 篇散文。其中第 1 部分从《你是妈妈》到《父亲严重缺席》再到《公公的小摊》，主要是作家创作的关于亲情的散文作品；第二部分从《很抱歉，我是个消费者》到《向公民致敬》再到《大自然还“大”吗》以及《忙丢的性别》，主要是作家对各种社会现象的理解和感悟；第三部分从《世界上最大的地方》《想念那些老邻居》到《新衣裳》以及《浴室歌声》，主要是作家对过去记忆的呈现和对往事的抒怀。诚如散文集封底所写的那样，整部作品记录了作家对大千世界的独特发现和感受。作家以女性视角，观察社会、感悟芸芸众生，“洞察世事又心怀感恩”。整部作品读下来，温暖而又不失理性。

作家朱明东的散文集《行走的歌谣》主要分为“行走的怀念”、“文人的气节”、“风筝”、“了在川上行”、“写诗别太久”、“晴好的月散淡的风”、“胡思乱想谈名人”、“藏书为惰”和“纯净的年风”9 个部分，共 54 篇。散文集精选了作家多年来的散文创作，涵盖了作家难忘的人生经历和思想素描，每篇文字，都充分地展现了作家对现实生活、对大千世界、对多彩社会、对历史文化的认知和感悟，真挚明快的文风流动于字里行间。

作家包利民在 2017 ~ 2018 年共出版了三部散文集——《半亩云》《比刹那更短，比时光更长》《世界是等待我成熟的果园》。其中《半亩云》是作家的 10 年散文精品自选集，包括“你是世间最暖的书”“与最好的自己相遇”“第七束鲜花”“穿过那条河流看见你”“写在水上，写进流年”“情悟——细节如花，幸福如草”6 个部分，共 82 篇散文。散文集《比刹那更短，比时光更长》包括“走进一片雪花的温暖”“等待美丽”“向西流的河”

“生活原来可以这样”“世界是等待我成熟的果园”“门是墙的一部分”6个部分，共70篇散文。作家在自己的生活里撷取力量与感动，感悟生活的美好，将它们付诸文字，成就一篇篇美文；多篇文章在2008～2017年近20次被选作中高考现代文阅读试题。散文集《世界是等待我成熟的果园》包括“心有斑斓景自春”“捡拾一地暖”“瓶子里的花园”“一路花香”4个部分，共103篇散文，每篇散文短小精悍，文字隽永，或有动人的故事，或有温暖的情感，或有深深的思索，或有淡淡的感悟，读来令人回味无穷。

六　结论：未竟的散文

2017～2018年的黑龙江散文作品在发表、出版数量上相当可观，作品反映当下生活，体味过去的时光。作家们将视野投入打动自己的每一个角落，或生活，或社会，或亲情。故乡的一草一木、一物一景都能成为作家抒写的对象；走过的每一座城市、遇到的每一个人和每一件事，都可以为作家提供创作的素材，使作家从中领悟人生的哲理。

2017～2018年的黑龙江散文，回忆居多，经典之作重新出版。更多的作家将笔触点在了对过去的回忆上：对亲人的回忆，对故乡的回忆，对生活、游历过的城市的回忆。更有作家将自己多年创作的散文结集出版，如我们前面提到的朱明东、包利民、艾苓；还有的作家将作品重新整理成集出版，如迟子建的《迟子建散文精选》、张抗抗的《回忆找到我》和《打开自己那间屋的门窗》。

2017～2018年，著名作家迟子建获得了2017年中国版权卓越成就者奖，作家朱明东凭借散文《加格达奇》获第八届冰心散文奖。这是当年国内最有分量的奖项，也证明了黑龙江作家在文学创作和散文创作方面取得的成就。同时，我们也看到，2017～2018年黑龙江散文对当下社会的关注、对主旋律的抒写相对较少，作家们更注重的是自我内心的感动。我们期待未来，黑龙江的文学创作、黑龙江的散文创作能够将关注点越来越多地投入瞬息万变的社会生活，撷取生活中的乐观积极、撷取生活中的感动、撷取生活中每一瞬的美好。

B.6

纪实文学：为龙江英雄立传

庄鸿雁　郝　帅*

摘　要： 黑龙江文坛有着优秀的纪实文学传统，曾涌现出程树榛、张雅文、贾宏图、蒋巍等著名报告文学作家。近年来，尽管传统的报告文学受到了来自网络媒体快餐式阅读的冲击，但黑龙江报告文学作家不忘初心，2017～2018年，他们仍以纪实文学的笔法，关注现实，弘扬"四大精神"——东北抗联精神、北大荒精神、大庆精神、铁人精神，记录改革开放40年来的伟大成就，书写黑土地上的龙江故事，反映新时代的龙江气象，为新时期龙江文学史留下了精彩篇章。

关键词： 纪实文学　龙江故事　龙江英雄

纪实文学是一种新兴文体，关于纪实文学的定义有多种观点。李辉先生的表述比较全面："纪实文学是指借助个人体验方式（亲历、采访等）或使用历史文献（日记、书信、新闻报道等），以非虚构方式反映现实生活或历史中的真实人物与真实事件的文学作品，其中包括报告文学、历史纪实、回忆录、传记等多种文体。"但不论是何种形式，非虚构是它的内在，文学是它的属性。黑龙江文坛有着优秀的纪实文学传统，曾涌现出程树榛、张雅文、贾宏图、蒋巍等著名报告文学作家，2017～2018年，黑龙江作家纪实

* 庄鸿雁，黑龙江省社会科学院文学研究所研究员；郝帅，黑龙江省社会科学院文学研究所助理研究员。

文学之笔，关注现实，记录改革开放40年来的伟大成就，书写黑土地上的龙江故事，讴歌新时代的龙江精神。

一 弘扬“四大精神” 为龙江英雄立传

习近平总书记在2016年5月25日视察黑龙江时做出重要讲话，特别指出：“东北抗联精神、北大荒精神、大庆精神、铁人精神激励了几代人。今天，我们仍然要用这些精神来教育广大党员、干部，引导他们发扬优良传统，在全社会带头弘扬新风正气。”纪实文学作为文学的轻骑兵，一直走在用文学的笔法弘扬龙江“四大精神”、记录龙江面貌、反映龙江气象的前列。

东北烈士纪念馆资深研究馆员李云桥历时多年完成的传记文学《赵一曼传》2018年修订再版，这部书是作者26年来对抗联烈士研究成果的文学观照。为撰写此书，作者多次深入赵一曼的家乡及其战斗过的地方进行采访，追寻烈士性格形成、思想发展轨迹和心路历程。

作者在再版后记中写道：“适当增加了一些诠释性评述文字，尤其对赵一曼的性格特征及成长历程进行了阐释。赵一曼为什么能够成为赵一曼？这是此书的主旨所在。本传诸多阐释和评述，力图使读者深刻领悟，‘拒绝平庸，追求卓越’几乎是赵一曼品格先天所具，是五四‘人的发现’时代赋予她全新的思想内涵，又是抗战伟大民族解放最终造就的巾帼英雄。”①

诚如作者追求的那样，《赵一曼传》为读者提供了一种身临其境的崇高而又令人痛惜的阅读情境。《赵一曼传》让读者感受到了在赵一曼身上集中体现的坚定的信仰信念、高尚的爱国情操和伟大的抗联精神，更让读者触摸到了有血有肉的超越一个普通妻子和母亲的博大情怀。正如赵一曼的孙女陈红女士评价的那样：“在叙述赵一曼果决、豪气、勇毅、凛然的同时，作者又用细腻而有张力的笔触，情难自禁地写出了她的儿女情长和舐犊之情。显然，是母性使作者按捺不住，并促使她不断提醒读者，向读者强调：无论怎

① 李云桥：《赵一曼传》，商务印书馆，2018，再版后记，第453~454页。

样为信念坚贞不屈、舍生忘死，赵一曼都是一个女性、一个母亲。这些设身处地的句子、段落有短有长，无不是以母性敬礼母性，以亲情提升亲情，将心比心、着意渲染，而又朴素浑然、合情合理。”①

《赵一曼传》在时空叙述上，从赵一曼的出生到牺牲，没有就此停止，而是将故事延伸到赵一曼牺牲后她的丈夫、儿子、孙女以及其他亲人在大时代背景下的人生际遇。尤其令人感慨的是，赵一曼牺牲后直到电影《赵一曼》红遍全国之前，人们并不知道烈士赵一曼是谁，赵一曼的亲人更不知道赵一曼就是李坤泰，李坤泰就是赵一曼。直到18年后，经多方努力，才确认了赵一曼就是从四川宜宾走出去参加革命的李坤泰。此时，1周岁就离开了母亲的赵一曼的独子宁儿已经上了大学……

赵一曼牺牲80多年后，已进入网络时代，近年来又出现了一些所谓的“还原历史真相”的纪实作品，其靠杜撰一些子虚乌有的感官细节吸引读者的眼球，令公众难辨是非。针对这种对烈士人格进行玷污的现象，《赵一曼传》以翔实的档案资料，还原历史真相，为赵一曼进行正名。

孙且2018年发表于《北方文学》的纪实文学《寻找》，用文学之笔讲述了作家曲波的小说《林海雪原》的创作历程，以及“杨子荣”这一艺术符号升华成为革命英雄谱系中杰出代表的过程。但这部纪实文学作品的重点在于，通过让英雄魂归故里，寻找小说中主人公之一——英雄杨子荣家乡及其亲人的26年的曲折之路，折射出以杨子荣（杨宗贵）家人为代表的山东革命老区人民的隐忍、奉献和牺牲，读来令人唏嘘。孙且在作品中与其说是寻找英雄杨子荣——杨宗贵的来时路，不如说是在寻找被人们淡忘和遗落了的对英雄主义的追求和敬仰。

郁达夫说：“一个没有英雄的民族是不幸的，一个有英雄却不知敬重爱惜的民族是不可救药的。”孙且在作品的结尾写道：“英雄的勇气和行为是一个国家和民族的魂魄，作为精神遗产留传给后人，在无数次的基因复制和表达中，使这个民族越来越有血性和胆量。我们这个国家和民族，在前行

① 李云桥：《赵一曼传》，商务印书馆，2018，再版序，第2页。

中，尤其是近些年，经济高速发展，人民生活大大改善，却在不经意间失去了许多很有价值的宝贵的东西，比如对英雄主义的敬仰。”这也是他重写寻找杨子荣的故事的目的所在。

中国作家协会重点扶持项目——孙莉的《迎着太阳行走——来自龙江第一村的报告》是书写北大荒精神的力作。

对于北大荒的书写，人们将更多的关注目光投向由10万名转业官兵、生产建设兵团以及知青书写的屯垦史，很少关注到在黑龙江广大农村，还有一大批于20世纪50年代中期响应党的号召来自山东、河南等地农村的移民垦荒队。他们在黑龙江这片广袤荒原移民建村，屯垦创业，建设第二故乡。经过60年的努力耕耘，他们成为把“北大荒变成了北大仓”的一支重要力量。作家孙莉历时5年创作的《迎着太阳行走——来自龙江第一村的报告》的书写对象黑龙江省甘南县兴十四村，就是由1956年从山东临沂革命老区来的青年组成的垦荒队移民建立的。经过两代人的艰苦创业，他们把兴十四村不仅建成了闻名全国的“龙江第一村”和“全国十大特色村”，还建成了标准化的农业科技生态示范园区和被联合国北北合作组织评定的“国际生态产业示范基地”。

纵观兴十四村的发展史，其可以说是我国垦荒史上的一部活生生的教科书。但孙莉在呈现兴十四村这部教科书的篇章时，“选择以人带史，在史中见人的精神情感和性格形象”的写作方法，即以兴十四村的致富带头人付华廷的人生经历为主线，多方面展开叙述，网络式布局谋篇。《迎着太阳行走——来自龙江第一村的报告》这部报告文学既反映了一段真实的兴十四村的村庄史，也是以当代农民英雄付华廷为首的新型农民群体在追求理想之路上的悲壮事迹的文学写实和诗意表达。这部报告文学，浓缩了兴十四村创业史和兴十四人执着追求的“艰苦创业、团结奋斗、开拓创新、致富争先”的兴十四精神，该精神最后汇入了不朽的北大荒精神，升华为中华民族的宝贵精神财富。

2018年黑龙江省作协重点作品扶持项目——张嘉孝的报告文学《钢铁1205钻井队神话》，通过钢铁1205钻井队三代人半个多世纪的成长历程，续写薪火相传的大庆精神和铁人精神。

在大庆油田发现50周年庆祝大会上，习近平总书记指出：“大庆精神、铁人精神已经成为中华民族伟大精神的重要组成部分，永远是激励中国人民不畏艰难、勇往直前的宝贵精神财富。”

大庆精神，产生于20世纪60年代初举世闻名的大庆石油会战。大庆精神主要包括：“为国争光、为民族争气”的爱国主义精神；“独立自主、自力更生”的艰苦创业精神；“讲求科学、三老四严”的科学求实精神；“胸怀全局、为国分忧”的奉献精神。概括地说就是“爱国、创业、求实、奉献”。大庆精神始终伴随大庆油田的开发建设而不断地丰富完善，并成为激励人们奋斗的内在动力。

铁人精神则是对王进喜崇高思想、优秀品德的高度概括，体现了我国工人阶级精神风貌和中华民族传统品德的完美结合，是大庆精神的典型化和人格化。

大庆钻探工程公司钻井二公司1205钻井队是当年铁人王进喜所在的钻井队，是中国石油工业的一面旗帜，是大庆精神和铁人精神的代表。20世纪60年代初，这支曾钻透祁连山的钻井队在铁人王进喜的带领下，开进北大荒。以铁人“有条件要上，没有条件创造条件也要上”“宁可少活二十年，也要拿下大油田”的英雄气概，于1966年创造了进尺突破10万米大关的业绩，超过了美国王牌钻井队和苏联功勋钻井队，成为世界顶级钻井队。从建队之日起，至2018年，1205钻井队已钻透了5个“珠穆朗玛峰”。半个世纪以来，1205钻井队发扬大庆精神和铁人精神，以“迎风斗雪的钻塔意志，撼天动地的转盘力量，攻坚啃硬的钻头作风，忠诚担当的铁人品格”已铸造成了一支钢铁队伍，在新时期又以科技化和国际化视野，开拓创新，续写着大庆精神和铁人精神的辉煌。《钢铁1205钻井队神话》作者以澎湃的创作热情投入创作，为读者带来久违的激情碰撞和情感共鸣。

王鸿达发表于《石油文学》2018年第5期的报告文学《铁人故乡的人们》，通过铁人故乡大庆油田的几位普通人的故事，讲述了铁人留下的铮铮铁骨、拼搏精神在大庆人身上得到一代代传承。

2017年黑龙江省作家协会重点作品扶持项目——姜孟之的报告文学集

《为了红松故乡永存》，则是书写以马永顺为代表的伊春林区人在第一次创业和第二次创业中的奉献精神。姜孟之是一位耄耋之年勇于担当的老作家，退休之后仍笔耕不辍。他曾深入伊春 17 个林业局，写了 80 余篇报告文学，著名报告文学家贾宏图评价“姜孟之是大森林的歌者。他的作品是来自大森林的诗篇”。

王利文主编的《大兴安岭，铁道兵回忆录》，以亲历者的讲述，重现了 8 万名铁道兵将士挺进大兴安岭极寒的“生命禁区”，逢山开路，遇水架桥，在茫茫林海中为开发大兴安岭上演的一幕幕可歌可泣的英雄壮举，体现了铁道兵坚韧不拔、四海为家、不怕牺牲、无私忘我的奉献精神。

韩春华创作的报告文学《烈焰冰心》是黑龙江省首部消防题材的长篇报告文学。作品以全国公安系统学雷锋先进集体哈尔滨太平消防中队的事迹为蓝本，以全国特级优秀人民警察玄海龙、全国公安消防部队十大英模母亲付淑芝等先进人物的故事为主线，书写了消防部队官兵对党和人民的一片冰心和赤诚的质朴情怀。

二　张雅文：以作家良知和母亲情怀关注未来

2018 年，74 岁的张雅文推出了聚焦青少年犯罪问题的报告文学《妈妈，快拉我一把》，这是张雅文以一个母亲的悲悯情怀书写的“一部有温度的感人肺腑之书”。这部由中国作家协会重点扶持的作品被评为《作家文摘》2018 年十大非虚构好书。

当今世界，未成年人犯罪是世界性社会问题，预防未成年人犯罪也是世界性难题。张雅文在谈到《妈妈，快拉我一把》的写作过程时曾说：这部书，“是我创作三十年来最刻骨铭心、最痛苦的一次采访与书写”。

《妈妈，快拉我一把》触碰的是一个沉重又敏感的选题。2016 年，张雅文在老伴的陪同下，历时半年多，多次深入上海、浙江等 11 个省市的未成年人管教所和女子监狱，采访了 242 位当事人，那一张张迷茫而稚气的脸时时撞击着她的心。她曾在博客中写道：“看到一个个本该在学校里读书的孩子，却因犯罪而关在监狱里，泪水常常打湿我的心灵，而不是眼帘。”[①]“走进高墙，与一个个满脸稚气的孩子面对面地交谈，尽管我脸上挂着微笑，极尽母性的温柔与善良，我这爱哭的性格又常常使我抑制不住眼中的泪水，常常同被采访的孩子一起流泪，可我还是问自己：你是不是太残酷了？让一个个孩子撕开心中或已结痂，或永远不会结痂的伤疤，让他们回述自己走过的迷途，讲述他们或残缺不全，或缺失亲情，或缺失家教的家庭，讲述他们身陷高墙的内心痛苦，使我在一次次残酷的追问中完成这次漫长而艰难的采访，我撕开的不仅是少年流血的心灵，更有他们生命源头的背景……但我知道，我必须完成这部作品。多年来，一种远远大于作家的母性责任，一直强烈地呼唤着我，要我必须完成这次艰难而痛苦的采访与书写！”[②]

张雅文在《妈妈，快拉我一把》中写的是大墙内的那些深陷迷途的未成年人身上发生的一个个令人痛心、令人穿心甚至触目惊心的案例，但留给大墙外的读者的更多的是反思，反思这些未成年人在本该读书的年龄为什么走向犯罪？是什么样的家庭和成长环境使这些花季少年滑向歧途？《妈妈，快拉我一把》以一个作家的良知和敢于直面现实的写作态度，向社会敲响了共同关注和思考未成年人犯罪问题的警钟。2018 年 12 月 16 日，中国作家协会创研部、人民文学出版社在北京召开的《妈妈，快拉我一把》作品研讨会，与会者高度评价这部书。《文艺报》总编辑梁鸿鹰评价这部书“是一部超越社会学意义上的人生警示录，也是一部有温度的感人之书”。

张雅文不止一次地说过：“我对文学，不是生存的需要，而是生命的需要。我的情感和情怀，让我将自己所有的一切都投注到创作当中。”[③] 对张雅文而言，当文学的力量顽强地植根于内在生命的时候，她成就了自己的文学人生。她与其说是用笔在写作，不如说是用生命在写作。20 世纪 90 年代中期第一次见到张雅文时，她还在佳木斯工作。运动员出身的她没有高学历，更没有家学渊源，她就是靠自己的勤奋和执着，责任与担当，一步一个脚印

① 何晶：《张雅文：文学是我生命的需要》，《文学报》2018 年 11 月 30 日。
② 张雅文：《妈妈，快拉我一把》，《当代》2018 年第 5 期。
③ 何晶：《张雅文：文学是我生命的需要》，《文学报》2018 年 11 月 30 日。

地蹚出一条实现文学梦想的人生道路。如今，做过心脏主动脉搭桥大手术的张雅文，仍老骥伏枥，笔耕不辍。《妈妈，快拉我一把》出版后，2018 年她的《与魔鬼博弈——留给未来的思考》获得第十届黑龙江省文艺奖一等奖，这也是唯一获奖的报告文学作品。同时，由英国查斯（亚洲）出版有限公司出版的《与魔鬼博弈——留给未来的思考》英文版发行，并在伦敦举行了新书首发式。她的另一部作品——《生命的呐喊》孟加拉语版也在 2018 年出版，这是她的《生命的呐喊》签署出版的第 7 个外国语种的作品。

三　不忘初心　讲好龙江故事

伴随着中国改革开放的伟大步伐，报告文学作家作为时代的见证者和记录者，以梦为马，以笔为戈，对改革开放中的龙江巨变和龙江儿女做出的巨大贡献进行了珍贵的记录和书写，使报告文学作品成为中国社会历史内容的重要组成部分，凸显了它特有的社会价值和美学价值。

人民是时代的创造者，也是中国故事的主人公。报告文学作家在书写宏大历史和现实的同时，更将致敬的目光投向那些普通的劳动者，正是这些各行各业的普通劳动者架构起了中华民族的脊梁。

就报告文学而言，真是基础、善是目标、美是容颜。2018 年黑龙江省作家协会重点作品扶持项目——刘福的报告文学《一个真实的故事——护鹤女孩徐秀娟牺牲 30 年祭》就是集真善美于一体的作品，它以“直抵人心”的审美方式书写了扎龙湿地保护区一家三代人为护鹤奉献青春和生命的故事。

“走过那条小河，你可曾听说，有一位女孩她曾经来过；走过这片芦苇坡，你可曾听说，有位女孩，她留下一首歌。”这是一首自 20 世纪 90 年代初就开始传唱的歌曲——《一个真实的故事》的歌词，它以哀婉的曲调诉说着一位龙江女孩为保护丹顶鹤献出年轻生命的故事。在这首歌的旁白中有这样的描述：“有一个女孩，她从小爱丹顶鹤，在她大学毕业以后，有一天她为救那只受伤的丹顶鹤，滑进了沼泽地，就再也没有上来。”在女孩牺牲 30 年后，报告文学《一个真实的故事——护鹤女孩徐秀娟牺牲 30 年祭》再次将致敬的目光和笔墨投向了徐秀娟一家，因为这户扎龙湿地保护区的普通人家为了保护湿地生态和培育丹顶鹤奉献了两位亲人的生命和三代人的青春。徐秀娟牺牲后，她的弟弟徐建峰退伍后放弃了在国企的工作回到湿地继续父母和姐姐的事业，经过多年的努力从训鹤员成长为扎龙湿地保护区带头人。但2014年4月18日，徐建峰在工作岗位不幸殉职。徐建峰牺牲后，其正在读大学的女儿徐卓跨专业转到东北林业大学野生动物保护专业，毕业时放弃保研，毅然回到扎龙，续写爷爷、姑姑和父亲的事业……

孙且2018年发表于《北方文学》的纪实文学《乌苏里船歌》，用文学之笔讲述了《乌苏里船歌》词作家胡小石与赫哲族非遗传承人傅占祥半个世纪的友情和《乌苏里船歌》背后的故事。作者运用时空转换的叙事方式，将两位主人公的人生际遇放在时代大背景下考量，从而透视出历史的宏阔与沧桑。孙且这部作品还有一个突出的特点，就是通过环境描写，展示了令人流连忘返的三江流域的自然景观和赫哲文化的迷人魅力。

赵国春的传记文学作品选《沃野星空》，则记录了文化界名人“北大荒”时期的蹉跎岁月，这些名人有丁玲、艾青、吴祖光、聂绀弩、晁楣、梁晓声、肖复兴等。

四 纪实文学：非虚构叙事的未来走向

中国文坛有着百余年的报告文学传统，尤其是改革开放40年来，报告文学倾情助力，曾创造了无数辉煌。1978年徐迟的报告文学《哥德巴赫猜想》在《人民文学》发表后，一度洛阳纸贵。它和刘心武的小说《班主任》一道开启了中国新时期文学的大门。伴随着中国改革开放的步伐，在记录这个伟大时代的书写中，报告文学是表现最充分的文体，“报告文学作家成为很多重大历史事件的见证者和发言人，他们的报告文学作品成为40年来中国社会历史内容的一个特殊的组成部分”，① 报告文学与时代实现了双向互

① 李炳银：《以文学笔触展现40年巨变》，《中国新闻出版广电报》2019年1月11日。

动。徐迟的《哥德巴赫猜想》是那个时期报告文学的典型样本，“在与国家主题异构同质的表达中，最大限度地释放了报告文学的文体能量”。[①] 新时期报告文学，“不仅是徐迟，还有理由、黄宗英、陈祖芬、柯岩、孟晓云、徐刚等更多的作家，他们的报告文学，一改原有的新闻化制式，创造了别具报告文学自身特质的审美规制。在整体上看，新时期的报告文学成就了这一文体的一个历史标高”。[②]

进入20世纪90年代，中国报告文学在调整中趋于求真和内敛。21世纪的近20年，报告文学在全媒体文化生态中，迎来了新的挑战。

近年来，传统的报告文学正受着来自创作群体后继乏力和网络媒体快餐式阅读的冲击。在人人都可以写作的自媒体时代，只要你愿意，打开手机与电脑，记录和呈现生活元素，你就是现实与历史的参与者和记录者，而不再是匆匆过客。在这种文学网络化的大背景下，从报告文学而纪实文学再到现如今的非虚构写作，文学在悄然地发生变化。即使是诸如《人民文学》《收获》《钟山》等传统文学平台也不断推出纪实性作品，尤其是近年来“非虚构写作”的备受追捧，正在影响传统的纪实文学，尤其是报告文学未来的走向。

在这种态势下，非虚构写作的兴起也许正当其时。“非虚构写作”这一概念是从20世纪60年代美国的“非虚构小说”延宕开来的。“较早使用‘非虚构写作’作为刊物栏目的是《人民文学》，其主编李敬泽就曾坦言，之所以启用‘非虚构’，一是‘中药柜子抽屉不够用了’，二是因为它‘看上去是个乾坤袋，什么都可以装’。”[③] 作家们也是“希望由此探索比报告文学或纪实文学更为宽阔的写作，不是虚构的，但从个人到社会，从现实到历史，从微小到宏大，我们各种各样的关切和经验能在文学的书写中得到呈现”。[④] 综观近期文坛的“非虚构写作”，不论是如王树增等早期纪实文学作

① 丁晓原：《非虚构文学：时代与文体的“互文”》，《东吴学术》2018年第5期。

② 丁晓原：《非虚构文学：时代与文体的“互文”》，《东吴学术》2018年第5期。

③ 洪治纲：《论非虚构写作》，《文学评论》2016年第3期。

④ 《人民文学》2010年第9期“卷首语”。

家的历史性作品（如他的“战争”系列），还是近期直面现实的介入式写作（如梁鸿的“梁庄”系列），都呈现一种作家对书写对象的真实性追求和主体性思考，并由此实现“非虚构”的终极目标。报告文学作家也由此回到非虚构叙事本身，探寻它内生的审美力量。“它部分地促成了写实作品由单一政治的宏大叙事向日常社会生活叙事的回归，实现了公共叙事与个人叙事的有机结合，有效地拓宽了报告文学的写作空间。”①

尽管非虚构写作打乱了长久以来既定的文体分类和分类秩序，也在挑战传统的文学伦理和审美习惯，但它的确为文学带来了一种更为开放的文化语境，并吸引更多的作家参与进来。黑龙江文坛有着深厚的传统报告文学的基础，鼓励青年作家参与非虚构文学写作或可为纪实文学的发展开辟一条新路。

① 丁晓原：《非虚构文学：时代与文体的“互文”》，《东吴学术》2018 年第 5 期。

B.7

儿童文学：芬芳满枝来时路 百花竞妍展新图

张珊珊*

摘　要： 2017～2018年，成长小说与动物小说依然代表着黑龙江儿童文学的美学个性，在全国儿童文学文坛独具一格；前辈作家再续经典，后起之秀更上层楼，少数民族儿童题材个性化突出；先后有四位作家斩获“冰心儿童文学新作奖”“2018陈伯吹国际儿童文学奖”；大庆、牡丹江先后成立儿童文学协会、专业委员会，标志着黑龙江儿童文学创作步入新的发展阶段，彰显了黑龙江儿童文学创作队伍的壮大、创作梯队的完善。黑龙江儿童文学创作共领风骚，呈现一派欣欣向荣的景象。

关键词： 成长小说　动物小说　民族题材　儿童文学

法国作家沙尔·贝洛在1697年出版的童话集《鹅妈妈的故事或寓有道德教训的往日故事》被视为世界儿童文学创作的开端，里面收录有《睡美人》《小红帽》《灰姑娘》《蓝胡子》等8篇童话，这些故事主题鲜明、朴实灵动，既浪漫又现实，作为经典IP深受各国读者喜爱，历经3个世纪的岁月流转，依然熠熠生辉，光华璀璨，影响、陪伴着一代代儿童。中国“‘儿童文学’这名称，始于‘五四’时代”。[①] 至今延传百年，“百年中国

* 张珊珊，黑龙江省社会科学院文学研究所副研究员。

① 茅盾：《关于“儿童文学”》，《文学》第4卷第2号，1935年2月1日。

儿童文学史是发现儿童、解放儿童、尊重儿童的历史”。①

黑龙江儿童文学在与时代、家国的风雨同舟中一路前行，走过一条曲折的光荣之路。1950 年，共青团中央召开第一次全国少年儿童工作会议，在全国形势的带动下，黑龙江儿童文学正式起步。《黑龙江文艺》《黑龙江日报》《哈尔滨日报》等刊物成为扶植儿童文学发展的阵地。其间的代表作主要有陶耶的儿歌集《上姥姥家》，孙幼忱的童话《小树穿棉袄》《坏蚂蚱》《知了是个大坏蛋》及延泽民的《红格丹丹的桃花岭》《小红军》等。“文革”后期有张万林的中篇小说《小猎手》、孙幼忱的儿童故事《小泉还书》问世。20 世纪 80 年代以后，黑龙江儿童文学迈上新台阶：由单一的政治视角转向开阔的社会视角；由单一的教化功能转向多样的审美功能；由固化的创作方法转向多元的创作方式。1984 年黑龙江儿童文学创作委员会成立，为黑龙江儿童文学的繁荣发展夯实了组织基础。常新港、孙幼忱、黑鹤、王左泓等众多响亮的名字开始在黑龙江儿童文学的舞台上闪闪发光。

2017～2018 年，就黑龙江儿童文学创作的整体景观而言，成长小说与动物小说依然代表着黑龙江儿童文学的美学个性。前辈作家再续经典，后起之秀更上层楼，黑龙江儿童文学创作共领风骚，呈现一派欣欣向荣的景象。常新港长篇小说《尼克代表我》作品研讨会在北京召开，获得业内专家的高度好评；黑鹤的长篇小说《驯鹿六季》荣获“2018 陈伯吹国际儿童文学奖”图书（文字）奖；鲁奇的小说《彼得淘的“神秘礼物”》、李秀儿的小说《晚秋》和竹风的散文《山鸡飞》喜获 2017 年“冰心儿童文学新作奖”佳作奖。左泓的《萤火虫河谷》《五色树》描写了赫哲族儿童的现实生活，为黑龙江儿童文学的书写增添了新的色彩。

省内各地市儿童文学创作同样表现亮眼，黑龙江儿童文学创作已蔚然成风，势不可当。2018 年 6 月 29 日，大庆市儿童文学协会成立，这

---

① 王泉根：《百年中国儿童文学的三次转型与五代作家》，《长江文艺评论》2016 年第 9 期，第 72 页。

也是黑龙江省第一家儿童文学协会。同年8月26日，牡丹江市儿童文学专业委员会成立。这些举措对于黑龙江儿童文学的发展具有里程碑意义，标志着黑龙江儿童文学创作步入新的发展阶段，彰显了黑龙江儿童文学创作队伍的壮大、创作梯队的完善，以及社会影响的广泛和未来的无限可能。

一　儿童成长小说的时代肌理与少年初心

常新港自20世纪80年代奇峰崛起于黑龙江儿童文学的文坛，便笔耕不辍，已出版长篇小说80余部。四次荣获全国优秀儿童文学奖，多部作品荣获庄重文文学奖、宋庆龄儿童文学奖、陈伯吹国际儿童文学奖、冰心儿童图书奖等全国大奖，作品被译介到韩国等国出版，艺术生命蓬勃旺盛，是当之无愧的黑龙江儿童文学文坛的里程碑与常青树。

随着时代与个人身份的转变，常新港锐意创新、与时俱进，不断突破自我，创作了多部幻想文学。作为一种深思熟虑美学境界的特别展示，常新港"用极具个性和艺术韧性的文学表达方式为儿童读者奉献了一个接一个摇曳多姿的'常氏幻想'，也在中国儿童幻想小说的文学图景中展现了一种另类的'中国特色'"。[①] 变化的是对艺术追求的不断求索，不变的是对儿童深沉的爱与初心。2017年、2018年，常新港出版4部长篇小说《家有八只猴》《脚丫子发烧了》《尼克代表我》《一个传奇》，7部短篇小说集《陶然的神秘旅行》《甘北朝北走》《儿子·父亲·守林人》《他和他永恒的朋友》《化妆的冬天》《灵魂草场之旅》《玻璃蛋中的那粒米》，1本注音版童话《小芬的蝈蝈》。其中《一个传奇》《陶然的神秘旅行》等都是风趣与内涵兼备的幻想小说。

爱的母题是儿童文学的三大母题之一。亲子关系与儿童教育是常新港一

① 聂爱萍：《中国儿童幻想小说的"清水芙蓉"——论常新港儿童幻想小说的创新和超越》，《文艺评论》2017年第9期。

直关注的写作重点，也是当下社会教育的热点。他以鲜明的“儿童本位”意识为孩子代言，替孩子发声，他的书不仅是写给孩子看，更是写给社会、家长和老师读的。“以前的人对于儿童多不能正当理解，不是将他当作缩小的成人，拿‘圣经贤传’尽量的灌下去，便将他看作不完全的小人，说小孩懂得什么，一笔抹杀，不去理他。近来才知道儿童在生理上，虽然和大人有点不同，但他仍是完全的个人，有他自己的内外两面的生活。儿童期的二十几年的生活，一面固然是成人生活的预备，但一面也自有独立的意义与价值；因为全生活只是一个生长，我们不能指定那一截的时期，是真正的生活。我以为顺应自然的生活各期——生长，成熟，老死，都是真正的生活。”①

成长是要开自己的花，结自己的果。教育的价值在于激发每一个孩子心中的潜能，帮助孩子找到潜隐在生命深处的特殊使命，遇见未知的自己。常新港以历经岁月沉淀的丰富的人生体验，以父亲与作家的双重身份，以文字的形式，运用更自然、更亲切、更淡泊，也更审美化的方式，予以爱的传达；以冷静犀利的视角，温软慈柔的腔调揭示生活的真相，引领孩子们面对真实的生活，践行着“五四”以来“儿童的发现”。诚如常新港在谈到写作初衷时所说：“今天，成长中的中国孩子都有他们自己心中的世界，也就是他们想拥有的、内心渴望的世界。每一个写作者都曾有过童年，从成长到走向成熟的每一个阶段也都经历过，他们当时也都有这样真实的渴求。尊重孩子，尊重孩子的内心，尊重孩子的成长，还原孩子的本性，是我写作《尼克代表我》的初衷和我写作中最想表达的情感。”②

儿童寓言长篇小说《尼克代表我》是常新港历时3年写就的创作水准更上层楼的新佳作。2018年3月9日，新书研讨会在北京召开，出版界领导与10余位评论界、创作界的权威学者出席了会议。中国作家协会副主席、中国作家协会儿童文学委员会主任、儿童文学作家、诗人高洪波谈道：“作

---

① 周作人：《儿童的文学》，转引自杨宏峰主编《〈新青年〉简体典藏全本·第八卷（第一至六号）》，宁夏人民出版社，2011，第385页。

② 常新港：《只有“不一样”，才对孩子有魔力》，搜狐网，2018年5月16日，http://www.sohu.com/a/231825144_377482。

品中洋溢的是一种‘接地气的常新港式想象’，是一种常新港式的冷峭幽默和严肃中的活泼。从这部作品中能够深深体会到作者对学校、家庭、社会教育中存在的问题的焦虑和思考，是一本真诚的，充满爱、真实以及文学光亮的作品。”著名儿童文学评论家王泉根发言说：“《尼克代表我》就是一部非常好的、讨论两代人的沟通与理解的作品。不但给孩子带来了温暖和想象，对成年人也一样。”中国首个荣获“国际安徒生奖”的中国儿童文学作家曹文轩认为：“新作《尼克代表我》继续保持了高超的创作水准，讲了一个离奇虚构的却是合乎文学逻辑的，很智慧的一个故事，这个故事有质地，里面的人物活灵活现，始终吸引我们的注意力。”

小说通过三年级小学生吴小小与同学宇航寻找一只会说话的叫“尼克”的流浪狗的艰辛过程，描写了亲子间互不理解的矛盾冲突，表达了孩子渴望摆脱家长爱的控制，获得平等尊重，走向成长与独立的故事。小说以温情的笔触揭示了家长只关心孩子生活、学习，却忽视孩子心灵成长的简单粗暴的教育，所造成的亲子关系的疏离冲突和对儿童身心的伤害。父母以爱之名，无视孩子为独立个体，不尊重孩子的生命历程，全方位无死角的“爱的关注”与不自知的语言暴力令孩子窒息，小说中写道：“我什么时候可以看电视，那要看妈妈是什么心情。”① “在相当长的一段日子里，我的屁股充当了妈妈心情很坏时必须光顾的实验基地。”② “一个三年级的男孩子会有什么心事？妈妈的口气很是不屑。”③ “很多孩子跟我一样都不明白一点：我们为什么总像是家庭中的犯人？上小学时，妈妈是监狱长；到了中学，妈妈有点儿管不了男孩子了，爸爸就成为监狱长。我们好可怜啊！”④

心理学家温尼科特提出，在最早期的人格发展过程中，最主要的动机是建立和维持与客体的关系。这个客体，是指在童年时代，与我们建立重要关系的外在人物，如父母、老师、兄弟姐妹。而客体关系，指的是我们和这些

① 常新港：《尼克代表我》，人民文学出版社、天天出版社，2018，第 4 页。
② 常新港：《尼克代表我》，人民文学出版社、天天出版社，2018，第 11 页。
③ 常新港：《尼克代表我》，人民文学出版社、天天出版社，2018，第 22 页。
④ 常新港：《尼克代表我》，人民文学出版社、天天出版社，2018，第 27 页。

外在人物之间的关系，所延伸成的特定心理结构。

如果我们和外在人物的关系相对良好，那么相应的内在部分的表达就会轻松，如果关系相对糟糕，那么相应的功能的表达就会困难。囚笼之中是无望的孤独，身体是心灵的镜子，长期的心灵压抑让吴小小生病了，患上了心因性选择性失聪，他可以听到所有声音，除了爸爸妈妈的声音，但听不到让他的心里很快乐。他决定排除万难也要找到另一个自己——那只真正懂他的流浪狗尼克，寻找的过程中他得到了修表店田爷爷和医生程奶奶的无私帮助。智慧、温暖而慈爱的长者，是常新港小说中经常出现的意象，这一意象在其作品《伤心草坡巷病院》中有着集中体现。他们尊重孩子的独立人格，与他们平等对话，善于发现他们的闪光点并给予赞赏鼓励，用耐心陪伴孩子探索世界，找到自我，获得真正的成长。程奶奶一针见血地指出妈妈的问题，说哭了妈妈，"你当妈妈的哭了，好！我现在看见你哭了，好！哭了，说明你的心热了，有温度了；心热了，从你的内心深处流出了热的东西，才会把你孩子郁积在心里的冰融化掉！我再说一遍，你的孩子患上的是心理疾病，不是用钱买药就能治愈的！"[①] 毕竟高尔基也说过："爱护自己的孩子，这是母鸡都会做的，但教育好孩子却是一门艺术。"

作品中的父母也是第一次做父母，有自己的局限，也需要学习如何做好父母，更需要明白孩子并非父母婚姻的赠品，而是拥有独立人格的个体。在医生程奶奶的循循善诱下，父母也逐渐认识到"有问题"的小孩背后，其实是家长自己出了问题，他们开始调整爱的方式，做出改变，渐渐放手，给予小小信任与自由，由禁止到允许，由允许到欢迎小狗尼克到家里来。爱是打开心锁的钥匙，小小冰封的内心开始融化，耳朵逐渐好了起来。他与尼克也终于见面，在尼克那里，他学到了正直、勇敢、果断、爱与善良，更了解到尼克是一只被抛弃过又被爱疗愈的小狗。"因为懂得，所以慈悲。"小小很想和尼克永远在一起，但尼克要离开去帮助另一个被抛弃的小女孩。尼克像天使之光，照亮了小小压抑的童年世界，又像灯塔指引了小小未来成长的

---

① 常新港：《尼克代表我》，人民文学出版社、天天出版社，2018，第 156 ~ 157 页。

方向。小说告诉我们，成长是独立的旅程，我们一生的不同阶段会遇见很多人一路同行，相聚离开，最后依然要自己去面对、去亲历，只有找到内在真我，才能对未来的人生负责。“在人生的道路上，每个人都是孤独的旅客”(季羡林)，真正的永恒是灵魂的勇敢与独立，生命的丰盛需要父母的爱与自由。

长篇小说《脚丫子发烧了》于2017年4月由北京教育出版社出版，是本低年级小学生也可以阅读的注音版。这是一部关于脚丫子的传奇，讲述了一个奇妙且意味深长的故事。一名叫马利的10岁男孩子，突然发现自己的脚有了嗅觉和识别颜色的功能，为此他爸爸立刻申请了吉尼斯世界纪录。从此，马利的生活完全改变了。因为拥有一双有感觉、会思考的有特异功能的“神脚”，而经历了成名，被众人羡慕、围观，到后来被人骚扰、批评等各种事件，马利逐渐地感受到了成名的负担，他的心很累，变得非常不快乐。最终他没有在名气中迷失自己，也更加明白做普通人的幸福快乐。现实中太多人迷失在追名逐利中，却忘却了平淡是真，平凡可贵。作品以哲理的高度、思辨的深度、平实的温度，阐释了简单的快乐才是最珍贵的，实现梦想不能投机取巧，要脚踏实地，不忘初心，方得始终。

二　动物小说的自然秘境与生命礼赞

青年作家格日勒其木格·黑鹤，曾获中宣部“五个一工程奖”、全国优秀儿童文学奖、陈伯吹国际儿童文学奖、冰心儿童文学奖等多项国际国内大奖，作品被翻译成10余种语言。黑鹤的动物小说在当代儿童文学界独树一帜，个性鲜明。他至今仍居住在内蒙古呼伦贝尔草原，在自己的营地饲养大型猛犬，致力于蒙古牧羊犬和蒙古细犬的优化繁育，还将幼犬无偿赠送给草原牧民。每年5月初，都要去中国北方最后的原始森林大兴安岭丛林深处与他的驯鹿鄂温克朋友共同生活几个月，因此他的作品格外有一种真实动人的力量。我们跟随他原景实录、图文并茂的《我的原始森林笔记》可以一探使鹿鄂温克人的生活实景，感受远古文化的神秘魅力。草原和森林是黑鹤的家，更是他的精神原乡，他的作品以自然和生灵为骨血，故他被称为“自然之子”。

2017～2018年，黑鹤出版了长篇小说《驯鹿六季》，中篇小说《滑雪场的雪橇犬》，短篇小说《我在草原上的牧羊犬》《飞翔的窃贼》，长篇散文作品集《我的原始森林笔记》等多部作品。特别值得一提的是，2017年1月，中国少年儿童出版社重磅推出“《儿童文学》典藏书库·‘自然之子’黑鹤原生态系列”，图书共13部，包括3部长篇小说、5部中短篇小说集和5本桥梁书。3部长篇小说分别为《鬼狗》、《叼狼》和《叼狼·疾风》，其中《叼狼·疾风》是黑鹤的最新动物长篇力作，讲述一只名为依玛（鄂温克语意为在森林中疾行如风）的蒙古细犬的传奇故事；5部中短篇小说集分别为《阿吉奈敖包下的狐》《冰湖之下》《守护者》《蒙古细犬和野猫》《猛犬都日波》，每部书收录黑鹤的5～6篇中短篇小说；5本桥梁书是专为中低年级孩子打造的读物，分别为《藏獒格桑》《野牦牛》《蒙古谣》《斑斓蒙古牛》《黄昏夜鹰》。由于在儿童文学领域的创作实绩与杰出贡献，2017年12月16日，黑鹤获得由中华文学基金会主办的第二届“茅盾文学新人奖”。该奖项每两年评选一次，旨在奖励10名在文学创作和文学评论领域成就突出的青年作家和评论家，以弘扬中华民族优秀文化，推动和繁荣当代中国文学创作，促进中国文学事业发展。

黑鹤的动物小说，秉承着人与自然万物一体的生命哲学，充满了对动物生灵的尊重理解和对大自然的敬畏之爱，黑鹤笔下的自然生机勃勃，既诗意盎然又富含哲理，体现了对人类文明与优秀传统文化最深切的崇敬。诚如第二届“茅盾文学新人奖”组委会颁奖词所说：黑鹤的动物小说“在充分张扬自由和狂野美学的同时，也阐释了一个草原之子对人类文明特殊的尊重。他对语言的色彩和音韵异常敏感，注重读者的阅读效果，故事情节引人入胜，用自己草原深处的身体力行，实践着自己的创作主张，为中国故事的艺术画廊平添了众多的典型形象”。

以“东方安徒生”陈伯吹命名的“陈伯吹国际儿童文学奖”，源自创立于1981年的“陈伯吹儿童文学奖”，2014年正式更名为“陈伯吹国际儿童文学奖”，并被列为中国上海国际童书展的重要奖项。该奖项已成为由一流儿童文学创作者、评论家和学者担任评委的国际比赛，以表彰世界范围内在儿童文学领域做出卓著成绩的儿童文学创作者、儿童文学工作者和相关人士。它也是新中国第一个以著名作家名字命名的儿童文学奖项，也是中国目前连续运作时间最长、获奖作家最多的文学奖项之一。

2018 年 11 月 8 日，黑鹤的儿童长篇小说《驯鹿六季》从来自 30 多个国家的 500 多部作品中脱颖而出，荣获“2018 陈伯吹国际儿童文学奖”图书（文字）奖，这也是黑鹤第二次荣获该奖项。2015 年黑鹤曾凭借儿童长篇小说《血驹》获得“2015 陈伯吹国际儿童文学奖”图书（文字）奖。

《驯鹿六季》于 2017 年 6 月由明天出版社出版，讲述了一个北京男孩与生活在中国北方大兴安岭丛林中的驯鹿鄂温克人的故事。小说主题突出，故事情节引人入胜，这里既有少年的成长心路，也有蔚为壮观的森林奇境的科普展示，更有黑土原疆神秘悠远的少数民族特色文化。这是一个特别的世界，晶莹剔透又五彩斑斓，悠远神秘又温暖疗愈，黑鹤以其细腻的体察、精微的描述，表达了现代文明社会中人们对大自然的疏离，城市在膨胀，风景在萎缩，人类的心灵变得干涸，只有回到生命原初的存在——大自然，才能够涅槃重生。

北京男孩“我”在出国前夕目睹妈妈在接自己回家的路上遭遇车祸离世，而陷入痛苦与自责。与妈妈离婚多年的爸爸，接他来到自己工作的地方大兴安岭，他却与周围人格格不入，面对各种的不被理解，男孩陷入无望的孤独。在巨大的无助面前，男孩关闭了自己，陷入失语。迷途中的我被驯鹿鄂温克人秋鸟和他的猎犬救起，住进了他们的帐篷，竟然睡了失去妈妈以来最安稳、最漫长的一个觉，在这样的一片森林的秘境中，我的心逐渐安稳起来，决定留下来生活。男孩和小驯鹿宝宝成为朋友，并给它起名海德薇，秋鸟给男孩起名“角个角个”，取自夜鹰的叫声。在这远离尘嚣的世外桃源，一切都是大自然的恩宠，人与动物和谐共生，这里如此干净、纯粹、安心。大自然孕育了人类的生命，哺育人类长大，就像妈妈一样，这个世界总会令“我”不经意地想起妈妈的味道。喝热茶温暖身体时，想起来妈妈跟他说

“茶是一种接近灵魂的饮料”；[①] 与秋鸟滑雪，想起漂亮的妈妈带他去北京南山滑雪场滑雪的情景；在离开森林的最后一餐，男孩说：“我做饭，不过是回忆妈妈做饭的味道，并努力还原那种味道罢了。”[②]

不知不觉“我”在森林中度过了一年半的时光，跟随秋鸟一起，完整地走过鄂温克的六季轮回，打猎、挖蘑菇、喂驯鹿、与熊对峙……也逐渐学会了运用森林里的生存技能保护自己。经历了与驯鹿海德薇的相聚分离，见证了森林里动物们一场场的生死往复与野蛮生长，男孩也逐渐成长、强悍起来。大自然就像妈妈的怀抱，温暖疗愈了男孩，使他最终明白，不逃避、不放弃，真正勇敢地面对和接受，才是成长的意义。“我想自己真正的成长是接受妈妈的离去。她已离去，就像森林中的风，可是，只要我爱她，她就会永远在我的记忆之中。”[③] 接受了妈妈离开的“我”，离开了这片森林，回到城市的家乡，开始了人生的下一段旅程。成长是一个必须接受人生风雨洗礼的过程，在生活的纷扰与喧嚣中重新投胎，唯此，才能获得日后的宁静与安然。

大自然的厚爱使人类繁衍生息，贪婪的人类却忘记了她的深厚恩泽，与自然为敌，不断地破坏性索取，对自然进行践踏与蹂躏。小说中的偷猎者老白，贪婪无度、残酷无情，猎杀了大量的野生保护动物，最终却死在了自己亲手杀死的驼鹿的尸体里，可谓反讽至极。大自然终将不会放过忘恩负义的人类，要怀揣对自然的敬畏之心与感恩之心，记得每个人都是来自自然的“臣民”。

《驯鹿六季》为我们展示了鄂温克人千百年来的智慧结晶——具有重要历史文化价值的独一无二的驯鹿文化。目前驯鹿文化处于逐渐消逝的濒危之境，黑鹤以自觉的文化使命感，关注传统文化，使得优秀的远古文化被他笔下的文字，永远地记录与传承下来，走向世界。“鄂温克”是鄂温克族的民族自称，意为“住在大山林中的人们”，是我国东北地区重要的少数民族，

① 格日勒其木格·黑鹤：《驯鹿六季》，明天出版社，2017，第 21 页。
② 格日勒其木格·黑鹤：《驯鹿六季》，明天出版社，2017，第 208 页。
③ 格日勒其木格·黑鹤：《驯鹿六季》，明天出版社，2017，第 225 页。

主要分布在内蒙古自治区呼伦贝尔市。作为黑龙江10个世居少数民族之一，主要居住在讷河市、嫩江县、大兴安岭等地。被誉为“森林之舟”的驯鹿曾是鄂温克人唯一的交通工具，驯鹿鄂温克族是鄂温克族的一个分支，生活在大兴安岭的密林深处，史称“使鹿鄂温克”等。小说的名字源自驯鹿鄂温克人原生态的生活方式，他们沿用自然的历法，一年分为六个季节。第一季那瑞给（2月到4月中旬）为猎鹿胎季、第二季能奈（4月下旬到6月上旬）为猎鹿茸季、第三季骄格（6月中旬到8月中旬）为碱场狩猎季、第四季宝勒（8月下旬至9月中旬）为狩猎贮肉季、第五季奥伦劳哈（9月下旬至10月下旬）为山中马鹿的交配季、第六季它个（11月至翌年1月）为冬猎季。小说里表现了鄂温克人在森林中新奇有趣的生活智慧与生存智慧。如打猎时头上要包块红布，免得被其他猎人误伤；穿越丛林要像猫一样行进，避免发出太大声音；裹上动物皮毛的滑雪板，可以调节方向和速度；用融化的松树树脂做黏合剂粘补桦树皮船；用木框自制不会上霜的太阳镜；用森林中的灌木树皮熬制消炎药膏。自然滋养了一切，创造了奇迹。

大自然的斑斓之美，始终是文学家的审美观照。“一个真正的艺术家与大自然是一致的”，[①] 黑鹤始终把自然看作生命的有机体，认为自然不仅是客观存在，更是一种精神存在。在黑鹤笔下，自然是神性的，是有感情、有温度、有思想的，他们是造物主的信使，无时无刻不在传递神灵的圣谕。《驯鹿六季》语言风格野性浪漫、张扬飘逸、诗情画意，除了极富韵律感的语言风格，所有的比喻几乎都离不开自然本身，浑然天成。“风吹过，我看到对面山坡上的丛林巨木出现了微小的颤动，就像巨兽皮毛的涌动。”[②] “刚才它狂奔时扬起的水汽在夕阳中孕育出一道小小的彩虹。”[③] “似乎有一个巨大到无形的手在轻轻抚动森林，随后，风掠过针叶林的声音就如遥远的波涛声响起，我身下的这棵树也在轻轻地摇晃，恍若摇篮。”[④] 原始

---

① 〔荷〕文森特·梵高：《亲爱的提奥》，平野译，南海出版公司，2001，第70页。
② 格日勒其木格·黑鹤：《驯鹿六季》，明天出版社，2017，第111页。
③ 格日勒其木格·黑鹤：《驯鹿六季》，明天出版社，2017，第141页。
④ 格日勒其木格·黑鹤：《驯鹿六季》，明天出版社，2017，第207页。

森林季节变换的万千美景在黑鹤笔下摇曳生姿，传递着自然和生命的壮美与神圣。

三 民族题材：特色之美与文化共生

以少数民族儿童为主题的作品，在儿童文学创作中能够最个性、最独特、最有趣、最纯粹地表现本民族最真实的精神风貌与现实生活。民族文化有着优秀传统与特色之美，在全球一体的世界格局下，各民族多元文化和谐共生，共同呈现民族与世界双向交流的绚烂图景。除了大家熟悉的都市、校园题材，黑龙江儿童文学在关注少数民族儿童的成长历程、心灵世界等方面有着优良的创作传统。著名作家韩乃寅以少数民族少年儿童生活为题材创作的儿童小说《箭娃》《密林虎啸》《血溅峡峪》，合称“鄂伦春三部曲”，填补了我国儿童文学领域的空白。

作家左泓的《五色树》和《萤火虫河谷》，便是以鄂伦春族的民族文化为背景创作的儿童小说，展现了少数民族儿童的生命状态，也用儿童的眼光观照当代少数民族儿童生活现实。“赫哲族有很多古老的传说，他们注重传统节日；在冬天，漫天大雪就像幕布一样，从远处慢慢拉过来，非常壮观；而他们最普遍的出行方式是狗拉雪橇……”左泓说，生活在大自然中的少数民族有他们独特的生活方式，这在当下的城市中很少见到。《五色树》里的赫哲族男孩儿鲁格烈，他渴望有一对鹰的翅膀，像雄鹰在天空翱翔，以找回出猎失踪的父亲，他听说五色树是人类失落的翅膀变的，于是就翻山越岭穿过森林寻找五色树，后来鲁格烈在莫特额大叔的帮助下，终于凌空飞翔了，并在天空俯瞰到赫哲族人世世代代的生活，也找到了爸爸。最后莫特额大叔因为救鲁格烈，变成一头巨熊托住了砸向鲁格烈的巨木，后来他只能回归山林，而鲁格烈化为一只神鹰翱翔在天际。作品通过诗一般的优美语言和伊玛堪唱词，谱写赫哲族少年的成长故事，少年的心灵散发出纯洁的光芒。

《萤火虫河谷》里，萤火虫到来的季节，是蓝色的穆斯塔河最美的时候。赫哲族男孩儿尤卡带着有眼病的小狗达妮，穿梭在淘金人中间，尤卡对外面的世界充满了好奇，偷拿家里的一些沙金，跟别人换了小人书，被后妈赶出了家门。在尤卡生日那天，他终于见到了满河谷的萤火虫。作品文笔优美细腻，描绘出尤卡丰沛的心灵世界，展现了北方苍莽的山林和壮阔的江河，以及赫哲族人在面对生活磨难时的执着与力量。

评论家朱自强说："这套书系以作家对各民族少年儿童生活的真切体验为基础，描摹少数民族儿童的内心世界、成长历程，展现少年儿童的生活现实、心理现实，以及阳光、绿色的生命状态，犹如一个万花筒，从中可以管窥各民族少年儿童多彩的心灵世界。从中可以看出，更加开阔和深邃的意义和内容，带有自然的原始气息和泥土的芳香，如儿童文学中的一股清流，新颖出奇。写作手法、写作内容，更加贴近儿童的天性。"

四　创作阵营：厚植人民与星火燎原

大庆、牡丹江儿童文学专业队伍的相继成立，说明黑龙江儿童文学创作已具有鲜明的自主意识，将激励更多人参与儿童文学的创作，这对于激发黑龙江人对家乡的热爱之情、增强其建设家乡的信心具有积极作用。儿童文学舞台的"黑龙江现象"，正呈现向好的发展态势，相信未来可期。

2018 年，大庆市儿童文学协会组织创作团队，以极强的社会责任感和使命感，为自闭、抑郁、发育障碍等特殊儿童集体打造的这套"温情疗愈儿童小说系列"，关爱特殊儿童的成长，传递真善美，彰显人间大情怀与社会正能量。"温情疗愈儿童小说系列"由石油工业出版社出版，共包括 6 部长篇儿童小说：王如的《星星河》是一本关于自闭症儿童成长的小说，因为爱而创造了一个美好的奇迹；王芳的《倾听拔节的声音》以诗歌引领叛逆儿童成长，从而体现文学与教育的和谐共促；木糖的《春知的地图》从家庭、学校与社会三个角度，试图探索怎样让智障儿童真正感受到人性的温度；杨中华的《阳光照在路上》聚焦传统文化，将一个偏执儿童带到了阳光底下；赵春宏的《屋顶上的青果》以留守儿童为背景，呼唤社会对留守儿童给予关爱；林日暖的《第三本日记》从一个"95 后"作家角度来探索当下父母与孩子之间的沟通问题，借此将“戴着面具”生活的孩子引上正确的轨道。这一系列小说作者的身份组成也非常特别——石油工人、乡村理发师、在校大学生、文化馆创作员、机关干部，他们以实际行动践行了文艺要植根于人民之中、为人民服务的艺术准则，彰显了黑龙江儿童文学的种子已经播撒在这片黑土地的每一个角落。著名儿童文学作家、鲁迅文学奖得主谭旭东给这套丛书以高度评价：“温情疗愈儿童小说系列，不但有抓人眼球的故事、难得的人文情怀和仁者大爱之心，也填补了儿童文学创作和出版的空白。”

黑龙江儿童文学创作芬芳满枝、绚烂多彩，在创作类型、作品质量、获奖人数、作家群体等方面取得喜人成绩，已成为黑龙江省文学创作的强项之一。作家们以对这片土地的热爱与情怀，书写着儿童生活的喜怒哀乐与千滋百味，展现了黑龙江历史文化的特色基因，丰富了全国的儿童文学创作。

B.8
小小说：黑龙江文学新魅力之源

彭晓川*

摘　要： 小小说这种新文体的出现已经逐渐展现其魅力，它浓缩了写作者的智慧，尤其是篇尾最具爆发力和智慧含量。2017～2018年，黑龙江小小说发展扎实稳健，作家群体不断壮大，老一代小小说作家迟子建、袁炳发、安石榴、陈力娇、田洪波等起到中流砥柱的作用，新生代的小小说作家王哲、隋荣、张碧岩、王立红等不断涌现，给黑龙江小小说注入新的力量。袁炳发的作品风格俨然沉稳，他总能让人发现人性的真善美。安石榴的作品有抒写生命质朴的原始美，暴露人性，让人回味。陈力娇的作品最具地域特色，其常用悲悯的情怀探寻人类良知的救赎。田洪波抒写黑龙江白山黑水的地方特征明显，警喻以反映农村生活故事为主。黑龙江一批中青年小小说作家王哲、隋荣、勾连颖、张碧岩、高振霞、王立红、柴亚娟、任家范等迅速崛起，他们带来了新的创作理念和题材，他们文气通达，风格各异。总体来看，2017～2018年黑龙江省小小说作家们的作品对社会现象、人性内心都做出了深度思考。老作家们的作品意蕴更加丰厚，而新生代的迅速崛起，有利于黑龙江小小说事业的进一步发展。

关键词： 小小说　新文体　黑龙江　新生代

* 彭晓川，黑龙江省社会科学院文学研究所副研究员。

现代信息化时代的快速到来，使得许多传统行业的运行模式被打破，人们进入一个全新的发展过程，生活节奏变得“快”而“简”，微博、微信、微小说、微电影等，各种“微”产品充斥在各行各业中，快餐式的阅读虽不能取代传统意义上的阅读，但完全可以作为传统阅读的一种有效的补充与辅助。小小说——作为近30年成长起来的新文体，它凭借质朴、单纯、明朗的语言，以及理性思维与艺术趣味有机融合的特征，吸引了大量青少年读者。这种新文体，通过其本色的感染力和感知触摸的亲和力，俘获了大量读者，成为人们喜爱的阅读文体之一。

小小说这种新文体的再造，是作家们训练写作最好的手笔，它的内容时而紧扣时代主题，时而又能迅速反映生活热点、传递社会信息。它浓缩了写作者的智慧，并以小制胜，在千余字间给人的内心以碰撞、感悟、深思，它内容的爆发力多放于篇尾部分，或韵味悠长，或中道而止，所以小小说的结尾部分是最见智慧含量的。近年来，很多小小说被编入高考阅读和作文题之中，入选各类优秀阅读丛书，小小说正显示其强大而茁壮的生命力。

一　小小说发展扎实稳健、特色分明

2017年黑龙江省作家迟子建的《寻石记》、袁炳发的《人间戏》、安石榴的《老于和张老师》《爱的一度》、田洪波的《三岔口》《十年》入选《2017中国年度作品·小小说》一书，为黑龙江小小说领域争光不少。2018年11月，黑龙江省作家长白山《爸爸的病》等多篇作品参与了全国小小说学会联盟举办的“改革开放40年：小小说40人、40事、100篇经典”评选活动，为黑龙江小小说作家增色不少。2018年在全国小小说领域，最具影响力、最为轰动的莫过于2018年8月冯骥才的小小说集《俗世奇人》首获第七届鲁迅文学奖。这为小小说“破题”，摘取了小小说的第一个鲁奖。小小说领域一片欢腾，为小小说这种新崛起的文体“正名”，在文学领域产生了历史性的意义。

2017～2018年黑龙江小小说发展扎实稳健，作家群体不断壮大，老一代小小说作家起到中流砥柱的作用，新生代的小小说作家不断涌现，而东北小小说协会的成立更加扩展了黑龙江小小说的发展空间。素有东北小小说“三剑客”（袁炳发、于德北、侯德云）之一之称的袁炳发在 2017 ~ 2018 年的主要作品有：《堂号》《面孔》《大哥》《同学》等。作品《幻想》入选《小小说选刊》“改革开放 40 年：最具影响力小小说”；《1976 年 7 月 28 日》入选《微型小说选刊》“改革开放 40 年：最具影响力微型小说”；《弯弯的月亮》入选《故事会》“改革开放 40 年：最具影响力 40 部故事作品”。袁炳发的小小说作品风格俨然沉稳，不拖泥带水，袁炳发很会讲故事，他讲的故事常常让人陷入深思，他的故事总能让人发现人性的真善美。

袁炳发 2018 年的作品《大哥》生动地表现了普通人在经历生活的变动后，内心的不适应与不习惯。普通职员“大哥”下岗，他县城的富商弟弟说：优化回家，落个清静，岂不更好！而这对于“大哥”来说确实是不小的打击，弟弟的劝解也惹来大哥的愤怒，“老二，别有几个臭钱，说话就不讲真理！你知道吗？我们这次被优化回家的人，都是脚踏实地干工作的人，留下的全是会讲假话的人”。闲时在家的“大哥”时不时地还回到原单位，偷偷地张望原来的办公室窗口。虽然有钱的弟弟把他安置到自己的公司，但也没能使大哥感到高兴。直到有一天，弟弟把办公室的东西摆置得和大哥原来办公室一模一样，还放置了大哥喜欢的绿萝，“大哥”的生活才重现生机，哥哥开始谈笑风生，脸色也变得光泽了很多。显然，工作环境的突然改变使得“大哥”原本的生活状态被打破而使“大哥”产生了不适应感，“身份感”和“位置感”丢失。作者揭示了社会上某些特定人群的心理状态，“求稳”不愿被改变是这些人的心理特征，他们顺应社会发展，保持自己与生活的一种平衡，以求得心灵上的稳定。

袁炳发的作品《狗子》语言表述简洁，他把故事中狗子与妞子的爱，以及狗子内心对妞子的宽容、原谅与不舍呈现在读者眼前，他把人类的情感展现出来，告诉了人们“爱”的真谛是什么。文中狗子因为身体上的问题劝妻子妞子改嫁，狗子说：“妞子，改嫁吧！你还年轻，我不能连累你和我受一辈子窝囊罪。”而纯朴深爱狗子的妻子并没有听从狗子的话，就这样妞子没改嫁，并和狗子实实在在地过日子。多年后，狗子终于成了“真正的男人”，妞子怀了身孕，取名小狗。狗子逢人便说：“看我儿子小狗多俏，模样和他娘一样！”可是狗子每次这样说时，妻子妞子的脸色就很难看。终于有一天，妞子因为狗子一辈子也不会知道的事儿，跳进了苇子沟最深的苇塘。狗子很是悲伤，苇子沟的人劝他再娶，可狗子摇头说：“不，俺忘不了妞子！”就这样狗子领着自己的儿子小狗一起过着日子。故事的结尾，没有表明狗子到底是怎么想的，但所有人都知道了答案。袁炳发抒写的爱，就是在不经意间给人的内心以震撼和深思。

袁炳发作为黑龙江小小说的领军人，不仅自己在创作，同时还受聘为两家杂志小小说专栏的主持人，他及时发现、推出黑龙江小小说新作家，为黑龙江小小说的繁荣、发展做出了积极的贡献。

黑龙江小小说领域另一位具有代表性的作家安石榴，继 2016 年在《天池小小说》开设“石榴专栏”后，2017 年又在《小小说选刊》开设“青春简史”专栏，为期一年，共 24 期，每期一篇小小说。2017～2018 年安石榴发表的主要作品有：故乡人物三题《抱板皮的老胡头》《一对夫妻》《家属》，以及《关于脑洞我有话说》《天棚上的脚印》《碎玻璃》，小小说《九江和三俊子》《荣升和树宝》《合租风波》《上元夜》等。安石榴的小小说语言极具地域特色，凸显了一种犴飙一样的豪迈风格，又十分注重对话和行动的描写，刻画人物鲜活有力，故事曲折多变，有非常好的可读性。安石榴的小小说创作可以划分为东北往事题材和现实题材。在东北往事题材中，作者关注和描绘了百年前，黑龙江这一片黑色冻土地上的各色人物的人生图画。在作者眼中，这块彪悍的土地上，似乎有一种生存的意志力在迫使生活在这块土地上的人，选择人性中最为豪迈的力量与命运去对决。勇敢无畏，闪烁着生命质朴、原始的美丽，抒发令人战栗的大悲悯。安石榴小小说的现实题材也极其广泛，写法灵动，常常以敏锐和思考的深度，准确把握人性最袒露之时、之处。

安石榴 2018 年在《微型小说选刊》上发表作品《九江和三俊子》，作者还是用了其一向揭示人性的写作风格，人与人之间因负面的内心印象和惯性思维而产生隔阂，这种自觉或不自觉地以自己的惯性思维方式去定义他人的做法，是人与人产生不信任的根源。主人公九江因 20 年前的一张 100 元假钞就猜忌 8 岁的外甥三俊子，而这种淘气、不良少年的印象，深深埋在九江的心里，长大后每次见到三俊子他都会不自觉地就产生嫌隙，明明知道他们之间有亲属关系，但这种惯性思维一直存在。“从心里面开始防着他”，防了 20 年还要继续，难以打破自己内心的隔阂。

作品《上元夜》也是从另一个角度说明，人与人之间存在那种自然的排斥和怀疑，作者想告诫读者，人间的真情不要被自己内心的狭隘所淹没掉。作品中的人物毛尖儿在上元夜的夜晚，无意间遇到一位陌生人。毛尖有些怕了说，“请你放开我！我不是故意的”，大叔不看她，也不说话，……大叔死攥着她的手不放。……他拽着毛尖儿蠕动到天桥另一边，毛尖儿崩溃了，她觉得自己已经毫无办法了，她不知道接下来会发生什么，绝不会是好事情，她有那种预感，她要死了！……毛尖儿被大叔攥着站在那儿，那儿几乎就是桥面的最高点，她看到了下面的人，人头攒动，密密挨挨，……这时候从阶梯下面上来的一群人不知道出于什么原因开始躁动，然后就听到一片尖叫声。毛尖儿感觉到了怪异，……毛尖儿看到大叔将自己抱起，托举起来——几乎是扔到扶梯的扶手上，大叔大喊了一声：“抓牢!”毛尖儿抓住“安全网”，像壁虎一样将身体贴在上面，回首看到的一幕她一辈子都忘不了。……事后，官方宣告元宵夜踩踏事件中死亡 26 人，伤 47 人。……毛尖儿脑海里不断地出现扑倒和叠加的人体，还有那个一闪即逝，永不再现的高壮身影。[①] 安石榴总是能很细腻地表达人与人之间，善与恶之间，自我人性的体会和感触，从内心细微处抒发情感，表达人内心的躁动和不安。

陈力娇的小小说是最具地域特色和个性化的，她在黑龙江小小说领域也是极具代表性的作家之一。2017 年陈力娇发表的作品主要有：《偿还》、《狼谷》、《姐姐的爱》、《还你人民币》、《战争让女人走开》以及《大陆新娘》、《南磨房》、《会治病的疯嫂》、《炮台山遗骨》、《踢来踢去的球》、《秋之

① 安石榴：《上元夜》，《百花园》2018 年第 2 期，第 20～22 页。

河》、《魔窟》、《末路》等。2018年的作品有：《丹高子的满洲悲伤》、《青春期功血》、《紫河殇》和《对射》等。陈力娇的系列创作都是以日军“开拓团”为描写主线的小小说，与以往探析俗世情感和表现日常生活的作品相比，显示了鲜明的异质性。她的作品表述极富张力，展现了战争岁月中民众的苦难与人性的异化，用悲悯的情怀探寻人类良知的救赎。她的作品《偿还》中的人物谷口回二自杀了，……危在旦夕的老头儿喃喃地忏悔，是我们错了，当初就不该来呀……芥川听着他们的话，渐渐地有所心动。摆脱罪责，超越苦难，死确实是最高的境界。他敞开嗓门反问开拓民们：你们当真这么想吗？……回答是：当真，绝不含糊！……芥川受了鼓舞，他指着横亘在左侧，一丈多深的大雨裂沟，坚定地问大家：看到了吧？那就是最好的偿还方式。……芥川也跳了下去，他们共同踏上了回家的路。

黑龙江作家田洪波的小小说作品始终体现着黑龙江白山黑水的地方特征，他的作品构思巧妙、内容质朴，多表达普通百姓在日常生活里人性内心的善与美。他的作品曾获得第七届小小说金麻雀奖，2017～2018年他的小小说作品更为突出。作品有：《米汤的梦》、《三岔口》、《十年》、《入帮》、《望穿秋日》、《套娃》、《1968》、《俺娘》、《香水梨香》和《一念间》等。另外，他的作品《给我打只山鹰吧》被选为山西省太原市高三一模试题；《恍惚》被选为河北省石家庄市第二中学2017届高三零模测试语文试题；《喀秋莎》被选为河北省石家庄市2018届高三毕业班9月模拟考试语文试题；《无声记》被选入2018年高考阅读试题。田洪波的《俺娘》是讲述母子亲情的故事。娘最快乐的事是做完一桌子菜，自己不上桌，坐在一边叼着一袋烟，静静地看着儿孙辈兴高采烈地享用。娘的一次身体检查，结果如晴天霹雳，打破了这一切，娘患上了晚期肺癌，有转移成骨癌的危险。于是在元宵节晚上，娘破例招呼俺们一起吃饭，俺们新鲜得手足无措。其间，娘几度哽咽流泪。俺们只当是她太敏感了。娘借着人去屋空的时候，悄悄挪到院东头的房厦里，用一根绳子套住了脖颈，娘就这样走了。俺们疯了一样赶回家，扑在娘的身上号啕大哭，怎么也想不明白，娘为何要自寻短见。俺们念起娘最后一次上桌吃饭的事，念叨她可能觉察了自己病情的残酷，俺们哭得惊天动地，“娘”的喊声撕裂村庄。娘是多么希望能儿孙满堂，享受热热闹闹的、子孙绕膝的生活啊！可她也很清楚地意识到了子孙们的生活境况，她不想给孩子留下太多的负担，她用最决绝的方式表达了对后辈最彻底的爱。① 田洪波的这部作品深深触及了现实生活中的残酷，让人真实地体味到母爱的伟大和痛到无法言说的怅憾。

警喻，原名华景彧，他的多篇作品曾在《海燕》《百花园》《北方文学》《山东文学》《岁月》《文学报》《小说林》《短篇小说》等报刊发表并获奖。2017 年的作品有：乡村民谣二题《正月里正月正》《三月是清明》，小小说《子孙大事》（被选入《2017 中国小小说年选》）。警喻很擅长抒写农村生活题材的故事，2018 年他发表的作品《正月里正月正》就是一篇反映农村生活的很耐读的故事。主人公村民马大驹不富裕也没什么本事，看着媳妇跟别人跑了，也没什么办法，更无力改变自己的生活现状。但是他有一颗善良的心，对自己的发小有情有义，最后赢得了同村寡妇巧珍的心。故事简单，语言朴素，可反映乡村生活的真实现状。

黑龙江作家邴继福，曾在 2010 年独自创办了伊春小小说沙龙，带动了百余名业余作者从事小说创作。他的小小说多次获奖，如《无情的子弹》获“太仓杯”全球华人网络法治微小说三等奖；《冰河飞来一只鸟》荣获第十一届全国微型小说（小小说）年度评选二等奖。2017 年他发表的小小说作品主要有：《当过母亲》《冰太薄》《产房门前》《借花献佛》。2018 年发表的作品有：《兴安生死恋》《老莫和他的情敌》《你给我爹要过秤》《母亲的马神》等。他的作品《当过母亲》讲述的是一个母亲的故事，在日本侵略中国的那段黑暗的日子里，秀花的儿子惨死在鬼子的手里，她抱起死去的孩子，把牙咬得咯咯响，……时光来到 1945 年 8 月 15 日，中国大地终于迎来了曙光，……逃跑的日本人吓坏了，男人顾不上女人，女人顾不得孩子，……一个日本妇女坐在地上，怀里的孩子哇哇直哭。她在不停作揖，大伙心里明白，她是向中国人求救——别伤害我的孩子！张屠夫大喝一声，夺

① 田洪波：《俺娘》，《小说月刊》2018 年第 2 期。

过孩子就要摔，……见此情景，秀花立刻想到死去的儿子。她顿时动了恻隐之心，一把拽住屠夫的胳膊说，不能摔死孩子啊，他是无辜的！张屠夫胳膊僵住了，立刻责问她：你忘了自己的孩子是怎么死的啦？……我一点也没有忘！就是因为这，我才不允许你在一个母亲面前折磨她的孩子！为什么？因为，我也当过母亲！世上最伟大的爱莫过于母亲的爱。

2017～2018年黑龙江还有多位小小说作家成果显著。牟喜文的《王老四》《花四婶》《鸳鸯石》入选了中高考题库，被全国40多个城市的学校选作中高考训练题。作家乔迁2017年在《百花园》《小说月刊》《林中凤凰》《讽刺与幽默》等刊物上分别发表了《于二反正》《地主婆》《告状》《打包宴》等作品。2018年乔迁又分别在《小说月报》（原创版）、《小说月刊》、《百花园》、《安徽文学》、《山东文学》、《金山》等刊物上发表了《无声胜有声》《谁信呀》《今晚吃啥呀》《傻英子》《不活》《小老婆》等小小说。另外，黑龙江省小小说作家季节（原名李季）的小小说入选“改革开放40年：东北40篇小小说佳作”。季节的作品《丁叔》里的那个认真的老机械师，在换锁芯的时候凭借自己的经验不带实物，喋喋不休地跟修锁人讲解他的图纸，修锁人听不懂，老机械师丁叔语气中带着慎重的疑惑，哪里我没讲清吗？他的眼光有些黯然。“我”刚回到家，丁叔就拿出了一个发黄的用纸订起来的厚本子，本子背面又是字又是图，有用圆珠笔写的，也有用铅笔画的。作品中丁叔的怪异举动也代表了社会上的很多老人，他们虽然久已离开工作环境，可他们依然把自己当成“老机械师”。“角色感”的偏差、退休后身份的不适应，导致许多人心理失衡。换锁芯的过程使其重新获得了那种“机械师”的体验，这对丁叔来说能很好地寻找到过往的“存在感”。季节的作品细致生动地刻画出故事人物的特征，深刻反映了一部分退休之后的人们，他们寻找生活“存在感”的境况，由此可以看出作者具有很深的创作功底。

二　新生代作家迅速崛起，自由不羁、文气充沛

2017～2018年，黑龙江作家中出现了许多新面孔，一支中青年小小说

作家队伍迅速崛起，这支队伍还在不断年轻化，他们带来新的题材、新的手法和新的创作理念。他们给黑龙江小小说舞台带来一股新鲜的气息，他们语言流畅，而文体变幻无尽、取材自由不羁、文气充沛通达。今天的黑龙江小小说作品远比其发轫期丰富多样、精彩纷呈，小小说的传统技法并未过时，老作家的作品更加成熟、意蕴更加丰厚，这都是小小说事业发展的显著标志，而一代又一代阶梯式的良好发展势态，非常有利于推动黑龙江小小说事业进一步发展。

王哲作为黑龙江小小说新生代的代表之一，喜欢记录生活点滴。他已在《海燕》《小说林》《唐山文学》《精短小说》等期刊发表作品多篇并获得好评，其多篇作品被《小小说选刊》转载。他的作品《刘三》写的是一个小职员的“位置危机”，刘三与科长在火车上偶遇，科长递了一支烟给他，出于“角色”原因，刘三陷入个人的心理动荡中，“我”一个小职员怎么可以不回敬科长的烟呢？“我”又怎么可以比科长吸的烟要好呢？当刘三的手伸进衣袋里，摸到自己那5元一盒的“红梅”烟（省城找人办事时买的）时，其就开始犹豫了。心想：自己的烟价高于科长的10倍，给科长敬烟，这不明显让科长尴尬吗？刘三的手从衣袋里又悄悄抽了出来。可是，慌忙中竟然掏错了烟，最后他还是不小心露出了好烟。科长盯着刘三手上的那盒“红梅”烟，像不认识刘三似的，又盯着刘三的脸看了半天，说：“你小子，有好烟还舍不得拿出来！”这让刘三彻底陷入绝地。[①] 刘三的尴尬主要是来源于他内心“位置感”的危机，这也是职场生态的一种现状，下属谨小慎微地维持自己“小人物”的形象，有着任何时候、任何场合、任何细节都不能超越上级的心理状态。作者通过对细微生活的观察、描述，反映当今社会的人情百态和大多数“小人物”的内心变化。

中青年作家隋荣2018年在《海燕》《小说林》分别发表有《王大麻花》《羊儿地图》。其中《王大麻花》被花城年选系列《2018中国小小说年选》选编。他的作品《羊儿地图》最具代表性，作品描写了那个孤独的老父亲，每

① 王哲：《刘三》，《海燕》2018年第6期，第89页。

天盯着地图看，跟着儿子工作的施工线路去看，呈现在我们眼前的是不易言表的老父亲内心对儿子的那份牵挂，以及父子间的丝丝温暖，读来让人动容。

2017～2018年，黑龙江小小说有很多抒写母亲的作品，像张碧岩（又名长白山）的《妈妈的灯》、高振霞的《呼唤》等；还有关注儿童题材的，像高振霞的《守望》、王立红的《妈妈的味道》等。王立红，作为黑龙江的一名女作家，她的多篇小小说被转载并获奖，她的作品《妈妈的味道》是少数关注到了儿童生活的作品。小米老师的口红不见了，……小米老师的声音很低，我的口红不见了，如果哪位同学捡到了，请还给我，好吗？……小米老师的口红究竟去哪了？同学们私下里议论着。有的说，可能是让一阵风给刮走了；有的说，也许是让外星人给虏去了。这时，一支口红从书包里滚出来。同学们的目光，刷地射向圆圆。……“我没偷！”圆圆眼里含着泪珠。……从那以后，圆圆就被孤立了。最后，……口红就在小米老师的背包里。……小米老师拿起两支口红，两支口红竟然是一个牌子的，外形和颜色都一模一样。小女孩圆圆说，这是妈妈的口红，我想妈妈的时候，就用它画画，因为它上面，有妈妈的味道。……小米老师眼睛湿润了，一把将圆圆搂在怀里。作品读起来有些沉重，使人心碎心寒，一支小小的口红让儿童圆圆受到委屈说不清，得不到母爱本就是一种“伤”，而这样的经历又会给年幼的圆圆心里留下怎样的阴影？女孩的内心是多么渴望妈妈的爱。

勾连颖的作品《纸蝴蝶》反映了父母对儿女的爱总是多于儿女的回馈，当我们老去，回眸间发现从我们父母那里得到的，一切都将无法复制，亲情之殇成为流年之罪。《纸蝴蝶》里那位倔强的老父亲，因不满女儿的婚姻一气之下至死不肯与女儿见面。然而，老父亲内心又何尝不挂念、疼爱自己女儿呢？那一封封信就是老父亲无法言说的情感，流去的岁月无法重来，亲情的伤又哪有机会去疗愈！柴亚娟的《生命》也是从另一个侧面反映人类情感的故事，在人性与爱面前，到底应该做出怎样的抉择？任家范，笔名道非，他的小小说《祭》曾以“生命另一种形式的绽放”为题发表于2018年3月27日《黑龙江日报》天鹅副刊，并且获2018年东北小小说创作基地年度优秀作品奖。作品《祭》写的是父母离开很多年了，每逢忌日乔珍都会独自去给父母上坟，而她越来越觉得，祭，不全是悲凉的。祭，更像是一种仪式，通过这道程序，就能回到过去，与亲人说很多话，与亲人团聚。“祭”能够释放我们内心的苦闷和生活上的压抑，而心中的父母，并没有离开过，只是以另一种方式活着，乔珍从这个角度想着，内心就藏着点儿幸福了。她的心忽地敞亮了：祭，原来不用悲悲切切，是可以有喜感的。“祭”之后，返城回家的路上，看过花蕾的乔珍，眼神都变得柔和淡定了，其内心无比平静和轻松。

青年作家于博的《关于一匹枣红马的记忆》被评为“改革开放 40 年：东北最具影响力 40 篇小小说”，同时他荣获《章回小说》杂志社 2018 年度十大人气作家的称号。小小说作家顾长虹的作品《山爷》获 2018 年东北小小说创作基地年度优秀作品奖，她的作品通过质朴的语言，把山爷这个正直、实在、倔强的乡村农户的形象活生生地展现在读者面前。

长期活跃在黑龙江小小说舞台上的还有黑龙江绥化人刘文，2017～2018 年其也发表过多篇作品，如《虚虚实实》发表于《小说月刊》2017 年第 1 期小小说新年专号；《别说我没提醒你》入选《星光闪耀——2016 中国闪小说佳作选》；《楼道灯》发表于《金山》2017 年第 1 期；《换个角度》入选《中国当代闪小说精品》；《恭送出局》发表于《小说月刊》2017 年第 11 期；《大师》《顺水人情》入选《北大荒作家新作选》（华龄出版社）；等等。还有鸿鸣的小小说作品《举报信》、《远去的云》、《老榆树》、《为了孩子》、《进城找老党》、《守护》、《换岗》、《套》、《小钢炮》、《裤子》、《响箭》、《女交通员》、《牛殇》、《陶大夫》和《心灵的空间》等。鸿鸣的小小说作品《守护》入选《2017 年中国微型小说排行榜》，获第 97 名。他们的这些作品都各具特色，各有千秋。

总体来看，2017～2018 年黑龙江省小小说作家们对故事发展表述都延续着以往的风格，他们对时代的认识更深刻。有对社会现象、人性内心、人情世故的转变做出深度思考的，有以自己的人生体验去解读世俗、诠释人性的真善美的。袁炳发、田洪波、安石榴、警喻、王哲、于博、王立红、季节等作家的作品，故事线条清晰，直抵人心，多以人的心理动荡去冲击读者的内心。可以说，“心”的表述，增强了故事的感染力，使读者对“人”的理解更全面，对世界的情感更深沉，使得作品更加好读、耐读。

三　小小说易写难工、潜力巨大

小小说的特点是用有限的文字，散发无限的感染力，讲好一个故事的跌宕起伏，九曲回肠，蕴藏丰富，动人心弦。如果没有很强的文体意识和精益求精的探索精神，以及惜墨如金的文字功力，要想在小小说的道路上走得更远，的确不甚容易。小小说易写难工，完全可以作为一种独立的文体存在，这种新文体之所以被大众接受、喜爱，是因为它常作常新，而这种新文体大大地缩短了读者的阅读时间，在最短的时间里获得较大的阅读愉悦感，也是其被读者喜爱的原因之一。目前在我国庞大的专业与业余相互混杂的小小说创作队伍中，尽管昙花一现者有、浅尝辄止者有、见异思迁者有、心有余而力不足者有，但这支前赴后继的队伍从未放弃，他们形成了中国当代小小说创作的中坚力量。小小说在其稳步发展过程中，散兵游勇的状态，并不会真正改变，要想登上中国文学的大舞台，可以说小小说之路还任重道远。

B.9

诗歌：地域文化的表征与诗的成长

修　磊*

摘　要： 综观2018年黑龙江的新诗创作，总体上呈现稳步上扬的势头。领军诗人创作力旺盛，发挥各自的优长，在各自擅长的领域，创作出为数不少的精品力作。一些新秀诗人崭露头角、冲劲十足，让我们领略到了年青一代的蓬勃朝气和他们对诗坛的巨大冲击力。一些诗人借助微信、微博等新媒体平台更新快、传播广、便捷、通俗的优势，在网络上大量发表作品，产生了极为广泛的影响。更令人欣喜的是，为数不少的"80后""90后"新生代诗人走进了新诗创作领域，并且集体发力，展现了不容忽视的整体性实力，为黑龙江诗坛的可持续发展注入了新鲜的动力。

关键词： 黑龙江　诗歌创作　新生代诗人

大江流日月，检视2018年度黑龙江的诗歌写作，其生机与活力凸显，黑龙江诗人作品车载斗量且风格多样，发表与获奖的作品也是浩如烟海。在黑龙江这片丰饶富裕的土地上，越来越多的诗人在诗歌领域涌现，越来越多的诗歌分享活动举办，诗人们代马依风，令人动容。

笔者收集的资料显示，2018年黑龙江地区活跃的诗人主要有：安澜、包临轩、草鹤、曹立光、陈相因、陈泰灸、刁江波、方勇、高也深、郭富

* 修磊，《学习与探索》杂志社副编审。

山、红雪、苦海、二哥、梁久明、梁潇霏、梁梓、刘侠、刘长礼、鲁微、落雪、马超、潘永翔、青林、孙道真、孙英辉、王国良、王志娟、杨河山、杨美宇、于东琨、张静波、张奎山、张永波、舟自横、陆少平、向成、杨柘、黎明、杨勇、姜米粒、陈爱中、李方权、宋心海、张成立、赵亚东、王丽华、李玉明、叶美、冯晏、王宏军、陈岩、许佳慧、水子、桑克等（排名不分先后）。他们以黑土地为根，将诗歌的火炬擎在这片黑土地以及黑土地之外的许多地方。本报告将从发表情况、出版著作、获奖情况、诗歌活动、诗歌作品的基本美学风格等方面进行分析。

一　黑龙江诗歌发展的基本风貌

（一）发表载体星罗棋布

2018 年度，黑龙江诗人作品林立，发表于国内外的多种类型的报纸杂志及诗歌选本之上（可达百余种），可谓灿若繁星、星罗棋布。

发表黑龙江诗人作品的主要报刊有：《北方文学》《人民文学》《天津文学》《铁人文学》《远东文学》等文学期刊；《诗林》《诗潮》《诗刊》《诗探索》《诗参考》《诗选刊》等诗刊；《黑龙江日报》《黑龙江林业报》《华西都市报》《大庆油田报》《重庆晚报》等报纸的副刊。除此之外，还有一些国际诗刊也发表了黑龙江诗人作品，如美国的《新大陆》《中外诗人》等。

发表黑龙江诗人作品的报刊散布在全国各地，博大万千、各有不同，其中有国家机关报刊、文学类报刊、诗刊、自办民刊等，还包括一些国外的杂志。诗歌创作与发表是诗人不断前进、探索的象征。从黑龙江诗歌一年的发表情况看，诗歌领域硕果累累。

（二）诗歌作品异彩纷呈

2018 年，黑龙江诗人除了在报刊上发表了不少作品，在诗集与诗论出版方面也取得了卓越的成绩。2018 年黑龙江地区出版的诗集作品主要有：

梁久明的《土地上的居住》、杨河山的《有人演奏》、郭富山的《抵达》，以及吉林大学诗集《崛起的诗群》与“九九诗丛”系列诗集的出版（包括陈爱中《行走的瓦片》、包临轩《雪与铁》、赵亚东《石头醒来》三本诗集）等。除此之外，黑龙江学者、作家在诗论方面也取得了相应的成绩。陈爱中教授在2018年出版了诗论《龙江当代新诗论》，诗人红雪在报刊上发表了诗论《新诗的“三驾马车”与“四不原则”》等。

梁久明的诗集《土地上的居住》记述了黑土地上的乡村的情景、贴近现实的生活，在诗意盎然的同时带给人们更多的关于人类命运的思索；杨河山的诗集《有人演奏》带人们走进一个由想象或情境构成的兼具清新与浪漫的世界；郭富山的诗集《抵达》在“素朴日常的意象中呈现惊警之美”，让人感受到一种崇高的“人文关怀”；诗集《崛起的诗群》向读者展示了新时期以来吉林大学诗人们在创作上的整体面貌与发展线索；“九九诗丛”系列诗集的出版，更是黑龙江省会城市哈尔滨的诗歌实力的展现；陈爱中教授的《龙江当代新诗论》则探讨了当代黑龙江地区的诗歌发展情况，包括新诗创作、重要诗人专论、新诗发展脉络、发展流派、诗人访谈等，为黑龙江地区的诗歌研究方面做出巨大贡献。2018年黑龙江地区的诗人出版的作品不仅代表着他们为诗歌进步所做出的探索与努力，而且代表着诸位诗人在诗歌研究方面竿头日上、精进不休。

（三）诗作获奖情况层出不穷

黑龙江地区素来被称为白山黑水之地，亦有诗人写过“美哉黑龙江，北国好风光，四季幻奇景，游人忘家乡”这样的句子来赞美黑龙江。在这岁暮天寒的时节来整理黑龙江地区诗人的获奖情况，会让人心头犹如有暖流注入。2018年度黑龙江地区诗人获奖情况如下。

杨勇的《边境纪事》、《农事诗》（组诗20首）获黑龙江省作家协会庆祝改革开放40周年主题征文一等奖；《冬日的波格拉尼奇内》获中国“首届东西方诗人奖”优秀奖。曹立光诗集《山葡萄熟了》获得“黑龙江省文艺奖”青年优秀作品奖。陈泰灸获得首届西班牙伊比利亚国际诗歌节金奖与西班牙伊比利亚诗歌奖。苦海诗歌《我在蓝天上伐过木》在清风笺文学网的“七仙女·十大才子”文学大赛中获得“十大才子奖”第三名；诗歌《东北家乡》（组诗）获得黑龙江省海林市第二十八届“林海雪原”端午诗会诗歌大奖赛二等奖；诗歌《现在过年大街上看不见人》获得由中国文明出版社主办、湖北十堰新梦文化传媒有限公司承办、荆楚文艺杂志社协办的2018年“年味”主题全国文学作品征文大赛诗歌组三等奖；诗歌《月光从花朵移到我的床上》在“醉毫文艺”平台2018年9月中秋“家乡月更圆”征文活动中获得二等奖；诗歌《今夜，明月从南方升起》在《西楚文艺》举办的“情系中华·诗韵神州”中秋诗会征文中，获得“好作品”奖。诗人还于2018年6月1日被市作家协会推荐成为双鸭山市统战部来自市作家协会的新的社会阶层的10位代表人士之一。梁久明的组诗《盛满月光的院子》获第三届“诗探索·春泥诗歌奖”。梁梓获2018年《诗刊》“井冈山”征文二等奖、《诗刊》“绍兴”征文三等奖、《诗刊》“乐陵”征文一等奖、中国诗歌学会“李商隐杯”一等奖，诗歌《我的村庄，我的物语》（组诗）获第八届“诗探索·中国红高粱诗歌奖”。落雪诗歌《温暖》（组诗）获第七届扎龙诗会一等奖、《中国诗人》创刊三十周年大赛三等奖。孙道真诗歌《季节、万物和我》（组诗）获第七届扎龙诗会一等奖、2018年牡丹江中秋诗会“最佳文学奖”。王爱中诗歌《旗帜升起》获第七届扎龙诗会一等奖。沙雪诗歌《我和我的祖国》（外二首）获第七届扎龙诗会一等奖。宋千寻诗歌《鹤城，我在你的碧波上打坐》（组章）获第七届扎龙诗会一等奖。刘心惠诗歌《遥远的疼痛》（组诗）获第七届扎龙诗会一等奖……

（四）诗歌活动“你方唱罢我登场”

诗歌之动人心魄，不仅在于诗歌的诗意与哲思，还在于诗歌在被不同的读者阐释时所碰撞出的思想的火花。黑龙江诗人2018年度举办了多场诗歌活动，包括研讨会、对话会、分享会等。

2018年1月7日，黑龙江省文艺评论家协会、大庆市文联联袂主办《碑不语》研讨会，此次研讨会出席的评论家、诗人、作家、学者有30多名。《碑不语》是诗人红雪出版的诗集，此次研讨会与会人员针对此本诗集及诗人创作情况做出了各自的分析与评论，力争做到“为红雪诗歌把脉，指明方向”。

2018年5月11日，由《北方文学》杂志社主办的“诗在远东”新诗朗读对话会在哈尔滨远东理工学院实验楼举行。省内知名诗人杨河山、杨勇、冯晏、刘云开、赵亚东等参加活动，并与哈尔滨远东理工学院国际教育学院的学生们一起朗诵、交流诗歌。

2018年5月27日上午，由哈尔滨工程大学出版社主办，《北方文学》杂志社、《诗林》编辑部及“陈斋新韵诗”微信公众号协办，知间书坊与哈尔滨敏锐文化传媒有限公司承办的“九九诗丛”首发式暨诗歌分享会系列活动正式拉开帷幕，来自省内外的诗人、作家、学者、诵读艺术家及热心读者百余人参加了此次活动。入选这套丛书第一辑的三部作品分别是包临轩诗集《雪与铁》、陈爱中诗集《行走的瓦片》和赵亚东诗集《石头醒来》。“九九诗丛”系列诗集的出版，是21世纪以来哈尔滨诗歌创作的一次实力展示。

2018年6月16日，由《海燕》文学月刊社主办、《绥化日报》社承办的“寒地黑土——诗意人生——郭富山诗集《抵达》恳谈分享会”在位于绥化经济技术开发区的宝山镇举办。诗人、评论家李犁与陈爱中教授对诗集做出点评，与会诗人也纷纷发表自己的见解。

2018年7月21~22日，“哈尔滨—双城堡之夏”诗歌朗诵会在双城举办。

2018年10月2~3日，梁久明诗歌分享恳谈会在大庆肇源召开。

2018年年末，“诗在哈尔滨”新诗对话会召开，主要与会诗人有陈爱中、杨勇、冯晏、包临轩、修磊等。此次对话会分“可能性试验：2018个人诗歌志”“晚景写作：诗歌现实的一种”“诗的持存：呈现现实的多种方法”三个部分进行，诗人各抒己见、抱诚守真、析精剖微。

2018年，多场诗歌活动在黑龙江这片黑土上“你方唱罢我登场”。诗歌活动的益处有很多，小儿犹唱“少小多才学，平生志气高。别人怀宝剑，我有笔如刀”，诗歌活动可以帮助诗人找到方向、使与会人员更有创作的动力。但观照黑龙江诗歌整体，诗歌活动的意义其实远不止于此。它们的举办带动了越来越多的人加入黑龙江诗歌发展的队伍，也让更多的人看到黑龙江诗歌的实力，亦让黑龙江诗歌开始在全国乃至国际上崭露头角。综合黑龙江诗歌以及诗歌大环境来看，2018 年黑龙江诗歌活动方兴未艾，2019 年黑龙江诗人将面对更加繁荣的“蒌蒿满地芦芽短，正是河豚欲上时”的局面。

二　2018年度黑龙江诗歌作品的基本美学风格

黑龙江地区包括哈尔滨市、伊春市、大庆市、青冈县、安达市、齐齐哈尔市、牡丹江市、绥化市以及大兴安岭地区等。对于居住在黑土地上不同地区的诗人来说，其作品的风格可谓“横看成岭侧成峰，远近高低各不同”。但它们同属黑龙江诗歌一脉，或浓或淡，或喜或忧，或深情于黑土地，或遨游于哲思，都是为黑龙江诗歌的总体发展添砖加瓦、添枝加叶。

诗人包临轩诗歌所呈现的是沉潜与节制，以及在对大气磅礴的黑土地上的种种意象的书写中寄予更多的关于人类的沉思、更长远的关于种种生存命题的探索，如诗人在《北纬 45 度》中将对城市的思索展现得淋漓尽致，打碎现实之后走向对世界新的建构。诗人赵亚东的诗歌更多的是基于乡情之上的对生活哲学的孜孜以求。诗人总诗意地表达着他的乡情，他缓缓写道：“离开你已经有些日子了，卓卓在千里之外，这个边陲小城。”在《边陲小城》里他怀念自己的父亲、母亲、外婆……也通过对小城的描写表现了自己深刻的个体生命体验。关于诗人陈爱中，诗人杨勇从四个方面总结了他 2018 年出版的诗集《行走的瓦片》——“博闻生见识、穿越酿哲思、用词更考究、心态愈平和”；罗振亚亦评论其诗歌“富于理趣，在智性的森林里，开拓语言经验的多种可能性”，恰如其分地评价了陈爱中创作的特质：更注重的是对理趣的向往与表达，在诗歌中融入深沉的哲理反思。

长期居住于哈尔滨的诗人桑克，以诗歌表达了他对这个城市深沉的感情，也在诗歌中显示历史的厚重质感。在他的《在中央大街》《在霁虹桥眺望索菲亚教堂》《霁虹桥斜坡下的世界》等诗歌中，诗人将日常生活动态化，如“中央大街的人，我把他们/无序的行进称作游行”。而在另外的诗《一棵大树》《表》中，他带我们领略历史之前进与循环，思之甚远。

诗人冯晏的诗歌给人的是另外一种不同的感觉，她的诗歌像一把利刃，锋芒指向人类的灵魂与内心的焦虑，指向时代的虚空。诗人为这时代的顽疾产生《另一种恐惧》，诗人在生活中处处可见《黑暗拼图》，窗外小广场上的“黑”与“遗书”，是诗人无声的宣言，诗人在为这时代忧心如焚。

诗人曹立光的诗歌呈现的是人们对于生的沉默与执着，以及这片黑土地上每日轮番上演的日常中可以窥见的苍茫与厚重人情。他的诗作带领我们一览普通人的日常生活，认识那个在零下三度的夜里上工的男人、努力修车的驾驶人、卖蔬菜的人、装卸工、家乡亲老……诗歌使人领略人情，诗歌留白启人深思。

简洁、日常、平实且不矫揉造作是郭富山诗歌的特点。在最日常的生活场面的描述之中，他的诗歌呈现了超越其上的深沉反思与哲理。在朴素生活与哲理之间他的诗歌带给我们一种富有张力的奇特感受，如一生给富人放驴的父亲，“一辈子他努力学会两个字/男、女。父亲说要是走错了/便所，咱丢不起这张脸”。诗人以简单的句子表达着无尽的思想的探究与对人性的观照。

杨河山的诗歌在现代的框架下追逐诗歌的美感，但诗意又大多归类于传统意义之中。诗意是杨河山诗歌最突出的点。他写哈尔滨的生活场景、写个人发现的事物，大多从具体情境出发，后转向对内心情感的审视。如从“一列绿皮火车轰隆隆驶过积雪的平原”，到“仅仅/留下某种模糊记忆，而这些记忆也将/消失不见”。

张静波在诗中写道：“我写作诗歌，其实，我已经进入思考/但不知从哪个词语开始。”张静波的诗歌总是丰满的，他在诗歌情境中不断延展诗歌语言表达的深度与广度。并且正如诗人在诗中所说，他开始进入哲理与思索的深度。他看到的冰雕是“从肉体到肉体”，是“水的灵魂和冰的品质熠熠生辉”（《冰雕》）。他身上亦有独属于生活在寒冷地区的人们的气质，2018年的张静波更像是诗中所写的那样——“我们躲在楼房的角落里/午夜时望着窗外，消磨着冬天的时光”，他是思考者的形象。

或从内心出发去感受外界，或从外界出发而归于自己的内心，这是诗人梁潇霏的独特写作风格。在诗中诗人有广阔的空间与崇高的精神追求，如经历了自然与人为恐吓的《稻草雪人》，“稻草人披上雪花的羽毛/宽恕了大地上发生的所有罪恶”。诗人带我们领略的是一个真实的诗歌世界。

杨美宇的诗歌给我们的是一种不同于浮泛抒情的别样感受。他的诗歌感情厚重，文本在自由的书写状态与主观意识约束中找到一种平衡。他的诗歌总是取材于一些生活的片段，在琐碎的生活中找到闪亮的着力点进行构思与探索，如他在《耳石症》中所写：“膜上一块微小的骨脱离/万物便倒悬于海/一片叶翻滚起伏的波浪。”这些对生活片段的感受，也成为诗人不断前进的动力。

刁江波近期诗歌更多表现的是一种穿越人生路途的沉重。人生迟暮时衰朽，在记录故事时下笔力透纸背却又寡语沉默。生之幸在此，不幸亦在此。诗人笔下的父母映射出世上无数父母的深情，笔下的老人与乡亲也是人世间人的一种生存的常态。诗歌意象从小处着眼，推而至整个碌碌人世，一剂《死亡处方》读来，让人为生活的沉重潸然泪下。

红雪的诗歌兼具两种特色，即“清澈”与“丰厚”。“雪白雪红/大地自有腹语/草绿草枯/人间不舍悲喜”（《有多少奔波在路上不归》），他的诗里有清澈的底色为生命铺垫，但又不止于此。红雪在诗歌中更进一步地探索丰厚的内涵，草木、白雪、大地都盈盈有自身之丰腴，也指向更深刻的内涵。

潘永翔的诗歌读来给人的总体感觉是朴实中见茂盛，在繁茂中又见诗人对人生的感悟与诗人高尚的品质。诗人用语言表达他想说的事，于诗歌本身的简洁中可见诗人的本心。诗人总是谦逊又内敛，正如诗中所写：“有时树高过云/有时云罩着树/它们不声不响/变化着角色”；“不像我和时间/一成不变/时间总是高于我/高于我的一切”。诗人越过喧嚣与浅陋，自成一种宁静的气质、自有一种深沉的哲思。

读张永波的诗歌，最大的感受是他的坦率与真诚，他做到了真正意义上的诗性回归。他在《盗梦者》中所写的“昨夜我偷了你种的玫瑰/并在园内留下罪证/没有罪恶感，也不厚颜无耻”，是何等的坦荡荡。诗人亦写过许多的石油诗，但是不论是哪种题材，诗人都将艺术与精神上升到一个达观开阔的高度，自成一种与众不同的气质。

梁久明的诗歌总是于平静中暗含无尽的涌动，情感的厚重感、细腻感展露无遗。月亮照在诗人身上“肯定跟照在家什上不同”，所以他最终道出“月光透进了我的身体/我不会像那些家什/在月光移走之后/又回到原来的灰暗中”（《盛满月光的院子》）。这不仅记录了乡村的日常，亦表现了诗人对乡村未来命运的诗性观照。

诗人陈泰灸将爱情写得缠绵悱恻、婉丽动人，于轻淡中见细腻。他笔下的爱情总让人想起爱情最美好的样子。古诗中所写的“皑如山上雪，皎若云间月”与诗人笔下的“一棵美人蕉站在那里”有异曲同工之妙，歌咏出诗人无尽的纯净之心。

“趁夜色逃亡，窗前一闪，遁入人间或空门”，孙道真的诗歌把大千世界归于诗人自身，哲理深藏之外亦有对人与自然和谐的追寻。“杏花从不曾因美丽而缺席，山谷/却为幽深丢失了谜底”（《杏花谷》），诗人从现实切入，反思人性与社会现实。诗人亦将诗意与现实巧妙地融合在一起，他说“江山如此多娇，预报说：晚来风急，有雨”。

安澜的诗歌是质朴的、浓厚的，用“是有真宰，与之沉浮”评价是最合适不过的。他的诗歌读来能够让人感同身受，有着强烈的动人心魄的力量。他写“现在，光阴是多么的疼啊/在火车和火车的接口处/紧紧攥在一起的钢铁的拳头”（《此刻》），一句话就将读者带入疼痛之中。

若提到由汗水与血泪混合而成的诗歌，就要提到“打工诗人”青林。青林的诗还是对抗命运铁骨铮铮的宣言，是岁月沉淀之后的别样风味，是禅理与哲学的交融。诗人深谙生活的沉重，亦写出自己所悟的“有些笑悲苦，有些笑里含着风雨”，以及“我们不愿意说出来的更多的忧愁/和云一起变成了云”。诗人在土味的言语之中展示了穿越时光的力度与灵魂的体悟，兼具人性、诗性与哲理。

村庄与土地是无数人的生命所在，没有什么比诗歌更能显示诗人的深情。梁梓笔下的村庄是朴实的、新鲜的、贫穷的、带着青草味道的。他在用与土地相关的每一个感受写诗，土地上的人们也许贫穷但绝对足够朴实坚韧。“你薅掉田里的草，如果割伤了手指/请你原谅它，它并不是你天生的仇敌”，诗人的赤子之心如金子般闪闪发光。

始终为大兴安岭歌吟的诗人鲁微在2018年依旧不忘初心，写出了《大岭行吟》（组诗）等。诗人笔下的大兴安岭是栩栩如生的，这里有《坚硬的树木》《察哈彦的天空》《卡伦》……以诗人所写的“在大兴安岭，一年中只有八个月的无霜期。一切都在永冻层上生生灭灭，生生不息”来总结诗人的创作特色是最相得益彰的了。

三　2018年度龙江诗坛症结的考察与分析

新时期以来，文学正随着时代的演进和社会生活的变迁发生不断的变化和质的演变，尤其是进入新世纪后，文坛格局的变动格外剧烈，演进格外迅猛。黑龙江文坛亦是如此。研究者普遍感受到了这种异动，但是对于演进的动向、问题的症结等，还缺乏深入的研究和准确的捕捉。因此，看清现状，摸准脉搏，掌握动向，弄清问题，尤其要从文化生活和社会生活的互动上，来看出演进、理出问题，这也是当下文学研究中的重要课题和首要任务。

综观2018年黑龙江的新诗创作，总体上呈现稳步上扬的势头。领军诗人创作力旺盛，发挥各自的优长，在各自擅长的领域，创作出为数不少的精品力作。一些新秀诗人崭露头角、冲劲十足，让我们领略到了年青一代的蓬勃朝气和他们对诗坛的巨大冲击力。一些诗人借助微信、微博等新媒体平台更新快、传播广、便捷、通俗的优势，在网络上大量发表作品，产生了极为广泛的影响。更令人欣喜的是，为数不少的“80后”“90后”新生代诗人走进了新诗创作领域，并且集体发力，展现了不容忽视的整体性实力，为龙江诗坛可持续发展注入了新鲜的动力。

但是在看到黑龙江新诗创作总体形势喜人的同时，我们也不能忽略一些较为明显的问题，主要表现为以下几个方面。

（一）题材重复，缺少精品

地域文化是黑龙江诗人诗歌创作取之不尽、用之不竭的源泉，地域性特征也赋予了黑龙江诗作独特的审美特征。王富仁在《中国现代短篇小说发展的历史轨迹》里说："在东北，生存的压力是巨大的，生存的意志是人的基本价值尺度。感情的东西、温暖的东西，被生存意志压抑下去了，人与人的关系没有了那么多温情脉脉的东西，一切的欲望都赤裸裸地表现在外面。在精神上，人们感到孤独和荒凉，具有一种像东北的天气一样的寒冷感觉。……他们每个人的心里好像都有一块又大又重的磐石，下面压抑着许多不可名状的情绪，语言和动作都是突如其来的、过渡也是突兀的，再加上他们对东北外部自然环境的描写，其作品就不能不给人一种荒凉、寒冷的感觉。东北文学的生长、养成、漫散、流传都承继着东北文化的风格、气质和品性，东北作家群独特的'审美力学'，带血的旷野、剽悍的民风和铁的人物，交融成一种和这块土地的历史相默契的阳刚之美。"

然而，综观2018年黑龙江诗坛，一些诗人地域性创作的技术水准、思想缺点，以及诗人整体要摆脱的艺术模式、艺术惰性使黑龙江新诗陷入亟待突破的艺术瓶颈。将传统的意向重新提炼、重新包装，进而凝练出新的诗意，塑造出黑龙江新诗新的独特的美学风格，是黑龙江新诗获得新的增长点的关键所在。

（二）多关注个体生命的困境，缺乏凝视现实的能力

20世纪八九十年代以来，中国当代新诗一直面临变革的期许和总体要求。当代诗人也以这种期许为起点，使新诗创作领域发生了许多令人可喜的变化，可是也出现了不少问题，甚至是迷误。20世纪90年代以后，诗人们

的主体意识和文学意识日益增强，做了很多对诗歌内部空间进行开拓的尝试，如对题材领域的不断拓宽，写作手法也日益多样化，在技艺和思想层面具有双重自觉的诗人越来越多，可是与此同时，诗人们的思想资源却日益同质化，人文精神的退却，更成为一种常见的现象。黑龙江诗坛亦是如此。一些诗作沉溺于日常琐碎的细节描写却缺乏诗意的提炼，忘情于个体生命的呢喃却缺失了精神层面的提炼，多是一些感性层面的支撑却缺乏凝视现实的能力。因此，如何在写作中实现日常细节与诗意提升、感性与理性、小我与时代的平衡，从而扩展自己的写作格局，依旧是困扰黑龙江诗人向前发展的亟待解决的难题。

（三）理论总结缺失，诗歌理论与批评薄弱

黑龙江诗评者主要集中为两大群体：一是以哈尔滨师范大学中文系和黑龙江大学中文系领军的学院派诗评家；二是诗人对诗歌自在的品评和理论总结。但是与新诗创作的繁盛相对的，黑龙江诗歌在理论与批评上依旧相对薄弱。实践证明，学习借鉴他人的诗学理念，积极尝试介入诗歌评论，不仅有利于思考当下诗歌中存在的问题，更能够反哺诗歌创作，为黑龙江诗坛的持续繁盛提供源源不断的动力。这就首先要求诗评家要有批评的现场感，就是说要“把诗当诗来读”，精准、宽泛地进入诗人的灵魂文本。评论家不是诗人也永远成不了诗人的替身，他只能附体在诗人的灵魂深处，在相对的文本里形成一个“绝对视角”。其次，批评家要秉承批评的责任，要努力恢复“批”的本质，重新定位“评”的责任。最后，批评家要有前瞻性和预见性，要以富于阐释性、启示性、导向性的批评引导诗人，要关注诗人的“整体性语境”中的“个人图景与精神现实”，以此打开、进入诗人的精神世界。

结　语

在如今这个信息轰炸的时代，依旧有这么一群人默默坚守诗歌园地已经

是足以让人热泪盈眶的事情。在黑龙江这片土地上，冰雪严寒也使诗人的生命力更加顽强。“郁郁涧底松，离离山上苗。以彼径寸茎，荫此百尺条。”他们正是这样一群为灵魂、为信仰而坚守的信徒。水远山遥，他们负重前行却依旧步履不停。诗歌与诗人将如浩荡长风，永不止息，未来这风必将会吹遍诗坛的每一个角落。

B.10
影视文学：以影像书写助力龙江文化强省

丁　媛*

摘　要： 2017～2018年黑龙江的影视文学创作者们继续延续了2016年开放多元的创作状态，三部电视剧作品都是立足黑龙江，挖掘龙江文化因子，展现龙江精神的优秀军事题材作品，且市场关注度都颇高，反响不俗。两部电影作品虽票房业绩欠佳，但亦不失为同类作品中的有效尝试。这一时期的影视文学创作是龙江艺术工作者们为文化强省的目标做出的积极贡献。

关键词： 红色经典　特工剧　抗联剧　体育电影　喜剧电影

地处塞外的黑龙江，孕育了以粗犷豪放、沉雄博大为总体风格，以开拓意识和创新精神为内在灵魂，并且具有开放的、动态的、吐纳有致的宏伟气派的黑龙江地域特色文化这一独特的文化形态。[①] 新中国解放最早的城市——哈尔滨，也孕育出了以抗联精神、北大荒精神、大庆精神、铁人精神等为代表的龙江精神资源。而所有这些地理的、历史的、文化的印记，也为其影视文学创作提供了丰富而鲜活的素材。本报告对电影、电视剧作品将继续秉持原有的遴选原则，即黑龙江籍或在黑龙江生活的编剧在2017～2018年创作或参与创作的影视作品，又或者是于2017～2018年荣获黑龙江重要

---

* 丁媛，黑龙江省社会科学院文学研究所助理研究员，博士。

① 杨运泰：《黑土戏剧的产生与发展》，《文艺理论与批评》1999年第6期。

文艺奖项的影视作品。本报告将以符合以上原则的影视文学作品为对象，从文学创作角度对它们进行概览和述评，以期为弘扬龙江影视文化、实现龙江文化强省的建设目标做出应有的贡献。

一 一方山水一方故事

2017～2018年两年间，有3部值得一提的电视剧作品，它们分别是由金姝慧编剧并导演的红色剿匪传奇剧《林海雪原》，余飞、徐伟才联合编剧的年代谍战剧《剃刀边缘》，还有由韩炜、韩松、马海建联合编剧的、反映东北抗联14年抗战历史的《第一声枪响》。这3部红色电视剧作品所描述的故事都发生在黑龙江这片白山黑水之间。从这一角度而言，它们是影视文学创作者们在2017～2018年用自己的笔致和才华对曾经捍卫这片土地的英雄们的真诚致敬，是对用血泪和汗水浇灌这片土地的人民的深切感激。

（一）《林海雪原》：致敬红色经典，传递时代精神

自1957年至今已60余年，曲波的《林海雪原》作为一部集“革命性”与“通俗性”于一身的畅销小说，尝试了京剧、话剧、电影、电视剧等多重艺术形式的演绎，也遭遇了诸多褒贬不一的评价。其中，关于原著的伦理价值和艺术价值上是否在改编后有所重构，其所包孕的革命精神和爱国情怀是否为迎合当下大众的审美需要而被冲淡，还有，如何在传递红色价值观的同时而兼备娱乐性和观赏性等问题的讨论，始终萦绕在这部经典的不断改编过程中。这一方面说明，《林海雪原》的艺术性与话题性并未因时代的改变而有所消解，也说明曾经的红色文艺主题在合适的文艺形式演绎下依然在当下具有特殊的审美意义。在这样的语境下，2017年由中共黑龙江省委宣传部、黑龙江广播电视台、黑龙江广播影视传媒集团有限公司、北京吉安永禾影视有限公司等单位联合出品的64集电视剧《林海雪原》承续了原著的改编热度，在为建军90周年献礼的同时，为以上讨论的话题提供了新的、有效的参考维度。

首先，2017版《林海雪原》严格遵循了原著的故事层面的表达和灵魂层面的表现，通过视听叙事将原著中一以贯之的革命情怀、英雄精神、爱国主义等红色主题表达出来，借助电视媒介将主流文化的精神内涵深刻地阐释出来，并将其发扬光大。

具体而言，在故事讲述层面上，编剧没有像之前几版改编那样仅仅还原了原著中的个别故事或精彩片段，而是以充分的剧集数量（64集）和精心紧凑的艺术编排将奇袭奶头山、智取威虎山、围剿大锅盔等原著中经典桥段的故事背景和来龙去脉进行了全方位的艺术还原。这不仅使熟悉作品的老观众们在“天王盖地虎，宝塔镇河妖”这些耳熟能详的江湖台词下触发红色记忆，满足怀旧心理，也赋予了当下已经阔别那个时代的青年观众们对红色经典浅阅读的完整体验。而这一点也正是编剧兼导演金姝慧女士打造该剧的一个初衷所在，即“忠于原著也是我们的一种坚持，有一些情节几乎没有改动过小说文本，就是希望观众尤其是年轻观众了解这部剧的年代感和精神情怀”。[①] 在情感戏的安排上，2017版电视剧《林海雪原》在分寸拿捏上更是适当有度。它没有像之前几个版本那样为了迎合现代社会的审美需要而在“人性化”“现代性”的名义下将三角恋、情感误会等现代影视爱情元素添加在剧集当中，为杨子荣、邵剑波这些主要人物增设过多的情感纠葛；更没有喧宾夺主，将英雄的情爱与剿匪事迹置于同等地位，其情感表达的尺度也十分符合那个年代。这样的安排在忠于原著的同时，起到了调节剧集节奏的作用，令该剧在节奏上张弛有度。

除了情节安排之外，编剧对原著的忠实改编还体现在对人物定位的清晰上。例如，在对正面人物的演绎中，该剧遵循了“革命英雄主义”的传统创作原则。作品中的杨子荣、邵剑波等角色或胆识过人，或精干俏爽，虽性格迥异，却都是剿匪战役中响当当的战斗英雄。在电视剧里，这些主要人物都保持了原有的英雄品格，都具有英勇顽强的战斗作风，都能够为理想、为信仰，不畏险阻，勇于牺牲。而这种对“革命英雄主义”传统创作原则的

① 《专访〈林海雪原〉导演金姝慧：女导演如何拍一部剿匪大戏?》，https：//baike.baidu.com/tashuo/browse/content? id =07a8754d0ed2e69367449619&lemmaId = &fromLemmaModule = pcBottom。

遵守也是编剧金姝慧女士红色情怀的体现，在她看来，“红色题材的作品，价值观永远是对的，永远是值得弘扬的。这就不存在所谓的为了迎合市场、迎合观众而去颠倒世界观来完成创作”。[①] 所以，正面人物的塑造就应当服务于这种应被广为流传和称颂的价值观念而呈现其“英雄完美主义”的一面。值得一提的还有该剧对原作中人物年龄进行了更准确的还原，“以往的改编中，杨子荣留着络腮胡，头戴土匪帽，身穿厚重皮氅，无疑是一个年近四十的彪形大汉，但在真实历史中，杨子荣 31 岁为国捐躯，实际牡丹江剿匪的年龄比作品中呈现的形象小了十多岁。此次《林海雪原》中的杨子荣由李光洁饰演，将一改样板戏和电影中的杨子荣的‘中年大叔’印象，为观众真实呈现一个更年轻更具有活力的青年剿匪英雄”。[②] 很明显，这实现了对之前改编版本的审美突破。此外，这部剿匪大戏中土匪的扮演者都是东北人、都讲东北话。以上这些对于人物的选择和细节考量，既体现了该剧跳脱原著而对历史的考究态度，也表现了编剧对英雄的敬畏之意，而这无疑是该剧改编成功的又一保证。

该剧在对原著物质层面忠实改编的基础上，自然顺势实现了对原著灵魂层面的表达和传承，即中国共产党人崇高而坚定的革命信仰、不畏流血与牺牲的革命情怀，还有革命军队战无不胜的乐观主义精神等。

其次，该剧对原著的高度还原和忠实，并不是以电视剧的思维形式简单复刻原著，而是在兼顾大众以娱乐性和观赏性为基础的审美心理的前提下，传递并提升原著所包含的深刻的文化意义和思想意义，即将历史的超越性和审美的现代性完美结合。而这一点才是今天改编、翻拍红色经典的要义所在。毕竟，红色价值观不应被局限在历史的范畴下，而应走进现代社会中人们的审美接受视野，只有这样才能显现其应有的意义。

在这一方面，2017 版电视剧《林海雪原》一方面依托现代化的科技手

---

① 《专访〈林海雪原〉导演金姝慧：女导演如何拍一部剿匪大戏?》，https：//baike. baidu. com/tashuo/browse/content? id =07a8754d0ed2e69367449619&lemmaId = &from LemmaModule = pcBottom。

② 《大型剿匪传奇〈林海雪原〉开机　王牌团队创新经典战荧屏》，Yes 娱乐，2015 年 12 月 11 日，http：//m. fansyes. com/news_ 6_ 1_ 20151211121228764006５. html。

段呈现原著中的著名场面或片段，如打虎上山中杨子荣的矫捷身手、邵剑波与蝴蝶迷对战的精彩场面，还有一望无垠的雪原、茂密深邃的林海等精致画面无不在技术手段的支撑下呈现写实风格与写意风格的完满结合。另一方面，该剧还通过改动或增设人物角色以增强剧集的可观赏性。如充满娱乐性的人物“醉花”和国民党将领“关毅忠”是两个原著中没有的形象，前者呈现的模糊性别使该剧在不失严肃性的同时增添了些许的娱乐感；而后者孤傲与刚直的个性及其最终失败的结局则令观众在感受战争的酣畅激烈之余不胜唏嘘，获得了更为复杂的审美感受。还有对一方匪首座山雕的刻画，编剧一改原著中其一坏到底的平面化色彩，在塑造其阴鸷险恶的性情的同时，通过其对京剧的喜爱、对杨子荣的怀疑、想当东北王的梦想等诸多细节的描写，令观众看到了一个复杂的反面人物形象。而以上这些以视听为主要特征的电视思维对依托想象的文字平面思维的成功转化和对人物的增设与改动无疑可以吸引年青一代观众流连于电视机前。对年轻观众来说，音画的魅力在某种程度上远远大于文字构筑的想象世界，惊心动魄的场面、跌宕起伏的情节、饱满的人物形象等是激发他们了解直至接受作品中包蕴的红色价值观的前提。因此，应从这一角度满足当下年青一代观众的欣赏需求，了解他们的期待视野，使他们对作品充满兴趣，从而开始产生接受作品精神观念的心理要求，进而感受到革命英雄事迹对心灵的涤荡。从这一角度而言，成功改编后的《林海雪原》对当下的年青一代观众起到了特殊的审美救赎作用。

（二）《剃刀边缘》：不一样的特工剧

地处东北腹地的哈尔滨在20世纪二三十年代因其重要的地理位置而成为亚洲第二大国际化都市，也因此在那个风云际会的年代里成为多方间谍势力觊觎和角逐的重要场域。正是基于这座冰雪之城的历史印记，当代多部谍战剧的发生地都被设置成哈尔滨，如《夜幕下的哈尔滨》《悬崖》等。《剃刀边缘》就是这样一部以哈尔滨伪满警察厅为基本叙事空间，讲述左右逢源、能力出众的伪满警察许从良如何收获信仰、收获爱情的烧脑谍战剧。该剧在东方卫视、北京卫视甫一开播，即反响热烈，播出月余后，网络总播放量已突破28亿人次，单集播放量均值超7000万人次，单日增长量最高达2亿多人次。良好的收视口碑也印证了该剧创作品质的精良。

优秀的谍战剧往往具有缜密的逻辑推理、强烈的戏剧冲突、紧张的情节设置、传奇的人物事迹等美学特点，而这些美学特质的呈现在排除演员外在的演绎辅助之外，相较于其他类型剧，更多地要依靠剧本本身的力量。《剃刀边缘》由余飞和徐伟才联合编剧。前者擅长刑侦题材剧，其代表作品为《重案六组》《刑警的故事》等热播过的影视剧。徐伟才作为该剧的原创作者，则是一名业余作家，其身份是黑龙江省省医院的口腔科主治医师。他的处女作《断骨金莲》便是一个由连环凶杀案引出的悬疑故事。《剃刀边缘》改编自他的第二部小说《谍战1933》。不难想象，在一位悬疑作家与一名著名涉案剧编剧的合作下，《剃刀边缘》将呈现怎样精彩的剧情。

情节安排上的多线并进、戏剧冲突的超强反转是该剧的最大亮点。在短暂的第1、2集中，谍战里的波谲云诡、权谋下的尔虞我诈、荷尔蒙催化下的男女爱情、烧脑缜密的逻辑推理……各种戏剧冲突初露端倪，这满溢的内容讯息中几乎汇聚了当下谍战剧的所有流行元素，使观众在观剧的最初即产生了强烈的期待和继续追下去的心理愿望。而随着剧情的层层深入，周旋于阴险的上司和敌友不明的同僚间的许从良既要完成查出警察厅内鬼“剃刀”的任务，又要查明日本特工被杀的因果始末，还要完成大使馆资料被盗案的侦破工作等，而这中间穿插着与女主人公关海丹的爱情追逐，可以说是多条叙事线索齐头并进、相互纠缠。而从以上诸如破案、内斗、谍报活动等具有推理、烧脑等特点的多重叙事里，不难想象其所遍布的极高密度的戏剧冲突。《剃刀边缘》共48集，剧情基本上按照5集一个小故事、3集一个大事件呈现出来，小故事之间彼此牵连，大事件亦非孤立个体，而主人公在每一故事单元中几乎都是于绝境中反击逆行，从而形成了“局中有局，案中有案”的冲突格局。而如此密集的戏剧冲突、不断反转的情节安排、真假难辨的敌友同僚使观剧的观众获得了一种“惊奇”的审美感受。即观众在观剧的过程中，对于危机的解除感到惊叹和激赏，从而升起快意和美感。如在第1集里，“我党”的内线从被发现到被诱捕再到识破圈套最后与敌人同归于尽的过程，就是观众从平淡到惊奇美感获得的过程。再比如，该剧第1集便在寻找代号为“剃刀”的共产党特工，可直至第21集，在观众的不断猜测中，“剃刀”真身方才显露，竟然是警察厅厅长的女儿关海丹，一个在观众看来心毒手狠的伪满警察。这种经过了多集的演绎，观众在追剧中不断地思考，在冲突的不断反转下获得的与之前认识或判断相悖的结论的体验，也是一种“惊奇”效果。只是不同于那种一见而惊所带来的短促快感，后者经过长期观剧沉淀后激发出的惊奇效果是颇有余味的。

《剃刀边缘》与其他同类型剧相比还有一个特点就是人物设置与众不同。不同于《潜伏》或《悬崖》等谍战剧中的主人公往往是共产党特工，该剧的主人公身份是一名伪满警察，一个游走于特工“剃刀”周围的人。“做谍战剧，没有围绕‘剃刀’一个劲儿地写，而是把很多戏做到边缘人物上，人物关系再三反转，许从良在危机中找到信仰，这是一种新颖的尝试。”[①] 这也是两位编剧在各自擅长的领域的积极创作。此外，许从良是一个鬼神不吝的利己主义者。无论是面对同僚的陷害、上司的试探，还是与日本人的周旋，他寻求自保、解除危机的基本考虑完全没有所谓的崇高的信仰支撑，如他会在执行危险任务之前将积攒下来的金条委托给信任的人妥善保管，在金条拿不回来之后咂舌惋惜，很明显，这完全不同于其他同类型剧中高大上的情节描述，而完完全全地呈现了一个小人物的市侩作风。最后，谍战剧中的主人公特工往往性格隐忍、行为低调，许从良却情感激昂、行为张扬，忽而高调调情、忽而插科打诨，他“不像余则成、刘新杰那么隐忍，而是来自社会底层，性格鲜明的”。[②] 这使他颇有些现代人物形象的意味，也使得该剧作为红色剧目在呈现昂扬向上的主旋律时，多了些轻松明快的风格。当然，游走在“剃刀”边缘的许从良最终成长为一个“剃刀”一

① 《在这10位挑剔的编剧眼里，〈剃刀边缘〉有如下三条过人之处》，https：//baike. baidu. com/tashuo/browse/content？id=2cbe27efa46cd135757d4d5f&lemmaId=18605107& lemmaId=18605107&fr=qingtian。

② https：//tieba. baidu. com/p/5045838765？red_ tag=0572324211.

样的人物，他在国家、民族处于危难之际面对各种势力、各种矛盾所不断做出的选择，正是他在爱情、兄弟义气、民族感共同作用下对共产主义信仰从摇摆到坚定的一个过程。而这种以小人物个体成长经历反观时代风云变幻、呈现信仰构建过程的主题也使得该剧在以精彩的情节吸引观众眼球的同时，具备了大气稳重的美学风格。

（三）《第一声枪响》：影像书写抗联历史，凝聚弘扬抗联精神

《第一声枪响》讲述了1931年九一八事变后，东北抗联在艰苦卓绝的抗日斗争中的一段传奇故事。“我党”高级将领杨震山在党组织的委派下来到东北组织抗日武装斗争，其高超的军事才能使他指挥的抗联部队牵制了力量多于自己数倍的日本关东军，被日酋畏惧地称为“白虎”，并妄图伺机将其消灭。不幸的是，由于叛徒的出卖，杨震山将军壮烈殉国，并被日军残忍地割下首级，以之为战利品妄图瓦解东北民众的抗日意志，从精神上打击抗日武装。杨震山将军的义子杨保中为夺回尊严，团结其他东北抗日组织，以顽强的斗志、超人的智慧，绝地反击，夺回了遗首、重创了日军、严惩了叛徒，也激起了东北广大爱国人民的抗日之心，掀起了前仆后继、气势恢宏的抗日洪流。

该部剧集以“夺首行动”为主要线索，以英雄传奇的模式浓缩、再现了东北抗联的英勇事迹，是教育部正式提出“十四年抗战”概念后的第一部正面讲述抗联故事的电视剧作品。

在抗联的历史中，出卖杨靖宇将军的叛徒分别是他的得力助手程斌、警卫排长张秀峰、向日军告密的农民赵廷喜、射杀杨靖宇并割其首级的机枪手张奚若。据记载，程斌叛国投敌后，第一件事就是带人摧毁了70条抗联的补给生命线——密营，并凭借对杨靖宇作战的了解，将其逼近绝境，还在杨靖宇牺牲后，指使其余叛徒割下将军首级；张秀峰则是在抗联陷入危难时，带走了抗联所有经费，并暴露了杨靖宇的行踪；农民赵廷喜不但没有为精疲力竭的将军带来衣物和粮食，反而向日本人告密，使其最终陷入绝境；张奚若则在杨靖宇被苦劝不降时成为射杀将军的“刽子手”。还有，众所周知，

历史中杨靖宇将军牺牲后，日军疑惑杨靖宇何以在天寒地冻的野外环境里，面对饥饿和追兵尚进行如此顽强的抵抗，于是剖开了其遗体，结果在他的胃里一粒粮食也没有，见到的只是未能消化的草根、树皮和棉絮。这一发现彻底震撼了日本侵略者，以至于为了表示钦佩之情，日军按日本习俗为杨靖宇进行了慰灵祭。以上真实的历史人物，在《第一声枪响》的剧集中均能找到对应的角色，其情节也获得艺术化的具体呈现。剧集的开端是 1940 年，正是抗联抗战最艰难的时候，也是杨靖宇将军遇难的年份。剧中的杨震山即以杨靖宇将军为原型塑造出的人物形象。他在关敬山、孙彪等叛徒的出卖下被日军杀害，其牺牲的情形、牺牲后的遭遇均是杨靖宇将军事迹的影视化呈现。虚构的“历史”经不起推敲，可真正的历史往往动人心魄。历史上杨靖宇将军的牺牲为东北抗联的历史平添了一份哀伤与悲壮，而今天《第一声枪响》的创作者对其传奇事迹的再次忠实书写正是对这位抗联领袖深切缅怀的表达。

与其他众多的关于杨靖宇的影视化呈现中以将军的牺牲为终结不同，《第一声枪响》的独特之处在于是以将军这段广为人知的牺牲历史为开端（前 10 集左右），开端之后围绕“夺首”，其义子杨保中带领抗联并团结其他抗日力量与日本侵略者展开了一系列的斗争，最终夺回了将军的遗首。这是该部剧的主体部分，也是对整个抗联的抗日活动及传递出的抗联精神的影视化呈现。剧中主角杨震山的义子杨保中在杨震山牺牲后，身负国仇家恨，在与日军较量的过程中，逐渐成长，最终成为一名智勇双全、信仰坚定的抗联战士。他的成长也正是历史中每一个抗联战士的缩影。他身上所表现的面对国破家亡时朴素的爱国情怀，在孤悬敌后时勇敢坚定、矢志不渝的信仰坚守，还有在恶劣的生存环境下坚持斗争、不忘初心的顽强抵抗，正是历史上每一位抗联将士在战斗中以实际行动对抗联精神的最佳诠释。

值得一提的是，“《第一声枪响》是在东北林海雪原实地取景拍摄，拍摄期间，正值东北酷寒的二月，室外气温低至零下 20 多度，滴水成冰。主创团队为了精准体验角色状态，同样经历了‘火烤胸前暖，风吹背后寒’，真实再现了当年东北抗联令人震撼的战斗生活”。[①] 这也说明，其作为在“十四年抗战”概念全面落实后的第一部正面呈现抗联历史的剧，在抗日剧名声跌落、神剧频出的当下，是一部本着“尊重观众、尊重艺术、尊重英雄、尊重历史”的创作原则，以燃情的故事情节节奏和充满血性的人物塑造为观众呈现的真正的抗战正剧，也真正还原了主创们的一片初心，即出品人王锦所说的“一是要生动表现抗日战争的‘第一枪’，也是希望能够开好业内重振抗战题材的‘第一枪’”。[②]

二 《缝纫机乐队》《我是马布里》：让梦想照进现实

2017 年八九月间，有两部黑龙江本土影视文学创作者的燃情之作，一部是大鹏的喜剧电影《缝纫机乐队》，另一部是由黄建新监制、杨子编剧并导演的篮球竞技类故事电影《我是马布里》。这两部电影虽然类型不同、风格迥异，却有一个共同的主题——“梦想”。即两部电影都强调梦想之于人生的重要价值，最终让梦想点燃情怀，用梦想观照现实！

（一）《缝纫机乐队》：笑中带泪的逐梦之旅

从网剧《屌丝男士》到电影《煎饼侠》再到电影《缝纫机乐队》，以喜剧立身的大鹏以愈发成熟的姿态逐渐走进观众的视野，并获得了广泛的关注。而这些作品的编剧正是哈尔滨小伙——苏彪，一位“80 后”的拥有 10 亿元票房的编剧。除电影和网剧之外，苏彪还创作了不少小品佳作，如《扰民了你》、《车站奇遇》、《网购奇遇》、《老伴儿》和《学车》等，其中《扰民了你》荣登 2014 年春晚的舞台，好评如潮。同时，年纪轻轻的苏彪还在 2017 年东方卫视小品节目《笑声传奇》中任总编剧。

① 《抗联热血传奇〈第一声枪响〉湖南经视今晚首播》，https://ent. qq. com/a/20171102/027874. htm。

② 《〈第一声枪响〉沈阳开机 再现 14 年抗战第一枪》，https://ent. qq. com/a/20170220/022998. htm。

《缝纫机乐队》是苏彪继2015年电影《煎饼侠》之后与大鹏合作的又一部喜剧电影。作品讲述了小镇青年胡安为了追逐摇滚之梦，与一些背景各异，目的不一，却身负音乐才能的小人物组建了一支与众不同的摇滚乐队。在梦想的支撑下，这支摇滚乐队从无人喝彩的招募开始，走向万千观众瞩目的舞台，最终使梦想的荣光一灿芳华！

以“梦想”提升品级在电影创作中并不少见，其套路亦因迹可循，往往是生活中的平凡者，在梦想的支撑下经历人生低谷，最终一路逆袭，闯关成功。《缝纫机乐队》亦没有在情节上彻底脱离这个套路：一个临时组建的摇滚乐队—乐队成员极不靠谱—乐队历经艰辛—最终成功登台演出。观众对这种剧情模式并不陌生，从其开头即可猜到结局。但《缝纫机乐队》带给观众的惊喜并未因此而减少。它的成功在于将“梦想”的主题以喜剧的形式精彩绽放，使观众心潮澎湃的同时还能接续地气，开怀一笑之余还会含泪思索。关于这一点，编剧苏彪说：“所有的创作规律都是一样的，故事模板基本上是正义战胜邪恶，主角抱得美人归，实现了理想，或者得到了救赎。如果以梦想为主题，一定是这个模板，我能做的就是尽量减少痕迹，让它有足够的欢乐度，在剧情、人物以及台词的设定上冠以自己的喜剧风格，让本来似曾相识的东西耳目一新。”①

在喜剧元素的呈现上，这部电影首先体现在语言的使用上。东北演员在使用本土语言上的天然优势，还有东北方言与生俱来的幽默感总是能在不经意间碰触观众的敏感神经，从而带领观众顺利地进入欢乐的情景。如“供你们玩了6年摇滚，给我赚了67块钱，还是税前”“先整形，后出道，不搞摇滚，搞唱跳”“这台双眼皮环切术，打开了我的眼界，也捎带脚割开了我的心扉”“吉他界中的柳岩”“老娘们儿当家，房倒屋塌”……这满溢的东北式的幽默、水到渠成的包袱、别出心裁的段子集锦经大鹏、乔杉等东北演员说出来后，气氛立刻变得无比欢乐。在人物设计上，该片的喜剧效

① 《专访〈缝纫机乐队〉编剧苏彪：喜剧，喜在前，剧在后（1294期）》，搜狐网，2017年9月30日，http：//www. sohu. com/a/195735571_ 154166。

果仍然十分明显。乐队一共6人，却集中了老、弱、病、残，也包含了男、女、老、少：冷艳贝斯手丁建国，因失恋一腿骨折；鼓手炸药为了心中所爱总是背对观众打鼓；键盘手希希还是个未成年的女孩；吉他手杨双树是位双鬓斑白的脑血栓患者……这样不靠谱的摇滚团队在类型影片的套路下能够一路并肩作战、逆袭成长，其中的爆笑故事无疑十分令观众期待。最后，在情节安排上，影片中的喜剧元素密集丰富，没有硬梗，不着痕迹。无论是集安林志玲甜甜的耳膜马杀鸡，还是胡亮在头发里藏私房钱，《缝纫机乐队》里的喜剧情节在剧情的反转中融合着朴素的生活智慧，不会令观众仅仅一笑而过。可以说，虽然“梦想”的主题是老生常谈，但正如编剧苏彪所言：“我对于将《缝纫机乐队》力所能及地‘好笑最大化’这件事上是不后悔的，喜剧喜剧，喜在前，剧在后，在某些程度上，‘剧’要为‘喜’服务，这样，喜剧二字才是成立的。可能在很多人看来，电影的核心是表达，是千帆过尽后的彼岸，但对喜剧而言，风景和彼岸同样重要。”① 从最终的票房来看，《缝纫机乐队》这一以喜剧的风景延宕出“梦想”主题的彼岸的创作实践是比较成功的，这也不失为对喜剧故事片创作理论拓展出的又一个参考维度。

值得一提的是，4.5亿元的票房虽不是多么傲人的佳绩，但足以将《缝纫机乐队》载入有史以来国内票房最高的摇滚电影的史册。其实，摇滚音乐题材的电影并不少，可无论是卢庚戌的《怒放之青春再见》，还是崔健的《蓝色骨头》，或是由秦昊主演的《摇滚英雄》、郑钧的《摇滚藏獒》等，无不是票房惨淡，似乎昭示着20世纪末期占领乐坛半壁江山的中国摇滚音乐的喧嚣与浓烈已经一去不返。《缝纫机乐队》作为同类题材的作品表达无疑打破了这一状态。影片中原创的摇滚音乐《只选C》《塑料袋》《没有理想的人不伤心》燃情励志，影片结尾处万人合唱Beyond的经典《不再犹豫》令观众激动沸腾、泪盈于睫。而黄贯中、叶世荣、谢天笑、新裤子、

① 《专访〈缝纫机乐队〉编剧苏彪：喜剧，喜在前，剧在后（1294期）》，搜狐网，2017年9月30日，http：//www.sohu.com/a/195735571_154166。

唐朝、黑豹、Beyond、痛仰、斯琴格日乐、麦田守望者等众多昔日摇滚著名歌手在影片中的客串与加盟更是彻底点燃了观众们的怀旧情怀，成功再现了往日摇滚音乐的辉煌与荣光。

（二）《我是马布里》：激情励志，登上梦想巅峰

《我是马布里》是由黄建新监制、杨子编剧并导演的篮球竞技类电影作品。编剧杨子是黑龙江籍人士，先后编剧并执导过公益类电影《娜娜》、电影《对不起，我爱你》《喊·山》等优秀作品，并多次在重要电影节上荣获奖项。电影《我是马布里》亦在第13届北京国际体育电影周获得了“最受媒体关注的故事片”奖，是一部叫好又叫座的优秀作品。

影片讲述了NBA昔日球星马布里在事业低谷期，选择黯然退出篮球赛场。之后，在经纪人李楠的邀请和家人的支持下决定漂洋过海，前往中国北京，铸就篮球事业的又一次辉煌。令马布里没想到的是，自己辗转落脚的球队竟然行将没落，队员们士气低落、性格怪异，于是萌生去意。最终，是“冠军”的梦想支撑他留在了这个“残破”的球队里，面对强敌的挑衅、周遭的质疑和不屑，马布里再次登上了事业的巅峰，而他也在这一奋斗逆袭的过程中激励自己，完成蜕变。

这部电影的别致之处在于虚实结合拍摄手法的采用。在影片的一开始，电影剪辑了马布里的大量真实影像素材，并辅以马布里本人的低沉而略显孤单的内心独白，其回顾了自己篮球事业的历程：出道时的懵懂、辉煌时的璀璨、迷失中的彷徨，还有低谷中的思考与沉淀。对观众来讲，这番实打实的影像书写不但清晰地勾描了马布里此前的篮球职业生涯，而且对不了解马布里、不了解篮球的观众来说，也是一个清楚的背景交代，与之后故事的顺利铺开形成张力。与其他体育竞技类影片的套路相似，故事从主人公的低谷期讲起，清晰、流畅地讲述了马布里在中国开启的全新的篮球职业生涯的过程。应该说，这部作品在叙事上没有过多的花哨，而是按照时间的顺序，基本完整地讲述了马布里的职业篮球经历，从这一角度而言，结合真实影像素材的采用，再加上马布里亲自出演，这部作品更像

是一部传记类电影，而也确实有不少电影评论将其归之于此。尤其是在影片结尾处，关乎冠军梦想能否实现的一场比赛中，马布里被提前罚下场，决定胜负的关键一球并不是男主角投出去的，这无疑大大削弱了影片的表现力和感染力。但这一细节确实是真实存在的。很明显，这种对细微情节的求实性，甚至因之放弃电影的可观赏性也使得《我是马布里》极容易被看作人物传记类型的作品。

当然，除了马布里来中国开启职业又一巅峰这一主线外，影片也设置了不少支线：精神导师——父亲对马布里的默默支持，球队里球员与教练之间亦师亦友的关系，还有比赛竞争者对马布里的态度由不屑到充满敬意的转变等。这些支线不仅更加牢固地支撑起影片的内容架构，而且使作品在励志、燃情的基础上传递出更加丰沛的情感。也让观众明白，马布里能够从人生低谷攀上事业的又一个高峰，这种蜕变不仅源于他在篮球事业上本身的专业修为，更多的还有人与人彼此间的情感支持。也正是在周围人的期待中，马布里一路走来，披荆斩棘，使原本看似无厘头的冠军梦想最终得以实现。而借助此影片传递出浓浓的正能量也是编剧兼导演杨子的初心所致：“目前中国电影观众的主体集中在80后、90后、00后三个年龄段，他们都正在或者经历过人生不同阶段的鼓舞和挫折，他们可以或多或少地从影片不同角色的经历中找到精神上的共鸣以及审美上的认同，影片所展现的积极向上的内容，可以激发受众群体的激情。无论处在人生的哪个阶段，几乎每个观众都能在这部电影中找到自己人生的影子。面对苦闷的工作和一筹莫展的生活，我们应该以什么样的姿态面对明天？电影展现了面对成长该有的姿态和困惑，或许能给你一个答案。”①

需要说明的是，《我是马布里》涉及的题材是体育竞技类，这一类型的电影在好莱坞备受青睐，在国内却鲜有问津，从这个角度来说，该影片在选材上实为新颖，值得鼓励。

---

① 龚宝华：《热血运动　篮球情怀——说说运动竞技类电影〈我是马布里〉》，《吉林日报》2017年7月25日。

三　电影剧本《仓央嘉措》：未来电影的优秀蓝本

电影剧本《仓央嘉措》以六世达赖喇嘛仓央嘉措的生平故事为素材，用他诗歌中丰富多元的情感语言这一新颖的艺术手法完整地表现了这一雪域之王从一个穷困藏民的儿子转变为最为尊贵的活佛的一生。同时，剧本讲述了仓央嘉措与昔日恋人仁增旺姆追求爱情的动人心魄的奇特经历，将一曲超凡脱俗、穿越生死的爱之绝唱丰富地演绎出来。该剧本由国家一级编剧、黑龙江省的文化名家乙福海执笔创作，在2017年荣获了“夏衍杯”优秀电影剧本“潜力电影剧本”奖的荣誉。

仓央嘉措的人生本身富有传奇性，近年来，更因其深入灵魂、触人心弦的动人诗句而激起了人们渴望接近他、了解他的心愿。这期间，他的诗歌被结集出版，但他的生平事迹鲜有艺术化的展现。从这一角度而言，剧本《仓央嘉措》体现了创作者乙福海的慧眼和匠心。

作品虽然以仓央嘉措的生平事迹为基本素材，但没有执着于单线条的平铺直叙，而是从多个维度对他的传奇人生做出阐释：他虽身居清静庄严的圣地，却向往自由率性的凡间，这源于他有一颗追求自由的、勇敢年轻的心灵；他本该戒除凡俗情感，却对昔日恋人仁增旺姆念念不忘，并在追求爱情的动人心魄中完成了对生命意义和救赎之道的探索；他本应于面佛修行中呢喃佛法，却在静夜独处时于浪漫的文学中找寻温暖。这些关于人物丰富的经历和体验，在《仓央嘉措》的剧本里都获得了完整的呈现，使得人物更为鲜活和丰满，为未来影像形式的呈现拓展了丰富的创作空间。

剧本编写工作是电影制作的第一个环节，它同文学作品一样，用文字描述情境、塑造人物，创作出一个依据情感和想象来继续丰富和完成的独立世界，以最终成为电影语言能够成功转化的依据和蓝本。而作为独立的世界，电影剧本首要具备的一个艺术特点就是完整性。所谓“完整性”，即电影剧本要将人物、环境统筹在事件本身当中，在情节的推进下呈现人物的性格特征和环境的典型性。电影剧本《仓央嘉措》呈现了环形叙事结构。作品的外环是舞剧《仓央嘉措》的总编导伊娃和藏族小伙卡瓦在地铁站巧遇，伊娃要从拉萨到青海湖沿着仓央嘉措被“执献京师”的路线来寻访300年前六世达赖喇嘛仓央嘉措的踪迹，卡瓦则怀揣保护湟鱼的环保夙愿去西藏，二人相约青海湖畔，不见不散。剧本的结尾则是舞剧演出获得巨大成功，伊娃在观众席上看到了与她失约的为保护湟鱼溺水而亡的卡瓦。剧本的内环是仓央嘉措的一生。开头是走下无畏狮子大法宝座的仓央嘉措，在拉萨人的倾城相送行和哲蚌寺抢人的对抗之后，踏上他的死亡之途。结尾处是仓央嘉措于深夜消失在青海湖之中，他的情人仁增旺姆亦为情所致投湖自尽。最终仙女湾的仙鹤把仓央嘉措驮起飞向天际。两环各自独立，却因仓央嘉措又彼此相关，因此，剧本结构虽独特却清晰，脉络分明。而人物性格亦在两条不同的叙事线索的支撑下获得塑造：仓央嘉措的执着和无畏、仁增旺姆的纯洁与深情、伊娃与卡瓦对各自事业的奉献与坚守……环境的营造也因情节推进不断得以呈现：梦幻的舞台、圣洁的高原、纯洁的青海湖等。可以说，这部电影剧本在情节叙事、环境描述、人物塑造方面做到了完整合一。

优秀的电影剧本所应具备的第二个艺术条件是意蕴的生成性。所谓意蕴的生成性与整体性是紧密相连的，即电影剧本中的情节、环境和人物，任何一个要素都具有各自独立的属性与功能，发挥着各自的作用；当它们有机地结合在一起时却能够呈现各自所不具备的功能和意义，能够生成沉淀和思考的意味。如该剧本中，仓央嘉措面对桑结嘉措的威胁，声色俱厉地说：“我可以放弃达赖喇嘛的权位，回我的门隅。但是没有自由，宁可死去！”还有仓央嘉措面对佛祖静思，实则内心正在佛法与爱人之间做痛苦的抉择。再如，舞剧中仓央嘉措正脱掉僧袍在佛光里走向凡世等文字情节描述，都在整个故事的融汇中，依托想象和情感生发出言有尽而意无穷的意蕴，从而引发导演这一剧本的最核心的功能对象的总体构思。

需要补充的是，乙福海创作的电影剧本《永远的记忆》在2016年荣获首届“八一杯”中国军事题材电影剧本“优秀剧本”三等奖。该剧本以一位苏联老兵的记忆视角，全景式展现那个战争年代的缤纷画卷。艺术地塑造了一群可歌可泣的英雄人物，提醒新时代的人们勿忘历史，勿忘为民族独立、国家富强而无私奉献的先辈们。这是一部尊重历史，讲好中国故事，为中华人民共和国成立70周年献礼的影视臻品，已被列入省委宣传部重点文艺创作项目，在2019年10月上线与观众见面。故不在此年度蓝皮书中赘述。

结语

综观2017～2018年度的黑龙江影视文学作品的基本情况（见表1），可以看出，3部电视剧作品都是军事题材，却无一不是立足黑龙江，挖掘龙江文化因子，展现龙江精神的优秀作品。而且，这3部电视剧无论是出品、发行还是播出等都受到了中共黑龙江省委宣传部、黑龙江广播电视台、黑龙江广播影视传媒集团有限公司、黑龙江卫视等地方相关政府部门和地方媒体的大力支持，可以想见，黑龙江电视剧文学的繁荣是黑龙江人通力合作的智慧结晶。

表1　2017～2018年黑龙江影视文学作品基本信息

序号	片名	类型	编剧	主要出品及发行单位	首播时间	播放平台及上星卫视
1	《林海雪原》	红色剿匪传奇电视剧	金姝慧（辽宁鞍山）	中共黑龙江省委宣传部、黑龙江广播电视台、黑龙江广播影视传媒集团有限公司、北京吉安永禾影视有限公司	2017年7月	爱奇艺；安徽卫视、山东卫视、黑龙江卫视
2	《剃刀边缘》	谍战剧	余飞、许伟才（哈尔滨）	新丽电视、君竹文化、爱奇艺	2017年3月	爱奇艺、腾讯视频、乐视、搜狐视频；东方卫视、北京卫视
3	《第一声枪响》	抗战剧	韩炜（广东）、韩松、马海建	北京时代光影文化传媒股份有限公司	—	爱奇艺、PP视频；黑龙江卫视、甘肃卫视

续表

序号	片名	类型	编剧	主要出品及发行单位	首播时间	播放平台及上星卫视
4	《缝纫机乐队》	喜剧故事片	董成鹏、苏彪(哈尔滨)	他城影业、儒意影业、青春光线、万达影业、乐合影业	2017年9月	—
5	《我是马布里》	故事片	杨子(黑龙江宝泉岭)	北京海润影业股份有限公司	2017年8月	—
6	《仓央嘉措》	电影剧本	乙福海(哈尔滨)	—	—	—
7	《永远的记忆》	电影剧本	乙福海(哈尔滨)	—	—	—

此外，从市场关注度层面而言，电视剧《林海雪原》于2017年7月在安徽卫视和山东卫视两个上星卫视播放，在安徽卫视的收视份额从首播之日的1.677%至8月16日升至2.065%，在山东卫视则从1.758%升至2.639%，收视排名也在两大卫视中稳居前10名。《剃刀边缘》在东方卫视和北京卫视两大上星卫视播出，其收视率屡次破1，其收视排名基本在前5位。《第一声枪响》在黑龙江卫视晚间黄金档播出，一度成为平台一季度收视冠军。可以说，3部电视剧的观众市场关注度颇高，且均反响不俗。同时，从这3部作品所获得的奖项不难发现，它们在业界同样赢得了同行的肯定，算得上叫好也叫座，市场口碑双丰收（见表2）。

以票房为视角窥视两部电影之创作，确有以偏概全之嫌，但在电影市场化的今天，票房的数据却在某种程度上可以反映观众之于电影的接纳程度。大鹏的《缝纫机乐队》4.5646亿元的票房在同类国产电影中不能说惨淡，只是在与大鹏之前的《煎饼侠》的11.62亿元的票房的比较中，数字上的确显得单薄了些。但对于大鹏本人来说，也算求仁得仁，毕竟《缝纫机乐队》的口碑之于《煎饼侠》要高出很多。只能说，在未来期待大鹏团队创作出更为优秀的国内喜剧作品。

表 2 2017～2018 年黑龙江影视文学创作关注度

片名	奖 项	电影票房
《林海雪原》	1. 2017 年美国亚洲影视联盟“金橡树奖”优秀电视剧奖 2. 中美电视剧“金天使”奖 3. 2017 年国剧盛典“十佳优秀电视剧奖” 4. 广西卫视“2017 年度最受广西观众喜爱的电视剧奖” 5. 2017 年度最有影响力电视 6. 国家新闻出版广电总局优秀电视剧 7. 2018 年第十届黑龙江省文艺奖一等奖	—
《剃刀边缘》	—	—
《第一声枪响》	2018 年南方盛典年度收视贡献品质剧奖	—
《缝纫机乐队》	1. 2017 年乔杉获第四届中澳国际电影节最受欢迎男演员奖 2. 2018 年第 21 届上海国际电影节亚洲新人奖中，大鹏获最佳导演提名奖，曲隽希获最佳女演员提名奖	4.5646 亿元
《我是马布里》	1. 马布里 2017 年荣获第 20 届上海国际电影节最具潜力新人男演员奖 2. 荣获第 13 届北京国际体育电影周“最受媒体关注的故事片”奖	7 天累计 811 万元
《仓央嘉措》	2017 年荣获“夏衍杯”优秀电影剧本“潜力电影剧本”奖	—
《永远的记忆》	2016 年荣获首届“八一杯”中国军事题材电影剧本“优秀剧本”三等奖	—

《我是马布里》虽然获得了“最受媒体关注的故事片”奖，在票房上却十分惨淡。究其原因，一方面，体育类型的电影本身就是小众化的电影类型，毕竟，体育类型片首先就排除了对体育不感兴趣的观众，这也导致投资人基于票房考虑的兴趣匮乏；另一方面，体育类型片中不可或缺的对体育技能的展示，使得作品在角色选择和塑造上面临困难。要么是体育人当演员，要么是演员飙体育特技，两者完美合一，颇有难度。《我是马布里》选择篮球明星马布里做主角，可以说是二者有效融合的一次尝试。

综上可见，2017～2018 年黑龙江的影视文学创作者们延续了 2016 年开放多元的创作状态，他们或继续深入挖掘丰富而鲜活的黑土文化因子，以影像音画的形式坚定地树立着独属于这片白山黑水的文化自信；他们又或将冷静的目光聚焦当下社会，见微知著，以敏锐的艺术洞察力实现对世间百态的温情照拂和深邃思考；又或以卓越的艺术才华在商业电影中宣示心中信仰，努力在“叫座”的影视艺术表达里获得“叫好”的口碑，为商业电影的“文艺表达”探寻有效路径。

习近平总书记在中国共产党第十九次全国代表大会上的报告中强调“文化兴国运兴，文化强民族强”。在当前视听文化大行其道的语境下，影视文化的责任担当无疑至关重要。而黑龙江影视文学创作者们在这两年的笔耕不辍中所塑造出的龙江形象、传递出的龙江精神、展现出的文化个性，正是他们在以实际行动努力地投入黑龙江全方位振兴的事业中来的具体实践，是这些艺术工作者们为文化强省的目标做出的积极贡献。

B.11
网络文学：现实题材多样化趋势

郑 薇*

摘　要： 2018年，黑龙江网络文学创作中一批现实题材作品在艺术审美方面取得了不错的成绩，其他类型作品成果也相对丰硕，特别是一批具有地域文化特色的网络小说。网络文学巨大的潜在价值和转化力，还有待进一步开发。提升作家、作品的产业转化能力，是网络文学未来引领泛娱乐产业发展的核心和重点。此外，应该积极推广和组织网络作家、作品研讨、评论等相关活动，促进网络文学组织的建立与发展。

关键词： 网络文学　现实题材　地域文化　产业转化能力

尽管从2017年开始就有学者和媒体回顾网络文学20年的发展历程（基于国内第一个网络文学网站——榕树下成立的时间是1997年），但学术界普遍认为，痞子蔡的《第一次亲密接触》（1998年在网上发布）拉开了中国网络文学的大幕，至2018年适逢20年，一波对网络文学的回顾、总结、纪念、研讨等活动相继展开，“网络文学20年”成为这一年的关键词。

网络文学在中国的发展可谓一个奇特的文化现象，从最初网络写手们畅快淋漓地抒发情怀，到商业资本的介入，再到付费模式以及类型化创作的产生，从被主流精英研究者批评到学者粉丝的诞生，玄幻与仙侠、人设与爽点、套路与同人、抄袭与软件，回首20年，我们可以清晰地看到其发展脉

* 郑薇，黑龙江省社会科学院文学研究所副研究员。

络。从随性自由创作到商业资本注入后的野蛮生长，再到政策以及产业规制下的主流倾向。这 20 年，网络文学海量的作品也逐渐从泥沙俱下到佳作频出，自身定位从希望得到主流文学的认可到成为主流文学的重要组成部分。2015 年 9 月，中共中央下发了《关于繁荣发展社会主义文艺的意见》，在政策层面明确了“大力发展网络文艺”的方针，这不仅从意识形态的高度确立了网络文学的身份，也标志着网络文学名正言顺地进入中国主流文艺的百花园。2016 年，有 8 位网络作家当选中国作家协会全委会委员，其中作家唐家三少当选中国作家协会主席团委员，这表明不仅网络文学受到主流文艺界认可，网络作家也进入了主流文学界的核心层。网络作家地位得到认可与提升。黑龙江省有 8 位作家当选中国作家协会会员，其中耳根当选中国作家协会第九届全委会委员。

《2018 中国网络文学发展报告》显示，中国网络文学用户规模已达到 4.3 亿人，网络文学创作者达到 1755 万人，其中签约作者达 61 万人，2018 年各类网络作品累计达 2442 万部。围绕网络文学 IP，逐步形成了网络文学阅读、出版、影视、游戏、动漫等文化产品立体产业链，形成了独特的文化产业发展模式。特别是近几年来，伴随大量资本的注入、付费阅读的兴起而形成的 IP 热、版权转让、跨界合作，使网络文学迅速成长壮大起来，影响力从二次元向三次元延伸，成为令人瞩目的新的文化产业形态。

一　黑龙江网络文学创作类型概况

（一）现实题材的创作导向及成果

近年来，在政府倡导和规制以及网站的推动下，网络文学逐渐呈现主流化的创作导向及现实题材异军突起的新趋势。

“主流化”是自“净网行动”以来网络文学发展的主要趋势。无论是由中国作家协会等组织开展的“优秀网络文学原创作品推介活动”，还是由中国作家协会网络文学委员会主办的年度“中国网络小说排行榜”，都倡导现实题材创作，这为发掘网络文学中的优秀作品，树立了创作风向标，从制度层面建立了现实题材的生产引导机制。这使得现实题材迎来了良好的发展契机，不仅创作数量实现了大幅度增长，作品的思想内涵和艺术水准也有明显提升。通过官方遴选与推介，一批追求真善美、传播正能量的优秀网络文学原创作品脱颖而出。值得关注的是，黑龙江省网络作家沐清雨的作品《翅膀之末》入选 2018 年“中国网络小说排行榜”上榜作品，授奖词是这样评价这部小说的：通过民航管制员与飞行员的职业成长经历，展现了中国航空业的发展进步，既切实专业，又生动形象，显示出作者贴近现实编织故事的不凡功力，作品充满了健康向上的正能量，是行业现实题材创作的重要收获。

《翅膀之末》，作者沐清雨，2018 年发布于晋江文学城，36 万字，相对于洋洋洒洒的几千章数百万字的网络文学作品，她的故事更精练、紧凑，文笔清新、纯熟。能将一个行业题材写得轻松生动，爱情的元素是必不可少的。我们看到它是以航空业为背景、以爱情为线索串联起了整个故事。小说中既可以学到航空领域的专业知识，也可令人感受到有情人终成眷属、矢志不渝的爱情理想。女主角拥有善良、勇敢等传统女性美德，也有新时代青年的个性与聪慧，她不是一帆风顺蜜罐里长大的公主，也不是官商二代的白富美，她必须通过自己的努力，实现自己人生的小确幸。小说中人物对话里有不少航空专业术语，可见作者在了解背景知识方面是花费了一番工夫的，这不仅增强了人物的可信度，也让读者对这一略有神秘感的职业有所了解。小说的语言轻松幽默，人物性格有东北人特有的大方豪爽，故事结构张弛有度，但其中不乏悬念的设置，可读性很强，充满了成长与反思以及健康向上的正能量。

现实题材的另一力作是蓝盔之恋《维和战队》，2018 年 5 月在纵横中文网发布，2019 年 2 月完结，125 万字，小说描写了一个普通特警成为维和英雄的故事，一段华夏战队在战乱国力挽狂澜、叱咤风云的传奇。小说语言流畅，逻辑清晰、严谨，情节环环相扣、层层铺垫，兼具故事的流畅性和情节的戏剧性，具有很强的感染力。小说在人物性格设定方面使其各具特色，他们之间的嬉笑对话非常符合人物本身的性格，很容易将读者带入一个逼真的警匪世界。主角逍遥长相清秀，能力出众，个性勇敢率真，潇洒恣意，对兄弟重情重义，虽然在平时的训练执勤和行动抓捕中常常是我行我素，但他总是能够完成别人不能完成的任务。他当过保安、卖过水果、误入过传销窝点，他有非常曲折复杂的人生经历，而这些经历使他对特战队以外的市井生活，有着天然的亲和力，他不仅仅是一个威武的警察形象，更是一个活生生的饱满的人。他是一个无须自带金手指也能开挂的主角，一个让人能慢慢发现越来越多优点的人设。读者在感受到热血、心潮澎湃和爽之后，一定也体会到了特警战士作为和平年代的真英雄，他们的奉献和付出。

长宇宙的《小河山》是一部军旅题材的爱情小说，发布于晋江文学城，2018年5月开更，6月25日完成，25万字。故事从春节一家团聚写起，东北习俗与画风跃然纸上，讲述的方式质朴平淡，就像每个家庭的日常。语言流畅、自如，更接近传统作家的文风，逻辑清晰，没有异能与金手指，不需要穿越和外挂，只写我们身边的日常，仿佛是你的邻居，娓娓道来。女主角杜豌，小名二丫，这是一个非常符合东北姑娘形象特征的人设：不常饮酒，但酒量相当惊人。不知道她随谁，仿佛天生身体有了免疫似的，喝酒就像喝凉水。而工作起来会令人发现“二丫充分发挥小时候和姥姥一起扛白菜搬水缸的实力”。网络小说在线发布更新的优势就是与读者的随时交流，特别是晋江文学城的发布模式是作品后面附带“作者有话要说”环节，作者在每天更新之后会说一些相关话题，不在小说框架之内的，目的也是增进与粉丝之间的互动。例如，在女主角喝多酒之后作者的有话要说是：“完事了就……早点回家……早——点——回——家——别——在——外——头——过——夜——。”这很像戏剧的间离效果，让读者在融入剧情与作者思考之间切换自如。以这种方式，作者在创作的过程中一直与读者保持交流，这是网络文学最初创作的基本特质和优势，读者与作者之间交互性影响，会成为小说发展脉络的引导，这与传统写作完全不同。在另外一篇“作者有话要说”中，作者讲述了创作思路也解答了读者的疑问：“这篇文章是发生在杜家这个大环境下，出场人物多，侧重写二丫，过段时间会侧重胡唯，围绕他还会出现一些新人物。比如顺顺，比如小春，进展会相比之前的文章慢一些，每个人的出现都不是为了推进主角感情而存在，我想他们是活生生的，各自有血有肉的存在。文章连载这段时间，大家讲对手戏少，是很少，但不是故意的，是我真的不擅长以直观方式用很甜、很撩、少女心爆炸的情节来推动发展。看到你们着急说看不懂，其实我也有点迷茫。连载四年，即将第五年，我知道什么能抓人眼球，吊读者胃口。但也想换一种平实方式，叙述一个平常故事。一个合格的成年男性角色除了皮相，还有脊梁。真的希望你们还愿意，还能看下去。”笔者欣赏作者对自己文章的“解说”，在大量雷同、同质化的写作中，能够坚守自己的创作思路难能可贵。

梁不凡的《超品战兵》也是一部都市题材的爱情小说，发表于纵横中文网，2018 年底完结，总字数 800 万字，连载期间长期位于销售榜前十名、点击量榜前三，纵横中文网的总点击量破两亿人次，获第二届网文之王全国百强作品荣誉，同时入选熊猫看书 2018 年的年度都市作品。小说讲了男主人公萧兵原本是华夏兵王，因为被叛徒出卖，所以暂时离开队伍，回到大都市里面暗中调查叛徒一事，后来一点一点地铲除黑恶势力的故事。引人入胜的情节，吸引了不少粉丝追更。

此外，现实题材的都市类型小说还有三月海《有权保持沉默》、二月生《男神在隔壁》、九朵蔷薇《天价小女佣》、少年小蜗《我的合租大小姐》、温暖的裸色《读心男友使用说明》、任恩硕《余生请你笑纳》等，这些作品从多个角度涉及现实生活，在以玄幻、仙侠为主要类型的网络文学创作中，形成了一股重回人间接地气的清流。

从上述简介以及笔者个人的阅读体验，甚至有些从题目中便可以体会到这一类型的小说都具有节奏快、言语简练、每章都爽的特点。尽管像《维和战队》这类具有很强现实性的作品，在纵横中文网的标签仍然是军事、热血、爽文。不仅是现实及爱情类型的小说，本报告以下要介绍的几种类型的小说中“爽”都是不能忽视的核心概念，以它为核心创作的大部分属于小白文，爽是读者的基本需求，小白文不能简单化地被认为是贬义词，爽文也不能简单地被认为是文字垃圾，学者邵燕君在其文章中谈道：“研究者都曾有这样一个误区，认为只有‘文青文’这样的‘高端网文’才提供意义，一般的‘小白文’只提供刺激。实际上，‘爽’是一种精神需求……越是白天‘搬砖’的人，‘梦想’越是‘刚需’，就算梦想只是‘屌丝的逆袭’，‘霸道总裁爱上我’，但仍能被‘燃’被‘苏’，感受到一种‘自我实现’般的心醉神迷。唐家三少们的成功证明，对于‘数量最庞大、心态最忠诚’的底层失意人群，最渴望在虚拟世界中实现成功幻想。”① 在传统文学批评体系内，爽可以被理解为娱乐性。经典被认为是高雅和高级别的精神享受，娱乐性则被认为是不那么高级的，但它仍然是一种被需要的精神享受，小白文的成功代表唐家三少把自己写作的目的定义为“为广大老百姓提供最廉价的精神享受”。②

现实题材的发展推动了网络文学的多样化，也是网络文学主流化的体现。在政策的引领和规制下，无论是网络文学作者还是网络文学行业，其社会责任与文化担当意识不断加强。网络作者在关注市场、点击量和浏览量的同时，在人物塑造、情节设计、价值导向上都呈现积极向好的一面，口水文、粗鄙化现象有所好转，思想精深、艺术精湛逐渐成为网络作家的自觉追求。正如中国作家协会网络文学委员会主任陈崎嵘所言：“网络文学界已具有较为理性的文化自觉与文化自信，在保持网络文学特征与活力的同时，正日益向主流意识形态、主流文化传统、主流文学审美靠拢。”③

（二）“大神”们的新作

仙侠、玄幻类型小说一直是网络小说中的重要和主要类型，拥有大量的粉丝，黑龙江省有多位大神级作家是这一类型小说的引领者，2018 年他们笔耕不辍，继续在这一领域深耕细作。

耳根《三寸人间》，2018 年 5 月在起点中文网发布，仙侠类型文，连载至今已完成 180 万字，获得 5600 万人次的点击量，19 万条评论消息。作为

---

① 邵燕君：《从乌托邦到异托邦——网络文学“爽文学观”对精英文学观的“他者化”》，《中国现代文学研究丛刊》2016 年第 8 期，第 21 页。

② 《唐家三少：因爱成大神》，《北京青年报》2016 年 8 月 24 日，第 16 版。

③ 陈琦嵘：《2018 年优秀网络文学原创作品揭晓》，人民网，2019 年 2 月 26 日，http://culture.people.com.cn/n1/2019/0226/c1013-30901599.html。

“大神”级作家，代表作《仙逆》奠定了其在仙侠类型小说中的地位，2018年5月在第三届“橙瓜网络文学奖”评选中荣获“年度最受欢迎作家”之“年度仙侠作家”。《三寸人间》仍旧延续仙侠类型小说风格，爽点与金手指无处不在。小说的背景设置是未来的地球，从男主角王宝乐刚进道院开始写起，道院的入学考核以及王宝乐与同学、朋友之间的矛盾摩擦等情节，读起来常常让读者们捧腹大笑。对于动辄数百万字的网络小说而言，开篇常常进行必要而缓慢的铺陈，随着故事情节的发展，王宝乐走投无路只能往地底世界的最中心走，因为自身功法的缘故和明器互相呼应，获得了一场大造化。也是从这个时候开始，你能体会到经典的耳根式小说了，剧情紧凑，高潮迭起，这一刻，王宝乐已经不是那个梦想着成为联邦总统的小胖子，而是成了冥宗的弟子，也算是真正走上了自己的修仙之道。我们看到搞怪的人设和背景之外，作者用轻松搞笑的故事以及表现方式进行了严肃而谨慎的思考。

小刀锋利《无疆》也是仙侠类型小说，2017年发布，2019年3月完结，379万字。2018年5月第三届“橙瓜网络文学奖”评选中荣获“年度百强作品”奖。废柴流开头，笔触不急不缓，故事背景设计得很有新意，可以看出作者在创作之外查阅了大量资料，这使故事更具有可信度。

胜己《我是都市医剑仙》，2018年11月在起点中文网连载，已完成97万字，都市异能题材。一开篇，一股浓郁轻松而愉悦的东北风扑面而来。主角修炼过具有异术超能而显得夸张与诡异的二指禅，东北人幽默的表达方式以及时不时脱口而出的自带喜感的东北方言，都吸引读者快速进入情节。这是很典型的一开始就开金手指，快节奏的爽文，有很强的代入感，连载期间颇受读者欢迎。

鱼人二代《重生似水青春》，2018年在起点中文网发布，截至2019年4月30日，已更新至836章，173万字。2018年5月成为新书风云榜第一名。男主角是一个30多岁有着一份体面工作，但也背着贷款和压力的而且未婚的普通中年男人，在参加高中同学聚会之前因为车祸，穿越回了2001年的高中时代，在高三重生。典型的重生文，这一类型以爽为核心，文字遵循简单快乐的原则，主人公往往无比强大，情节是以打怪升级为主。

（三）多种类型小说的创作

黑龙江省作家协会的资料显示，已加入省作家协会的网络作家有56人，他们在仙侠、玄幻、历史、军事、悬疑、都市等不同类型的网络小说创作中各有建树。特别是在一些创作中显示出的地域文化赋予作家独特的叙事方式，使小说别具一格，富有特色，具有东北地域特色的历史传说、故事，以及东北方言都在小说中有所呈现。《一掌定乾坤》是一部以九一八事变为背景创作的关于哈尔滨历史题材的小说，《俗艺大师》是一部关于北方民间艺术“二人转”的传奇故事。

吴半仙《一掌定乾坤》，2018年11月完结，55万字。故事讲述了1931年九一八事变数月之前，八卦掌宗师柳泉接到一封密信后神秘失踪，并留言命弟子沈骥、栾挺前往关外，寻找在哈尔滨的师弟洛海川。两人风尘仆仆赶到哈尔滨，不料身为哈尔滨武术总会会长的洛海川突然遇刺身亡，随后，两人卷入一场波谲云诡的武林纷争、家国恩仇之中。武侠与历史题材的结合，加上本土的地域特色使小说充满了有趣的元素。

一纸虚妄《旧木逢春》，是关于中国古代传统木艺的故事，我们都赞叹不用铁钉、榫卯拼接的木匠手艺，但这些工艺在快速发展的时代洪流中逐渐衰落。小说的作者让我们跟着故事中的主角大春，一起感受了遥远的木匠时代。文风朴实，特别是东北方言的对话，诸如“嗯呢”“老结实了”“着急忙慌”，使小说读起来十分接地气。

“二人转”是流传在东北黑土地上最具特色的地方戏之一，说唱伴舞绝，一身都是活。人们常说，宁舍一顿饭，不舍二人转。尽管这一艺术形式已经被列入国家非物质文化遗产名录，但其曾经的辉煌已经逝去，就为活着《俗艺大师》讲述了一个关于二人转的传奇故事。

此外，历史架空小说《天师打假协会》（八匹）、《大清丝商》（城君），悬疑灵异小说《致命网购》（唐吉诃巴）、《追凶猎人》（康静文），玄幻小说《傲世无双》（少年小蜗）等也都各具特色。

二　产业发展现状及未来

网络文学的发展离不开政府的扶植，在黑龙江省的网络文学产业化发展中，牡丹江市借助网络文学人才集聚的优势，营造了促进网络文学产业发展的优良生态环境，在牡丹江市委和市政府的大力支持下，泛娱乐产业化方面初见成效，这对黑龙江省网络文学的发展起到了带头和示范作用。

2017 年，牡丹江师范学院与阅文集团签订了《共建网络文学培养基地协议书》，开始积极培育网络文学人才，培育网络作家梯次队伍，同时，鼓励和扶持网络作家成立创作工作室。目前，已有 6 位“白金级”及知名网络作家在牡丹江建立了个人工作室。当当网络文学全国总部、古道网络文创基地、语音有声读物生产基地等纷纷落户牡丹江。牡丹江的网络文学发展异军突起，主流媒体《光明日报》较早关注和报道了这一现象，发表了《牡丹江市涌现网络文学“东北军团”》整版报道。

作为 IP 源头的网络文学作品被成功转化，是其产业化的直接体现。潇湘冬儿在文学创作的同时兼顾编剧，其作品《11 处特工皇妃》被改编成剧本《楚乔传》，热播荧屏。她担任编剧的《烈火军校》《宸汐缘》已于 2018 年底在横店杀青，可以说这是网络文学向泛娱乐产业迈进的有效实践。梁不凡的《超品战兵》有声版权已经出售，在企鹅 FM 的有声播放量接近千万人次，单章播放量破 70 万人次。此外，沐清雨军旅题材小说《你是我的城池营垒》同名电视剧已经投入拍摄。吴半仙的《诡当》同名网络电视剧已经拍摄完成。耳根《一念永恒》的影视剧改编已经立项。

牡丹江网络文学的组织引导工作同样走在了全省前列。在牡丹江市委、市政府的关心和大力支持下，2017 年 9 月牡丹江市网络作家协会正式成立，这是东北地区第一家网络作家协会。目前，网络作协会员近 70 人，协会为会员交流学习提供了平台，及时向会员推送网络文学创作最新资讯，同时引导网络文学工作者坚守职业操守、树立良好的社会形象。作家耳根说：“网络文学能够取得如此辉煌的成就，除了行业工作者勤勉的付出以外，更重要的是党和政府给予网络文学的土壤。”①

尽管过去几年黑龙江省在网络文学产业发展方面取得了一定的成绩，但相比其他省市仍略逊一筹。网络小说的衍生品涵盖电影、电视、话剧、图书、音乐、游戏等多种大众艺术表现形式，提升作家、作品的产业转化能力，是网络文学未来引领泛娱乐产业发展的核心和重点。黑龙江省网络文学巨大的潜在价值和转化力，还有待进一步开发。另外，网络文学组织、作家、作品评论等的相关活动不够活跃，2014 年浙江省率先成立网络作家协会。此后，中国作家协会网络文学委员会、中国作家协会网络文学中心先后成立。目前，全国已有 26 个省、自治区、直辖市建立了网络文学组织机构，成立了网络作家协会，引导和扶持网络文学创作，网络文学从业人员得到行业组织的关注、认可和关怀。目前，黑龙江省还没有成立省级网络作家协会。在对牡丹江网络作家采访时，胜己、小刀锋利等知名作家都表示希望尽快成立省级网络作家协会。

黑龙江有着丰厚的历史文化资源，也有一大批享誉全国的著名作家和文艺作品，在传统文学领域中，地域文化与文学创作的关系始终密不可分，富饶广阔的黑土地滋养了一大批在全国乃至世界上享有盛誉的作家，现代文学史上的东北作家群成为边疆黑土地域文化的代表，那些大名鼎鼎的作家们以及他们笔下描绘出的异彩纷呈、独具特色的边疆风情，成为黑龙江宝贵的历史文化资源。在新媒体时代中，网络作家应该继续传承文脉、讲好中国故事，将网络文学与地方文化及优势资源相结合，创造更大的文化及产业价值。

① 《牡丹江市涌现网络文学“东北军团”》，《光明日报》2018 年 1 月 6 日，第 7 版。

热 点 篇

Hot Reports

B.12
年度热点作家：孙且的非虚构小说

郭淑梅　纪　丽*

摘　要：　孙且的非虚构小说写作，把真实人物和历史事件作为叙事元点或节点，建构起相互勾连且具有互文性的非虚构系列小说——《乌苏里船歌》《失儿兀赤卫》《小木河及那些永不消亡的地名》等。他以黑龙江东北角的饶河为叙事中心，以乌苏里江西岸为地理坐标，以系列人物的生命流程为导引，布置了一场还原历史真相的大戏。大跨度的历史纵向牵扯，彰显出作家试图勾勒饶河百年风云画卷的雄心壮志。在呈现百年画卷上，孙且采用了"蒙太奇"扫描式手法、互文性开放式体系策略，建构其独特的先锋性价值。

关键词：　孙且　非虚构小说　先锋性价值

* 郭淑梅，黑龙江省社会科学院文学研究所研究员；纪丽，黑龙江省社会科学院文学研究所研究实习员。

当下文坛，非虚构小说是突破传统文学范式的一种前卫性写作，可视为小众文学。与纪实文学相较而言，非虚构小说的理论资源来自美国的非虚构文学，强调以个人视角进行不受任何写作以外因素影响的独立文学行为。非虚构小说是以现实元素为基础的写作，其核心观点是秉承诚实原则展开文学创作。孙且投入这一领域，把真实人物、历史事件作为叙事元点或节点，建构起相互勾连且具有互文性的非虚构系列小说——《乌苏里船歌》《失儿兀赤卫》《小木河及那些永不消亡的地名》等，共计八篇新作。

孙且是一位善于利用地理空间的历史命名，建构独特性文本的先锋性作家，又是一位现实感极强和历史眼光极为敏锐的作家。他曾经在芜杂的历史存在中，淘弄出哈尔滨“偏脸子”这个地方，并将其纳入他的写作范畴。相对于南岗、道里、道外等商业中心，“偏脸子”作为边缘地界，此前在以洋气为上的哈尔滨一直没入作家法眼。他以此为中心写出并不边缘的具有复杂意蕴的长篇小说《洋铁皮盖儿的房子》，这是他独具慧眼的体现。这一次他选择了黑龙江东北角的饶河，以乌苏里江西岸为地理坐标，以系列人物的生命流程为导引，布置了一场还原历史真相的大戏。大跨度的历史纵向牵扯，彰显出作家试图勾勒饶河百年风云画卷的雄心壮志。如何呈现百年画卷？孙且采用的策略与集中精力烘托某一主题的宏大叙事有本质的不同，与众多人物性格命运在作者意识支配下所形成的“单旋律”客观世界不同。本报告以孙且的上述系列新作为中心，探讨孙且非虚构小说的叙事特点及审美价值。

一 “蒙太奇”扫描式写作

孙且小说，会产生一种现场视觉效果。如同作家扛着一架摄影机，像战地记者一样奔跑着取实景实地拍摄，并将其迅速地发布出来。孙且的非虚构叙事，呈现了急行军式的跳跃性风格，可称其为“蒙太奇”扫描式写作。对这种大跨度的写作而言，选择叙事空间尤其重要。或者是饶河这个奇幻的地理空间上演的百年大戏的复杂性、交叉性，决定了必须选择“蒙太奇”

扫描式手法，才可能将其风云变幻的实质统摄进来。饶河是黑龙江边境县，双鸭山市属地。完达山支脉那丹哈达拉岭绵亘其间，与俄罗斯隔乌苏里江相望，是人称“山衔平原阔，江流逐大荒”的风水宝地。饶河有着悠久的历史，是黑龙江古族肃慎族系的活动区域。明朝经略黑龙江时，饶河属奴尔干都司，永乐年间设失儿兀赤卫。清朝，饶河隶属于宁古塔将军、三姓副都统，备受兵家关注。

（一）饶河地标式民族赫哲族的命运沉浮

赫哲族是黑龙江古族肃慎族系后裔，主要居住在黑龙江、松花江、乌苏里江三江平原和完达山余脉，即同江市街津口、八岔和饶河县四排乡。在孙且的叙事中，赫哲族是世居民族，是那丹哈达拉岭和挠力河的主人。在《乌苏里船歌》《失儿兀赤卫》《摇摆不定的河》《灰旗》《过路的鱼》《小木河及那些永不消亡的地名》里，赫哲族或者充任主角或者充任与主角相关的人物，他们的形象大都鲜活生动。

《乌苏里船歌》有两条线索，一条是显性的，用由歌曲《乌苏里船歌》侵权官司引发的关于这首歌形成始末的探源拨开《乌苏里船歌》的迷雾，还原艺术家当年是接受采风创新曲目的任务在先，赴赫哲人居住地采风在后，在采风基础上创作歌词和编曲的历史事实。另一条是隐性的，浓墨重彩地描绘了个人命运与时代的风云际会。以《乌苏里船歌》的词作者胡小石和赫哲族非遗传承人傅占祥的人生交集和友情作为主线，牵出了“反右”、哈尔滨之夏音乐会、“文革”、珍宝岛自卫反击战、改革开放等标志性的重大历史事件。两位主人公胡小石和傅占祥跌宕起伏的生命旅程，与变幻激荡的时代风云衔接得非常到位。人们看到的是那个时代艺术家采风创作的真实过程，胡小石在歌手葛德胜家喝醉了，倒在炕上一觉睡到天亮；看到的是艺术家与淳朴的老百姓生活在一起，那种唇齿相依、不分彼此的真挚感情。歌曲的生成过程温暖着读者，官司最终的结果反倒不重要了。

孙且花大量笔墨书写的赫哲族头面人物尤德荣，身上集中了赫哲族作为一个弱小民族，在外部势力强行进入以及民族命运堪忧之时，在夹缝中求生存所采取的策略。他的身上并没有民族大义和家国情怀，只有如何生存下去的利益权衡。他反复出现在多部小说中，命运极为坎坷，态度左右摇摆。日军实施归村并屯、建立集团部落时，他投靠日本人堀小兵卫获得信任，又暗中协助崔庸健的抗联第七军与日军周旋。苏联红军进驻饶河时，又杀死堀小兵卫等人希望获得苏军赏赐，却遭到斥责空手而归。解放战争时期，一方面他接受中共要其干好事的劝告，另一方面在国民党接收大员委任状的空头许诺下，升官发财心切让他成为追随国民党的政治土匪头子，血洗东北民主联军，制造了骇人听闻的反革命暴乱，最终被枭首示众。他自称是"过路的鱼"也就是大马哈鱼，这也说明他清楚自己在历史中被裹挟的地位。

（二）饶河史诗性事件的场景闪回

饶河虽地处偏远，在黑龙江东北角，但并不是一个封闭的地理空间，百年来外部势力对它构成的最大威胁是战争。抗联与日军的十四年苦斗、解放战争此起彼伏的艰难剿匪以及中苏两国交恶时的珍宝岛战役，在饶河激烈地上演。在抗联与日军的苦斗中，孙且对活动在饶河一带的抗联第七军的崔庸健进行了浓墨重彩的描述，抗联第七军在其他同类题材的小说中并未得到呈现，他交代得非常翔实。解放战争时期，共产党队伍虎林独立团教导员侯煜赫与从事妇女工作的任光赤到饶河成立县政府，开展工作。东北人民大联盟饶河分会被他合并到县政府后，来自西北的李志彬会长，在离开饶河去找组织的路上失踪了。侯煜赫在反革命暴乱中被残忍杀害。尽管他死时并未入党，但得到追认，安葬在饶河烈士陵园。

饶河与苏联存在隔江相望的地缘政治关系，两国历史上的友好与交恶同样具有风向标意义。苏联红军远东情报员李森茂在抗联与苏联红军的对接、护送苏联飞行员、东安镇伪靖安军起义等事件中发挥了主要作用，最终被国民党特务暗杀。损失惨重的抗联队伍在周保中、李兆麟、冯仲云等东北抗联将领的带领下，在后有日寇追兵、前有乌苏里江横亘的险境中，在小木河处渡江突围成功，进入苏联境内整训。后被编入苏联红军远东方面军红旗第一集团军独立第八十八步兵旅，为抗战最后胜利和解放战争保存了实力。

历史的行进是曲折的，新中国与红色苏联的友谊在1969年发生了转变，昔日的盟友成为敌人。饶河作为对苏战争最前线，发生了珍宝岛自卫反击战。孙且引用了苏联版本的纪录片《1969年达曼斯基岛》中康斯坦丁诺夫上校的回忆录，讲述了两国交战的内幕，道出了交战双方最终承认了达曼斯基岛（珍宝岛）划归中国，因为它位于乌苏里江主航道中国一侧。

这块兵家必争之地，在共和国开发建设布局中，又历史性地承载了军垦重任。部队转业官兵在饶河开始了名垂青史的大开发大建设。1956年，铁道兵司令员王震将军至饶河县考察，认为挠力河两岸是可以开垦的荒原，建议虎头大队移师挠力河以北地域。从朝鲜战场转业的铁道兵8509师虎头开荒大队测量员王其超，以日记的方式讲述了对饶河荒原的踏查经过。

以转业到八五九农场的于培茂连长的人生轨迹为中心，作家为我们打开了农场按规定接收知识青年的大门。于培茂、王护士长以及垦荒第二代于晨曦、大小周建国等知青的命运勾勒，包括独臂团长王景坤在北大荒开发建设中是仅次于王震的二号人物等，都为饶河发生的垦荒和知青运动等重大历史事件提供了各自独立的声音和立场，支撑了一个个历史场景的闪回，使众多自由串联的事件得以呈现系列印象。

二　互文性开放式体系建构

孙且的非虚构系列小说，旨在以平等的态度对待历史进程中的每个人、每件事。在关于饶河的地理历史建构中，为达到展示百年画卷的目的，作者试图尽可能地包罗重大历史事件、重要人物，使其自然而然地出现在历史空间内。由于跨越历史之久远、涉及事件之广泛，单独以某个人或某个家族为中心，势必落入矛盾冲突白热化、人物命运典型化的传统宏大叙事的结构俗套，也就是独白性单旋律的小说模式，这有违作家开放性的写作意愿。

因此，作家以饶河这一地理空间为叙事中心，在各自成篇的独立结构基础上，采用了电影分镜头方法，注重人物和事件的细节真实，从而提升了非虚构叙事的视觉艺术效果。

“蒙太奇”扫描式手法的运用，可以强化故事的视觉艺术效果，也可以使系列人物、事件大规模地次第登场，达到完成宏大叙事的目的。但是，在以平等自由为宗旨的叙事原则基础上，叙事元点的过于分散，叙述过程中产生的故事断裂，使读者在接受审美上产生了掣肘，等于在读者的记忆链条上设置了一个又一个障碍。习惯于连续性的阅读审美，对此会产生陌生化，这也是文本所具有的断裂性审美原则的必然结果。

在对重要人物、重大事件的历史还原中，断裂性审美原则促使作者引入了重复、粘贴、叠加、录用、嵌入等互文性手法。比如，尤德荣杀死堀小兵卫等人三伏天用麻袋装上用盐腌的头颅去领赏的事件，在《摇摆不定的河》《灰旗》《过路的鱼》中重复使用，形成互文。尤德荣在堀小兵卫小队长与抗联之间周旋，偷偷把粮食弹药和通行证贩卖给抗联，又把废弃的抗联营地当作所谓的情报泄露给日军，在《灰旗》《过路的鱼》中都有互文。此外，崔庸健、侯煜赫、王景坤、李茂森、葛德胜以及杀害侯煜赫的郭有明等人物的描述也都存在互文性。互文的功能是为曾经存在的作品增加新的意义，是将人物性格命运再次推向一个新境遇而进行的拓展性举措。有可能表明作家希望引起读者的重视，也有可能是虚晃一枪，引导读者去猜测。这里隐含着对文本不确定性的认同。这种不确定性的好处在于，作品是从不同角度切入，而非在作者统一意志下的层层写作。这种多角度的不确定的叙事风格，打开了通向各种可能性叙事的大门，只要作者不停下，任何可能的故事都会发生。

从接受美学角度，如果读者不能够欣赏一部作品，那么这个艺术交接是不成功的。按照惯例，读者仍然是要关心系列小说的结局。既然是基于真实原则的非虚构小说，必然要体现新闻立场。这个立场在小说中时时存在，主要通过档案、史志、日记、口述等途径，对所述人物事件进行一个大致的总结，从而使非虚构叙事，呈现时间、人物、地点、结局的合理布局。当然，并非一切人物事件都能盖棺定论，如任光赤、李志彬等就找不到下落，没有结局。再如，县公安局局长徐日禄找到了日军逃亡时埋藏的保险柜，可是牛皮纸档案已被水浸泡得字迹不清。他余生只想找更大倍数的放大镜以便看清那些日伪档案。

孙且的非虚构叙事，是一种试验性小说。在小说中，我们看到了很多历史内容，包括作家在追求真实原则基础上，对一些文学理论的应用。作品采取了一系列前卫的叙述方法，不断地建立起新的叙事主体，又不断地拆解拓展，从而形成一种开放式体系，不同的声音汇聚成饶河纪事。不得不说，最让人感动的还是作家的社会责任感及他对历史真相探源的勇气。同时，其系列小说，也对读者提出了更高的要求：需要读者在开放性的背景下阅读。读者与作家有多大程度的交集，以及读者是否能够拓展阅读空间和深度，视读者历史积淀的深厚与否，也视读者的社会经验和对世界的看法而定。

B.13

年度热点文学现象："林记出品"*

——自媒体语境下的家族写作工坊

王海峰**

摘　要： 本报告从自媒体发展视角，探讨了以"林记出品"为代表的家族写作工坊之现状、理路与价值；采用文本分析与定性研究的方法，结合文学写作和新媒体的相关理论，认为"林记出品"自媒体的内容与特点体现了家族写作工坊从个人写作到集体写作的超越、从文学写作向文本写作的转变、从旧媒体到新媒体的话语更迭，以及从身份认同到集体意识寻求的发展路径。"林记出品"自媒体家族写作工坊为黑龙江自媒体文学及自媒体家族写作发展模式提供了参考和借鉴。

关键词： "林记出品"　自媒体文学　家族写作工坊　黑龙江文学

一　"林记出品"自媒体发展概述

"林记出品"被媒体、评论家誉为"国内独树一帜的'家庭文学写作工坊'"。该微信公众号于2018年1月22日推出第一篇文章，至今推送作品数

* 本文系黑龙江省哲学社会科学规划项目"地域文化认同与数字IP资源开发研究"（项目编号：18WXC246）；黑龙江省教育厅基本科研业务费项目（项目编号：KYYWF10236180308）；绥化学院科研创新团队项目。

** 王海峰，绥化学院文学与传播学院讲师。

量已逾300篇。其订阅者涵盖全球20多个国家、全国300余个城市，所推送原创作品被50多家传统媒体与新媒体刊发、转载。这个"家庭文学小铺儿"有清晰的自我定位："自家人的精神餐聚，在文学处境不妙的今天，兄弟妻儿——无改本心和夙愿。诗歌、散文、小说、评论、理论，也包括诵读，这些勤劳的操演，不为拼杀争夺，只为心灵疗愈、岁月安宁……"

"林记出品"的发起者是黑龙江大学文学院教授林超然。林超然是黑龙江人，以一己之愿，合家庭之力，感染与带动林氏祖孙三代人，其中，年长者77岁，年幼者12岁，学历高者为博士研究生，文化水平低者未能读完小学二年级，有作家、有诗人、有评论家、有文学爱好者、有IT人士，也有网站主播，既有热爱写作的人也有原本恐惧写作的人。身份、职业与文化背景不同的家族成员在"林记出品"公众平台上以写作为主，兼及诵读、歌唱等方式叙写家事与人生，表达情感与梦想，传播能量与热情。《绥化日报》评论"林记出品"为"写家事，说人生，传递正确的人生观和价值观"。[①]

短短一年时间，"林记出品"已成为一个颇具感染力的创作平台。"林记出品"同所有微信公众号一样，经历了草创期、原创期，并相继开通了留言、打赏等功能。林家人分散在多个不同的城市，他们的聚少离多并未止于建立一个时下流行的家族微信群，而是建立了一个基于社群网络之上的自媒体。用这种形式，完成家族的精神聚会和情感交流，在国内，并未见有第二家。"林记出品"在初始时所发的文章，大多是林超然和高方两位作家曾经发表在传统媒体上的部分原创旧作和随手而作的新篇。待"林记出品"的文章数量形成一定规模和栏目构建形成一定体系后，"林记出品"原创首发了林氏家族成员陆续"试水"的新作，这些作品几乎全部被新媒体和传统报刊刊用，在全国产生了一定反响。

林超然在《"林记出品"一年记》一文中描述了"林记出品"的初始情况、成员简介和刊载"林记出品"作品的相关报刊名录。从较有影响的《中国社会科学报》《新华日报》《中国艺术报》到地方内刊《大平原》《黑

① 文可心、廉红：《望奎林氏之祖孙三代11人组团玩转自媒体》，《绥化日报》2019年1月31日。

土文艺》《呼兰河文学》等众多报刊都可见到“林记出品”的作品。“林记出品”的子栏目很多，涵盖了多种文体，“良心文作”是平台的最重要栏目，大致按照文学文本的体裁划分为诗歌、小说、散文等多个子集。其中，“阿蓉诵读”“建民舞台”是用朗诵和歌唱的艺术方式完成的流媒体；“友人说”是朋友眼中笔下的“林记出品”聚集地；“写作课”是林超然身为大学写作教师的讲习所和训练场；“读汪记”是林超然作为汪曾祺研究专家的学术课堂。“林记出品”秉承了一些原则，如“用笔再生”、诚实作文、留言必复等；同时，在新的文学和媒介语境下探索了一些出路，如家族写作、民间述史、奖掖后学、“集体出发”、突破写作恐惧等。

二　从个人写作到集体写作的超越

林超然在其专著《1990 年代黑龙江文学研究》中提到，虽然 20 世纪 90 年代的黑龙江文学创作“没有完全写出生活的广度和深度、深刻的人生体验与丰富的艺术想象力，但还是写出了这方水土人们的精神现实，开掘出了日常生活所蕴含的诗情与人生理想”。① 本质性与暂时性的统一、② 现代性与地域性的斗争，成为林超然探讨地域文学发展的索引和门径。这本书是林超然呼吁文学发展由个体转向“集体出发”③ 的一次求证。

此后，个人化的写作与集体化的写作成为两条相辅相成的线条，交织缠绕，螺旋上升。这在“林记出品”自媒体上体现得尤为明显。“林记出品”既是个人化的、家族式的，也是集体化的、开放性的文学场域和写作平台。同时，“林记出品”成员也格外重视自己在传统媒体上的表现。截至目前，已有 12 人在全国报刊上公开发表作品，未来本家族内的作者总数将稳定在

① 林超然：《1990 年代黑龙江文学研究》，黑龙江人民出版社，2007，第 12 页。

② 〔德〕于尔根·哈贝马斯：《现代性的哲学话语》，曹卫东等译，译林出版社，2004，第 12 页。

③ 王海峰：《集体出发的意义——读林超然〈1990 年代黑龙江文学研究〉》，http：//cll. newdu. com/a/201710/30157160. html。

15～20 人。多名成员也凭借创作实绩陆续加入各级协会，现有中国作家协会会员 1 人，黑龙江省作家协会会员 4 人，中国文艺评论家协会会员 2 人，黑龙江省文艺评论家协会会员 3 人。

哈贝马斯在探讨现代性与个人自由时，讲了科学的自由、人的自我决定的自由和自我实现的自由。[①] 在新媒体时代，网络给予了人们更大的自由。新媒体受众或自媒体经营者跳出了古斯塔夫·勒庞《乌合之众》的牢笼，也时刻警惕电子媒介时代尼尔·波兹曼《娱乐至死》的预言，从而能够自由地组建基于媒介和网络的社群。故而，时代和科技赋予了人们在网络和媒介中集合的自由。集合的信号或密码则是纷繁多样的。

“林记出品”的集合方式是家族的精神聚餐，这是自媒体语境下林氏家族的自我决定和自我实现的自由，也是自媒体语境下以家族写作为突破口的一个独特景观。“林记出品”自媒体平台建设的过程重塑了文学的社会功能，从而实现了一次由个体自由到集体自由的超越。

三　从文学写作向文本写作的转变

文学是“林记出品”的底色，但“林记出品”不止于文学。这也是“林记出品”的一个有趣之处：变文学写作为文本写作。

林超然的“少作”文体感很强，纯文学味道很足。林超然提倡和鼓励学生进行文学阅读，也都是指向文学经典。从林超然出版的散文集和学术专著来看，其文学语言往往追求卓越，洗练深厚。“林记出品”文学写作和文本写作的分野，主要表现在写作的初衷与文体认识的转变之上。写作的初衷与文体认识的转变，主要指两个方面：一是面对自媒体平台的写作初衷之变，即“林记出品”的写作初衷从原有的“为文章”式的写作，转向摒弃功利，崇尚沟通与回忆，无传统编辑（把关人）束缚的“为人生”式的写作；二是面对多人参与的家庭写作活动而呈现的文体之变，即“林记出品”

① 包亚明主编《现代性的地平线——哈贝马斯访谈录》，上海人民出版社，1997，第 48 页。

从原来一两人的较为单一的文体，转变为多人参与的风格迥异又彼此联通与补充的家族式多元文体形式。

例如，林母孙守云的文章《编织》，是围绕编席子而讲述的作者从儿时至今的编织往事，娓娓道来，语言亲切质朴，饱含岁月五味："现在，编织的事儿我停下有些年了。村里，很少有再铺炕席的了。不要说大眼蛇高粱，田里就连高粱的影子都不好找了。我身上的毛衣，也是买的，不是自己织的了。年纪大了，孩子们怕我累。最主要的，还是时代变了。"① 这样的文本是作者在和邻里讲述老故事，而非一板一眼地创作文学作品。写作初衷并非为了文学创作或某种"收益"，而是单纯的沟通、回忆与表达，这成为有别于传统纯文学写作的文本写作。

林母孙守云只有小学一年级多一点儿的文化水平，但 70 余年的民间生活和小时候"听书""听故事"和后来断断续续的古代小说和武侠小说阅读经历，都让人很容易在日常沟通中发现老人家"博闻强识"的能力。林超然鼓励母亲：目标就是写出来；参照物就是和邻里聊天、讲过去的生活；讲述的顺序自己觉得合情合理就好，想到哪儿写到哪儿就好。如今 77 岁的孙守云发表了数篇散文，其中《敏二大坝》《编织》不仅有趣、自然、真切，且大有民间述史的意味。

林父虽然名曰"修文"，在 75 岁以前却很少写文。他虽然是一名退休的小学语文教师却一直认为文学高不可攀且满心畏惧，恐惧心理令他将写作目标定得极高，把经典定为参照物，这使得他异常紧张。克服这一心理之后，他开始尝试"自然叙事"，出手的第一篇作品《上学的路》就圈粉无数，只一句"上学的路上有狼"就让年轻的孩子啧啧称奇，让年长的学者感同身受。

"林记出品"的作者更多地表现了一种"随遇而安"的写作情怀。作者生活在哪里就写哪里，想到哪里便写到哪里。例如，林超然在《见字如面》

① 孙守云：《编织》，《黑龙江日报》2019 年 3 月 26 日。

中写到千百年前的词人晏殊"受困于柔情，我们受困于媒介"；[①] 在《请问，去稻田公园怎么走》中写到"不止是年轻一代。也有不少中老年人，他们与自然的接触，也都隔着一个手机屏幕"。[②] 林超然的散文惯于在现实忧思之中表达某种满怀热情的处世哲学，并能够感动读者。在林超然的写作观念中，写作本身的功用价值分量要比文学创作的审美价值分量重。前者是出发点、是目的地，后者是途中的风景。

"只管写""写就是了""先写出来"这些话语成为林氏写作的"基本原则"。林超然说："大多数人都有个叫做'写不好'的心魔。更可怕的是，人们不相信写作可以'教'、可以'学'，致使始终难除那个心魔。'林记出品'，是我和我可敬可爱的家人'驱魔'的集体行动。"[③] 在"林记出品"中，我们看到一个比文学更大的写作学观念。读、写与诚实生活构成了"林记出品"的文学本质。"林记出品"创办以来推出的作品，尤其是"写作新人"的作品频频被各种媒体采用，其创作质量更是"写作能力可以培养"的一个证明。写作是一种创造或创意，不管这种写作距离文学有多远，写作者距离作家有多远，"写"都是抵达文学、通向作家的必经之路，而写作者生活态度和艺术水平的转变也在一次次文本写作中得以完成。

四　从旧媒体到新媒体的话语更迭

世界范围内的新旧媒体更迭之战持续了较长时间，新媒体及孕育其中的自媒体取得了胜利。随着传统报刊的相继停刊，我国大众类报刊面临前所未有的媒介挑战。从全国自媒体发展趋势来看，"互联网的高速发展和用户消费需求的不断升级，用户的内容消费专业化，形式多元化，加速催生垂直内容领域发展和新兴内容分发平台的建立，争夺用户注意力和使用时长成为自

① 林超然：《见字如面》，《新华日报》2019 年 2 月 14 日。

② 林记出品：《请问，去稻田公园怎么走》，https：//mp. weixin. qq. com/s/R75Y5lPJuCQUslRHtWSqqg。

③ 林超然：《多好，手上有支笔》，《绥化晚报》2019 年 1 月 28 日。

媒体入局者争夺焦点”。[1] 从国内自媒体文学与写作发展情况来看，来自高校与社会自媒体的发展体量较大，但有广泛社会影响者或盈利者较少。

从媒介经济学角度来看，“林记出品”在商业影响之外，即便有打赏功能和广告，也属于娱乐和公益的性质。前者在于友情的互动和交流，后者在于公益的推广和宣传。“林记出品”之所以能够被广泛关注，并获得认可，一方面是因为“林记出品”成为文学自媒体突围的一个代表，在一定程度上影响和丰富了我国自媒体文学的发展道路；另一方面是因为“林记出品”的热爱和执着，将“八小时以外”的能量发挥得淋漓尽致。

从哈钦斯（Hutchins）等学者的媒介社会责任理论来看，“林记出品”虽然是自媒体，但仍然保持极高的旧媒体时代的媒介自律、道德规约和社会责任感。社会责任意识经常见诸林超然笔端。虽然“林记出品”的初衷是自我修养、精神聚餐，但主办者林超然的“格物”、“齐家”及“兼济天下”的意识与愿景在作品的字里行间都有所流露。

基于微信社群网络的“林记出品”自媒体，同其他自媒体一道实现了话语自由，但“林记出品”在话语更迭的同时，因其在互联网上的“开放式”传播受到了传统报刊的关注。林超然的《“林记出品”一年记》在2019年1月22日发表于“林记出品”，1月25日便被《贵州日报》转载、刊发。[2] 随后，很多新旧媒体都对“林记出品”进行了报道，林氏家乡的《绥化晚报》《绥化日报》更是开辟专版对这一家族文学现象进行集中展示。新旧媒体的话语转换与更迭并不是“林记出品”需要考虑的问题，新媒体产品的市场需求、竞争对象也不是“林记出品”当下需要关心的问题，“林记出品”跳脱自媒体的商业属性，同时摆脱了传统媒体的封闭语境，成为一个善于打破写作恐惧的醉心于文学写作和精神交流的家族写作“理想国”。同时，“林记出品”已经对更大的亲友圈和学生群体产生“写

---

① 克劳锐：《2018 自媒体行业白皮书》，https://wenku.baidu.com/view/7db142600640be1e650e52ea551810a6f424c843.html。

② 林超然：《只为岁月安宁亲情抚慰——一个家庭写作工坊的周年记》，《贵州日报》2019 年1月25日。

作影响"和"文学辐射"，让更多的人认识到写作的"可学习性"和"可操作性"，认识到写作是一种人际沟通的有效手段，从而敢于积极地"提起笔来"。

五 从身份认同到集体意识的寻求

新媒体是帮助个体完成社会身份认同的最佳工具，同时使人们的主体性产生真正意义上的改变。马丁·李斯特（Martin Lister）等诸多西方学者认为新媒体带来如下结构的改变："媒介空间与日常生活更深彻的一体化""公共和私人领域之间的关系，个人（或本地社区）和大众媒介及文化形式的全球化延展之间的关系""在某些互联网媒介中，对激进的身份实验与身份游戏的重视""在生物机械学中出现的人类和技术之间日益亲密与混搭的关系"。[①] 在由媒介和技术带来的不断变革的社会关系中，如何寻求个体的身份认同是人的社会属性所必然要求回答的命题。新媒体令传统媒体经营者和编辑者重建自己的身份，也令文学爱好者、作家及从未写作过的大众重新定义自身写作的概念和意义。博客、微博及其他众多自媒体平台在帮助大众完成双重身份认证（实名制意义上和精神空间意义上）的同时，也在颠覆旧有的媒介秩序和写作时空。

例如，自媒体丰富的内容资源反哺传统媒体的内容缺失，自媒体的独立身份表达个性化的思想感情立场，个体的身份认同与价值取向可以形成无数个大小不一的舆论场，等等。"林记出品"完成个体身份认同的"速度"是极快的，其价值取向鲜明，却又融合了家族成员的群体意识，从而生成一张比较有趣的"身份证"。这个身份已经取得了社会的认同，并被社会意志标上了与自身观念相似的价值标签。同样，这个身份需要处理媒介时空与日常时空的一体化关系问题，需要处理公共和私人领域的关系问题，（旧媒体时

① 〔英〕马丁·李斯特等：《新媒体批判导论》（第二版），吴炜华、付晓光译，复旦大学出版社，2016，第304~305页。

代的写作者）需要面对话语更迭带来的转型阵痛和技术与文化形式日新月异的冲击等。如果说“林记出品”在“齐家”与“格物”上迈出了内向性的第一步，那么接下来外向性的第二步则属于身份认同的高级阶段，即文化、文学或写作的符号化与品牌化。

“林记出品”推送了林超然教授的本科生的作品。林超然在公众号的留言处写道：“学生是老师的希望，学生的成长是老师的价值。我曾承诺，班上最早公开发表作品的前十位同学，我送他们每人一册我的签名本（先是不太便宜，最主要是难找哇），这相当于早年颁奖一朵小红花。孩子们加油，我相信你们的强大。”[①] 林超然刷新了“林记出品”的原有概念。韩国崇实大学经营学教授金根培在《重新定义产品》中说：“也许劣等的产品能够战胜优秀的产品，但劣等的概念绝对无法战胜优秀的概念。”[②] 身为大学写作课程教授，林超然将思想所及的写作课堂作为文学写作和集体意识生成的新支点，这是身份认同下的更进一步的集体意识和行为，也是颇为有趣、有益且长青的文学写作探寻之旅。“林记出品”正在打造属于自己的“八小时以外”的写作概念和媒介写作生存法则。

六 “林记出品”可能面临的问题与价值

首先，“林记出品”的流量问题与示范作用。虽然自媒体的红利消耗已多，并逐渐趋向视频、直播等流媒体内容生产之路，但是，仍然有很大一部分读者能够潜心品味文学、写作的魅力。优秀的网络文学 IP（Intellectual Property）资源依然是各大传媒公司争夺的重点。新文化与新媒体境遇下的“林记出品”虽然可以依然沿着这条由“八小时以外”的时间开拓出的路一直走下去，但是，其必然面临流量瓶颈。流量自始至终都是想要做大做强的自媒体的关键词，“林记出品”自然也不例外。“林记出品”是一个作品和

① 林记出品：《长崎散文：人生若只如初见》，https://mp.weixin.qq.com/s/QpIDHjnVk_9QO_yl52wFRA。

② 〔韩〕金根培：《重新定义产品》，苏西译，北方妇女儿童出版社，2016，第1页。

知识产权集散地，目前的经营还处于一种类似“开放获取”（open access）的状态。其中，林超然对汪曾祺的研究、高方对《红楼梦》的研读、林超然开设的“写作课”、在校本科生的作品可以构成几个流量增长点。“林记出品”是自媒体文学发展中的一个典型案例，其示范性主要表现在以上我们所谈的几个方面。

其次，整合内容资源，打造拳头栏目。“写作课”栏目可以整合林超然对汪曾祺研究的写作学成果，整合在校本科生写作训练的过程和案例，整合“林记出品”公众号内其他方面助力于文学或写作的内容资源。“写作课”栏目可以成为“林记出品”于社会、大众意义上的“驱魔”（写作成长）训练营。“驱魔”是驱除写作者心理的写作恐惧。写作恐惧是阻碍写作学习者“写出来”或“写成”的第一个“魔鬼”，而这个“魔鬼”不在远处，就在我们每一个人的各种写作教育与表达教育中。

“林记出品”可以参考和借鉴纽约哥谭作家工坊（Gotham Writers' Workshop）的成功经验，成为一个非大学形式、无学位但颇具权威性的文学写作或创意写作培训机构。迄今为止，已有来自全球100多个国家、地区的逾4万名学生接受了哥谭作家工坊的在线学习。[①] 但是，“林记出品”又不同于哥谭作家工坊，“林记出品”的出发点是家庭，家庭是教育的第一出发点，也是文学与写作的原点。家庭写作、家族写作是可以遍地开花、广泛带动，熔素养与教育于一炉、汇文学与写作于一道的最佳路径。

最后，制约“林记出品”发展的潜在问题。“林记出品”微信公众号是否能够继续承载“林记出品”以后的作品、交流方式、经营构想也是需要思考的问题。微信公众号同朋友圈一样是一个闭环系统，虽然其用户流量巨大，但相较而言其排版的繁杂程度、删改的严格程度、交流互动的局限性、收益方式的单一性等都成为制约“林记出品”自媒体发展的潜在因素。此外，“林记出品”的系统性问题是需要格外注意的。虽然“林记出品”的初衷是表达而非训练、是聚会而非传播、是修养而非功利，但“训练”、“传

① 许道军、葛红兵：《创意写作：基础理论与训练》，广西师范大学出版社，2012，第26页。

播”和“功利”确实能够增强“林记出品”在内容、结构和经营等方面的系统性。如果说“林记出品”是文学写作自媒体旗帜之一面的话，那么，“林记出品”品牌再次刷新自身概念，考虑走向专业、行业和产业，则成为一个极富价值、意义和挑战的问题。

“林记出品”有一条“家庭写作—校园写作—公众写作”的延伸线，扎实的传统文章学训练是前提，现代化的融媒体通道是验证和保障。从目前的走向来看，“林记出品”可以有多种生存和发展的可能。作为新媒体平台的“林记出品”突破以往的地域文学界限，不仅集合了天南海北的家族写作者，勾连起了来自五湖四海的热爱写作的友人和学习写作的本科生，还吸引了全球众多华语文学写作者的目光。“林记出品”自媒体写作的成功，不论对家庭、学校，还是对社会，都具有较大的启示意义。我们在“林记出品”中真实地看到了能够不断被量化的具有复制和普及意义的文学功用和写作价值。

专　题　篇

Special Reports

B.14

萧红文学院：改革开放四十年成就

孙　戈*

摘　要： 2018年，黑龙江省作家协会联合黑龙江省电视台推出纪念改革开放四十周年的专栏报道《书香四十年》。影片在国庆节期间由省电视台隆重播出，片中展现了黑龙江文学创作在这四十年中辉煌的成绩。影片在文学界以及新闻媒体中反响非常好。在改革开放四十年之际，文学院组织专业作家、签约作家赴广东大湾区等地采风。文学院为更好地培养文学爱好者和中青年作家，与地市联合开办了两个作家班。在哈尔滨举办了第十八届中青年作家创作培训班；举办“龙江文学新实力”哈尔滨青年作家作品研讨会“荒诞叙事下的精神漫游——孙彦良的小说世界”。此外，文学大讲堂走进校园。

关键词： 《书香四十年》　萧红文学院　文学新实力　文学大讲堂

* 孙戈，萧红文学院创作部主任。

一　作家感悟书香四十年

专栏报道《书香四十年》围绕黑龙江作家展现黑龙江省不同地域生产和生活、人文环境等的作品展开。以翻书的形式开篇，介绍作品的大致内容，以作家的第一视角，并以第一人称的方式，讲述当时创作作品时，当地的风土人情及意境与感悟，简单讲述后，辅以翻书的特技效果，通过记者与作家重访作品中提及的地域方式，再次让作家针对现在的变化抒发感受（口述、写日记、聊天等多种方式），仍以第一人称的方式进行讲述，让作家通过自己的作品展现他四十年来对一系列变迁的感受与感悟。采访中，记者与作家进行沟通，抓细节，找动情点，整个专栏最后的呈现是以作家第一人称讲述的口吻为主，结合作家现场及同期采访，以作家对四十年来的变迁感悟为结束语。

此次拍摄的主要内容是，反映黑龙江改革开放四十年的作品，作家可以与记者共同参与到采访当中，寻找作品的原型，感知变迁的美好。作品涉及农垦、林业、森工、大庆油田及各地市城建与文化等，作品能够反映改革开放四十年以来的生产、生活、人文环境等方面的细节与故事，作品涉及的内容可以通过电视的手段进行呈现，可以反映四十年来发生的变化，宣传改革开放四十年取得的辉煌成就和百姓的幸福感、获得感。影片播出前期曾在省电视台卫视频道进行二十四小时循环预告，影片于国庆节七天长假期间播出后，在文学界以及社会上反响特别好。影片制作的目的是让文学作品走近百姓，让更多爱好文学的人去贴近作家的作品，让每一篇作品都如发生在自己身边的故事一样，感受文学在生活中的魅力。

二　培训服务向基层倾斜

7月16日至20日，“萧红文学院宝清中青年作家骨干培训班”在双鸭山市宝清县举办。来自双鸭山市四县四区及农垦系统的六十位文学创作骨干参加了此次培训班的学习。

“萧红文学院宝清中青年作家骨干培训班”是黑龙江省作家协会深入学习贯彻习近平新时代中国特色社会主义思想和党的十九大精神，贯彻落实张庆伟书记到省作家协会调研的具体工作要求，进一步推进作家协会体制机制改革，落实“服务向基层倾斜、向最广大文学工作者拓展”的工作思路的具体举措。

省作家协会党组书记李红在讲话中要求学员，深入学习贯彻习近平新时代中国特色社会主义思想和党的十九大精神，坚持以人民为中心的创作导向，增强社会责任感、历史使命感，讲好中国故事、龙江故事；要积极投入到学习中，认真聆听作家、学者的讲座，深入交流，开阔视野，提高文学修养和创作水平，为繁荣黑龙江文学事业做出新的贡献。作家左泓、桑克、孙且及哈尔滨师范大学文学院教授郭力为学员讲课。

9月14日至15日，由黑龙江省作家协会萧红文学院和牡丹江市民族宗教事务局主办、黑龙江省朝鲜族作家创作委员会承办的以“中华民族一家亲，同心共筑中国梦”为主题的2018年黑龙江省朝鲜族文学交流培训会，在牡丹江市举办。来自黑龙江省其他地区的近五十位朝鲜族作家和牡丹江市的一些汉族、满族作家参加了这次文学交流培训会。

在开幕式上，牡丹江市民族宗教事务局局长金京振倡导包括朝鲜族作家在内的多民族作家们要怀着对历史和时代的使命感，深刻表现和记录民族地区的巨大变化，为促进各民族交往交流交融、为民族文化的传承和发展做出贡献。萧红文学院院长何凯旋充分肯定了朝鲜族作家们近几年所取得的文学成就，并希望通过举办文学交流培训会，激发全省朝鲜族作家们的文学创作热情，加强多民族作家之间的学习交流，进一步促进全省文学事业的发展。黑龙江省朝鲜族作家创作委员会会长李洪奎介绍了黑龙江省朝鲜族作家的创作情况和人才队伍建设情况。

著名作家、编剧全勇先（朝鲜族）围绕“文学与价值观的关系”，著名作家何凯旋以《作家的身份认证与文学表现》为题，黑龙江大学东语学院李太福教授以《结构主义和符号学文学批评》为题，分别做了专题讲座，引起参加培训会的作家们的广泛共鸣，大家深感收获颇丰。

在萧红文学院第十八届中青年作家创作培训班（哈尔滨）上，省作家协会李红书记、迟子建主席、司兆国副主席到会并讲话，三位领导的到会让学员们在整个学习中兴奋点一直很高，因为他们感觉到了省作家协会领导对他们的重视。而且这次培训班邀请了著名的评论家王春林、《清明》杂志社的主编赵宏兴以及作家李琦、左泓、桑克、叶君为学员们讲课。邀请《北方文学》《小说林》《诗林》的编辑与学员面对面地研讨交流。对学员作品逐一进行点评，使学员们找到了自己写作的症结所在，解决了创作上的困惑，也为学员搭建了一个发表作品的平台。

三　作品研讨会凸显龙江文学新实力

萧红文学院与哈尔滨师范大学于2018年11月共同举办“龙江文学新实力”哈尔滨青年作家作品研讨会“荒诞叙事下的精神漫游——孙彦良的小说世界”。

何凯旋说：孙彦良是一位凭着直觉写作的作家，他的小说处女作《失火的阁楼》，大概是在二十多年前创作的并发表在《小说林》上；2018年《小说林》的第四期，又发表了他的一篇中篇小说《一地雨水》。

孙彦良能够进入哈尔滨文学论坛的评论中来，首先得感谢乔焕江老师当初的积极筹办，以及徐志伟老师当初作为优秀评论家的鼎力相助，所以他才得以留下良好的口碑，许多本地写作者希望能够看到更多的关于本地新实力作家的评论，这才是论坛继续办下去的动力。另外论坛更为民间、更为自由的表达方式，得力于更多的学子们的参加。正像徐志伟老师所说的，学院里上至博士下至本科生都可以在这里畅所欲言。除了使作者本人受益匪浅之外，论坛发出来众多不同的声音，让大家听来有新鲜感。

在遴选作家的过程中，先备选几个作家，最后由徐志伟老师定夺。正是因为这些作者身上所具有的特点不被更广泛意义上的读者和刊物认同，才需要更专业的老师和学子们给予更精辟的分析、更准确的指导，让更多的读者和写作者学习并领会。如果作品大家都能看懂，放之四海而皆准，这样的作品就没必要耽误大家的时间了。这次研讨会还是有耽误大家时间的价值的。

从他的两个中短篇小说说起，他有六分指向明确，还有四分自己也不知道怎样敷衍成篇的。为什么这么说呢？《失火的阁楼》单纯一些，叙述出来的故事与现实存在距离感，这样就产生一种审美的效果，加上他近乎侦探的手法，弄得比较迷离，就有更多的空间可以联想，有可以判断并共同参与的岔路口。二十年前，作者还在非常偏远的小城，有这样的写作手法是难能可贵的，这是向先锋小说学习后获得的心得。二十年过去了，他的良好的直觉尚有保留，只是更加依靠当下生活的感触，感受到二十年间中国经济浪潮带动下既蓬勃旺盛又混乱不堪的现实。尤其是人们内心普遍泛起的焦虑不安以及难以判断的乱象，这些都一股脑地充溢于孙彦良小说的情绪当中。但是他保持了自己独有的优点，依然有那么多的岔路口让读者前去参与、前去猜谜。另外，从短篇到中篇，中间还有几部长篇创作、应景的剧作创作，但是他有代表性的、有个人风格的、今天依然可供大家谈论的作品，还是他的这些中短篇小说。

他的中短篇小说有一种荒诞的成分，令人不解。小说的荒诞，就是指小说在违背常理和惯常思维的起承转合过程中，让我们摸不着头脑并费尽心思地去琢磨：他怎么可以这么处理或他不这样做又能怎样处理？在现代派作家当中，做得最好的还是卡夫卡。卡夫卡写到某一日突然一些莫名其妙的人去找一个人，最后这个人自己莫名其妙地走向“莫须有”的里程。我们现在的小说每每遇到无常的变化，每每都要回到常理中去，回到大众可理解的道理中去完成，并且最终达到安适的和解。这也是本报告对孙彦良小说进行讨论的原因。他的作品不诉诸常理，不诉诸合理，不抵达安适的和解。哪个更对呢？完全可以诉诸常理的解释，他不给予这样的解释也不给予这样的指向，这里面就有一个很好的东西，就是抵达潜意识的深处，更个人化的、更纠结的、更深处的触动。同时，会给我们更大的带入感，带入他无法诉说的个人触动当中去，从而唤醒我们众口一词的麻木。这是孙彦良小说自始至终保持的品质，尽管并不完美但独特。这些不可理喻的行为，不进行庸常化的解释与庸常化的和解，并且纠结到底，创作二十年还能够保持这样不同凡响的优点，是难能可贵的。

另外，就是远和近的问题。他最初的小说与个人之间都有适当的距离感，我们能够感受到距离的美，可以拉开距离去审视与欣赏。但是现在他把当下嘈杂的生活，一股脑地推至眼前，使之更贴近我们生存的时代，并产生十分纠结乃至于愤懑的情绪。

依靠着他良好的直觉，没有距离地呈现出来，也许是使用直觉的触角，反而更为个人化一些，更为逼真地反映了个人理解的现实，反而显得异常，从而成就了荒诞。如果与现实冷静、理智地保持距离，人物、情节可能更清晰、更艺术化一些，但也就可能流于平庸了。这就是他第二个中篇小说《一地雨水》明显的变化，但似乎这样的处理，会将现实的荒诞揭示更加逼向自我认识的真相。

他的写作除了具有自己感知的方法，还有一点是存在疑问的：他的作品最终要落在什么上面，比如说死亡啊、犹疑啊、无常啊等，这种略带哲学意味的含义最终给我们精神层面上的揭示，但阅读他的作品并不会获得精神层面上的安慰，只是一味地凭着个人直觉把你内心深处的现实景象呈现出来，也许这样更为独到？我尚存疑！

四　作家奔赴改革开放最前沿广东采风

2018 年是改革开放四十年，为更好地描写改革开放四十年来广东大湾区等地的巨大变化，为作家在今后的创作中积累更多描写改革中巨大变化的素材，11 月 20 日黑龙江作家前往改革开放最前沿广东采风。此次采风由萧红文学院院长何凯旋带队，团员是专业作家和签约作家。与广东省文学院作家在广东省作家协会会议室举行座谈会。两省作家交流时，黑龙江作家们发言如下。

左泓：我很喜欢广州这个城市，一年四季都是绿色，一年四季都是鲜花盛开。最早认识广州的时候是在 1976 年，我作为一名运动员在广州冬训，那是我第一次见到南方，温暖的冬天和满眼的绿色让我惊讶，这里的大部分植物在我们北方是看不到的，这里的人和生活习惯也与北方有明显的差异。五六年前，我又来到广州，广州的变化让我吃惊，改革开放让广州发生了翻天覆地的变化。今天我再次来到广州，广州又变了，中国的改革开放让广东成了中国经济的发动机，同时广东出现了一大批优秀的作家和艺术家。

任何一个作家都有自己的“DNA”，在这个信息化时代，人们生存经验的趋同成为文学写作的危险，这反过来召唤作家对自己写作特质进行确认。刚才世宾先生的发言说得非常准确，南方的诗人的作品会带有南方的圆润，而北方的诗人的作品会冷峻一些，好的作家一定要与自己的区域文化资源接通，只有这样才能使作品有清晰的辨识度，这个作家的“DNA”就有了不同之处，这个强大的基因正是来自养育他的这一片土地，我在广州回望自己生活的黑龙江，更加明确了自己的写作方向，我会继续写我们北方的大江、大河、大原野、大森林，还有生活在这片土地上勤劳勇敢的人民，关注身边正发生的故事，并从自己的审美建构出发，去写好下一部作品。

王鸿达：从冰天雪地的北国，一下子来到繁花似锦的南国广州，恍惚一下子回到夏天。最早知道花城这个名字，就是从一本与这个城市同名的文学刊物中知道的。花城名副其实。走在大街上，看到了街两旁的花树，而立交桥上边沿开得正艳的花团，仿佛城市半空中吊着的花篮一样。

走进省作家协会大楼，直接上到顶楼文学院一间办公室里，在这间稍有些杂乱的房间里，我看到一张黑白合影照片，是20世纪80年代广东省文学院成立时省作家协会领导和文学院同志们的合影。看下面的文字介绍，坐在中间的一位穿中山装的老者竟是大名鼎鼎的欧阳山先生。不由得想起自己少年时对《三家巷》《苦斗》的着迷来。欧阳山先生笔下对花城街巷的描写，让我第一次领略到南国不同于北国的风俗，革命背景下那种人性人情当中温情脉脉，似南方的花树，总是一种春夏的色调，这和北方地域风情世故明显不同。同样的二三十年代的世井人生，在北方作家萧红笔下却是那样悲悲切切的惨烈，如萧红的《生死场》，如秋冬被风刮光了树叶的枯树，总是透着一种寒意。这种秋冬的冷色调在南方作家的笔下很少能看得到，这也许是由作家天然生长的环境决定的吧！

很高兴在和广东省文学作家交流中见到了我的鲁院同学黄金明，一晃我们2010年鲁院十三期中青年作家班一别已经八年了。黄金明是土生土长的广东人，我们那个“鲁十三”开班时正值北京的三月，我们东北来的作家都光着头，他整天围着一条棉围脖，一副很怕冷的样子。黄金明书读得很多，班上有谁谈到读过的书，他都读过，让我们不能小视。“70后”的黄金明先写诗歌，又写散文，后又写小说。班上还有一个写小说的女作家盛可以也是广东人，他们的作品如同他们的人一样，不温不火的，很有耐劲。当然他们也很高产，总是不停地在写，鲁院毕业后，常听到黄金明出新作的消息。这次见面，他又送给我两本新出的书，一本是散文诗歌集，一本是长篇小说。这次见面虽然在冬季里，黄金明却新剪了平头，一副很清爽的样子，人也显得很年轻。

走在广州街上看街巷里绿色植物扑面而来，木棉、芭蕉、椰子树、紫金花树、三角梅……就想常年置身绿色植物中自然人也会总是充满生机和活力，要想文学也保持这样的状态，是不是也可以相互做些地域的交融呢？俗话说得好，树挪死，人挪活。早年有黑龙江作家萧红移身到南方写作，现今也有黑龙江作家鲍十在二十年前来广州写作，都证明了文学相互交融的可能性。

陈力娇：第一次到广州，广州却一直是我向往的神圣之地。我们来时黑龙江已经落雪了，树木脱掉了衣服，处在寒冷和瑟缩中。绿意茂盛时，去看远方的景象，什么也看不到，只有醉心养眼的绿，现在却很疏朗，有一览无余的明晰。因此一种对绿色的怀念，让我们一路追踪过来，在何院长的带领下，开启南下之旅，还原对生命的衷情。

其实广东和黑龙江在文学上的联姻关系早就有了，从萧红到魏巍，从鲍十到东荡子，都在顺延着这种继承。那时东荡子就很有才华，是诗歌的引领者，这里对他的英年早逝表示深深的惋惜。

从地域上讲，一个大南，一个大北，两种文化元素渗透到一起，起着覆盖与链接的作用，对文学是一种天造地设的置放和得天独厚的匹配。广东作家的小说一直是动人心魄的，比如魏巍作品的字字珠玑、风骨干净、深刻内敛，王威廉作品的轻松自态、肆意汪洋，王十月作品的稳实憨情、内在偾张，都是我从内心敬佩和学习的。所以我特别欢迎广东作家能到我们黑龙江去，体悟那里滴水成冰的自然环境、独特的欧陆风情，还有华洋杂处的文化历史，使两地的文学创作能更好地交融、繁衍、壮大，一往情深地走向世界。

孙且：每一个作家总与他生活过的地域相关，他不可能凭空产生，地域文化是他的母乳。

籍贯所负载的不仅是地理，而且内蕴着该地域的文化传统。从弗洛伊德的精神分析理论的视角和维度来看，一个人的一生中，童年和少年时代的生活至关重要，故乡，故园，那里的自然景观、习俗民风、历史遗存，还有方言等，无不从一个人能够理解事物开始，日积月累，耳闻目染，潜移默化，形成最初的，也是最基本的文化心理结构。

地域文化的印记以“先见”根植于作家的内心，在文学创作中，作家自然而然地会对母地的地域文化给予格外的关注和热情，正如英国学者迈克·克朗在《文化地理学》中所写，因为人“在地理世界中深陷其中无法避免”。

地理空间生成作家创作风格和气质的背景，那里的气候、氛围甚至色彩和气味的痕迹，在作品中不自觉地流露出来。

更深入地说，地域之于某些作家的作品内涵，可能构成某种特定的文化符号和喻体。

作家的地域性写作与地域之间的关系极其复杂。

有一种现象很容易被混淆，地域之于作家，易于被视作该作家的根。

在文学创作的发生学里，作家与地域的关联，只是构成写作的复杂因素之一。

有一些作家，并不受地域的限制，反而弱化地域性，形成我们说的离散写作。比如，纳博科夫从俄罗斯途经英国流亡到德国，之后又从法国流亡到美国，无论他在哪儿，都写出了跟地域性无关的杰出作品，或者也可以说，纳博科夫的地域性始终处于流动和变化之中。

但作家始终无法摆脱受自己民族文化影响的思维方式和语言构成的限制。一个作家无论以何种方式写作，在何处写作，他均摆脱不了这根植于血脉的原动力。

作家借重地域题材和地域文化，可以获得足够的成功，但是，如果仅仅依赖地域资源其有可能成为创作的桎梏，必须超越地域，借重地域性而突破地域视域。

一方面，地域视角和地方经验存在自己无法摆脱的局限和困境；另一方面，寻求永恒的超越意识是人类的本质，人是一种双重存在，即作为自在之物的自然存在和作为自由主体的超越性存在。

文学创作最终要寻找到精神意义上的想象空间和文学地理，即建构作家的“精神原乡”。

当下，文化全球化的浪潮日益汹涌，地域的文学书写和文化研究不仅仅承载着历史寻根的时代意义，也具有保护人文生态的民族寓言的高度。

杨勇：广东省是中国改革开放的前沿，我这是第一次来广州市，这里的地域风物较新鲜和陌生。我和广东省的很多诗人朋友很早就彼此交往了，如诗人世宾、黄金明、黄礼孩，还有阳江和我同名的杨勇等，广东省的作家杨干华、张梅、温远辉、张鸿等也去过我们绥芬河市。从冰天雪地的北方来到温暖如春的南方，我个人的地域性感受很强烈，尤其今早在广州街头看见忙碌的人群、如河流的车辆、外国人等，明显感觉到都市的快节奏和国际化步伐。

一方水土，一方风物。文学创作也是地域性滋生的，广州之于各位诗人和作家、湘西之于沈从文、呼兰县城之于萧红等，都是如此。我记得我的鲁院同学浙江小说家东君在一篇创作谈里谈到写作的“东南西北”问题，他的说法很有意思。“东”是东方中国的文化传承，“西”是西方的文化，“南”是南方本土的地域习俗文化等，“北”是北方的普通话和另一种地域性风物。一个作家要有这样宏阔的文化底蕴，才能真正有创作的力量。对于我来说，“北”则是我的地域性地理坐标和文化根基，“南”则是南方风物之于北方风物差异性在写作中的辨识。

地域性写作是基于生命深处的体验自然而然流淌出来的东西，就像酿酒，越是陈年，酒本身溢出的气味越醇香。我体验到了广州冬天与北方冬天的差异性，北方冬天的凛冽苍茫印迹就越刻骨，在写作中也就表达得越鲜明。

来广州的旅程中，我一直在思考文学的及物性写作问题。其实地域性写作按我理解就是及物性的写作，或者说，没有地域性写作，就没有更多真正介入现实的体验和表达。及物性写作是言之有物的写作，具体到写作中，它要求语言和修辞的准确性，要求避免空洞无物的表达，细而化之，它涉及环境、人物、言语、心理、行为、关系、内蕴等，要真正符合自然、社会、人真实存在的客观原则。虽然文学是建立在虚构基础上，但与我所倡导的及物性写作并无冲突。你看看《西游记》是部神怪小说，可并不影响它的现实特质。我是说，即使写作里不是直接利用现实去表达，而是通过神话、民间故事、隐喻、寓言等去表达，可在最终内蕴上，肯定要有对现实的指向和超越对现实的指向，这是文学存在的意义。

及物性的写作中，我以为有些是与“现象学”理论相通的。现象学主张通过“直接的认识”描述现象，要在对象中寻找不变的“先天”因素。萨特提出的“存在先于本质”，说的也是这个意思。事物本质存在于现象之中，关键你要去体验、认知和发现。落实到写作里，就是对现象或者表象世界的深度挖掘，是在现实中穿越，不断去蔽，让自我、人类和世界的真相呈现出来。所以，好作品通过生活表象，深入内里，是及物后的升华，而不是不及物的虚构。

最近文坛上在热议“现实主义”写作问题，我认为，地域性写作或者及物性的写作，其实就是“现实主义”的创作方式。百年白话文运动以来，中国文学也是一直走在“现实主义”的创作道路上。胡适、鲁迅等代表的是启蒙式的现实主义创作，抗日救亡时期的创作是呐喊的现实主义方式，新中国很长时期是社会主义革命的现实主义创作方式，改革开放后则是新写实主义创作方式。我的看法是，中国的现实主义创作并不是越写越好，把握好文学政治化和美学化的尺度是解决问题的关键。

真正的现实主义写作是介入性的，它能发现时代的精神和风貌，能驱动社会变革，能呼唤世间的真善美。波兰诗人扎加耶夫斯基说，她（文学）勇敢地关注我们世界的变化的表面，她寻找关于我们自身的真理，她不知疲倦地执行对现实这一没有尽头的走廊进行勘察的任务，她反对谎言。尼采说，要在自己的身上战胜这个时代。作家们写作的任务，也只能源于每个个体写作者的践行，如个体对时代生活的介入、对世界和人类处境的审视、对责任的担当等。

电影《一代宗师》中有一位武林高手说，武功有三个境界，要“见自己，见天地，见众生”。写作也是这样，作家们的眼力、判断力、思想力、技术力、审美力等都特别重要，归根结底来说，终归是作家们境界高低的问题。对于当下的我来说，脚踏实地地走、看、写已经很足够了。就说这些吧，谢谢各位作家。

张建祺：我近两年最主要的创作成果就是电视剧《北上广依然相信爱情》，但说来遗憾，片名虽以“北上广”冠之，我却从未去过其中的广州，这次有幸参与萧红文学院组织的“改革开放四十周年”采风活动，对我个人来说首先弥补了长久以来的缺憾。而远比弥补缺憾更为重要的是，实地感受改革开放前沿城市的人文氛围，拓展了我的想象空间和思想维度，尤其是何凯旋院长特别组织采风作家与广东省文学院的作家座谈，使南北方作家有机会在思想上直接碰撞，更使我对文学创作有了新的理解和认识。

此次广东之行对我的影响很大，而广东对遥远的黑龙江也产生过重要的影响，20 世纪八九十年代，很多黑龙江人乘坐绿皮火车前往广东“淘金”，他们带着一麻袋一麻袋的牛仔裤、太阳镜、花衬衫等“洋玩意”回来贩卖，原本这只是为了改善个人经济条件而产生的商业行为，却在无意中改变了黑龙江人的文化和生活，开启了时尚的大门，当时还是青年人的父辈们提着来自广东的录音机，播放着来自广东的流行音乐磁带，穿着来自广东的喇叭裤和衬衫，跳着从广东流传而来的新式舞步……可以说，南下广东“淘金”是继早期俄罗斯移民之后，对黑龙江地区产生影响的另一个大事件。

穿着和生活方式上的改变也自然引发了文学创作上的改变，因为文学创作离不开生活，生活直接对文学创作产生影响。不难想象，同一位作家或穿着大棉袄二棉裤写作，或穿着花衬衫喇叭裤写作，其状态必然是不同的；同一位作家，走进工厂俱乐部所激发出来的灵感，与走进迪斯科舞厅激发出来的灵感也必然迥异。那么从这个角度来讲，广东也对黑龙江文学产生过重要影响。四十年过去了，改革开放在今天的广东又结出了崭新的累累硕果，这一切也将会给采风团的作家们带来崭新的创作思路和创作理念，正如当年的南下“淘金”者们在经济上成为暴发户一样，这次广东之行的学习和交流，也将促使采风团的作家们在文学创作成果上成为“暴发户”。

刘浪：我是第一次来广东，但对广东和广州我有另一种熟悉。刚刚何院长说王威廉最初的小说发在我们黑龙江的《小说林》，黄金明老师也说自己的诗歌、小说在《诗林》和《小说林》发表。我写小说比较晚，是在 2003 年以后。我的第一个小说，发表在《佛山文艺》。几年前《作品》发表过我的一篇短篇小说，给我的稿费，一连好几年，都是我单篇小说的最高稿费。我现在还能想起，广东的《潮声》《南叶》《西江文艺》，还有《品报》《打工文学周刊》，还有深圳和东莞的一些内刊，在早些年都发过我的小说。可以说，如果没有跟广东的这份情缘，如果没有广东给予我的帮助和关爱，我的小说写作一定比现在更加艰难。

在座的各位广东老师的作品，我拜读过一些。我是 2003 年以后写的小说，魏院长那段期间的短篇小说，如《大老郑的女人》《石头的暑假》，我都是当作经典来学习的。王威廉是当下“80 后”文学代表作家，他前几年的小说《书鱼》《北京一夜》，我都记得。

我清楚自己对文学、对小说创作是热爱，没有野心和见地，也不具备这方面的天赋。我很幸运能参加今天这个座谈，我会向广东的各位老师和我们本省的各位老师认真学习，谢谢大家！

五　文学大讲堂走进校园

由萧红文学院、哈尔滨文艺杂志社、哈尔滨学院文法学院联合举办的“文学大讲堂——著名作家进校园系列讲座”启动仪式在哈尔滨学院文法学院国学堂举行。萧红文学院院长、著名作家何凯旋，哈尔滨学院文法学院院长龚宏，作家老仉、孔广钊、孙彦良及哈尔滨文艺杂志社资深编辑、文法学院热爱文学的师生参加了启动仪式。

在启动仪式上，萧红文学院何凯旋院长介绍，文学大讲堂将以各大学院校为场地，邀请知名作家走进校园，为广大师生系统介绍黑龙江文学源远流长的文脉，及当代黑龙江文学代表性作家和作品，以提升全省高校及广大群众的文学修养和文化品位。哈尔滨学院文法学院龚宏院长肯定了此项活动对于在专业学习的基础上提升学生的文学鉴赏力与学术研究能力、提高专业素养和创作水平、增强学校的人文气息具有重要意义。学生代表发言表示，通过文学大讲堂能够聆听到文学大家讲述文学故事，传授创作经验，将激起文学青年对创作的兴趣与热情，对于自己寻找未来写作的思想方向也大有帮助。最后，向文法学院的师生赠送了文学期刊《小说林》和《诗林》。

2018 年是中国改革开放四十周年，是全面贯彻党的十九大精神的开局之年，也是决胜全面建成小康社会、实施“十三五”规划承上启下的关键一年。为切实做好纪念改革开放四十周年的宣传报道工作，黑龙江广播电视台公共·农业频道《帮忙》栏目决定结合栏目自身特点与定位，与黑龙江省作家协会联合推出纪念改革开放四十周年的专栏报道《书香四十年》。影片在国庆节期间播放，反响非常好。萧红文学院是黑龙江省培养中青年作家的一个摇篮，每一年都会集中培训黑龙江省文学爱好者和有一定创作水平的中青年作家，在每一年招生时所遇到的问题就是 45 岁以下的作家比较少，整体年龄偏大，所以应加强与地市联合办班，积极培养基层作家的文学素养、开阔他们的视野，让他们在基层很好地积累素材，创作出贴近生活的文学作品。在今后的工作中，应加强对基层文学爱好者以及中青年作家的培养，多多举办文学培训班，让更多的爱好文学的青年走进文学殿堂。紧紧抓住时代的脉搏，让创作更有朝气，萧红文学院带领作家赴广东大湾区等地采风，让作家们来到改革开放前沿，去切身感受改革开放四十年来的成效与成果，去感受改革精神，用手中的笔来抒写改革开放后家乡的发展及巨大变化，真正写好白山黑水、金山银山在改革开放四十年来的变化，写好老百姓身边的故事，走进、深入基层，为广大人民群众创作出更好的文学作品。

B.15
《小说林》《诗林》：坚守主流文学阵地着力打造纯文学期刊品牌

安海茵*

摘　要：《小说林》《诗林》两刊是哈尔滨市文艺领域的优秀成果，长期以来坚守主流文学阵地，成为北方文化名城的亮丽名片。近年来，两刊多方调研，求新求变，推行了调整办刊风格、改版增栏等一系列举措，在文学纸刊日渐式微的大环境中，努力办出自身特色，举办高端文学论坛，在文化建设中彰显了独特和重要的作用，两刊建设呈现良好的发展态势。

关键词：纯文学期刊　先进文化　主流文学阵地

哈尔滨文艺杂志社所属的《小说林》《诗林》两刊，连续多年被评为"省内一级期刊""读者喜爱的期刊""省优秀期刊"等，长期以来都是哈尔滨市文艺领域的优秀文明成果，坚守主流文学阵地，着力打造城市文化名片，在哈尔滨文化建设中彰显了独特和重要的作用。近年来，两刊多方调研，求新求变，推行了调整办刊风格、改版增栏等一系列举措，顺应时代发展，配合中心工作，突出地域特色，培养文学新军，以新的面貌和姿态为读者服务，为城市添彩，弘扬先进文化、高雅文化，提升城市文化品位。

---

* 安海茵，《诗林》副主编。

一　《小说林》作品连续被《小说选刊》转载，《诗林》作品入选国家级选刊数量稳中有升

2017 年、2018 年，两刊沉潜生活，扎根人民，不负时代、不负使命，开创了文学期刊的新局面。两年以来，两刊通过下基层、搞调研，举办“文学期刊进校园”和高端文学论坛等活动，扶持基层作者，力推本土新人，求新求变，突出地域特色，培养文学新军，展示了哈埠后浪推前浪的文学新风貌，使文学与大众生活真正地血脉相连，优秀作品频频入选国家级选刊。两刊入选国家级选刊篇目数量稳中有升，在广大读者和作者中赢得了口碑。

2018 年《小说林》刊载的中篇小说《大鱼在淮》、短篇小说《熊一样的我消失了》《窥视者》《蓝猫》相继被《小说选刊》转载。一年四次被《小说选刊》转载的现象，在全国原创文学期刊中，实属少见。这个业绩在《小说林》办刊历史上，绝无仅有。

《小说选刊》是中国作家协会主办、在文学界享有极高声誉的国家级选刊，被誉为“中国当代文学的晴雨表和风向标”，在中国文学界具有当之无愧的权威性。目前，中国省部级以上单位办的文学期刊有 300 余家，加之地市级单位办的文学期刊总共近千家。各家杂志社都以自己刊载的作品能够被《小说选刊》转载为荣。文学底蕴深厚、经济发达地区的文学期刊，凭借历史地缘优势和经济发展优势，使尽浑身解数，吸引优秀作家，刊登优秀作品，有的稿酬之高，令人难以望其项背。

作为哈尔滨市文联下属的纯文学期刊《小说林》，在林林总总的文学期刊中，不卑不亢，脚踏实地，勤恳耕耘。以默默无闻的奉献精神，甘为他人作嫁衣，不断推出有影响力的作品，不失 20 世纪八九十年代享誉中国文坛优秀文学期刊的本色。在推出莫言、张抗抗、梁晓声、迟子建等名家作品的同时，努力培养本地作者，推出了孙且、老长、梁帅等颇有影响力的中青年作家。作为一年仅出 6 期的文学双月刊，2018 年便有 4 篇作品被《小说选刊》转载，引来业内同行一片赞叹。

《诗林》是国内老牌的知名诗歌刊物。推崇名家、不薄新人，长期以来得到了当代诗人和评论家的首肯和重视。《诗林》于2018年实行了改版增栏新举措，并请专业设计团队设计了新封面，甫一亮相即获好评。新设栏目《诗呼吸》、《今日诗评家》、《女诗人巡展》以及《中国诗歌流派展》亮相诗坛，引发热评。2018年第1期《诗林》刊发的桑克诗作共6首被《诗收获》2018年春之卷选载，其中《更小的生活》被选入《新华文摘》2019年第8期；2018年第5期《诗林》刊发的张少恩的散文诗组章共6章被《中国魂·2018年度散文诗选》选载；2018年第5期《诗林》刊发的龚学明诗作共5首被《诗选刊》2018年第6期选载；艾茗等人的冰雪诗作还入选了《诗刊》2018年度选本；2018年第4期发表的罗至《纪念高度》一诗入选中国作协创研部编选的权威年选《2018年中国诗歌精选》；江汀、严彬、张国辰、黎阳、康宇辰、王宝卿等青年诗人的诗作均入选全国诗歌年度选本。全年共40余首（章）诗作入选国家级各大选刊及年度选本。

由复旦大学光华诗歌奖评委、著名青年诗人肖水任栏目主持的《诗呼吸》，网罗国内各大高校优秀青年诗写者力作，并约请青年诗评家就每人诗作有的放矢地进行点评，以3篇短评对应一位年轻诗写者的诗作，力求精准精悍精短，锐利友好。《诗呼吸》是《诗林》作为中长期重点栏目打造的，也是《诗林》办刊史上从未尝试的栏目形式，短评篇幅短小但张力十足，内涵丰富，在青年诗人和诗评家群体中反响热烈，迄今已推出5期，此栏目陆续收到国内一流青年作者的投稿及短评。

《今日诗评家》作为《诗林》的重点栏目，每期放在第二栏的重要位置力推。2018年第6期的《诗林》首开《今日诗评家》一栏，推出的第一位诗评家是国内诗坛的诗评家首席——谢冕。诗坛素有重诗作、轻评论之风，老牌诗刊亦从未以重点版面推出诗评家。由著名诗评家、北师大教授谭五昌主持的《今日诗评家》栏目，务以低调大气之风，匡正诗坛时弊。

2018年，《诗林》又新设了《中国诗歌流派展》栏目，每期推出诗坛活跃的各诗歌流派代表诗人作品，主张流派风格与时代气息的有机融合。将诗歌文本通过富有个人特色的自然景物、人物掌故、民情风俗、语言习惯等体现出来，使之站在当今时代的高度，进行深刻的审视与观照，以现代理性的批判精神令文本产生不同凡响的艺术风格。

在文学纸刊日渐式微的大环境中，《诗林》求新求实，抓稿件质量，抓抢先策划，关注青年作者，关注优秀诗评家成果，在拼抢好稿的竞争力有限的现状下，努力办出自身特色，树立人无我有、独有的品格。

二　高端文学活动“文化名家冰雪文旅行”“哈尔滨文学论坛”等连续举办，收获颇丰

《小说林》《诗林》编辑部人员达成共识，始终坚持高水准、高品位的办刊理念，使《小说林》《诗林》呈现清新高雅的诗意风貌，塑造了纯文学刊物的品牌。

由哈尔滨市委宣传部主办，《小说林》《诗林》编辑部、凤凰网黑龙江频道承办的“文化名家冰雪文旅行”在 2018 年 12 月举行。两刊邀请了《中国作家》《花城》《西湖》《山花》《芒种》《海燕》等名牌文学期刊主编赏冰乐雪，通过采风和文学活动，让人了解一座城、爱上一座城，并为哈尔滨文学青年搭桥引线，让名刊名编认识本地作者并为本地作者作品“诊病把脉”，为他们的作品早日登上大刊名刊尽一分力量。

“文化名家冰雪文旅行”活动采用把文学采风与文学论坛相结合的形式，约请来自各大名刊的编辑和哈尔滨市作家一起，与哈尔滨市青年作家进行文学交流。文学论坛则从城市文化视角，探讨作家和城市的写作关系、冰雪文化的特点与发展。结合萧红、迟子建、阿成等作家作品，探讨了《呼兰河传》《暴风骤雨》《林海雪原》《夜幕下的哈尔滨》《白雪乌鸦》《起舞》等作品的历史意义和现实意义，以及如何在冰雪文化的发展中，借鉴优秀作品，发扬光荣传统，培养文学新人，推出优秀作品。来自大刊名刊的编辑盛赞了哈尔滨的城市风情，为发展冰雪特色文化献计献策。《诗林》以 6 个彩页的篇幅刊发了此次“文化名家冰雪文旅行”的全貌。

2018 年 5 月，哈尔滨文艺杂志社《小说林》编辑部、哈尔滨师范大学文

学院，联合举办了第八期“哈尔滨文学论坛”。本期论坛的主题是“荒诞叙事下的精神漫游——孙彦良的小说世界”。孙彦良是南岗区政府机关公务员，文学创作是其业余爱好。1997 年，他在《小说林》发表了小说处女作《失火的阁楼》。20 多年来，其笔耕不辍，先后发表长篇小说、中篇小说、短篇小说等多部（篇），是哈尔滨市一位有成绩、有特点、有发展的青年作家。

与会的专家、教授、作家、编辑，以及哈尔滨师范大学文学院的博士生、硕士生、本科生共 40 余人，分别针对孙彦良的创作特点及风格等发表了意见。“哈尔滨文学论坛”的主旨是，借助大学的理论优势、精英优势以及《小说林》的纯文学期刊优势，宣传本地作者，培养本地作者。已经举办的第八期“哈尔滨文学论坛”推介的本地作者，在创作上都有不同凡响的新收获。

三　“文学期刊进校园”“文学期刊下基层”等直面底层的文学活动扎实有序

《小说林》《诗林》多年来一直注重民间基层文学作者的发掘与培养，扎根基层，为哈埠文学事业的繁荣发展进行了大量默默无闻、春风化雨的耕耘。刊物接了地气，也增加了底气。2018 年 12 月 28 日上午，《小说林》《诗林》总编辑及两刊编辑，盛邀哈尔滨市作家孔广钊、仉立国、孙彦良等 6 人，带着新近出版的《小说林》《诗林》杂志，来到了哈尔滨学院文法学院，同师生见面，受到热烈欢迎。

文法学院院长龚宏教授对各位作家和编辑的到来，表示热烈欢迎和诚挚的谢意。他盛赞此次活动是 2018 年的一件文学盛事，肯定了本次活动对于学生进行文学创作的重要意义，肯定了《小说林》和《诗林》对哈尔滨地域文学和龙江文学的推动作用。他感谢两刊多年来推出的优秀文学作品，以深邃的哲理、崇高的情怀、精湛的技艺提升了文学青年的文学素养与写作能力。《小说林》《诗林》总编辑发表了热情洋溢的讲话，他说，作为本地刊物，深入基层，服务基层，培养新人，推出新作，是《小说林》《诗林》的责任和义务。他鼓励学生们勤奋创作，并表示《小说林》及《诗林》愿意为本土文学青年提供成长进步的平台。《小说林》和《诗林》的编辑以“甘为他人作嫁衣”的奉献精神，为大家服务。作家孔广钊用他自己的文学成长经历，为学生们现身说法，助燃大家的文学梦想。《小说林》《诗林》走进哈尔滨学院传授创作经验、探讨写作技巧的这一举措，是对文学青年的关爱，激起了文学青年的创作热情，对培育文化新人、丰富人民群众的精神文化生活、提升哈尔滨知名度和城市软实力发挥了不可替代的重要作用。

《诗林》作为一本影响中国新诗进程、记录诗人心路成长的刊物，充分发挥了文学期刊引导人、教育人的功能作用，突出了期刊特色，在哈尔滨文化建设中彰显了独特和重要的作用。期刊建设呈现良好的发展态势，成为中国文坛纯文学领域的中坚力量，传播、积累和创造了先进文化，丰富了人民群众的精神文化生活，对展示哈尔滨市文学成就、培养扶持本土作家发挥了不可或缺的作用。目前，刊物每一期都有本土的新面孔亮相，在扶持本土作者的力度上，《诗林》舍得拿版面，也舍得花工夫。

2017 年、2018 年，两刊与呼兰读书会、哈尔滨“春之声”诗歌朗诵团等团体合作，在世界读书日、国际劳动妇女节、中秋节等特殊的日子里，组织了多场面对广大市民的公益诗歌朗诵会，收获了良好的社会效益。《诗林》编辑部在朗诵篇目的选择上尤为关注歌颂哈尔滨本土的诗篇，力求追本溯源，着意经典，起点高、涵括广，追忆哈埠历史、观照现实民生、展望明朗未来。以真诚、丰沛的朗诵呈现这座城市的历史和城市生活中的诗意。这些朗诵篇目，将城市风物的经典意象与现代化建设的蓬勃气息糅合成现代都市的迷人画卷，得到了听众的热烈反馈。

近年来，《小说林》《诗林》坚持“文学从人民中来，刊物到人民中去”的办刊宗旨，下基层，进农村，为草根阶层和基层写作者提供写作辅导和作品发表机会，带动他们增强信心和实力，并多次为农民工、中学生、监狱犯人等特殊群体提供版面和辅导。哈尔滨的许多写作新秀都是从《小说林》《诗林》起步，亮相全国的文坛。两刊沉下心来，扎根基层，与广大作者紧密联系，组织举办诗歌朗诵会和诗歌赛事等做法收效显著，充分发挥了文学期刊引导人、教育人的功能。《小说林》《诗林》与广大的文学爱好者心连心，以各种形式鼓励和扶持作者，推出本土新人，夯实文学根基，切实起到了光大文化名城、凸显冰城风貌的作用。

一期期刊物，就是一块块文化的基石，夯实了哈尔滨这座城市的文化基础，它需要编辑人春风化雨、润物无声的耕耘与劳作，也需要编辑人的养德与修身。2017 年、2018 年，哈尔滨文艺杂志社《小说林》《诗林》编辑部坚持文艺工作的“二为”方向、“双百”方针，保证刊物的高质量出刊，推动了哈尔滨文学事业的大发展大繁荣，充分发挥文学期刊引导人、教育人的功能，圆满完成了哈尔滨市委宣传部、哈尔滨市文联交付的各项任务，在文化建设中彰显了独特和重要的作用，两刊建设呈现良好的发展态势，成为中国文坛纯文学领域的中坚力量。纯文学期刊作为社会主义先进文化的有机组成部分，是文化阵地，也是文化品牌。未来的日子里，两刊将以打造名刊为目标，引领社会风尚，陶冶大众情操，成为一流的诗歌专业期刊。

B.16

戏剧舞台：百花竞放　精品迭出

王彩君*

摘　要： 2017～2018年，黑龙江戏剧繁荣发展，硕果累累，《剧作家》杂志不忘初心，坚守阵地。2017年，黑龙江省新剧目调演、第六届“白淑贤杯”龙江剧调演暨小戏小品大赛的众多精彩剧目在哈尔滨各剧院隆重上演，“菊苑流芳·第三届辽吉黑蒙四省区地方戏曲优秀剧目展演”在哈尔滨大剧院拉开帷幕，3项戏剧活动上演了大型剧目和小型作品共计115部，其中包括戏曲、话剧、舞剧、歌舞剧、儿童剧等多种戏剧形式。2018年，全国优秀现实题材舞台艺术作品展演（黑龙江分会场）在黑龙江省京剧院拉开帷幕。来自全省的13部现实题材作品参加展演，演出单位涵盖了省市县三级院团，题材包括话剧、龙江剧、音乐剧、评剧、皮影戏等。这些剧作，无一不是紧紧围绕习近平总书记关于文艺的系列讲话精神，歌颂真善美，均体现了中国式的审美要求。

关键词： 黑龙江戏剧　《剧作家》　戏剧创作　戏剧理论

2017年是黑龙江戏剧繁荣的一年，适逢中国话剧诞生110周年，金秋九月在哈尔滨大剧院举办了由黑龙江、辽宁、吉林各省文化厅和内蒙古自治区文化厅联合主办的“菊苑流芳·第三届辽吉黑蒙四省区地方戏曲优秀剧

---

* 王彩君，《剧作家》编辑部主任。

目展演”。辽、吉、黑、蒙四省区地方戏曲优秀剧目展演活动已分别在长春和沈阳举办两届，并且大获成功，在业界受到广泛好评。演出的内容以四省区近几年创作的高水平的地方戏曲剧目为主。这是一次成果展示，体现了四省区为寻找地方戏曲艺术发展的新路做出的努力，意在通过集中展演这种形式，发现自身不足，学习他人长处，最终达到使四省区地方戏曲文艺创作水平共同提高的目的，为我国的社会主义文艺大繁荣大发展做出贡献。与此同时，在哈尔滨各大剧院，黑龙江省 2017 年新剧目调演和第六届“白淑贤杯”龙江剧调演暨小戏小品大赛的众多精彩剧目也隆重上演。三大项戏剧活动在冰城哈尔滨的 7 个剧场上演了大型剧目和小型作品共计 115 部，其中包括戏曲、话剧、舞剧、歌舞剧、儿童剧等多种戏剧形式。黑龙江省文化厅聘请了来自四省区的戏剧专家，在每场演出结束后就地召开戏剧研讨会，对参演剧目进行评论，给出具有建设性的建议，意在提高剧目质量，打造精品力作。为期 1 个月的展演，为初秋的冰城添上浓墨重彩的一笔。

2018 年 11 月 5 日，全国优秀现实题材舞台艺术作品展演（黑龙江分会场）在黑龙江省京剧院拉开帷幕。来自全省的 13 部现实题材作品分别在 5 个剧场隆重上演，演出单位涵盖了省市县三级院团，题材包括话剧、龙江剧、音乐剧、评剧、皮影戏等。黑龙江省文化厅还专门邀请了本省在戏剧领域内的知名专家对参展剧目进行观后点评。每场演出结束后，专家和主创人员趁热打铁，就地召开作品研讨会，对该作品做全面深入的点评。为期 18 天的展演结束后，省文化厅又组织相关部门和专家专门召开了现实题材研讨会，对此次黑龙江省现实题材剧目展演做总体分析和总结，分析黑龙江省在现实题材创作方面存在的问题，总结经验，以期取得更大的成绩。

综观这些剧作，无一不是紧紧围绕习近平总书记关于文艺的系列讲话精神，歌颂真善美，均体现了中国式的审美要求。

2017 ~2018 年，黑龙江省唯一的戏剧刊物《剧作家》牢记办刊使命、不忘初衷，依旧在戏剧这片疆土上默默地耕耘着，为剧作家和戏剧爱好者提供创作的园地，为戏剧理论家和跋涉在戏剧领域的莘莘学子提供了学术研讨的平台。立足黑龙江，面向海内外，为弘扬黑土文化、展现地域精神、反映伟大时代、繁荣戏剧事业献绵薄之力。《剧作家》还在以往 6 期的基础上，为了配合 2017 年三大项戏剧赛事和 2018 年现实题材戏剧展演分别出了 1 期增刊和 1 本专辑，选发了展演中优秀的剧本，并专门邀请评论员针对展演中的剧目撰写了深度评论，真正做到了戏剧文学与戏剧理论并重。

1987 年，由华东 7 省市戏剧期刊联盟发起的田汉戏剧奖，已经发展成由全国 17 家专业戏剧期刊参与的专业戏剧评奖活动。从第三十一届开始，田汉戏剧奖落座上海，由中国田汉研究会、田汉戏剧奖组委会主办，《上海戏剧》、《戏剧艺术》和《上海艺术评论》3 家单位承办，是中国最具权威性的戏剧文学评奖活动。该奖项的参评作品由各戏剧杂志推荐，专家评审，一以贯之地秉承“公平、公开、公正”和“宁缺毋滥”的评选原则，具有较高的含金量，在国内外戏剧界有较大影响。由《剧作家》选送的剧本和论文在第三十一届和第三十二届田汉戏剧奖评奖活动中喜获嘉奖。

第三十一届田汉戏剧奖：

戏曲《瀚海流芳》编剧王靖剧本一等奖；话剧《职场游戏》编剧高长顺、王建平、童铁英剧本三等奖；《2015 年北京戏剧艺术回望永恒问题框架里的逐渐变奏》陈鸿莉、贾颖论文二等奖；《韩国原创音乐剧商演模式启示》李大武论文三等奖。

第三十二届田汉戏剧奖：

新编古装京剧《奇女无容》编剧吕诚、朱红赤剧本一等奖；无场次话剧《隔墙有眼》编剧李栩剧木三等奖；《遁世？天堂——贝克特与他的晚年短剧（1977—1983）》刘米扬论文二等奖；《开拓之功　启迪之思——〈元明散曲小史〉小议》王瑜瑜论文三等奖。

一　戏剧创作百花竞放

（一）戏曲——传承中华文化基因

中国戏曲源远流长，历史悠久，蕴含了中华五千年的悠久历史和文化精髓。传统戏曲诗情画意、虚实相生、意境深远；现代戏曲情景交融、直抵心灵、净化灵魂。2015 年 7 月 11 日，国务院办公厅印发了《关于支持戏曲传承发展的若干政策》，高度重视和大力支持戏曲的传承、发展。习近平总书记在文艺工作座谈会重要讲话中也指出要弘扬传统文化，这是繁荣发展社会主义文艺的中心任务。

由吕诚和朱红赤编剧、徐培成导演、黑龙江省京剧院排演的新编古装京剧《奇女无容》，剧本发表于《剧作家》2017 年四省区展演专刊，剧中无容由梅花奖得主马佳饰演。该剧改编自 20 年前黑龙江省京剧院排演的京剧《赵王与无容》。不断打磨，并能经受住时间的检验的才是精品。京剧《奇女无容》的改编印证了这句话。战国时期，北方强胡屡次欺凌和侵略赵国，在一次战役中，赵王君臣被强胡围困在落鹰岩，紧急关头，民女无容出手搭救，赵王君臣脱离险境。无容被赵王视为神女，日夜思念。边关战事吃紧，赵王为了解边关之围，张榜选贤，许诺如有人能挂帅打败强胡，那么此人如是男子则封上卿，如是女子则纳为王后。

无容心怀家国，得知此事后，易容为丑女，揭榜后挂帅出征，得胜班师。可赵王却嫌其面目可憎想违背诺言，并因此陷入激烈的思想斗争。后来当赵王发现无容就是自己日夜思念的“神女”时，心中悔恨不已。而无容最终选择离去……该剧将喜剧与正剧、武戏与文戏巧妙地结合，其中武打场面气势恢宏——被誉为“女挑滑车”的单骑破兵车一折，就是其中的代表；而一些抒情场面又很清新，可谓柔肠百转、巧计千般，并且唱词优美、诗韵悠扬。此剧紧扣时代主题，深刻体现爱国主义、家国情怀，其体裁新颖、场面清新、内容深刻有趣、观赏性强，是不可多得的好剧目。该剧参加了 2017 年黑龙江省新剧目调演（荣获优秀剧目奖、编剧一等奖），在 2017 年第八届全国京剧节上博得一片掌声。

由黑龙江省著名剧作家费守疆编剧，中国国家话剧院副院长、中国戏剧家协会副主席王晓鹰导演，黑龙江省评剧艺术中心排演的大型现代评剧《千里沃野》，获 2017 年四省区展演优秀剧目奖。剧本发表于《剧作家》2015 年第 5 期，梅花奖得主、“新派”传人王向阳饰演剧中主演薛燕。该剧以现代农业农机合作社为题材，讲述了主人公薛燕悲剧喜唱，既有效地拉近了与观众之间的距离，又更加凸显了东北的那种苍凉和悲苦，情感达到了共鸣。

《白玉兰》发表于《剧作家》2017 年第 3 期，是一部新编现代龙江剧，编剧肖哲。该剧写的是以白玉兰为首的二人转艺人，在民族危亡时，舍生取义的故事。该剧是通过他人之口道出白玉兰的出众形象和高贵艺德。她美貌绝伦，才艺出众，从不给日本人演出，虽为二人转艺人，但她的民族气节和高尚情操令人敬佩。剧情结构紧凑，不拖沓，只用七八天的时间来完成白玉兰杀鬼子报家仇的壮举，直至高潮。该剧唱词生动，符合人物和剧种的特征。白玉兰第一次出场时的唱段——“启明星斜做个梦，两只恶狗闯到村里来逞凶。东边的羊圈咩咩叫，西边的牛棚闹哄哄。南边的马厩乱了套，北边的猪圈炸了营。全村的黄狗黑狗白狗花狗大狗小狗齐出动，两只恶狗被咬得皮开肉绽双双在河塘边上丧了命……”不仅具有龙江剧语言朴实风趣的特点，符合白玉兰二人转艺人的身份，还将白玉兰的性格特点和其在见到日本军时的态度活脱地表现出来，更为后面其杀日本军这一行动做了铺垫。可见作者在唱词上下足了功夫。用龙江剧来表现这一题材，做到了艺术形式与表现内容的高度统一。

新编历史戏曲《大金谥后乌林答》发表于《剧作家》2017 年第 3 期，编剧原伟军、李长荣。该剧以金朝时期为故事背景，塑造了独揽朝政、昏庸好色、夺弟之妻、锋芒外露的海陵王和篡权夺位、绵里藏针、以美妻做人质换取江山、似人似鬼的世宗皇帝形象。乌林答氏只能做一颗任由他们换取江山和稳固江山的棋子，备受心灵的折磨，最后换来的却是君叫臣死臣不得不死的悲惨结局。在男权当道的时代，女人并无自主权，不能主宰自己的命运，只能任人来摆布。悲哉！哀哉！无场次大型历史戏曲《梁红玉平冤》发表于《剧作家》2017 年第 2 期，编剧张瑶。该剧以南宋皇帝赵构贵妃沈昭容的命运轨迹为主线，借巾帼英雄梁红玉为沈昭容平冤这一事件，塑造了大气、仗义、为家为国的梁红玉和温婉、善良、才色出众的沈昭容两位奇女子形象。这两部剧都是借女子的命运来写历史的兴衰，继承了中国传统戏曲线状的、史传式的结构方式，把人物的主观情感融于外在事物之中，抒情性与戏剧性相融。

戏曲是中国古老的戏剧形式，以上剧目用中国特有的戏剧形式，或是从历史发展的长河中选取素材，或是对当下现实事件进行改编，均展现了中华民族深沉且高尚的精神追求、中华民族的精神基因和独具的精神标志，是中华民族得以生生不息、发展壮大的沃土。

（二）话剧——展现中国审美风范

话剧对中国来说是一种外来的戏剧形式，从20世纪初至今已走过100多个春秋，中国话剧在民族化的道路上不懈地探索着、实验着。

由叶君编剧、邢友江导演、齐齐哈尔市话剧团排演的无场次话剧《萧红》，剧本发表于《剧作家》2017年四省区展演专刊，该剧被省委宣传部列为2018年全省重点演出剧目。萧红，中国现代女作家，人们称其为20世纪30年代文学洛神，“民国四大才女”之一。她的一生虽然坎坷，但其从未向命运俯首，不断与苦难抗争。认识萧军是她命运的转折点，从此萧红开始进行文学创作，并一路前行。该剧在创作时仔细研究了史料，又以严谨的学术态度和艺术升华的视角，去解析并塑造萧红和在她生命中出现的各具特色的男性的形象，通过萧红一生中的几个经典片段，让人们在了解她“漂泊的一生，抗争的一生”的同时，更看到了她的内心——对文学的热爱和对艺术的执着。该剧还为观众呈现了那个时代优秀作家的形象——萧军、鲁迅、许广平、丁玲、端木蕻良……展示了在那个饱受苦难的时代中为民族、为国家奔走呼号、追求理想的文人的风骨，传达出积极的爱国主义情怀，这对当今社会风气将产生积极的影响。

该剧表现手法独特，利用插叙回忆了萧红儿时和祖父一起生活的幸福场景，其中还穿插了《生死场》（萧红的代表作）里的经典情景，不同的时空、现实与故事交织一起，其意蕴悠长，值得品味。尤其是金枝的命运与萧红本身形成对比，将萧红所展现的女性意识和她的悲剧命运更清晰地呈现给观众。舞台表现手法上，营造出了诗一般的气氛，既写实又写意，人物的塑造既符合其本来的身份和性格，又不失美感。萧红是我们黑土地上的女作家，因此该剧在选题上不仅有历史价值，更有地域价值。

由李继合编剧、王举导演、佳木斯市演艺有限公司排演的话剧《过江人》，剧本发表于《剧作家》2017年四省区展演专刊。该剧主要描写了旧时代二人转艺人艰辛漂泊的生活历程，以及这些小人物的爱恨情仇和用生命书写出的一段血色人生。该剧主题并不算宏大，也不属于主旋律的剧作，但该剧的立意很深刻，把人性放在性和金钱的面前，放在亲情、友情和爱情的面前加以考量，让人们思索什么才是值得我们追求的，在欲望面前我们失去了什么，应抛弃什么。因此，这是永恒的主题，当然更具现代意义。该剧突破了传统的话剧形式，在话剧这种西方传来的戏剧形式里融入了我国特有的艺术形式——二人转，将中西文化完美地结合，这是该剧的一大特色。剧中的6个人，特点鲜明、性格丰满，由于人物关系表现得很集中，所以冲突激烈，有很强的戏剧表现力，而在舞台美术的设计上写意、唯美，使人们获得了更加震撼的视听体验。

以上两部话剧均参加了黑龙江省2017年新剧目调演，获优秀剧目奖，也同是中国话剧民族化的最好例证。写实与写意相结合的舞台艺术形式是中国几代话剧人努力、追求的目标。

纪实情景剧《法官日记》发表于《剧作家》2017年第2期，编剧杨雅梅，由鹤岗市艺术剧院排演。该剧以鹤岗市时代楷模、工农区人民法院刑事审判庭审判员孙波为原型，以主人公孙波一篇篇饱含深情却又再平实不过的日记为线，串起该市发生的“非法集资大案”和轰动全国的重大“雇凶杀人案”等事件，讲述了孙波如何抵制诱惑与威胁，最终公正审判鹤岗市发生的两起重大刑事案件，以及挽救、帮教未成年人的故事。该剧有别于其他主旋律作品，没有宏大的故事背景和激烈的矛盾冲突，以真实生动的细节、饱满真挚的情感取胜，娓娓道来，既写了工作中的孙波，又写了家庭中的孙波，深刻阐释了孙波“用生命书写对事业的忠诚，用忠诚镌刻无悔人生”的崇高价值和人生追求。该剧还作为鹤岗市艺术剧院的代表剧目，参加了黑龙江省文化厅主办的新剧目展演暨中小型“中国梦”主题优秀节目汇报演出。

无场次话剧《隔墙有眼》发表于《剧作家》2017 年第 4 期，编剧李栩。编剧有意设计了一双大大的眼睛，在舞台后方的天幕上时时刻刻地注视着剧中发生的每一件事，正如剧名所指。该剧以现实主义创作方法为基础，围绕五个人物、一对闺蜜、两个家庭间的纠葛展开描述，写出了人在欲望的驱使下，一一步坠入深渊的过程。该剧没有一个类型化人物，展示了人物内心的多重矛盾、情感，在光鲜亮丽的外表下，人人都有着鲜为人知的一面。魏丽漂亮美丽，有令人羡慕的工作和幸福的家庭，但她并不安于现状，而是背叛丈夫，勾引官员施鑫玉，用美色换取想要得到的地位和金钱；施鑫玉是某权力机构高官，但他并没有用手中的权力为老百姓做事，而是用它来谋取个人利益，进行权钱交易，他掌控着整个剧情的走向，最后得到了其应得的制裁；高爽是个体发屋小老板，与魏丽是好闺蜜，本来可以凭手艺吃饭，过着踏踏实实的日子，但其羡慕魏丽的生活，总是想投机取巧，逼着老公往官场混；陈继辉是高爽的丈夫，由于项目招标失败，被公司开除，投资了一家宾馆，本应与高爽好好生活，但其迷恋裸聊，还在宾馆内安装摄像头，偷录那些来这儿的不正当男女的苟且之事，然后在网上出售进行敲诈；要说剧中正面的人物也只能是魏丽的老公——考古学家李翰墨，其外表忠厚老实，一副古董样儿，却在暗地里监视着媳妇的一举一动，其在剧中并没有起到推动剧情的作用，是个可有可无的人物。当今社会纷繁复杂，存在各种诱惑，我们该以何种态度来面对身边的各种诱惑呢？该剧针砭时弊，揭露生活中的阴暗面，警示人们“要想人不知，除非己莫为”，人终究要为自己所做的一切付出沉痛的代价。

以上剧作有质感、有温度，并且内涵深刻，遵循了文艺创作的内在规律，创作导向上贯彻以人民为中心的思想理念，弘扬新时代的中国精神，凝聚新时代的中国力量，以艺术的形式记录了文明的进程，响应了新时代的要求，展现了中国的审美风范。

（三）歌舞剧——尽显地域特色

我国疆域辽阔、地域分明，在几千年的文明历史长河中，各少数民族和汉族一样，共同创造了辉煌灿烂的中华民族文化，同时形成了本地域特有的风俗习惯和优秀文化。

大型原创赫哲族伊玛堪歌舞剧《拉哈苏苏》发表于《剧作家》2017 年四省区展演专刊，编剧谭博、导演徐丽霞、作曲程矛，由同江市文化广电新闻出版局出品。“拉哈苏苏”是赫哲语“故里”之意。该剧取材于世界级非物质文化遗产伊玛堪中的经典故事，展示了大量的自然风光和人文风采，使观众能更加深入地了解这一地域的历史文化和自然情况。

该剧描写了古时赫哲族两个部落迁徙至三江口，离别之际，双方部落的首领将族中传承圣物一件萨满神衣和一顶萨满神帽分开保存，并且约定有朝一日当圣物再次合一时，拥有两件圣物者将成为三江流域的赫哲族首领的故事。一晃二十几年过去了，当年两个部落同时出生的男孩已经长大成人，并成为各自部落的首领，在经历了误解后，他们依旧共同遵守当年的约定——共同建设“拉哈苏苏”美好的家园。

好的歌舞剧的创作难度非常大，要在讲好故事的同时，给歌舞留有充分发挥的空间。该剧在这方面结合得很好，以神衣、神帽的分离结构故事，让观众在简单的故事中欣赏气势恢宏的舞蹈和聆听直抵心灵的歌唱。同时，将赫哲族的语言、宗教、礼仪、服饰、民俗及伊玛堪、萨满舞、天鹅舞、鱼皮传统制作技艺等非物质文化遗产展示给观众。该剧作为全国十台少数民族优秀剧目之一，晋京演出。

大庆歌舞团排演的大型民族舞剧《永远的秧歌》，剧本发表于《剧作家》2017 年四省区展演专刊，编剧戴立然、导演王举。国家艺术基金 2015 年度资助项目，为黑龙江省首部获得国家艺术基金资助的舞剧，也是黑龙江省 2016 年重点文化产业项目。该剧以东北秧歌为表现形式，以厚重的黑土地为背景，以粗犷豪放的东北精神为底蕴，讲述了“秧歌女”——绢儿的传奇人生。秧歌是中华民族独有的艺术形式，在人们的生产劳动中产生，是非物质文化遗产，民族特色、地域特色显著。该剧用独特的语汇，来表现大东北小人物的命运轨迹，既是一种精神的象征，又代表了一种生命的传承，展现了北方人勤劳勇敢、自强不息的民族精神。中华大秧歌，美誉传天下。

红绸舞天地，欢乐进万家……

《拉哈苏苏》和《永远的秧歌》均为2017年黑龙江省新剧目调演参演剧目，并均获导演一等奖，《拉哈苏苏》还荣获优秀剧目奖。

原创音乐剧《太阳的部落》发表于《剧作家》2017年第2期，编剧高长顺、王建平，导演刘南、王艳君，作曲隋利军，由黑龙江省艺术职业学院排演。《太阳的部落》从伊玛堪中撷取了民族风俗、人物塑造、宗教礼仪等有代表性的风俗特征，以音乐剧的形式通过亲人遇难、部落毁灭、托孤异乡、萨满附体、重建家园等主要情节讲述了莫日根希尔达鲁在神灵的帮助下，历经千难万险，打败强盗黑汗一伙，为父母报仇的生动故事，塑造了民族英雄莫日根的光辉形象。

民族音乐剧《萨哈莲》发表于《剧作家》2017年第6期，编剧贾非，是一部现代萨满史诗。萨哈莲是中国北方民族——满族、达斡尔族、鄂温克族、鄂伦春族、赫哲族等少数民族的共同语汇，意为红花襄岸的大江。黑龙江古称萨哈莲江。该剧以倒叙的手法，让老萨哈莲这一见证人以歌唱人的身份，讲述了包括其在内四代人的缘分、情感以及生活经历，写出了知青一代共同的苦楚和特有的情感经历，是用南北方民族特有的“萨满”宣叙史诗讲述一个现代故事。该剧还用诗意的表现手法将山林诸神化作歌者、舞者，增加全剧的神秘色彩，凸显萨满史诗的特点。

只有创新才能使民族文化焕发出勃勃生机，只有结合底蕴深厚的民族文化的创新，才能创作出绽放在世界舞台上的佳作。

（四）儿童剧——助力儿童成长

优秀的儿童剧是社会生活的高度凝练和缩影，它通过塑造生动的艺术形象和带有启发性的故事，帮助孩子明辨是非及善恶美丑，在孩子们的心灵深处埋下纯真、善良、美好的种子。综观当今，国产儿童剧中真正适合孩子们、在他们成长的路上起到指引方向的好作品并不多。哈尔滨儿童艺术剧院近年来排演的大型儿童剧《湖边飞来一只丹顶鹤》为黑龙江省2017年新剧目调演参演剧目，剧本发表于《剧作家》2017年四省区展演专刊，编剧孙喜军、马戈。

故事围绕着一只小丹顶鹤的命运展开，以新颖、独特、轻松、流畅的舞台呈现，通过对小鹤丹丹、秋沙鸭秋秋、大鹅老安、富贵猫和霸王鼠等艺术形象的塑造，讲述了小动物们救助小鹤丹丹，帮助它飞向蓝天的曲折故事。该剧表现了赞美自然、呼唤万物和谐、惩恶扬善的主题，让小朋友们分清楚谁是敌人，谁是朋友，引导其树立正确的人生观。

同为黑龙江省 2017 年新剧目调演参演剧目的大型儿童人偶剧《小熊魔幻奇遇记》由牡丹江市文化艺术中心创作排演。该剧一开始就将小朋友们带入一个紧张的情境里——大魔王要吃掉森林里所有的小伙伴，在这危急时刻，勇敢、善良的小熊卡尔挺身而出，他不怕路途遥远，克服一切艰难险阻去九重山拜树神爷爷为师，刻苦学艺，学到本领后返回森林，大家在卡尔的带领下，同心合力，击败了大魔王，森林又恢复了往日的安宁。全剧充满了奇幻色彩和正能量，通过小熊卡尔和大魔王的鲜明对比，让小朋友认识到什么是真善美，什么是假恶丑。剧中还有与小朋友们互动的环节，充分调动了孩子们参与的积极性，丰富了他们的想象力，让孩子们在笑声中和欢呼声中受到教育，寓教于乐。

此外，还有大庆市话剧团的儿童剧《玩具王国》（国家艺术基金资助项目）。这是一部具有现实教育意义的大型原创奇幻儿童剧，呼吁家长重视家庭教育，引导孩子健康茁壮成长，形成“为国教子”和“为社会育才”的教育观念和民族意识，为实现伟大复兴的中国梦而努力奋斗。

孩子是一个国家的希望，艺术作品能够助力孩子们的成长，让孩子们在艺术作品中认识到什么才是真善美，树立正确的价值观和人生观，启迪他们的思想，开发他们的创造性，这是一件非常有意义的事情。

（五）小戏小品——多元的题材选择

综观 2017 年《剧作家》上发表的小型作品，题材多元、形式各异、雅俗共赏。《我是如此爱你》（话剧小品，编剧郭玲玲）体现了对阿尔茨海默病患者的关注，“你养我长大，我陪你变老”反复回荡在我们耳畔。《渡口相争》（小戏，编剧刘红）语言幽默，以两家在渡口争抢接水稻专家这一事件展开冲突，写了在国家政策的大力支持下，专家下乡支农、共筑中国梦的故事。《装穷扮富》（话剧小品，编剧尚德文）是对国家精准扶贫政策的歌颂。《鸿门宴》（话剧小品，编剧王子）塑造了一位现实生活中随处可见的爱岗敬业、不为金钱折腰的再平凡不过的工人的形象。《母爱》（话剧小品，编剧辛彩屏）的编剧以细腻真挚的笔触写了一名身为母亲的普通的医务工作者奉献给患者的爱。“如果一个母亲只把母爱给了自己的孩子，那不叫伟大，真正伟大的母爱是用自己一个人或一个家庭的情感付出换得更多人、更多家庭的美满……”《包公受礼》（二人转，编剧柳盛林）的编剧是黑龙江省著名的地方戏、二人转专家，该剧遵循二人转的艺术规律跳出跳入，演员随时在角色之间转换，以古代真实人物包公为原型，塑造了一个奉旨做寿，仍不改清廉之本的包公形象。该剧的现实意义正如剧中所言：“以铜为镜，可以正衣冠；以古为镜，可以知兴替；以人为镜，可以明得失。”《网络事件》（小品，编剧鄢辑吾）以网络的正面和积极一面入手，写了杨小花在被侮辱后求助于网络，热心的网友为其出招，制裁犯罪者的故事。在网络的负面影响铺天盖地时，该剧起到让大家正视网络的作用。凡事都有两面性，要看我们怎样加以利用。《路上捡个妈》（拉场戏，编剧亦言）以主人公王冬梅在路上捡回来一个患有间歇性失忆、精神分裂症的老太太结构故事，由此安静的家庭不再安静——天翻地覆、人仰马翻，公公婆婆也跟着受折磨，最后王冬梅的真情感动了公婆。该剧让读者在看时笑中有泪，在看后感受到人间处处自有真情在。《春风化雨》（单出头，编剧许丹）中展示了“新农村赛天堂，齐心协力奔小康”的美好图景，这是中国梦的最好体现。

这些小作品从纷繁复杂的当代生活和现实中存在的形形色色的人物中提取素材，结构剧作，具有深刻的现实意义。俗话说文艺作品是时代的一面镜子，可以映照出我们自己和我们所生活的社会。

二　戏剧理论关注历史与当下

习近平总书记在党的十九大报告中强调“发扬学术民主、艺术民主”，《剧作家》除了发表了一些思想性和艺术性俱佳的剧作外，在坚持戏剧文学与戏剧理论并重的基础上，还刊发了一些有影响力的戏剧理论文章，包括以连载的形式推出的戏剧名家的戏剧讲座，戏剧理论家们对古今中外戏剧研究成果的展示，当今戏剧舞台上演的作品分析，以及反映当下世界各地不同风格流派的新剧目和戏剧理论前沿的新思维、世界戏剧的未来走向等的文章，观念新，信息量丰富，学术水平高，理论价值丰厚。

（一）梳理黑龙江戏曲流变史

《黑龙江地域戏曲流变史——中国北方戏曲的塞外播迁》是上海戏剧学院教授、研究生导师、著名戏剧理论家张福海教授在《剧作家》以连载的形式发表的戏剧理论著作。从 2017 年第 1 期开始，已连载一年。张福海教授的研究方向是中国戏曲史和戏曲理论，其主要致力于中国戏剧史和近现代戏剧理论研究，主张重建和再造当代中国戏剧，实现中国戏剧的现代性。也许因为张福海教授是从黑龙江走出去的，眷恋着这片黑土地，所以才有了该文。古代黑龙江地区一向被人们认为是没有文化积淀的穷荒绝域，进入近代后，才有少数史学家和考古学家开始对黑龙江地区予以关注。该文开篇从梆子腔的流入、齐齐哈尔的戏曲活动和散见于其他地点的戏曲活动三方面谈了清代前期封禁政策下的戏曲活动。在清末开禁放垦后的戏曲五十年概述中，作者论述了二人转、拉场戏的起源及流变，京剧的传入及流布，评剧的流入，梆子腔的繁荣及流布，戏曲舞台建筑的兴起和建设。张教授以时间为经，以黑龙江各地的戏曲活动和剧种为纬，梳理了清代黑龙江各地各剧种的发展。至此黑龙江地区清代的戏曲活动已落下帷幕，此后作者以民国时期黑龙江地区的戏曲发展开启了新一年的连载。

（二）评析当下戏剧舞台作品

马克思哲学理论说，理论来源于实践，反过来又指导实践。同样，戏剧理论来源于戏剧创作实践，反过来又指导戏剧创作。2017 年《剧作家》

依旧给戏剧理论家及学者们对古今中外的戏剧研究提供了交流的平台。刘米扬的《遁世？天堂——贝克特与他的晚年短剧（1977—1983）》（《剧作家》2017年第1期）、马天恒的《文化保守主义视野下的王仁杰剧作论》（《剧作家》2017年第1期）、段金龙的《董每戡剧学的西方视野与对话意识》（《剧作家》2017年第1期）、杨昊冉的《中国古典戏曲编剧理论思维探微——从李渔“立主脑”说起》（《剧作家》2017年第4期）、京锐的《试论安托南·阿尔托的戏剧思想和舞台追求》（《剧作家》2017年第4期），是对古今中外的戏剧家及其作品的研究。薛嘉嘉和尹传兰的《破茧之蛾与扑火之蛾——杜丽娘与朱丽叶主体意识之比较》（《剧作家》2017年第4期）、张生筠的《中国戏曲与西方话剧的异同比较》（《剧作家》2017年第4期）、贾颖的《寓意剧的范式原则与中国戏剧寓言式思维比较》（《剧作家》2017年第1期）是对中西方戏剧的对比研究。李隼的《汉代戏剧的演进》（《剧作家》2017年第5期）是对戏剧史的研究。刘轩的《恰三春好处无人见——试窥昆剧闺门旦表演艺术特征》（《剧作家》2017年第3期）是对剧种的研究。张青飞的《别样的狗儿爷：秦腔〈狗儿爷涅槃〉文本与舞台的再创造》（《剧作家》2017年第1期）、段沛的《都市新淮剧〈武训先生〉及其启示》（《剧作家》2017年第5期）、顾振辉的《〈少年金钗男孟母〉观后杂感》（《剧作家》2017年第4期）、陈洪起的《迷误、失真、晦暗的历史画卷——话剧〈白鹿原〉之推敲》（《剧作家》2017年第2期）、李志娟的《〈无人居住在此〉：鬼怪文化中的泰国》（《剧作家》2017年第6期）等都是对当下戏剧舞台上演的作品的评析。在国家“大力扶持戏曲艺术”的大环境下还组织刊发了一批相关的理论文章，如赵锡怀的《当前戏曲传承与发展面临的问题及解决问题的建议》（《剧作家》2017年第5期）、鄢辑吾的《戏曲保护路线图》（《剧作家》2017年第3期）等。研究古今中外戏剧学术发展的历史，不仅是对戏剧研究百年成就的审视，更是使从事戏剧创作的人们全面系统地了解戏剧艺术，从而用理论指导实践、回归于艺术实践，可谓意义深远。

《剧作家》会坚持以人民为中心的创作导向，坚持“二为”方向和“双百”方针，认真贯彻党的十九大精神，办好黑龙江省唯一的专业戏剧期刊。突出为人民创造美好生活的时代主题，突出建设边疆文化大省的中心任务，讲好龙江故事、新时代中国特色社会主义故事，不断推出讴歌党、讴歌祖国、讴歌人民、讴歌英雄的精品力作，在弘扬社会主义核心价值观中繁荣文艺创作，为振兴黑龙江戏剧做出新的贡献。

B.17
"陈斋新韵诗"：一册孕育于龙江山水的新诗"网刊"

陈爱中　包晰莹*

摘　要： 作为黑龙江省乃至全国的重要新诗传播、刊发平台，"陈斋新韵诗"微信公众平台在2017～2018年度共出版了281期，设计了"北方诗话""名诗名点""诗讯及书讯"等丰富多彩的板块，集中推出了近百位诗人的诗作。重点推出新人、鼓励新作，获得了良好的社会效益和文化效益。与在哈高校联合举办新诗教育活动，在果戈里书店、知间书坊等哈尔滨有影响力的书店举办了数十场新诗朗读分享会。既丰富了市民的文化生活，又培育了大学生们的阅读鉴赏能力。

关键词： "陈斋新韵诗"　龙江　新诗

"陈斋新韵诗"微信公众号（网络文学），为哈尔滨师范大学文学院师生创建的一个专门刊发汉语新诗创作和批评成果的网络文学平台，成立于2016年6月。

一　助力地方文化繁荣发展

大力繁荣龙江诗歌文化，加大对龙江地域诗学的宣传与推广力度，在兼

* 陈爱中，哈尔滨师范大学文学院教授；包晰莹，黑龙江八一农垦大学人文学院助教。

顾传统媒体传播习惯的同时，充分发挥现代信息技术的传播优势，达成将优秀文学、文化服务于时代思想政治工作的需求，奉行让更多体现主旋律、传播正能量的思想教育资源联网上线、实现资源有机共享的信条。在网络文学层面丰富地域诗学的内涵，展现龙江汉语新诗创作与诗人队伍建设的实绩，促进中西诗歌文化的交流，提高新诗接受者的阅读水平，践行诗歌教育使命，服务于社会主义核心价值观在文学领域的培育和践行。

从“兴观群怨”到“正得失，动天地，感鬼神”，诗歌的教化功能，在营构健康和谐的社会文化过程中所具有的特殊意义与所发挥的不寻常作用，向来受到重视。无论是诗歌的审美培养功能还是社会属性都或多或少地在某种程度上影响着人们的社会活动与文化选择。“新世纪以来，诗歌媒介超常速度的发展和革新使得诗歌生态近乎发生了一场革命性的巨变，诗歌的形态、生产、传播、接受和影响无论是在渠道还是在广度上都发生了巨大变化。诗歌的日常化时代正在到来，而这正是诗歌碎片化时代的到来。”① “下凡”的举动让诗歌有了更多衷心的读者与热情的受众，碎片化阅读的横空出世更是让人们充分感受与体验到阅读的方便与快感。愿乘风破万里浪，弄新时潮于股掌，立足高校思想文化建设与繁荣龙江诗歌文化的“陈斋新韵诗”微信公众号的创立正是面对诗歌日常化与阅读碎片化双峰并峙的时代拷问所递交的一份答卷。

“诗歌不单是个人生活的显影，诗歌还是时代屋顶上伸出的针尖，在第一时刻感受到幽微的社会变化以及群体剧烈的颤动”，② 管中窥豹，可见一斑，诗歌是进入社会的敲门砖与走向生活的通行卡。在全民实践社会主义核心价值观的大背景之下，切实发挥好网络文学引领与宣传作用的必要性不言而喻。立足高校思想文化建设与繁荣龙江诗歌文化的“陈斋新韵诗”微信公众平台的创立与发展正是乘借了网络传播的迅捷性与龙江文化建设必要性

---

① 霍俊明：《不断重临的起点》，语文网，2018 年 11 月 14 日，http：//book. newdu. com/a/201811/14/133613. html。

② 霍俊明：《不断重临的起点》，语文网，2018 年 11 月 14 日，http：//book. newdu. com/a/201811/14/133613. html。

的“东风”，在饱受龙江沃土与先进地域文化滋养的同时，公众号也在努力完成对优秀地域资源的反哺。“陈斋新韵诗”公众平台主推龙江诗人诗歌、关注龙江诗歌事件，尤其注重对龙江地方汉语新诗的刊发与评论。扎根龙江，服务龙江，歌颂龙江，建设龙江，为繁荣地方文化与扩大地区人才储备提供了强有力的助力。

二　为青年诗人与诗评家搭建舞台

“陈斋新韵诗”主持人（主编）为哈尔滨师范大学文学院陈爱中教授，主要编辑人员为哈尔滨师范大学文学院中国现当代文学专业硕、博研究生。该公众号立足于微信公众平台的新媒体样式，是将高等教育的智力优势反哺于社会、服务于地方文化建设的公益性新媒体。以网络为主要传播载体，同时兼顾报纸、杂志等纸媒以及书店等线下实体，呈现立体型的汉语新诗创作、传播与接受的宏观格局。

“陈斋新韵诗”于2016年萌芽，从2017年1月1日至2018年12月31日，两年的时间里，累积有154547人阅读到“陈斋新韵诗”微信公众号所推送的281期图文消息，其中1700余人成为常态阅读人群。累积阅读数为255386次，14330人参与话题会话达33314次，29531人通过好友转发图文消息达43683次，100092人的朋友圈转发图文消息达133921次，10594人通过其他方式转发图文消息达44468次。累积收到留言802条（2017年337条，2018年465条），留言涉及读后感、对公众号发展的建议与意见及期望等诸多方面。从数据走势看呈现显著上升的趋势，这足以看出“陈斋新韵诗”越来越大的影响力。

2017年1月1日至2018年12月31日，共推出281期原创图文消息（2017年171期，2018年110期）。分别以同题诗、学院批评家系列、名诗名点、北方诗话、“龙江新诗”诗人系列、与诗相关、同读一首诗、新诗研究课程诗歌创作与实践、诗讯及书讯、诗学专栏等十个板块进行呈现。打铁还需自身硬，为了履行好地域诗学传播的使命，从2017年到2018年，“陈斋新韵诗”秉承一纵多横的发展策略不断丰富与完善自身。纵向优化时间配置，在质量上下真功夫，尽心将每一期做精做细，公众号对 2017 年近乎每日一期的密集度进行了调整，从 2018 年起基本保持三日一期的出刊速率，在更加迎合受众群体阅读心理的同时，也确保把每一期打造成独一无二的精品。横向创新增添板块，在构思上花大气力，2018 年开年第一刊即为祝福新年的节日特刊，“下凡”的诗歌在新媒体层面上实现了与民同乐的夙愿。除了节日特刊外，2018 年新增了“亚翁说诗”系列，集中呈现罗振亚教授为几部诗学专著所作的序言以及书籍作者的后记，带领诗歌读者走近诗人及诗评家，进而走进他们的世界。新增“诗讯及书讯”板块，有导有读，助力读者第一时间掌握书籍及线下活动的第一手资料，为诗、书的传播提供更多可能。“学术沙龙”的出现为高校学生提供了思想交流与借鉴学习的平台。高校是“陈斋新韵诗”的基点与阵地，“陈斋新韵诗”更是为青年诗人与诗评家搭建了展示的舞台。形式多样的板块以新诗创作为立足点，以龙江本地诗人的原创汉语新诗为主，辅以诗歌批评理论以及线下诗歌活动推介，以诗意视角作延伸，记录了难得的诗情，也见证了龙江诗歌的成长。

除“网刊”的推送外，“陈斋新韵诗”联合《黑龙江日报》、东北网等地方大型纸媒和网媒，整合哈尔滨的哈尔滨大剧院、果戈里书店、知间书坊等实体文化资源，组织开展了多次极富意义的线下诗歌活动，举办以“诗在哈尔滨”为主题的新诗对话朗读会，得到了诸如《黑龙江日报》、《黑龙江手机党报》、新浪网、新华网、搜狐网、凤凰网、网易新闻、中国青年网、东北网、哈尔滨新闻网、诗生活网、长城网、新民网、多彩贵州网等的关注、转载与报道，得到了诸如“哈尔滨大剧院”等公众号的支持，为龙江诗歌文化的繁荣注入了新鲜的力量与活力。

三　板块设计以新诗理论批评为重

2017～2018 年“陈斋新韵诗”公众号各板块基本信息开列如下（2017 年之前的信息不计入此次统计的范围之内）。

板块一：学院批评家系列（共10期）

张德明（2017.01.06），颜同林（2017.01.17），张立群（2017.01.22），王士强（2017.02.02），熊辉（2017.02.12），荣光启（2017.02.21），李润霞（2017.03.01），傅元峰（2017.03.16），颜炼军（2017.04.02），董迎春（2017.11.11）。

学院批评家板块主要立足于新诗批评，偏重诗歌理论，培养专门的诗歌批评人员，着力于学院派的诗歌批评与诗歌创作的良好沟通，对于想从理论意义上真正介入诗歌文本的读者来说是不可或缺的。在评论的过程中，诗人们坚持正确的政治导向，从多重意义上对诗歌进行解读，兼具学术性与社会性，就刊发群体而言，涵盖大学教师、诗人以及诗歌评论从业者等多种职业。由此可以看出，这一板块的开设对于丰富高校的学科教育以及更充分发挥高校的学科优势具有举足轻重的作用。

板块二：北方诗话（共52期）

《情怀，让诗歌更为深邃——对话桑克》（2017.01.15）；《冬天，与诗歌相关的灯火——对话张曙光》（2017.01.20）；周作人之《饮酒》（2017.02.14）；《唯有旧日子带给我们幸福》（2017.02.22）；胡适之《梦与诗》（2017.02.24）；徐志摩之《再别康桥》（2017.02.27）；张曙光之《岁月的遗照》（2017.03.02）；《诗与音乐：鲍勃迪伦事件》（2017.03.03）；《有一些诗想念雪夜》（组诗）（2017.03.06）；林徽因之《你是人间的四月天》（2017.03.10）；《李琦诗歌印象》（2017.03.12）；《羁旅、古意及可能性写作——杨勇诗歌印象》（2017.03.17）；张枣之《镜中》（2017.03.21）；《诗歌的塞外行者——对话庞壮国》（2017.03.24）；《杀狗的过程》（2017.05.29）；李金发之《弃妇》（2017.06.01）；沈尹默之《月夜》（2017.06.23）；《哈尔滨写作与汉语新诗》（2017.07.07）；《振亚先生，斯人也》（2017.09.02）；《诗歌地理学与哈尔滨诗歌写作》（2017.09.12）；《假寐中的城市想象——包临轩诗歌阅读札记》（2017.09.14）；《“智性写作”的新景象——冯晏诗集〈镜像〉读札》

(2017. 10. 30)；《哈尔滨写作与汉语新诗》（2017. 11. 08）；《黑龙江新诗民刊概观》（2017. 11. 20）；朱湘之《采莲曲》（2017. 12. 03）；《史学意义上的学术旅行》（2017. 12. 10）；方玮德之《秋夜荡歌》（2017. 12. 16）；闻一多之《忘掉她》（2017. 12. 24）；刘半农之《教我如何不想她》（2017. 12. 27）；冯至之《十四行集·二》（2018. 01. 04）；穆旦之《诗八首》（2018. 01. 19）；卞之琳之《无题四》（2018. 02. 03）；陈梦家之《小庙春景》（2018. 02. 24）；艾青之《我爱这土地》（2018. 03. 07）；北岛之《回答》（2018. 03. 10）；逄增玉之《〈行走的瓦片〉读后》（2018. 04. 29）；罗振亚之《〈行走的瓦片〉印象谈》(2018. 05. 03)；《先锋诗歌：在言语探险中追问生命》（2018. 05. 19）；梁久明之《〈土地上的居住〉创作谈》（2018. 06. 13）；韩东之《有关大雁塔》(2018. 08. 20)；杨勇之《泥土里所诞生的诗歌——致诗人梁久明》(2018. 09. 26)；杨勇之《瓦片行止成诗篇——致诗人陈爱中》（2018. 09. 30)；卢桢之《立足文化地理学评述龙江新诗》（2018. 10. 12）；宋心海《中元节》(2018. 10. 29)；《我看见秋后的田野上有一株向日葵》（2018. 12. 06）；杨勇之《魔术师》（2016. 12. 10）；卢桢之《沉潜与反思：评罗麒〈21 世纪中国诗歌现象研究〉》（2018. 12. 11）；梁久明之《具体的爱情》（2018. 12. 12）；黎阳之《玫瑰红在忧伤的时代》（2018. 12. 15）；杨拓之《空椅子》（2018. 12. 20）；包临轩之《北纬 45 度》（2018. 12. 26）；陆少平之《玻璃器皿》（2018. 12. 27）。

北方诗话板块主要刊发内容为与诗歌有关联的文学作品及评论，诸如散文、杂文、随感、读札等，于诗歌解读中让读者看到除却诗歌文本之外的另一种可能。在刊发内容的选择上，涉及经典作品（如 2017. 02. 24 的《梦与诗》，2018. 03. 07 的艾青之《我爱这土地》）、紧跟时代潮流的流行作品(如 2017. 03. 03 的《诗与音乐：鲍勃迪伦事件》)、诗评家所做的诗歌评论(如 2017. 03. 17 的《羁旅、古意及可能性写作——杨勇诗歌印象》)、诗学论文（如 2018. 05. 19 的《先锋诗歌：在言语探险中追问生命》)，关注到了哈尔滨写作与汉语新诗间的密切关系，并由此展开了多期对哈尔滨新诗写作的讨论，显示了对地域文学发展的关注与思考，以深刻的思想与独特的视角为读者提供了走进诗歌的另一种可行方式。2018 年北方诗话板块在刊发内容上取得了新质上的突破，刊发了一系列龙江诗人的近期佳作及高校学生对此做出的独有见解的评论，为年轻的诗歌评论者提供了一个展示诗学思维与提升写作能力的平台，更为大众提供了一条走进诗人内心世界的通道与诗歌殿堂的新入口。

板块三：名诗名点（共9期）

《谷禾的诗》（2017.01.11）；冯晏《清晨的候机大厅》（2017.02.17/2017.02.18）；杨河山《开往雪国的列车》（2017.03.07）；冯晏《窗口》（2017.03.25）；张枣《祖国》（2017.04.01）；潘红莉《圣阿列克谢耶夫教堂的午后》（2017.04.05）；宋心海《朵朵莲花》（组诗）（2017.09.20）；《赵亚东的诗》（2017.10.23）。

名诗名点板块侧重名家诗歌评论，以评论的思想性与理论性见长，鞭辟入里的诗歌评论道出诗歌的理趣之美，尤其是对龙江地域诗人的诗歌评论，让读者更好地把握龙江诗歌的脉络与情状。

板块四：新诗研究课程诗歌创作与实践（共17期）

《周敏玲的诗》（2017.04.07）；《吴壮的诗》（2017.04.08）；同读一首诗之伟钟《蛮荒的双重诉说》（2017.04.09/2017.04.13）；同读一首诗之王家新《最后的营地》（2017.04.22/2017.04.23）；同读一首诗之《太阳岛的秋天》（组诗）（2017.04.29）；《一场讨论，与诗歌有关》（2017.05.05/2017.05.06）；同读一首诗之杨河山《开往雪国的火车》（2017.05.21）；同读一首诗之包临轩《楼顶吹风》（2017.05.23）；王友军《无题诗十首》（2017.10.18）；同读一首诗之《妹妹你是水》（2018.03.16）；包晰莹《〈行走的瓦片〉印象谈》（2018.05.09）；《学术沙龙之学术人文的阅读基础》（2018.11.02/2018.11.14）；向成《日子与村庄》（组诗）（2018.12.25）。

新诗研究课程诗歌创作与实践板块以高校思想文化建设为立足点与出发点，刊发在校大学生原创诗歌及诗歌评论，将高校课程以网络形式进行延伸，力图以此丰富网络文化优秀产品的供给，为龙江诗歌发展培养更多的

“后备力量”。同读一首诗活动的发起得到了同学们的大力支持与热情参与，通过良性互动培养同学们的发散性思维，无论于教于学都是好事一桩。“陈斋新韵诗”以高校作为发展平台与阵地，将充分发掘其人员及资源优势，为龙江新诗注入更多“新鲜血液”。

板块五：“龙江新诗”诗人系列（共119期）

杨拓（2017.01.02）；张永波（2017.01.03）；张静波（2017.01.04/2017.09.22）；田海君（2017.01.05）；李培勋（2017.01.07）；海小粟（2017.01.08）；王国良（2017.01.09）；郑晓云（2017.01.10）；潘永翔（2017.01.12）；逯春生（2017.01.13）；邵龙（2017.01.14）；高也深（2017.01.16/2017.03.08/2017.09.10）；青林（2017.01.18）；蒋玉（2017.01.19）；王福信（2017.01.21）；陈泰灸（2017.02.01）；孙英辉（2017.02.03）；张玉秋（2017.02.04）；郭富山（2017.02.06）；安澜（2017.02.07）；曹立光（2017.02.09）；安然（2017.02.11）；苏美晴（2017.02.13）；高绪波（2017.02.15）；张雪松（2017.02.16）；迟慧（2017.02.19）；雷茗（2017.02.23）；欣郁（2017.02.25）；红雪（2017.02.26）；阎逸（2017.03.04）；刘禹（2017.03.09）；葛筱强（2017.03.11）；罗凯（2017.03.13）；赵亚东（2017.03.18）；刘丽萍（2017.03.22）；范永康（2017.03.23）；红茶花（2017.03.27）；王如（2017.03.29）；薛磊（2017.03.30）；李广生（2017.03.31）；魏巍（2017.04.06）；陈爱中（2017.05.16/2017.06.10/2017.06.25/2017.07.31/2018.02.06/2018.11.26）；吴井泉（2017.07.08）；李德武（2017.08.14）；张伟栋（2017.08.19）；冯晏（2017.08.24）；吉庆（2017.08.26）；桑克（2017.08.28）；包临轩（2017.08.30）；吴铭越（2017.09.01）；袁永苹（2017.09.04）；张曙光（2017.09.06）；文乾义（2017.09.08）；高也深（2017.09.10）；单世臣（2017.09.16）；舟自横（2017.09.18）；张静波（2017.09.22）；梁久明（2017.09.26/2018.02.09）；林建勋（2017.09.28）；王宏军（2017.09.30）；达文（2017.10.02）；陈铭华（2017.10.06）；赵亚东

(2017.10.08)；王晓波（2017.10.10）；赵金钟（2017.10.11）；姜超（2017.10.15）；杨勇（2017.10.21）；周航（2017.10.27）；阎世杰（2017.11.02）；柴高洁（2017.11.05）；方文竹（2017.11.14）；午言（2017.11.17）；道非（2017.11.23）；雨更（2017.11.26）；孙念（2017.11.29）；杨洲（2017.12.02）；时培建（2017.12.05）；赵思运（2017.12.08）；包临轩（2017.12.11/2018.04.17）；拜雪（2017.12.15）；李晓（2017.12.18）；黑多（2017.12.20）；南樊（2017.12.22）；杨拓（2018.01.13）；杨美宇（2018.02.12）；梁潇霏（2018.02.17）；郭富山（2018.02.20）；宋心海（2018.03.29/2018.07.04）；杨河山（2018.04.08）；冯晏（2018.04.19/2018.07.30）；水子（2018.04.21）；孙道真（2018.04.24）；许慧佳（2018.04.27）；姜米粒（2018.05.05/2018.11.30）；陈岩（2018.05.07）；陆少平（2018.05.11）；青林（2018.05.16）；王志娟（2018.06.06/2018.09.23）；王宏军（2018.06.07）；叶美（2018.08.28）；李玉明（2018.10.09）；王丽华（2018.10.17）；张成立（2018.10.26）；郭婧（2018.11.12）；李方权（2018.11.17）。

“龙江新诗”诗人系列板块以推送龙江本地诗人的原创诗歌为主，引领读者探寻龙江诗歌的发展脉络，预测龙江文学的发展前景，为龙江文化的繁荣积累了丰厚的诗歌素材。在兼具哲思与社会属性的诗歌创作中看出诗人对龙江文化的热爱，经由网络途径进行推广与传播，韵律自由与内涵深挚的诗歌体现着与社会主义核心价值观的契合，诗歌中所流露出的对龙江盛景的喜爱，对龙江旅游文化业发展具有一定的促进作用（如2017.09.28对大兴安岭景物的描绘；2017.07.31对回龙湾的书写）。

板块六：与诗相关（共18期）

《曾一智：在霁虹桥中“返乡”》（2017.02.20）；《校园诗苑的丁香花开——哈尔滨师范大学诗歌社团简史》（2017.02.28）；《有诗，都会是幸福的——致德里克·沃尔科特》（2017.03.19）；吕家乡《学诗当学白茹云》（2017.03.28）；《玫瑰与灰尘——想起阿多尼斯》（2017.04.24）；《井冈山的诗》(2017.05.19)；冯晏《感受严力的纽约》(2017.07.01)；陈爱中《欧洲纪行之莱顿漫步》(2017.07.18)；陈爱中《石榴》(2017.10.04)；《在初冬，校园的绿叶黄了落了》(2017.12.12)；《祝福新年》(2018.01.01)；《今宵今岁尽，又见一家春》(2018.02.15)；诗人故事之冯晏《时间让往事越来越近》(2018.02.23)；《下雪了，逶迤而来的诗》(2018.03.04)；《遗产》及其他(2018.03.27)；《夜幕下的哈尔滨》及其他(2018.04.03)；基因错觉与《湮灭》及其他(2018.05.01)；《新年献诗》(2018.12.31)。

与诗相关板块展示了由诗歌而生发的一系列感悟及诗学论文、节日专刊等，让读者看到诗歌除形式之外的内蕴魅力所在。用无处不在的诗歌及诗学思维引领读者以一颗善感之心发现与体验生活中的诗情诗美，与此同时，感悟名家语言魅力，借鉴名家写作技巧，为获得更好的阅读体验而积累资本。

板块七：同题诗（共13期）

《新年，我们说说爱情》(2017.01.01)；《有一些诗想念雪夜》(2017.03.06)；《诗在春分》(2017.03.20)；《诗与清明》(2017.04.03)；《春天的诗三首》(2017.04.17)；《谷雨诗三首》(2017.04.20)；《波斯菊》(2017.09.24)；《枯荷》(2017.10.23)；《春迹诗三首》(2018.03.11)；《四首春天的诗》(2018.03.20)；《春天里的诗》(2018.03.23)；《七月的诗》(2018.07.15)；《如果这个人恰好是你》(2018.08.05)。

同题诗板块旨在调动读者参与的积极性，为读者能切身参与其中提供了一个无门槛的平台，集趣味性与思想性于一身的板块能引起读者的思考，激发创造性与潜能。

板块八：同读一首诗（共8期）

伟钟《蛮荒的双重诉说》(2017.04.09/2017.04.13)；王家新《最后的营地》(2017.04.22/2017.04.23)；《太阳岛的秋天》(2017.04.29)；杨河山《开往雪国的火车》(2017.05.21)；《楼顶吹风》(2017.05.23)；《妹妹你是水》(2018.03.16)。

同读一首诗板块精选现当代优秀诗人的佳作，采取评议结合的方式优选诗评者的佳评，旨在实现多元思维的碰撞，进而摩擦出诗思的火花，以高校学生的诗歌评论居多，立足高校，服务高校，推介高校先进思想文化成果，以文化育人，为“小众化”的高校走入社会、走向“大众化”提供了模板。提携青年，凝聚青年，让“陈斋新韵诗”成为青年诗评家锻炼的平台与成长的摇篮。

板块九：诗讯及书讯（共16期）

“诗在哈尔滨”新诗对话朗读会（2017. 04. 27）；“对话、碰撞、交融”新诗对话朗读会——“诗在哈尔滨”之柯雷（荷兰汉学家、新诗研究专家、莱顿大学区域研究所所长）（2017. 05. 04）；红雪诗歌研讨会举办（2018. 01. 10）；袁永苹《心灵之火的日常》出版（2018. 02. 13）；“百年汉语新诗批评与罗振亚诗学思想”学术研讨会综述（2018. 02. 26）；杨美宇诗集《用一首诗打开世界》出版（2018. 05. 04）；“诗在远东”新诗对话朗读会（2018. 05. 10）；赵亚东诗集《石头醒来》出版（2018. 05. 22）；“初夏清音”（2018. 05. 23）；“九九诗丛”首发式暨诗歌分享会在哈尔滨举行（2018. 05. 28）；“哈尔滨·双城之夏”诗歌朗诵会（2018. 07. 20）；“哈尔滨—双城堡之夏”诗歌朗诵会在双城举办（2018. 07. 23）；柴高洁诗集《陌生》出版（2018. 08. 08）；哲思高悬九月柳，新诗浅吟故园情——记罗振亚教授的讲座（2018. 09. 08）；梁久明诗歌分享恳谈会（2018. 10. 06）；“2018 龙江新诗生态报告”征稿启事（2018. 12. 22）。

诗讯及书讯板块主要侧重线下诗歌活动的预告、活动总结及新诗集的推介，这一板块的开设充分体现了网络文学线上线下的互文性与统一性，形式多样的诗歌活动让参与者切实感受到诗歌的魅力之所在，也为龙江诗人、诗歌提供了一个大众参与和接触的平台。让诗歌进校园，充分发挥诗歌在人文教育领域的作用；让诗歌走出校园，让高校文化进入社会平台，充分发挥高校对全社会思想文化建设的促进作用。以新媒体传播力度广与传播手段多样的优势为传统线下宣传方式做有力补充。

板块十：诗学专栏（共17期）

罗振亚《汉语新诗创作谈》（2017. 09. 20）；亚翁说诗——卢桢《现代中国诗歌的城市书写》（2018. 01. 06）；亚翁说诗——崔修建《1978—2008：中国先锋诗歌批评研究》（2018. 01. 09）；亚翁说诗——陈爱中《中国现代新诗语言研究》（2018. 01. 16）；亚翁说诗——刘波《“第三代”诗歌研究》（2018. 01. 22）；亚翁说诗——宋宝伟《新世纪诗歌研究》（2018. 01. 25）；亚翁说诗——叶红《新月诗学生成论》（2018. 01. 31）；《龙江当代新诗论·后记》（2018. 03. 24）；《试论毛泽东诗词的艺术思维》（2018. 04. 10）；陈爱中《雪与铁》营建开放性的诗歌场域（2018. 05. 20）；苏历铭《崛起的诗群》再次集结（2018. 06. 03）；葛筱强《行走的瓦片，兼致诗人陈爱中》（2018. 07. 13）；杨勇《泥土里所诞生的诗歌——致诗人梁久明》（2018. 09. 26）；杨勇《瓦片行止成诗篇——致诗人陈爱中》（2018. 09. 30）；卢桢《立足文化地理学评述龙江新诗》（2018. 10. 12）；卢桢《沉潜与反思——评罗麒〈21 世纪中国诗歌现象研究〉》（2018. 12. 11）；吴思敬《21 世纪中国诗歌现象研究·序》（2018. 12. 13）。

“陈斋新韵诗”作为诗歌推介平台，在关注到原创诗歌写作的同时也关注到诗学理论的建设，通过对精选诗学理论文章的推介，帮助诗歌读者在理论层面上对诗歌产生更加深入细致的了解。

在诗歌日常化与碎片化成为趋势的当下，抓住时机才能更好地把握发展机遇，“陈斋新韵诗”微信公众号的出现与建设正是为适应趋势所做出的不懈努力，努力让“陈斋新韵诗”成为龙江诗歌的一张响当当的名片。新媒体时代让信息传播实现了前所未有的迅捷与便利，曾经那“馨香盈怀袖，路远莫致之”的无奈遗憾，那“相去日已远，衣带日已缓”的莫名隐忧，那“不惜歌者苦，但伤知音稀”的忧伤凄凉，都会如陈斋中的灰尘，终将被喧嚣熙攘的人群所拂拭，被鼎沸的人声所淹没，进而让诗歌焕发出前所未有的生机与魅力。“陈斋新韵诗”团队也会以持续不懈的努力为龙江新诗未来的发展添砖加瓦。

B.18 地市特色文情概览

赵国春　潘永翔　王 瑛　杨 勇　孙代君*

摘　要： 黑龙江省作家协会下辖地市作协及产业作协等23个团体会员单位，创作触角可及社会生活各个领域，对文学的热爱和执着使得地市创作队伍成就突出，各具优长、特色。北大荒作家协会，一方面继承了传统北大荒精神，创作上体现了北大荒大农业特色；另一方面关注当下，创作题材更加多元。大庆市作家协会，在主题性文学实践和作家作品研讨会等文学活动方面，抓住工作重心，办得有声有色。黑河市作家协会，精心谋划作协工作，多侧面、多角度地开展文学活动，创作成就斐然。绥芬河市作家协会，以诗歌引领文学创作，作品呈井喷之势，并频频获奖、入选、被转载，创作队伍生机勃勃。大型文学期刊《远东文学》在纯文学期刊中实属后来居上，受到国内外文坛好评。佳木斯市作家协会，扎实推进作协工作，坚持高起点、高站位，建立人才梯队，把人才培养放在首位。抓“签约作家”出精品，抓第三梯队促提高，带动第二梯队大发展。同时，与出版社合作，写作出版地方文学系列丛书，成就显著。

关键词： 地市作协　文学活动　文学创作

---

* 赵国春，北大荒作家协会主席；潘永翔，《岁月》杂志社主编；王瑛，黑河市作家协会主席；杨勇，绥芬河市作家协会主席；孙代君，佳木斯市作家协会负责人。

一　北大荒文情概览

2017～2018年，在总局党委宣传部和文联领导下，在省作协的关怀下，北大荒作协工作人员及广大会员经过努力，工作取得了一定的成绩，得到了省作协和广大会员的认可。

北大荒作家协会荣获省作协颁发的省文学工作创新奖、文学队伍建设奖。

（一）创作并出版和发表了一批作品

2017年北大荒作协引导作家围绕“北大荒精神”的内涵开展创作，出版作品集17部，会员在国家级报刊发表作品30多篇（首），在省级报刊发表作品200多篇（首）。赵国春传记文学作品集《沃野星空》2017年2月，由北方文艺出版社出版发行。该书选入了作者20年来在《名人传记》《人物》《中国文化报》《中国农垦》《章回小说》《文艺报》《团结报》等报刊发表的有关老一辈党和国家领导人毛泽东、周恩来、董必武、胡耀邦、王震，文化名人丁玲、艾青、聂绀弩、吴祖光、尹瘦石，老一辈北大荒人王忠瑜、郑加真、丁继松、平青、蔡尔诚，北大荒的知青文化名人张抗抗、梁晓声、肖复兴、姜昆、濮存昕等的40篇传记作品。有关这本书的评论《感天动地北大荒》《沃野星空下的耕耘者》，先后发表在《中国文化报》副刊和《内蒙古日报》副刊。他写的传记《北大荒的“管天人”》，发表在《人物》上。2007年末，这篇传记还荣获第三届中国传记文学优秀作品（中短篇）奖。他在传记文学上的创作成绩，被写入了《东北文学六十年》。《赵国春文集》（4卷）于2017年9月由黑龙江人民出版社出版。文集收入作者1978～2017年创作并出版或发表的作品。文集收入了作者出版的散文集《珍藏的记忆》等14部文学作品集，共182万多字，按出版或发表时间依次编排。书中选入珍贵的历史照片120多幅。书前增设了“权威评价”，摘选了《黑龙江文学通史》《东北文学六十年》中对赵国春散文和传记文学成就的评价；还摘编了《人民日报》《黑龙江日报》对赵国春的评价。“序言集锦”选摘了著名作家平青、丁继松、郑加真、贾宏图、红孩为赵国春散文集撰写序言的精彩部分。文集中的散文集《生正逢时》，荣获第三届冰心散文奖；传记文学《北大荒的“管天人”》，获中国第三届传记文学奖。2015 年，赵国春荣获中国散文学会颁发的“突出贡献奖”，曾出席中国作家协会第八次全国代表大会。传略收入《中国作家大辞典》《中国散文家大辞典》《东北文学六十年》《黑龙江文学通史》《黑龙江文学艺术名人》等书。其文集见证了北大荒开发建设的艰辛历程，丰富了北大荒文学艺术的宝库。北京大学、清华大学、复旦大学、南开大学等 10 所国内名牌大学的图书馆收藏了该文集。黑龙江省著名作家李凤臣为这套文集撰写了题为《一卷风情录　千年北大荒》的评论。

赵国春在《中国文化报》、《中国农垦》、中国作家网、中国网、光明网等国家级报刊和网站发表作品 10 篇。散文《鸡年的感受》2017 年 1 月 19 日在《中国文化报》美文副刊发表后，先后被中国作家网、中国网、搜狐网、光明网、人民网转载，引起一些反响。

由赵国春主编的《北大荒作家新作选》于 2017 年 7 月，由华龄出版社正式出版，为北大荒开发建设 70 周年献上了一份文化厚礼。《北大荒作家新作选》收入了 119 位垦区作者的 200 余篇作品，其中部分作品曾获省内外文学奖项。该书是对垦区文学创作成果的一次结集展示，其所选作品主题和内容展现出北大荒作家群体追求真善美的品质和昂扬向上的风貌，呈现了老作家笔耕不辍、热情不减及年轻作家后来居上、富有朝气的可喜创作局面，体现了北大荒作家队伍的生机活力与巨大潜力。相信在广袤肥沃的黑土地的滋养下，北大荒文学创作必将结出更加丰硕的果实。

刘海生在中国文史出版社出版长篇小说《红人》《单纯》、散文集《贵干》。还有张长英《勇敢的船长》、许开峰《那些土地那些人》、赵文彩《山海吟》、张容豪《雁过留声》、张广玲《岩殇》、孙金华《另一种相遇》、朱宏秀《摸出来的眼泪》、王恕《秋林桦影》、李楠的校园小说《有梦的女孩更美丽》等作品出版。

建三江管理局宋海峰在《清明》《北京文学》等报刊发表作品10篇，张碧岩在《小小说选刊》《海燕》《小说林》等报刊发表作品近10篇。

红兴隆管理局郭海燕在《中国寓言故事》《中国火炬》等报刊发表小小说作品40多篇。张长英在《中国少年儿童》《童话大王》《中国少年智力开发报》等报刊发表作品15篇。孙海燕在《中国农垦》《读读写写》等报刊发表作品14篇。

牡丹江管理局孙文斌在《章回小说》《传奇传记文学》等报刊发表小说5篇。朱小石在《中国文化报》《中国农垦》等报刊发表散文诗9章。

北安管理局刘文在《小说月刊》《黄海文学》等报刊发表小小说20多篇。王恕在《诗选刊》《北方文学》等报刊发表作品几十篇。

绥化管理局金薇在《少年大世界》《人生与伴侣》《中学生百科》等报刊发表作品近10篇。

总局机关邹积慧在《诗刊》《中华诗词》《中华辞赋》《黑龙江日报》等报刊发表诗词25首。赵国春也在《中国文化报》《黑龙江日报》《岁月》等报刊发表散文和传记文学作品20多篇。

赵宝海在《诗刊》《中华诗词》《中华辞赋》《光明日报》等报刊发表格律诗词、自由诗等70多首。高明山反映20世纪黑龙江站人独特生活与抗争故事的长篇小说《喋血九龙杯》，2017年4月13日至7月15日，被《鹤城晚报》连载了50期。

八一农大苏美晴在《星星》《北方文学》《扬子江诗刊》等报刊发表作品20多篇。刘宏在《章回小说》《黄河文学》《黑龙江日报》等报刊发表作品7篇。

2018年出版各种文学作品13部。刘海生在中国文史出版社出版作品集4部，其中有长篇小说《高人》《人情》，散文集《相望》《美女方如云》。

赵国春完成了《丁玲在北大荒的故事》《北大荒文物的诉说》《北大荒文艺史略》的修改工作，三本书被列入“北大荒历史文化丛书”，内容丰富，有历史价值、学术价值。《北大荒文物的诉说》收录的《毛泽东给北大荒人的一封信》《一张奖状忆总理》等记录了北大荒艰苦开发历史中的70个文物故事；《北大荒文艺史略》收录了1947～2018年黑龙江垦区文学、美术、书法、曲艺、摄影、音乐、舞蹈、电影及电视艺术等门类的简要发展历史，实事求是地对垦区70余年来的文学艺术发展和现状，进行记述和简要评述；《丁玲在北大荒的故事》是丁玲在北大荒全景式的记述，从1958年6月丁玲到达密山，一直到1970年4月，其被北京军管会的人押解到北京，长达12年之久。著名作家贾宏图为该套书撰写了序言。赵国春和岳静华主编了《九三文学作品选》，该书由黑龙江人民出版社出版，24万字，共选入了41人的102篇作品。

绥化管理局金薇在四川文艺出版社出版《爱上小气先生》，在苏州古吴轩出版社出版《花样冤家》《爱上你，星星落在我头上》。王恕在中国现代出版社出版诗集《秋林桦影》。总局电视台在黑龙江人民出版社编辑出版了57万字的纪实文学作品《北大荒记忆》。

2018年7月，“北大荒文情概览”入选社会科学文献出版社出版的、由赵国春担任编委的《黑龙江文学发展报告（2017～2018）》一书。“北大荒文情概览”分北大荒文学具有鲜明的特色、2016年文学创作成就、2016年文学活动三部分。该书对赵国春、刘海生、廖少云等垦区部分作家代表作品给予了很高的评价。

2018年9月，著名散文家红孩在中国言实出版社出版的《红孩谈散文》一书中，选入了他2016年为赵国春散文集《荒原上的冷暖情怀》写的序言，对赵国春的创作和散文作品给予了很高的评价。

2018年垦区在省级报刊发表各类文学作品100余篇（首）。其中，赵国春在《文存阅刊》《海燕》等报刊发表散文和纪实文学作品13篇。廖少云的中篇小说《三个小伙伴》刊登在《十月少年文学》。赵宝海在《诗刊》《中华辞赋》《诗林》等刊发诗作14首。邹积慧在《中华诗词》《黑龙江日报》等报刊发表诗词25首。刘宏在《黄河文学》发表小说《让你见个人》，在《黑龙江日报》天鹅副刊和北国风副刊发表《记忆中的手工时光》等3篇散文。王立国在《诗选刊》《诗林》《海燕》发表诗歌25首。岳静华的

《荷塘秋韵》《生命之河》两篇散文被北京桦越教育集团选入“语文学习丛书”。王征雁在《北方文学》发表散文《消失的村庄》和《无意的收藏》，在《海外文摘》发表散文《小雪屋》。刘文在《小说月刊》《青年诗文精选》《北京精短文学》等报刊刊发小小说作品 29 篇。宋海峰在《北京文学》发表诗歌《那是一片山岗》。王淑梅先后在《中华诗词》《诗歌周刊》等报刊发表作品 10 多篇。

（二）部分垦区文学作品获奖

2017 年垦区荣获各种文学奖项 10 余个。《赵国春散文新作》荣获第八届“祖国好”华语文学艺术大赛金奖。赵国春的传记文学作品集《沃野星空》荣获第九届“祖国好”华语文学艺术大赛金奖。

赵宝海的七律《老军垦》，荣获《中华诗词》杂志社 2016 年度中华好诗词奖，七绝《卢沟桥》获得“纪念中国全民族抗战爆发 80 周年古体诗词大赛”优秀奖，《松桦恋》获得《诗刊》社子曰诗社创作培训基地举办的第二届“泊爱蓝岛·相约七夕——最美原创诗词”大赛优秀奖。

苏美晴的组诗《八斗镇》，荣获《诗歌月刊》举办的第三届“中国曹植诗歌奖”；组诗《松江醉意着诗歌抵着乡愁的美》，荣获上海市“上海之根，文明松江”主题征文活动二等奖。她的其他作品也曾多次获奖。

2018 年垦区荣获各种文学奖项 16 个。其中，廖少云的儿童短篇小说《走马灯　灯走马》获得华语儿童文学中国故事短篇创作大赛三等奖，童话《米米亚氇氇猫》荣获黑龙江省文艺奖二等奖；赵国春的散文《北大荒人的深切怀念》，荣获中国散文学会、周恩来纪念地管理局举办的纪念周恩来总理 120 周年诞辰“海棠杯”全国散文大赛佳作奖（一等奖），他的《艾青在北大荒》，荣获浙江省散文学会、温州市文联等单位举办的第二届“罗峰奖”非虚构散文大赛二等奖；王菲的组诗《月河之上》在第六届“月河月老杯”全国爱情诗大赛中荣获优秀奖；王晓燕创作的诗词《七绝赞编钟》《七律中秋节思怀》获华鼎杯全国诗词大赛银奖，《七绝竹》《七律菊》获天籁杯全国诗词大赛金奖。

（三）召开北大荒作家协会四届七次主席团扩大会议

本次会议主要有以下几项任务：传达省作协六届六次全委会精神和文联主席团会议精神；总结2016年北大荒作协工作，部署2017年工作；各管理局汇报2016年度作协工作和2017年工作打算。

在北大荒作家协会四届七次全委会上，同时举行了《北大荒作家新作选》首发仪式，北大荒作协主席赵国春主持仪式。总局党委委员、宣传部部长高跃辉出席仪式表示祝贺并讲话。来自总局机关、各管理局及直属单位的40多名作家参加了仪式。

（四）编印了两期协会内部刊物《北大荒作家》

编印两期《北大荒作家》（1000册），每期拿出40多页专门刊登新会员的小说、散文、诗歌等新作品。第1期选登了《习近平自述：我的文学情缘》，受到广大会员的欢迎。管理好“北大荒作家”QQ群（154249801），办好《北大荒作家协会网刊》和诗词协会的网络板块。使之成为会员互相沟通的一个主要平台。

（五）做好会员发展和推荐工作

计划吸收会员40名，实际吸收44名。

推荐7名省作协会员，张长英、李楠、石贵、张碧岩、刘文、蒋玉、许开峰已于2017年年初被批准成为会员。其中红兴隆管理局的张长英、李楠是母女，近年来她们创作成绩突出。

推荐北大荒作家协会副主席赵宝海、绥化管理局作协副主席金薇，加入了中国作家协会。

（六）参与了部分与垦区有关的文学活动

赵国春于2017年5月下旬应中国散文学会、中共四川省眉山市委宣传部的邀请，赴四川省眉山市参加了为期两天的“中国散文高端论坛暨冰心散文奖获奖作家东坡故里大型采风活动”，并撰写了散文《眉山，我在场》参加应征活动，作品被收入《名家笔下的眉山》一书。

2017年6月20日，赵国春、李一泰、赵宝海参加了中国作家协会在哈市举行的中国作协会员学习贯彻习近平总书记文艺工作座谈会重要讲话精神黑龙江培训班。

赵宝海于4月参加了2017年“诗兴开封”国际诗歌大赛新闻发布会；6月参加了“泊爱蓝岛首届子曰社员表彰暨培训典礼”活动，并且在会上作了《携手前行只为诗》的发言；8月参加省作家协会组织的“纪念建军90周年采风团”，赴赣、沪两地采访；10月应《中华诗词》2017年北京金秋笔会之邀请，前往笔会举办地北京小汤山镇为38名学员改稿。

（七）基层单位文学活动活跃

1. 2017年垦区基层文学活动丰富多彩

宝泉岭作协于2月12日，承办了佳木斯市作协宝泉岭采风活动，采风团一行50多人与宝泉岭作协会员进行了互动交流。3月3日，《三江晚报》四版以整版的篇幅刊出采风作品10余篇（首）。3月25日，宝泉岭作协与部分农场作协会员共赴湖南常德参加第十三次国际丁玲学术研讨会暨第十届丁玲文学奖颁奖晚会。会上文联主席包日明发言。

红兴隆作家协会于9月20~21日，邀请双鸭山市作家协会开展“金秋边疆行”采风活动，深入东北抗日联军第七军战斗过的地方、王震将军率领老转业官兵屯垦戍边的地方、城市知识青年上山下乡的地方、著名歌唱家郭颂唱响《乌苏里船歌》的地方——黑龙江省饶河农场。先后到饶河小南山、黑金部落影视城、大顶子山、西通边防站、乌苏里江畔、农场水稻示范田、农场场史馆、将军湖、楛矢山参观和采风。采风团完成散文、诗歌35篇（首），有13篇（首）采风作品先后刊发在报刊上。

建三江管理局浓江农场组织了中国新诗百年全国百名诗人、百部诗集捐赠仪式，捐赠诗集120余部，并在4个农场进行了采风。

牡丹江管理局于7月12日，在北大荒开发建设70周年之际，举办了以“光荣的黑土地”为主题的大型诗歌朗诵会，共收到原创诗歌作品30余首，经过严格筛选，最后由13个代表队参加比赛，前1、2、3名均获得了奖励，效果良好。

针对会员作品发表平台少的实情，牡丹江管理局作协会员王洪庆和何学明两位同志自发创建3个微信文学平台：《东北亚创意坊》，目前已刊发文学作品51期，刊发稿件262篇；《龙江诗歌》，编发10期，刊发稿件98篇；《兴凯湖》，15期，刊发稿件168篇。

北安管理局作协在建立作协会员微信群的基础上，创建微刊《文人墨客驿站》，将北安垦区作家协会的北大荒作协会员、文学爱好者纳入其中，发刊115期，发小说、诗词、散文随笔328篇（首），激发了北安垦区文学爱好者的创作热情，为文学爱好者作品展示搭建了一个平台。

9月3日，九三管理局作协在第二届豆都文化节九三作家协会的展位上，组织了廖少云、赵强、岳静华、杨文山、王英文5位省作协会员联袂签名售书，他们的作品深深吸引了读者，一天售书300余册。

2. 2018年垦区基层作协活动活跃

宝泉岭作协开展了纪念宝泉岭管理局开发建设70周年征文比赛活动，共收到各种稿件300余件。6月，与鹤岗市诗词楹联协会共同开展“北国三角洲　美丽宝泉岭”联谊采风活动和原创诗词朗诵会。9月，与佳木斯市作家协会联合开展了文学采风活动，两地文学爱好者19人到共青农场参观了中国青年志愿垦荒纪念馆，在风光旖旎的鹤北林业局，与当地文学爱好者进行了歌咏比赛。

红兴隆作协开展特色采风活动。协同八五二农场党委组织凌寒文学社骨干成员6人，进行了为期5天的镜泊湖采风活动。参观了宁安红色教育基地、渤海稻作文化馆、马骏纪念馆等地，加深了社员们对生活、对社会的认识，燃起创作的激情，激发了社会责任感，从而促进大家创作出更多、更好的贴近现实、贴近社会、贴近生活的文学作品。

建三江作家协会与浓江农场、《白天鹅诗刊》共同主办了“白天鹅杯”

全国诗歌大赛颁奖典礼。与沂蒙老区作家团开展交流活动。4 月，建三江作协接待了由沂蒙作协主席高振带队的沂蒙老区作家、艺术家代表团 16 人，两地作家在文学创作上进行了很好的交流学习。活动期间作家们参观了建三江风土人情和文学创作基地等。考察团一行分别以吟诗、作画、题字、唱歌等不同形式表达深情厚谊。建三江作协还先后组织 30 余名作家，到珲春、大庆、葫芦岛、北京、常州等地参加文学笔会、诗歌及散文年会、创作论坛。以文会友，相互交流，取长补短，既提升了写作水平也促进了作家协会的团结。

九三作协会同九三工会举办了“庆祝改革开放四十周年”征文比赛，共收到作品 42 篇；与文化委联合举办了“农行杯”豆都诗文创作朗诵比赛，参赛作品共 24 篇。同时，在七星泡诗社组织召开“我的文学”研讨会，与会人员针对自己和九三作家协会整体的文学创作方向、文学创作存在的问题，进行了深入分析和研讨，并提出了今后努力的方向。

（八）垦区省作协会员整顿工作

垦区共有省作协会员 116 人，其中有中国作协会员 13 人。经过对调出情况进行认真的核实，弄清楚了会员的基本情况：其中调出 6 人，去世 8 人，目前实际有省作协会员 102 人（有 17 人现失去联系）。

（九）积极推荐作品参加省精品奖的参评

推荐了吴继善的长篇报告文学《新夸父传奇》、刘海生的长篇小说《高人》、陈彦斌的长篇小说《最后的狼族》《黑鱼泡子》、廖少云的长篇小说《米米亚氆氇猫》、宋海峰的诗集《心语》，申报第十届黑龙江省文艺奖。

（十）北大荒作协工作及文学创作情况写入年鉴和局史

将 2016 年北大荒作协和垦区文学创作情况，分“北大荒作家协会”“文学创作”“作者及作品获奖”“文学活动”几个词条，写入《黑龙江垦区统计年鉴2017》，合计3000字左右。

同时，把近年来北大荒作家协会的创作情况、活动情况和组织机构情况，提供给总局组织部，写入《黑龙江省农垦总局组织史》。让北大荒作家协会的工作，载入史册，为后人提供有价值的资料；使有关部门，对北大荒作家协会的工作有个大致的了解。

二　大庆市文情概览

（一）切实加强政治理论学习

一是深入学习文代会和作代会精神。全国第十次文代会和第九次作代会召开以后，大庆市作家协会及时组织召开了由作协主席、副主席、秘书长、副秘书长及部分理事和骨干作者参加的座谈会，深入学习、贯彻和落实习总书记在第十次文代会和第九次作代会上所作的重要讲话精神，确定了今后一个时期大庆市文学创作的方向、重点和主要任务。通过座谈讨论，大家一致认为习总书记在第十次文代会和第九次作代会上所作的重要讲话精神，与他两年前在文艺工作座谈会上所作的重要讲话精神一脉相承，这再次吹响了全国文艺界以文化自信为底气和底蕴、以伟大灵魂和作品攀登文艺高峰的进军号角，坚定文化自信，坚持服务人民，勇于创新创造，坚守艺术理想，以饱满的精神状态、扎实的工作作风，创作出无愧于这个伟大时代和伟大民族的优秀作品。此外，大庆市作家协会还通过微信平台，采取问答的形式，及时传达了第十次文代会和第九次作代会精神，参与微信互动人员达到近千人。

二是深入学习党的十九大精神。党的十九大胜利闭幕之后，大庆市作家协会及时组织召开学习宣传贯彻党的十九大精神座谈会，传达了市委学习宣传贯彻党的十九大精神会议的工作部署，强调要立足新时代，增强使命感，准确把握新时代的要义，用习近平新时代中国特色社会主义思想武装头脑、指导创作，坚定文化自信，立足当代中国现实，坚持中国特色社会主义文化发展道路，为铸就中华文化新辉煌做出贡献，为大庆经济社会发展提供强大的精气神；要明确新要求，争创新业绩，按照习近平总书记的要求，坚持以人民为中心的创作导向，传承中华文化，弘扬主旋律，讴歌新时代，讲好中国故事，讲好龙江故事，讲好大庆故事，创作出更多思想精深、艺术精湛、制作精良的优秀作品。

（二）积极开展志愿服务活动

一是适时举办了大庆市群众艺术馆首届文学创作班。为满足广大文学爱好者的要求，大庆市作家协会与市群众艺术馆开办了为期3个月的首届文学创作班，共有50名来自各县区的基层作者参加了培训。培训期间，李云迪、王鸿达、宫柯、红雪、曹立光、张永波等知名作家、诗人进行了面对面的授课，大家相互学习、共同提高，达到了预期目的。

二是主动参加“大庆读书会”活动。大庆市作家协会主席李云迪为“大庆读书会”的书友们讲述了转载在《读者》上的散文《天空没有多余的星星》的创作过程，阐述了文学创作来源于实践、根植于生活、着眼于平凡的深刻道理，鼓励大家多留心周边的人和事，多把笔触伸向社会底层，关心大众疾苦，善于捕捉生活的美好瞬间和闪光点，热情讴歌真善美；大庆市作家协会副主席王鸿达在“真人图书馆”为书友们讲解了外国经典文学名著《安娜·卡列尼娜》，引领大家品读经典，向经典致敬。

三是积极为大庆老年大学授课。应大庆老年大学的邀请，利用双休日时间，李云迪、潘永翔、张永波、秦斧晨等知名作家深入学员们中间，交流思想，介绍经验，并就小说、散文、诗歌的创作进行了答疑解惑，这进一步提升了学员们的文学素养、创作和鉴赏水平。

（三）多次组织主题性文学实践活动

大庆市作家协会充分发挥组织协调作用，通过开展丰富多彩的文学活动，凝聚人气，振奋精神。

一是举办了新年诗歌朗诵会。为迎接2017年新年的到来，向新春致敬，大庆市作家协会、《岁月》杂志社、黑龙江海天庆城律师事务所共同举办了“岁月之声诗文朗诵会——第二届新年诗会”。活动期间，共收到参赛作品526件，有28件作品入选并被朗诵。

二是举办了“五月放歌”大型广场诗歌朗诵会。为迎接党的十九大，传承和弘扬大庆精神、铁人精神，围绕“中国梦·创业大庆”的主题，市作家协会、《岁月》杂志社和市直机关工委共同主办了“五月放歌”大型广场诗歌朗诵会，参与者达800多人，收到了较好的效果。

三是举办了“魅力高新”美术、书法、摄影和征文大赛。为迎接建党96周年，大庆市作家协会和高新区管委会共同举办了“魅力高新”美术、书法、摄影展。活动期间，共征集到美术、书法、摄影作品200多幅，其中选出的80幅参赛作品于7月4日在高新区展出。“魅力高新”征文活动也圆满落幕。

四是举办了王芳长篇小说研讨会。以文学的名义，向建县百年献礼。林甸县委宣传部、大庆市作家协会联合举办了王芳长篇小说研讨会，对大庆市林甸籍作家王芳的文学创作情况进行了研讨，这对进一步促进地域文化与文学创作的有机融合起到了重要作用。

五是举办了刘修齐作品研讨会。研讨会由大庆市作家协会主席李云迪主持，潘永翔、杨铁刚、王鸿达、王如、王勇男、张永波等出席了会议，并且在研讨会上发言。大庆的100多位文学爱好者参加了会议。刘修齐在退休近20年的岁月里，笔耕不辍，辛勤耕耘，以惊人的毅力创作出版了10本文学专著，用生动的笔触描绘了祖国的巨变、历史的兴衰、社会的进步、家族的变迁。

六是举办了《碑不语》发布会暨红雪诗歌朗诵会。11月4日，由大庆市作家协会、《岁月》杂志社、大庆新闻传媒集团主办，大庆市图书馆协办的诗人红雪新著《碑不语》发布会暨红雪诗歌朗诵会在大庆图书馆召开，来自大庆市的诗人、诗歌爱好者、评论家、学者、朗诵者近300人莅会分享诗人红雪的诗歌，彰显了诗歌的魅力和文学的力量。

（四）深度开展对外文化交流

一是与大兴安岭地区作家协会举行联谊活动。组织大庆本土作家与中国最北部的作家群体进行沟通交流，深入探讨地域文学创作，促成了《岁月》杂志社与《北极光》杂志社的合作关系，制订了切实可行的培养青年作家和提高文学创作水平的计划，共同繁荣地方文化。

二是与建三江作家协会举行联谊活动。借助建三江农垦管理局作家团来大庆参观学习的机会，与之建立了密切的伙伴关系，为今后大庆作家远赴建三江地区体验生活、开展文学创作奠定了坚实的基础。

三是与大连市作家协会举行联谊活动。抓住《海燕》杂志主编李皓赴齐齐哈尔参加诗会途经大庆的有利契机，达成了两地杂志、作家深度交融、广泛交流的意向，并且很快付诸实施，互通有无，有力地推动了两地的文化交流。

（五）不断提高文学作品质量

一是文学创作四处开花。2017 年，大庆市作家协会会员始终保持旺盛的创作活力，共有 80 多人先后在《人民日报》《中国文化报》《黑龙江日报》《诗刊》《青年文学》《清明》《北方文学》《小说林》《青海湖》《牡丹》《文学月报》《章回小说》《中国诗歌》《星星》《诗潮》《诗林》《地火》《天津文学》《小说月刊》《长江文艺》《百花园》《天池小小说》《金山》等全国各级各类报刊发表文学作品 400 多篇（首）。

二是作家文集喜结硕果。吕天琳的散文集《恣意妖娆》入选黑龙江省中青年作家“野草莓丛书”第三辑并出版发行；庞壮国的散文集《古道》《心大》《划痕》《梦着梦着》、小说集《红手镯》由中国文史出版社出版；红雪的诗集《碑不语》由中国文史出版社出版；李玉明的诗集《爱是一切》由时代文艺出版社出版；李广生的散文集《零落的往事依然芬芳》由中国电影出版社出版；刘莉的小说集《开满鲜花的原野》由中国工人出版社出版。

三是精品入选屡见不鲜。李云迪、潘永翔、荆淑敏的作品入选“2016年中国散文排行榜”；曹立光的作品入选《2016中国青年诗人作品选》《2016中国年度作品·散文诗》《2016中国年度散文诗》《2016中国散文诗·精品阅读》《世界华文散文诗年选》《中国年度优秀诗歌2016卷》；潘永翔的作品入选《中国年度优秀诗歌2016卷》《2016中国年度散文诗》；张永波的作品入选《中国2016年度诗歌精选》《中国年度优秀诗歌2016卷》；顾聚星的作品入选《2016中国年度微型小说》《微型小说精选》。

四是各种奖项摘金夺银。刘莉获第四届中华铁人文学奖；吕天琳、张永波、宋铮获第四届中华铁人文学奖提名奖；荆淑敏荣获中国散文学会和江苏省作家协会联合举办的第九届“漂母杯”全球华文母爱·爱母主题散文诗歌大赛一等奖；曹立光荣获贵州省作家协会举办的“国贸杯”良知行全国征文大赛二等奖，江西省作家协会举办的首届“书源杯”全国散文诗大奖赛二等奖，《诗歌月刊》举办的“华美‘感恩的心’杯”全球华语诗歌大奖赛三等奖，甘肃宁县文学艺术界联合会及宁县作家协会联合举办的“点亮心灯”全国感恩征文诗歌散文大奖赛三等奖，河南省散文诗学会承办的首届“谷雨杯”全国散文诗大奖赛三等奖，内蒙古自治区阿拉善左旗旗委、政府联合主办的“相约阿拉善追寻仓央嘉措的诗与远方”征文大赛三等奖，第二届“诗探索·春泥诗歌奖”提名奖；苏美晴荣获首届杨万里诗歌奖优秀奖，第十二届叶红女性诗奖，“我与威海铁人三项赛”主题征文比赛一等奖，《幸福杂志》第三届情诗大赛一等奖，第十届丁玲文学奖提名奖；安然荣获晋中诗歌协会主办的“诗意栖息地”诗歌大赛三等奖。

（六）着力推进协会建设

一是加强创作队伍建设。建立健全作家队伍培养管理机制，注意在实践中发现和培养人才。针对不同人群特点，加强分级分类指导，实行动态管理，努力营造有利于优秀人才脱颖而出的创作环境。重视对中青年文化人才的培养，努力培养造就一支数量充足、德才兼备、结构合理、门类齐全的高素质文化人才队伍。

二是加强信息平台建设。大庆市作家协会充分利用现代化的信息手段，着力拓宽沟通、联系渠道，积极搭建交流、沟通平台，先后建立了作家协会微信公众号和微信群，经过一年的发展壮大，目前会员已近万人。通过微信平台，大家开诚布公地交流创作心得，沟通各种信息，发布文学动态，实现了线上线下的有机结合，收到了较好的效果。

（七）注重人才培养

大庆市作家协会历来重视文艺人才的培养，2017 年年初以来先后发展了 20 个市级作家协会会员，有 4 人被吸纳为省级作协会员；选派了 5 名作家，参加萧红文学院第十七届中青年作家创作培训班；不定期召开青年作家座谈会，进一步增强广大青年文学创作的责任感和使命感。

大庆市作家协会，通过抓各项文学活动，有以下几点经验和体会。

首先，增强宗旨意识，强化基础建设，是增强作家协会向心力的重要保障。一是始终坚持把理论学习放在首位，认真贯彻党的文艺思想，密切联系工作实际，主动参加各种政治理论学习和实践活动，积极倡导会员在作品创作和文学创新中肩负使命，牢记责任，始终坚持“二为”方向，贯彻“双百”方针，推动协会工作科学发展。二是要求全市各级作协和会员将思想和行动高度统一到市委、市政府的决策和部署上来，发挥自身优势，围绕发展大局，充分展现文学价值与责任担当。三是高度重视基层作协建设，牢固树立全市作协与文学团体“一盘棋”思想，加强对外联系和协作，加大支持、指导、服务力度，形成工作联动和优势互补，增强合力与实力。

其次，增强服务意识，创新活动形式，是增强作家协会凝聚力的重要前提。一是遵循文艺创作规律，实现由强调数量型向注重精品型的转变，广大会员紧跟时代节拍，贴近生活、贴近实际，文学作品在主流报刊上频发，获奖不断。二是积极创造条件，向外推荐发表有一定创作实力的文学青年的作品，展示大庆作家风貌，扩大文学团体的社会影响力。三是实施重心下移，开展各类活动，主动为会员们提供展示、交流平台，强化地方文学集体归属感。

最后，增强发展意识，打造大庆品牌，是增强作家协会创造力的重要体现。一是坚持立足实际、突出特色、开拓创新的原则，努力使文学活动由一般性向品牌性转变。二是优化品牌，着力于提升城市文化品质，强化精品意识，文学的影响力和美誉度不断提升。三是发展品牌，致力于深化人文内涵，吸引更多的人关注文学、关心文化、关爱城市，共促和谐发展，让文学相伴城市，让文化实践成为城市的一种高度自觉。

2018 年，大庆市作家协会全面宣传贯彻落实党的十九大精神，紧紧围绕文化大发展大繁荣、多出精品力作开展工作。紧紧依靠省作家协会的指导和市文联的领导，积极争取社会各界的支持，群策群力，奋发图强，使市作家协会的工作再登新台阶，再创新辉煌。

首先，指导思想。一是要始终秉承新时期文艺工作者的文化自觉、文化自信，始终保持与时代同步，让作协的工作紧扣发展主题，积极传播社会主义新时期文艺精神。二是要用党的十九大精神指导写作，坚持讲品位、讲格调、讲责任，抵制低俗、庸俗、媚俗，保持文学作品的思想性、艺术性、纯洁性。三是积极创作“讴歌党、讴歌祖国、讴歌人民、讴歌英雄”的好作品。四是坚持以人民为中心的创作导向，讲好大庆好人故事，塑造出鲜活的、有生命力的文学形象，创造出一批有影响力的文艺精品，为大庆人民提供丰富的精神食粮。

其次，具体工作。一是搞好会员发展工作。积极发现和培养文学创作的新生力量，严格审查，保证质量，按程序审批，将自愿申请加入协会的优秀文学人才吸纳到作家队伍中来，指导创作，做好服务，发展和壮大大庆文学创作队伍，向全国推出大庆文学品牌。二是举办交流活动。积极开展与市外、省外作家协会的交流活动，活跃文学创作，让大庆文学走出去，扩大大庆文学及作家协会的影响力。积极与省、市文学社团组织合作，联合开展各种形式、规格的理论研讨、文学讲座、创作采风、联谊交流活动。三是开展主题活动。紧紧依靠石油、石化、炼化等各大型企业，开展好企业文化活动；紧紧依靠各级组织，开展丰富多彩的采风、研讨、座谈活动；继续举办“岁月之声”新年诗歌朗诵会，同时开展好其他形式的节庆活动。四是扩大文学创作基地规模。鼓励有条件的单位，尤其是那些被领导高度重视、人文底蕴深厚、创作基础条件好的基层单位申报创建基地；在支持和激励基层作者进行文学创作的同时，丰富作家协会交流活动内容，延伸协会的地域触角，提高协会的影响力和知名度。五是培养青年作者。在培养青年作者上下功夫，采取“走出去和请进来”的办法，多渠道培养青年作者，培养大庆市文学创作的后备力量。六是多出精品力作。鼓励作家深入生活、深入基层，创作出更多、更好的作品；鼓励作家走出大庆，走出黑龙江，走向全国。

三　黑河市文情概览

（一）2017年黑河市文学创作及文学活动

2017 年，黑河市作家协会在组织文学创作、开展丰富多彩的文学活动、获得各级各类文学奖项等方面取得了不小的成就。

1. 文学创作

王瑛的散文《与黄鼠狼为邻》发表在《北方文学》2017 年第 16 期。

墨凝的《新鄂草原的孤独》（短篇小说）发表在《北方文学》2017 年第 3 期；《我大爷》（短篇小说）发表在《大地文学》2017 年总第 42 期，散文诗《冬季》（四章）发表在《散文诗世界》2017 年第 12 期。

王平散文诗《故乡笔记》发表在《北方文学》2017 年第 6 期，同时入选邹岳汉主编的《2017 中国年度作品 · 散文诗》。长章散文诗《大江》发表在《散文诗》（上半月）2017 年第 7 期。

侯波散文《猎归》发表在 2017 年 6 月 2 日《中国民族报》文艺副刊。

刘城散文《瑷珲最早的流人和诗人》发表在 2017 年 11 月 20 日《黑龙江日报》北国风副刊。

朱维坚出版了 45 万字的长篇小说《奉人民之命》，张久武（简单）出版了诗集《梦幻伊人》，王洪梅出版了散文集《逆风而行》。

边庆祝在全国各级报刊发表闪小说、寓言作品 200 余篇。荣获 2017 年度中国闪小说十大新锐作家荣誉称号。闪小说《戈壁之殇》荣获“小小说月刊杯”2017 中国闪小说年度总冠军大赛年度优秀奖；闪小说评论《谈欲擒故纵式和前后对比式幽默在闪小说中的应用》荣获“茶圣陆羽杯”全国闪小说征文大赛一等奖。

边瑾散文《花儿为什么这样红》荣获 2017 年度中国散文年会散文二等奖。郑敏 5 首诗歌入选马永波主编的《东三省诗歌年鉴》（2015～2017 年度·黑龙江卷）。运涛散文《留连爱晚亭》荣获“第三届盛京网络文学奖全国大赛编辑文学奖散文奖”；散文《凭吊李金吾》荣获全国首届运河散文金帆奖。李颖诗歌《黑河之蓝》荣获中国诗歌万里行组委会、黑河市委宣传部举办的“百年新诗　放歌黑河”百人百首诗歌大赛二等奖；朱佳美诗歌《故乡的老树》荣获该奖项三等奖。方勇诗歌《轻唤你的名字》荣获松花江林区“汇聚正能量，喜迎十九大，唱响主旋律”主题征文活动三等奖。

张连明短篇小说《我叫你一声妈妈》发表在《北方文学》2017 年第 6 期。张文生组诗《春天的悄悄话》发表在《北方文学》2017 年第 6 期。石茵 2017 年 10 月在《诗选刊》发表诗歌《风情园》《萨满》；2017 年 12 月 5 日在《百人百首：中国诗歌学会会员作品选》发表诗歌。贤哲散文《写给老爸的一封信》发表在 2017 年 7 月 17 日《黑龙江广播电视报》。闫晓东（嫩江渔樵）散文《再种一年》发表在《黑龙江日报》天鹅副刊。刘嘉瑞散文《红蜡烛支撑的除夕夜》发表在 2017 年 1 月 17 日的《黑龙江日报》北国风副刊。

2. 文学活动

2017 年黑河市作家协会在《白桦林》上开设旅俄见闻、知青故事、华侨人生、蓝点书香专栏，鼓励会员发现身边故事，书写平凡人生，激发创作灵感，多写黑河特色文学作品。同时注重开展丰富多彩的文学活动。

（1）抓互访活动，加强中俄作家之间的文学交流

6 月 20 日，第八届中俄文化大集举办之前，黑河市作家协会 10 位会员赴俄罗斯布拉戈维申斯克市访问，参观图书馆、博物馆、教堂、农庄等。6 月 23 日，布拉戈维申斯克市作家代表团回访黑河。通过中俄作家互访交流活动，畅通两国文学创作渠道，传播好中国声音，树立良好国门——黑河的形象。

（2）抓特色文化，创作大量冰雪诗篇

为深入贯彻落实习近平总书记“冰天雪地也是金山银山”重要讲话精神和省委、省政府决策部署，省委宣传部在全省广泛开展了“悦动龙江人民　共享冰情雪韵”群众性冰雪文化系列活动。黑河市作家协会积极响应号召，共征集16位本土作家68篇关于冰雪风俗、民俗饮食、民俗服饰的诗歌、散文、散文诗等作品。出版了《白桦林》冰雪文学作品专刊。

（3）开展原创作品诵读赏析活动

4月22日，黑河市作家协会在普希金书店举办了原创作品诵读赏析活动。十几位本土作家诵读了自己的原创作品，每篇作品都流露着作者的真情实感，尤其是王瑛的散文《会跳舞的汽车》，生动的试车场面揪着读者的心，展现了冰天雪地里的乐趣和风俗。

（4）抓纪念活动，鼓励多出作品、出好作品

7月7日，黑河市作家协会举办“职教杯”工匠精神和“鸿福杯”纪念长征胜利八十周年有奖征文颁奖仪式。市委常委、宣传部部长徐飞亲临会场，颁奖、讲话，会员们很受鼓舞。决心努力创作出精品力作，回报社会，回报党和人民。

（5）抓知青故事，开展寻找最美故事采风活动

9月3日，黑河市作家协会与市职业技术教育中心学校党委各支部党员代表联合开展了“喜迎十九大，寻找最美故事”采风活动，用心寻找最美知青故事，弘扬知青精神。采风团参观了瑷珲记忆馆、黑河知青博物馆。知青在黑河插队落户、拓荒种地、守土戍边的故事，感动着每一位作协会员。

（6）抓特色文化，开展红色记忆采风活动

9月23日，黑河市作家协会开展了“喜迎十九大，寻找红色记忆”采风活动。由市作协主席王瑛带队一行14人赴平山林场，先后参观了双峰瀑布、北大滓、平山天然林等自然景观，向导一路上介绍发生在平山林场的知青故事、历史故事，使会员们收集到很多创作素材，激发了会员们的创作热情。

（7）抓读书活动，推介好书激发创作热情

11月5日，黑河市作家协会在普希金书店举办了“我最喜爱的一本书”

读书推介活动。王瑛向大家推荐了《呼兰河传》，秘书长侯波分享了《额尔古纳河右岸》读后感。让人眼前一亮的还有黑河市作家协会黑河学院分会的在校学生廖东洋给大家介绍的《诗云》，其神秘而富有穿越色彩。读书推介活动取得了圆满的成功。

11 月 12 日，黑河市作家协会在普希金书店再次举办了“我最喜爱的一本书”读书推介活动。王瑛推荐了《习近平的七年知青岁月》、市职业技术教育中心学校的老师沈卫宁推荐了《史记》、蓝点美式餐厅的经理曹博推荐了《身份的焦虑》、市作家协会黑河学院分会的学生推荐了《告白》等书籍。

（8）抓慰问活动，原创诗歌朗诵会下基层

12 月 15 日，由黑河市作家协会主办、黑河市城管执法局承办的“颂歌献给党　春色满界江”慰问城管执法系统一线职工诗歌朗诵会，在黑河市城管执法局大会议室举行，来自城管执法系统的一线职工 200 多人参加了朗诵会。王瑛主席创作的配乐诗朗诵《庆祝十九大，颂歌献给党》《纯美黑河》、姜秀云创作的诗歌《环卫工人礼赞》、高杰创作的诗歌《北疆之春》，将黑河劳动人民对党的无限热爱和热情讴歌展现得淋漓尽致，诠释了家乡黑河四季之美，赞美了一线环卫工人默默付出的奉献精神。

2017 年，在省作协的积极指导下，在市委宣传部和市文联的正确领导下，黑河市作家协会荣获省作协 2017 年度“文学队伍建设奖”及“黑龙江省十佳阅读推广组织”荣誉称号。

（二）2018年黑河市文学创作及文学活动

2018 年，黑河市作家协会进一步发挥组织协调作用，在文学创作成果、文学活动、文学奖获得等方面，成绩斐然。

1. 文学创作

王瑛散文诗《首饰》（三章）发表在《散文诗世界》2018 年第 6 期，《琥珀》发表在《散文诗》（上半月）2018 年 10 期。

墨凝小小说《棋语》2018 年 2 月 7 日在《黑龙江日报》天鹅副刊发表，

散文《爷爷奶奶的慢时光》2018年3月13日在《黑龙江日报》天鹅副刊发表，小小说《1966年的鬼故事》在《短篇小说》2018年第5期发表，散文《五河》2018年11月23日在《黑龙江日报》副刊发表，《冬季》（组章）在《星河》（秋季卷）（人民文学出版社）发表，中篇小说《雪葬异域情》在《章回小说》2018年第12期发表，《中国散文诗一百年大系·云锦人生》收入其散文诗《夜的城市》《剧情》，《消失的炊烟》（散文）荣获省作协“庆祝改革开放40周年主题征文”三等奖。

王平的散文诗《雪在下》（外一章）入选《2018中国年度作品·散文诗》，该作者连续5年入选邹岳汉主编的年度散文诗选本。

侯波的散文《暖心窝儿的鄂伦春族服饰》2018年2月24日在《人民日报》（海外版）华夏民族版面发表，《兴安岭深处炊烟袅袅》在《中国民族》2018年第12期发表，《我与小城》（散文）荣获省作协“庆祝改革开放40周年主题征文”优秀奖。

楚宏志长篇小说《白大褂》荣获《今古传奇》第四届全国优秀小说一等奖。边瑾散文《从延安再出发》荣获2018年度中国散文年会散文一等奖。朱佳美诗歌《玻璃栈道：请给我一分钟冥想》《老牛背》于2018年5月在《诗选刊》发表，诗歌《望宝塔》（外一首）荣获2018年第七届扎龙诗会三等奖。方勇组诗《静时光》在《散文诗》（下半月）2018年第2期发表，诗歌《筑梦中国不朽传奇》荣获中共黑龙江省委组织部“新时代·新使命·新作为”主题征文活动优秀奖，诗歌《轻唤你的名字》荣获“哈尔滨新区平安法治文化主题征文”三等奖。

贤哲《小村元宵节》等3篇散文先后在《黑龙江日报》北国风副刊发表。闫晓东散文《小波同学的新时代》等3篇散文先后在《黑龙江日报》发表，散文《春节逐梦》2018年2月25日在《生活报》发表。智守民散文《远去的放排》2018年5月30日在《黑龙江日报》北国风副刊发表。高杰诗歌《中国风》2018年9月在《课堂内外》杂志发表。王洪梅散文《家和谐，孩成才》2018年5月19日在《河南经济报》发表。

2018年12月，《湖州晚报·散文诗月刊》推出“黑河散文诗群”专辑，共推出王瑛、墨凝、边瑾、王平、李海庆、石茵、张连明、方勇、汉生等9位诗人的作品。

朱维坚出版长篇小说《刑警的心》；李宝出版了小说集《黄土情，黑土味》；边庆祝在《金山》《小小说大世界》《小小说选刊》等全国各级报刊发表闪小说、寓言作品242篇，出版了闪小说集《戈壁之殇》。

2. 文学活动

黑河市作家协会大力弘扬“红色文艺轻骑兵”精神，以实际行动践行新时代文学创作者的职责使命，为更好地开展送文化下基层活动，2月9日，组建了文艺小分队、读书小分队、原创作品小分队、朗诵小分队。

（1）抓互访活动，中俄作家畅谈创作感想

6月26日，第九届中俄文化大集期间，黑河作家协会8位会员赴俄罗斯布拉戈维申斯克市访问。6月29日，俄罗斯布拉戈维申斯克市作家代表团来黑河，参观了普希金书店、旅俄华侨纪念馆、中苏抗战历史纪念馆等，并在图书馆举办座谈交流会。

（2）读书活动引人注目

4月22日，黑河市作家协会在普希金书店举办了“阅动黑水　书香两岸”读书活动。11月11日，黑河市作家协会黑河学院分会在普希金书店举办了“读书分享会”活动，彰显大学生的本色。

（3）开展原创作品诵读赏析活动

5月27日，黑河市作家协会在普希金书店举办原创作品诵读会，12位作协会员分别诵读了自己的原创作品，黑河学院分会会员9人参加了此次活动。

（4）抓纪念活动，鼓励多出作品、出好作品

7月15日，黑河市作家协会、爱辉区西兴街向阳社区、《黑河晚刊》主办的“向阳社区杯”纪念改革开放40周年征文颁奖典礼在市职教中心举行。此次征文活动共收到投稿80篇。评出诗歌、散文、诗词一、二、三等奖18篇。

12月1日，黑河市作家协会、爱辉区西兴街向阳社区在市职教中心举办

了“讴歌改革开放40年　为新时代献礼”纪念改革开放40周年诵读会。本土作家用饱含热情的笔赞美家乡巨变，赞美改革开放40年取得的辉煌成就。

（5）以朗诵会的形式缅怀伟人

9月9日，黑河市作家协会在市职教中心举行纪念毛泽东同志逝世42周年朗诵会。会员朗诵了一首首气势恢宏的毛泽东诗词，感情真挚，催人泪下。

（6）抓地域文化，寻找最美故事

9月30日，黑河市作家协会举办了“寻找历史遗迹　书写林业风采”采风活动。一行9人赴卡伦山林场，参观了西沟山城、大峡谷、坤站的正在建设的萨哈连古驿站景观，文史学者祁学俊和考古学者姜雨风讲述了老城的历史和古驿站的历史作用。会员们激情满怀，为获得新的厚重的创作题材而欢欣鼓舞。

（7）鼓励创作，积极开展《北方文学》专刊征稿活动

拟定的《北方文学》2018年第1期黑河专刊征稿活动开始后，收到百余篇小说、散文、诗歌、评论等。精心选出了具有浓郁地方特色的王瑛的散文《无奈生命》、墨凝的小说《1969年的歌声》等50篇作品上报。

2018年，在省作协的积极指导下，在市委宣传部和市文联的正确领导下，黑河市作家协会荣获省作协“文学组织工作奖”。

四　绥芬河市文情概览

（一）2017年绥芬河市文学创作及文学活动

2017年，绥芬河市作家协会在省作协的领导下，会员们勤奋耕耘，潜心创作，积极开展丰富多彩的文学活动，不断加强组织建设和队伍建设，取得了令人欣喜的成绩。

1. 文学创作成就突出

（1）文学作品发表情况

2017年，绥芬河市作家协会会员多次在国家级、省级、地市级报刊

《诗刊》、《上海文学》、《青年文学》、《花城》、《星星诗刊》、《大益文学》、《北方文学》、《黄河文学》、《山东文学》、《太湖》、《飞天》、《野草》、《诗歌月刊》、《诗林》、《诗潮》、《草堂》、《延河》、《太湖》、《鹿鸣》、《散文诗》、《小小说月刊》、《小说月刊》、《黑龙江日报》、《北方作家》、《地火》、《当代闪小说》、《中铁铁路文艺》和《太行文学》等发表诗歌、小说、散文、评论、歌词等近300余篇（首）。其中邢淑燕、许杰、黄丽杰、张丽英、焦润甲、郭婷等在创作上都有新突破。此外，石长江在创作长篇小说，孙书林、郭婷的长篇小说被推选到网络文学频道。

诗歌创作态势强劲。一年来诗歌继续保持良好的创作态势，杨勇分别在《诗刊》、《上海文学》、《星星》、《飞天》、《草堂》和《黄河文学》等发表诗歌90余首。阿西在《花城》、《诗刊》、《大益文学》、《诗潮》、《草堂》和《诗歌月刊》等发表诗歌及诗歌评论70余首（篇）。舟自横在《草堂》、《星星》、《诗林》和《散文诗》等发表诗歌80余首。

小说创作保持良好状态。杨勇的中篇小说在《小说林》2017年第2期头题发表，并在《青年文学》《野草》发表短篇小说。张伟东在《北方文学》《太湖》发表小说。陈华在《中铁铁路文艺》《太行文学》等发表了小说。牟喜文在《中国微篇小说》《小小说大世界》《小小说月刊》《小说月刊》等发表小小说39篇。

（2）获奖及入选作品

杨勇的诗歌《西出阳关》获甘肃省《飞天》杂志社主办的“大美甘肃，多彩丝路”全国诗歌散文大奖赛三等奖。舟自横的诗歌《春节》获《星星》主办的“过年”主题诗歌大赛二等奖，诗歌《抗联》获中国作家协会、《解放军报》主办的“军旅情　强军梦”诗歌大赛优秀奖。孙书林的歌词《中华少年》获“2017感动中国银奖”（中国儿童音乐学会、中国大众音乐学会主办），歌词《爱在大东北》获“2017歌词创作金奖”（黑龙江省文化厅、黑龙江省音乐协会主办）。邢淑燕的评论《带着文明上路走贵州》获《光明日报》、贵州省文明办主办的第三届“孔学堂杯”弘扬中华优秀传统文化主题征文大赛二等奖。

（3）作品选载

杨勇的诗歌《在昆仑酒店22层俯瞰雪夜的哈尔滨》入选《中国2016年度诗歌精选》（四川人民出版社）；组诗入选2017年10月《汉诗界》（团结出版社）；诗歌《即景诗》入选2017年2月《群岛2017诗年卷》（团结出版社）。牟喜文的小小说10余篇入选上海、广东、湖北、山东、河南等地高考模拟试卷。

（4）出版文学专著

2017年底，出版诗集和散文集共2部。其中为：阿西的诗集《生活指南》（江苏人民出版社），杨勇的散文集《纸世界》（知识出版社）。

2. 大型文学期刊《远东文学》引发国内文坛关注

2017年底，由绥芬河市作协主办的《远东文学》出刊4期，大量发表俄罗斯、韩国及国内作家、艺术家的文学艺术作品，引起了文学界的关注。《北方文学》2017年第1期、第10期、第11期，共选发了《远东文学》刊发的8位作者的作品。当代著名作家梁晓声和刘庆邦在北京阅读到《远东文学》后，对绥芬河市作协能创办如此高质量的刊物大为赞赏，欣然挥毫为本刊题词，并对本刊寄予厚望和期待。

3. 协会活动丰富多彩

一是6月成功举办了绥芬河市第一届端午诗会，市作协会员们用诗和散文怀念拥有美好情怀的屈子，赞诵家乡新变化。《今日绥芬河》报和《远东文学》给予关注，并陆续发表参会作品。

二是9月成功举办了第四届金秋诗会，会员们用诗和散文等讴歌家乡及祖国日新月异的变化，报效祖国，畅想美好未来。并在《今日绥芬河》报和《远东文学》上陆续发表参会作品。

三是全年多次邀请了辽宁、吉林、重庆等地作家李轻松等30余人，来绥采风创作和参加座谈。

四是利用广播、报纸等阵地，发表、传播文学作品。与市报社合作，在《今日绥芬河》报上开辟“边城”副刊，为全市文学爱好者提供习作发表阵地。全年共为本地写作者讲播和发表文学作品近400篇（首）。

五是利用微信、微博、博客、文学网站等媒介普及和推动文学创作。绥芬河市作家通过“诗生活”网，以及“诗人圈”“远东文学”等自办微信公众号发表诗歌、散文或者连载自己的长篇网络小说及歌词等，与众多网络读者交流。据不完全统计，2017 年作家们利用微信、微博和博客发表的文章有 600 余篇（条）。

六是组织了市作协会员分小组学习党的十九大精神，并在创作中认真贯彻落实。

（二）2018年绥芬河市文学创作及文学活动

2018 年，绥芬河市的作家们，凝视壮阔的国土而激情充沛，倾听大洋涛声而目光远翔，创作成果丰硕，活动丰富多彩，成绩令人瞩目。

绥芬河市作为中俄边境口岸城市，汇聚着历史文化、边关文化、宗教文化、开放文化、边贸文化，它们摇曳多姿，交相辉映，因此文学创作具有了多视域、多维度的先天优势。

1. 诗歌引领，文学创作呈井喷态势

绥芬河市处于祖国的边疆，而其诗歌创作不但没有被诗坛边缘化，反而呈现新的面貌与景观。绥芬河市的诗人们，也正是在中俄两种文化的碰撞与交融中，获得了语言大矿里的火焰，并具有了诗歌的特质与深度。诗歌的掘进，为小说与散文创作，提供了扩展与推进的可能和空间。

2018 年，绥芬河市作家协会会员在《诗刊》《广州文艺》《星星》《北方文学》《西部》《延河》《阳光》《椰城》《小说林》《散文选刊》《中国诗人》《诗林》《石油文学》《南腔北调》《小小说月刊》《作家天地》《散文诗》《岁月》《鹿鸣》《小小说大世界》《黑龙江日报》《天津日报》《辽宁日报》等国家级、省级、地市级报刊发表诗歌、散文、散文诗、小说、小小说 300 余篇（首）。

诗歌创作态势强劲。2018 年诗歌继续保持良好的创作态势。杨勇分别在《广州文艺》《西部》《阳光》《北方文学》《诗林》《中国诗人》等报刊发表诗歌 90 余首。舟自横在《诗刊》《广州文艺》《星星》《鹿鸣》《岁月》

《天津日报》等报刊发表诗歌90余首。另有阿西、杨拓、阿简等在《诗歌月刊》《岁月》等报刊发表诗歌20余首。

小说创作保持良好状态。杨勇的小说《乱颤的日光》在《北方文学》2018年第3期发表。张伟东的小说《疯爷的火车》在《小说林》2018年第1期发表。陈华的小说《助浴》在《北方文学》2018年第10期发表。牟喜文在《小小说大世界》《小小说月刊》《当代故事》等刊物发表小小说6篇。另有孙书林的《旗镇枪侠》（30万字）、《国境商都迷案》（18万字）连载在当当网络文学频道。郭婷的《月落江湖传》（16万字）也连载在当当网络文学频道。牟喜文的网络玄幻小说《九瞳至尊》，在17K小说网签约，全年已发表102万字。

作品获奖更上层楼。葛均义的长篇小说《流放》获省委宣传部主办的第十届黑龙江省文艺奖一等奖。杨勇的散文《纸世界》获湖北省新闻出版广电局和湖北省全民阅读活动指导委员会办公室主办的“湖北省纪念改革开放四十周年有奖征文大赛”一等奖。杨勇的诗歌《边境纪事》和《农事诗》（二十首）获黑龙江省作协主办的“庆祝改革开放40周年主题征文”一等奖。杨勇的诗歌《冬日的波格拉尼奇内》获2018年东西方诗人联合会主办的首届“东西方诗人奖”优秀奖。张伟东的小说《蓝眼睛》获黑龙江省作协主办的“庆祝改革开放40周年主题征文”二等奖。冉白横的诗歌《哨所，屹立在祖国的东方》（五首）获黑龙江省作协主办的“庆祝改革开放40周年主题征文”三等奖。张丽英的散文《秋》获中华散文网主办的散文大赛一等奖。孙书林作词的歌曲《爱上你是我的福气》获CCTV第六届新春原创音乐会金奖。邢淑燕的散文《以阅读来与世界连通》获黑龙江省新闻出版广电局主办的“书香门第杯”优秀奖。

作品入选体裁多样。杨勇的诗歌《弗朗茨·卡夫卡》入选2018年《2007—2017中国诗歌版图》（成都时代出版社）；诗歌《7月29日还乡，夜雨里想起母亲》入选2018年9月《群岛2018诗年卷》（文汇出版社）；诗歌《途中书》（组诗十一首）入选2018年第3期《中国诗人》（东北师范大学出版社）；诗歌《夜雨寄北》入选《2019天天诗历》（中国青年出版社)；诗歌《愚人节》（组诗七首）入选 2017 年总第 2 期《新丝路诗人年鉴》；诗歌《杨勇的诗》（五首）入选 2018 年总第 2 期《中外诗人》（纽约新世纪出版社）；诗歌《南山书》入选中国作协主编的《2018 年中国诗歌精选》（长江文艺出版社）；等等。张丽英的散文《父亲的土地情》入选 2018 年第 3 期《散文选刊》。

出版文学专著不少于往年。2018 年底，出版诗集和小说集 2 部。阿西的诗集《词的寂静》，2018 年 3 月由文汇出版社出版。陈华的短篇小说集《逆流》，2018 年 12 月由北京燕山出版社出版。

2. 文学期刊引发国内外文坛关注

《远东文学》的创办，不仅仅是绥芬河市文坛的大事件，它的影响力与扩散性，它的功用与对文化本身的建设性，会随着时间的推移而日益彰显。

2018 年底，由绥芬河市作协主办的《远东文学》出刊 4 期，大量发表俄罗斯、韩国及国内作家、艺术家的文学艺术作品，并与国内各地作家、杂志社交流，引起了文学界的关注。《远东文学》作为一份全国内刊，参加了宁夏主办的全国文学期刊交流大会，受到好评。

3. 协会活动丰富多彩

2018 年 6 月 16 日，绥芬河市作家协会与市直机关工委、市总工会、《今日绥芬河》报社联合举办了“商旅名城，欧亚风情”第二届端午诗会。来自全市各行各业的文友 60 余位吟诗诵文，共叙家乡情怀和端午情怀，传承屈原忧国忧民的爱国主义精神，弘扬中华优秀传统文化。此次诗会朗诵的 30 篇诗歌、散文作品，刊发在《远东文学》和《今日绥芬河》报上。本次读书会是绥芬河市庆祝改革开放 40 周年系列活动之一。

11 月 11 日，与哈尔滨师范大学文学院和“陈斋新韵诗”公众号合办的“书香山城”《远东文学》读书会举行。绥芬河市作家协会会员与读书爱好者欢聚一堂，共同分享创作与读书的体会。哈尔滨师范大学文学院博士生导师陈爱中教授，为本土作家和部分文学爱好者进行写作指导及创作分析。本次读书会是绥芬河市庆祝改革开放 40 周年系列活动之一。

12 月 22 日，参与策划了绥芬河市中俄新年音乐诗会活动。整台诗会分为“寻梦”“家园”“信爱”“展望”四个篇章。中俄演员们朗诵了由绥芬河市作家协会提供的古典诗歌、现代诗歌和俄罗斯诗歌。中俄两种语言演绎的诗歌激情，让观众感受到了中俄文化交融的魅力。近千名观众与朗读爱好者们一起，分享了这份“声音的礼物”。

此外，多次邀请黑龙江、北京、福建等地作家来绥采风，举办小型座谈会。利用广播、报纸等阵地，发表、传播文学作品。与市报社合作，在《今日绥芬河》报上开辟“边城”副刊，为全市文学爱好者提供习作发表阵地。全年为本地写作者讲播和发表文学作品近400篇（首）。利用微信、微博、文学网站等媒介普及和推动文学创作。绥芬河市作家通过“诗人圈”“远东文学”等自办微信公众号发表诗歌、散文或者连载自己的长篇网络小说以及歌词等，与众多网络读者交流。据不完全统计，2018年作家们利用微信、微博和博客发表的文章有500余篇（条）。

五　佳木斯市文情概览

2015年以来，佳木斯市作协组织从会员登记到会员发展，从机制完善到活动规范和创新，从人才培养到精品创作，激发了会员们参与创作的积极性，吸引了更多的文学爱好者加入作协组织，形成了团结向上、积极进取、无私奉献、潜心创作，以及具有号召力、凝聚力的活跃组织，把作家协会办成了作家和文学爱好者之家，成为会员提高写作水平的学校。

（一）2017年佳木斯市文学创作及文学活动

2017年，佳木斯市作家协会获得“文学创作成就奖”，被黑龙江省全民阅读活动委员会评为“全省读书先进单位”；孙代君被评为“黑龙江省读书十大推荐人先进个人”。

1. 创新体制，夯实组织，作协号召力、凝聚力在不断加强

在思想建设上，坚持讲政治、讲正气、讲胸怀、讲大局、讲写作成果，形成了良好的作协风气。在管理机制上，建立会员部、文创部、读书部、活

动部、诗词部、影视部、文艺部、办公室等七部一办机构，条块分明，职责明晰，促进作协工作实现了常规化、制度化；在市直地区考虑会员集中的问题，推行了作家会员组的建设，把各位副主席分派到各会员组发挥作用，从实践看，达到了加强作家会员组织管理的效果。在活动场所上，采取了与佳木斯大学合作的方式，建立了佳木斯作家作品馆、读书沙龙和文学创作基地等，结束了活动场所打游击的状况，依靠大学资源解决了作协活动无场所的问题，为作协发展奠定了物质基础。

每年把评选表彰作为制度，形成“比学赶帮超”的态势。2017 年汤原县作协、桦南县作协、桦川县作协、富锦市作协被评为“先进作家协会”，评选出 58 名“优秀会员”。

2. 抓好线上线下文学平台建设，打造文学精品窗口

利用网络手段开设《佳木斯作家》微刊、“佳木斯作家”微信公众号等，面向社会展现作家们的作品，从而达到宣传正能量、释放文学对社会的影响力的目的。

一是创立《佳木斯作家》微刊，选配文学功底深厚的会员担任编辑，目标是打造全省一流的文学网刊，经过微刊编辑们的辛勤努力，每周一期，载稿量达到近 300 篇，受到省内外行业人士和热心读者的关注和好评。

二是开通《声动三江》朗诵音频，将作家们的诗歌、散文作品通过朗诵音频传播出去，并且通过《声动三江》朗诵音频的建设，开展进社区、进工厂、进学校等系列朗诵活动，发展一支朗诵骨干队伍，请国家知名艺术家达威培训指导。《佳木斯作家》微刊和《声动三江》朗诵音频成为会员们发表作品的平台、对外宣传的窗口，产生了良好的社会影响。

三是利用微信和 QQ 平台，开展每周“八点之约”作品讲评活动。每个作家会员组和各县市作协负责一周，一篇作品，经过一周的预热，周五晚八点大家在平台上参与讲评，这项工作长期坚持，不断总结经验和完善，参与讲评的会员达到了近千人次。

抓好文学刊物的精编出版工作。在《东北风》杂志的牵引下，汤原县作协的《鹰山文学》、桦南县作协的《七星峰》、富锦市的《卧虎泉》、抚

远市的《东极魂》等办得都非常出色，特别是《鹰山文学》发行交流到16个省份，受到省内外文学界的关注与好评，《鹰山文学》抗战专辑被俄罗斯国家图书馆收藏。

3. 创新活动方式，开拓作协工作新途径

佳木斯市作家协会把宣传文化，引导作家和爱好者深入基层接近民众、体验生活作为重要任务去抓。

一是开展了“走进社区、走进学校、走进农村、走进工厂”四走进送文化活动。在佳木斯大学举办一次本土作家签售书活动，主题为“文化进大学”。与大学联合开展讲座、座谈、朗诵会、赠书、售书等系列活动；开展“文化进社区”活动，以作家会员组的名义走进社区，开展读书、朗诵、文学爱好者小组文艺演出等活动。汤原县作协与香兰监狱联合开展以感恩为主题的征文比赛，为劳改人员传授写作知识，开展好文章评选活动等。

二是通过举办各类作品品评和采风活动，激发会员文学创作的积极性，会员们创作的1575篇（首）散文、小说、诗歌发表在《三江晚报》、《佳木斯日报》、《东北风》、《佳木斯作家》微刊以及全国性的报纸杂志上；《三江晚报》《佳木斯日报》刊发的副刊专版10期；桦川县作协每年都举行百人现场散文大奖赛，通过比赛活动发现人才促进文学创作的发展。

三是与有关部门合作开展作品评选大赛活动。与市文广新局合作“在东极等你”散文诗歌大赛，创作出作品158篇，评出一至三等奖19篇；与市纪检委合作“佳木斯廉政小说”大赛，共创作85篇小说，评出一至三等奖21篇；与团市委合作《扶贫三字经》创作作品45篇，评出一至三等奖6篇；与《佳木斯日报》合作“菊花佳色”原创诗词大赛，创作诗词38篇，评出一至三等奖14篇；等等。努力争取更多的合作，为作家和爱好者创作作品提供机会。

四是开展丰富多彩的创作活动。召开了《守望生命》医疗战线人物报告文学集作品创作研讨会，《守望生命》全书30多万字，作家们从不同侧面，用生动、感人的笔触描写出了45名平凡而伟大的白衣天使，全景展现了佳木斯市卫生人的精神风貌。组织59名作家深入宝泉岭垦区开展了采风活动。参观学习了垦区农业机械化博物馆、无土栽培生态园、宝泉岭农场历史展馆、垦区文化中心、名人馆等。会员们对垦区的人文地理环境有了深入的了解，被垦区丰富的历史文化吸引和震撼，尤其是军垦文化、知青文化、远征军历史等给会员们留下了深刻的印象，与宝泉岭农垦管理局党委宣传部建立了在文学创作、活动开展、经验交流等方面的合作关系，以促进两地文化的共同繁荣和发展。黑龙江省著名作家徐景辉率领的牡丹江地区5人作家团应邀到佳木斯市进行小说创作经验交流活动，来自市区、桦南、桦川、汤原等市县的会员共80多人参加了交流活动，并听取了徐景辉的小说创作体会分享。

五是向社会展示作协风采，扩大文学对社会的影响力。4月23日，黑龙江省第三届“书香中国·龙江读书月”暨佳木斯市全民阅读活动启动仪式在佳木斯市举行。国家新闻出版广电总局综合业务司副司长丁以绣，黑龙江省副省长孙东生，佳木斯市委副书记、市长郭冀平，市委常委、宣传部部长宫秀丽，副市长郭雪梅等国家、省、市与会领导参观了市作家协会展出的2010年以来，由佳木斯本土作家创作的精品图书12类共700多册，涉及红色文化、地域文化、报告文学、小说、诗歌、散文、英雄故事等方面。

市作家协会成功举办了“第三届本土作家作品签售”活动。黑龙江省副省长孙东生，佳木斯市委副书记、市长郭冀平，市委常委、宣传部部长宫秀丽，副市长郭雪梅及有关部门的领导莅临签售现场，亲切看望了本土作家，对佳木斯市在文学创作和推动全民阅读方面所做出的努力给予了高度肯定和赞扬。佳木斯市广大市民纷纷来到签售现场，踊跃购书并请有关作家签名、合影留念。

7月18日，市委宣传部在市博物馆举办“赫哲族民俗文化丛书”、“佳木斯民间文学集成”和“东北小延安文丛”三套丛书的首发仪式。省委宣传部副部长、省文联党组书记田文媛，中国民间文艺家协会副秘书长周燕屏，省文联副主席计世伟，市委常委、宣传部部长宫秀丽等领导和嘉宾出席了首发仪式。市作协负责人孙代君就丛书的创作出版进行发言，市作协会员代表接受了市委宣传部的赠书。

8月17日，“佳木斯市十年文艺成就展”在市图书馆举行。佳木斯市作家近十年的优秀文学作品和市作协工作活动成果被作为重要成果向广大市民展出。完整展览了记录佳木斯市十年（2007～2017）的优秀文化艺术成果，展现了奋力走出全面振兴发展新路的文化艺术成果，浓缩了佳木斯市十年来文化发展的辉煌战果，荟萃了具有广泛影响力的城市文化名片，展现了奋力走出全面振兴发展新路的文化力量。市作协负责人孙代君、桦南作协主席于洪福、作家崔淑清及孟祥海等代表佳木斯市作家向市民签名赠送“佳木斯民间文学集成”系列图书。参加佳木斯2017年文博会和三江国际旅游节开幕式的省市领导、驻佳部队领导、国际友人和作协会员、广大市民参观了展览。

4. 坚持主题创作和自主创作两手抓，文学成果显著

创作更多、更好的文学作品是作家神圣的责任与担当。

一是组织会员主题创作和出版。由团结出版社出版“三江记忆”文丛，包括：于洪福的长篇小说《风卷残云》《风起云涌》《纪实小说卷》《剧本卷》《中篇小说卷》和朱春龙的长篇小说《乙酉档案》等。以文学的视角和笔法，反映佳木斯“东北小延安”时期，在党的领导下开辟东北解放区，开展“剿匪、土改、建政”等波澜壮阔的历史故事。

由宫秀丽主编、团结出版社出版的“佳木斯民间文学集成”共7部：孙代君的《恰克莫的往事》，于洪福的《八虎力河流淌的歌》、《地方传说》、《人物史事传说》、《民间传说》、《民间故事》和《民俗卷》。挖掘佳木斯地域文化，会员们的创作积极性空前高涨，参与会员达到了几百人。

还有一些文学作品引人注目，包括：集体创作30万字的描写救死扶伤的白衣天使的《守望生命》报告文学集；王国勋的电视连续剧剧本《家家都有难唱的曲》；景文玺的长篇小说《昭德皇后》和北方金国历史小说《花开不败》；李文湘的长篇小说《天诺》和《就想看着你》；于洪福的长篇小说《流血的金子》；王佳东的长篇小说《考验》；许栋臣的电视连续剧

剧本《出路》；陈树照的《远方》；等等。在影视编剧和制作方面，影视部拍摄的《守诺如山》《心路》佳木斯市道德楷模系列微电影参加全省展播；朱春龙编导的大型历史文献纪录片《决战黎明》，在省台播放，第一集《日出东方－佳木斯解放纪事》获得第二届中国金风筝国际微电影节十佳作品奖，这是佳木斯市近年来获得的影视作品方面的最高奖项。

二是自主创作由团结出版社出版的“三江作家”丛书，包括：姜永明、许振杰的《人生寻梦乐悠悠》，刘士军的《流金岁月》，谷颖的《丁香花落》，董亚杰的《灵魂去处》，许敬山的《一壶老酒》，安峰的《吃土豆的人》，李阳的《雏菊花语》。

三是组织会员对外参赛和对外投稿。谷莉诗歌获“上海诗歌节”等多项一等奖；王善常的《遇》获《小说选刊》二等奖；姚金翎的《再见，乔安》获大连出版社“大白鲸”银鲸奖；魏德强、何佳、崔文等会员的小小说相继获奖；李丽杰的《葵花向阳开》获黑龙江省纪念抗日战争暨世界反法西斯战争胜利65周年征文优秀奖，《家家串串红》获黑龙江省作家协会纪念中国共产党成立90周年主题征文三等奖。

在对外发稿方面，周德坚、左振彪、崔文、王善常、魏德强、姚金翎、朱春龙、王智君、孙子钧、谷莉、苏云鹏、朱继尧等在省内外重点刊物上发表文学作品。

（二）2018年佳木斯市文学创作及文学活动

2018年，佳木斯市作家协会以习近平总书记深入生活、扎根人民的思想为导航，经过不懈努力，取得了长足进步和发展。在作协工作和文学作品创作上都实现了创新发展，取得了卓著的成绩，成为佳木斯市繁荣文化事业、传播社会正能量的一支重要的有生力量，成为佳木斯市广大文学爱好者实现文学梦想的摇篮。2018年被黑龙江省作家协会评为“文学创作成就奖”，这是市作家协会连续四年获得此殊荣。

1. 作协队伍在不断地壮大，会员素质普遍提升

从2015年的几十名会员，发展到今天拥有省级会员70名，市级会员

475 名，县（市）级会员 368 名。作协队伍的不断壮大，从一个侧面佐证了佳木斯市作家协会蓬勃发展的历程。在壮大队伍、囤积兵马的同时，不忘重视和加强会员队伍的建设。为此，市作协有计划、有组织、有梯度地开展了读书、讲座、采风、创作、公益等一系列社会活动，引领会员深入生活，息心创作，使得广大会员的文学创作水平得到了普遍提升。

2018 年，承接了团结出版社的《赫哲族文化传承全书》，保质保量地完成了创作任务，得到了学术权威部门的首肯和好评。“三江抗战”文从、“佳木斯作家”文丛等丛书，累加起来一千多万字，参与撰稿的会员多达几十甚至上百人，大家凝心聚力，严谨务实，高标准、高质量地在规定时间内完成了创作任务，这是在光阴行走的脚步声里，佳木斯市作协留给这座城市历史和未来的书稿，必将载入佳木斯城市发展的史册。

2. 优秀会员不断涌现，形成人才梯队格局

作协会员在热火朝天的创作中，得到了锤炼，整体创作水平得到了提升，形成了人才梯队的格局。

作协坚持抓两头带中间：抓“签约作家”出精品；抓第三梯队促提高；带动第二梯队大发展。建立人才梯队，学有榜样、赶有目标，扎实推进人才的培养，相信经过不懈努力抓人才，定会出现更多的优秀作家。

目前，每个文学门类都拥有了领头人：长篇小说有朱春龙、王延才、景文玺、于洪福、孙玉民、邢涛；中短篇小说有王善常、王智君、魏德强、刘长春；儿童文学有李丽杰、咸永彬、姚金翎；散文有乔桦、王长玲、朱官尧；诗歌有陈树照、谷莉、贾权、董亚杰等人；报告文学有沈艳玲、谷占江、王绍峰、孙立刚、刘日强；网络小说有袁大为。

在纪念海南建省办特区 30 周年系列活动中，德高望重、耄耋之年的老作家贾申创作的《海南之恋》几十首词作品，被中国社会艺术协会评选为全国群众创作歌曲展评金奖。

经过严格筛选，谷莉、袁大为、王智君等被推选，参加了萧红文学院第十八届中青年作家创作培训班和鲁迅文学院基层作家培训班；姜永明、张德山、李振科、董亚杰、王长玲参加了省作协文学培训班。这些举措，试图通

过“走出去”和“请进来”等方式，来打造和磨炼会员队伍。

2018年作为黑龙江省唯一代表，佳木斯市谷莉参加了全国第十八届散文诗笔会，孙子钧参加了《民间故事》杂志举办的笔会。

2018年，有几十位会员在国家级别的报纸杂志上发表作品：孙子钧在《民间文学》等国家级刊物上发稿达15万字以上，谷莉在《中国诗人》《散文诗》等十几种国家大刊上发表诗歌作品几十首。陈树照的《万家灯火》、王明远的《在山上》等诗歌作品被收录入《中国年度优秀诗歌2018卷》。

3. 集中精力抓创作，文学作品结集出版喜获丰收

作协的工作重点就是组织作家开展文学创作，在2015～2018年4年间，组织作家共完成主题创作27部，自主创作31部，组织编辑出版文学作品58部。组织会员自主创作出版了散文及小说等24部、报告文学4部。

为纪念改革开放40周年，集体创作了《与你同行》报告文学集，29名编采人员，用不足两个月的时间，完成了20万字，采写了42名奋战在公检法、文教卫生、工商、农村和扶贫的各条战线上的英模人物。

2018年由孙代君主编、团结出版社出版《冰凌花文丛》共8部，包括于百川的散文集《在路上》，张德山的诗集《苍天厚土》，姜福祥的诗集《北方春草》和散文集《青春的琴弦》，苏晓慧、李大志的小说《滨江利剑》，王铎的电影剧本《东北大荒原》，薛庆云的小说《老上甘岭》，赵志刚的散文集《触摸生命》。由孙代君主编、团结出版社出版《三江文萃》共3部，包括王智君小说集《山谷回声》，邢书文小说《边城风云》，孙代君散文集《幸福的桃子》。

由孙代君主编、团结出版社出资出版以及沈艳玲、尤利峰、李鸿岩、高晓梅、解永亮、孙玉森、王长玲、毕旭编著的《赫哲族文化艺术传承全书》共7部，分别为《赫哲族民俗文化传承》《赫哲族伊玛堪说唱艺术传承》《赫哲族服饰文化传承》《赫哲族民间传说故事精选》《赫哲族鱼皮画艺术传承》《当代赫哲族文化发展概览》《赫哲族语言普及读本》等。这是市作协会员与赫哲族专家、赫哲族文化传承人共同编著的书稿，是一部研究赫哲族民俗文化与文化传承的百科全书。

2018年，佳木斯市作家自主创作的作品有6部：景文玺的《起死回生》；舒耘华的散文集《心眉小语》；咸永彬的儿童长篇小说《大草原和小布多》；孙玉民的长篇小说《乌苏里船歌》；王明远的诗歌集《在安邦河》；连宝辉的长篇小说《永恒的爱》。剧本创作成果丰硕：老作家王延才饱含激情，以我国高铁建设为素材，创作了30集长篇电视连续剧剧本《中国名片》；王国勋、孙代君创作完成了电影文学剧本《孙西林》《赫哲莫日根》；网络作家袁大为创作的抗日系列小说，一路领衔各大网站，并被改编成有声小说，三十而立的袁大伟，正成为佳木斯国家网络文坛上的一颗新星。

肖明俊影视部撰写及拍摄了第三届感动佳木斯的十大新闻人物，为佳木斯这座城市点亮了温暖的灯火。2018年7月，市作协按照市委书记徐建国关于写好景点传说故事的指示，在短时间内组织会员，创作了《紫气东来》等20多篇传说故事，受到市委徐书记的高度评价，这是对市作协工作的充分肯定和高度重视。

4. 不断推出文学精品，会员作品获奖颇丰

据不完全统计，2018年，佳木斯市作协会员创作的小说、诗歌、散文、报告文学等在全国各大报刊上稿245篇，其中，有58篇获奖。王延才、赵仁庆创作的小说，董伟任编剧的动漫，均获第十届黑龙江省文艺奖三等奖。赫哲族作家孙玉民获第27届金鸡百花电影节少数民族题材电影“提名剧本”奖。孙子均创作的《舒木鲁哈的一天一夜》和孙代君创作的《四丰山的传说》民间传说故事在纪念改革开放40周年全国民间文艺作品征集、展演活动中，被中国文联、中国民间文艺家协会评为全国民间文艺作品优秀作品，并被收入《全国民间文艺作品征集——民间故事选集》一书。王丽群撰写的评论，在全省“我与喜爱的书”书评大赛活动中，被省新闻出版广电局评为二等奖。在黑龙江省作家协会组织的纪念改革开放40周年征文大赛活动中，全省49篇，佳木斯市8篇作品获奖，其中一等奖1篇，三等奖3篇，纪念奖4篇，王善常的《玉米地里长出鱼》获得一等奖。

5. 积极开展各项活动，推动作协事业蓬勃发展

一是加强作协与企业、媒体、大学的互利合作，借船出海，增强作协软

实力。“东极大明食品”冠名《佳木斯作家》微刊，出资解决了微刊发行的经费问题，微刊上线“掌上佳木斯”并分享到《佳木斯日报》，这在一定程度上扩大了微刊的影响力。

借助佳木斯大学的硬件和软件实力，在佳木斯大学图书馆设立的“佳木斯作家作品馆”藏书近万册。为了保证作品馆的藏书不断地被充实，规定作家凡是当年出版的书都要向“佳木斯作家作品馆”赠送5本，作为作家的一项责任与义务，永远保持下去。2018年赠送871本。作协与佳木斯大学合作，设立人文学院“作家文学修养讲堂”，由人文学院给作家讲授文学理论，为作家补上文学基础课。利用“佳木斯作家沙龙”活动场所给大学生传授文学创作经验，与大学联合组织开展读书分享、作品研讨等活动，吸引了大学生踊跃参加，实现了社会资源优势互补、强强联合。

二是加强文学阵地建设，为培养文学人才创造条件。

扎实开展微信周五“八点之约”作品讲评活动，本年度，“八点之约”共举办28次，累计参与550人次，共点评作品36篇，收到了良好的效果，深得各位会员的拥护；作协创办了《声动三江》音频，本年度共制作《声动三江》音频42期，培养了音频制作人才，打造了一支朗诵骨干队伍；办好文学刊物，除了办好作协的机关刊物《东北风》之外，各市县作家协会的核心刊物也办得风生水起，全年发表文学作品共计598篇，成为佳木斯文化长廊上的一道亮丽的风景线。

2018年度，作协读书分享活动累计25次；请名家讲学，举办文学创作研习班6次；在大学、社区、书店等举办诗歌朗诵会12场；组织大型采风活动3次，8月去富锦湿地、同江赫哲民族文化村采风，在这两次活动中，作家写出了89篇采风作品。此外，作协文艺部编排的情景剧参加了市委宣传部组织党员教育和全市庆祝改革开放40周年大型演出，受到了好评。

开展了庆祝改革开放40周年主题征文活动，收到诗歌、散文、小说、报告文学等作品1802篇，评选出一等奖20篇、二等奖60篇、三等奖100篇、纪念奖210篇，举行隆重的颁奖仪式。

基层市县作协活动丰富多彩。富锦市作协结合“纪念富锦撤县建市30

周年”编辑出版一部20章35万字的大型图书《砥砺奋进谱华章》；桦南县作协为提高会员创作水平，举办了两期创作培训班，同时，组织到学校和林区送文化活动，把会员出版的书籍捐赠给驼腰子小学，共400多册；抚远市作协参加全市开展的“弘扬鱼文化，拯救濒危物种”主题征文活动；诗词协会举办诗词技巧培训班，进社区、学校举办朗诵会、讲评作业等；桦川县作协开展文学大奖赛活动，从中发现文学新人；汤原县作协举办成立五周年暨《鹰山文学》创刊五周年纪念活动。

东北作家采风团到佳木斯。2018年8月4日，由金玛农业集团、大连市作家企业家联合会主办，佳木斯市作家协会、东北作家协会协办的“元态杯”采风活动在佳木斯市举行。来自大连、沈阳、哈尔滨、大庆、牡丹江、双鸭山及佳木斯的10余位作家参加了采风活动。

敬一丹来佳木斯参加签售书活动。2018年9月20日，市作协和长城书店联合举办了“敬一丹新书《那年那信》创作访谈暨签售书”活动。全市文学、朗诵爱好者共计600多人参加了活动。

佳木斯市作家协会携手九三学社书画院组建“红色文艺轻骑兵”走进波巴布公司，为公司员工书写新春对联，并演出了精彩的文艺节目，送去新春的祝福。

特邀佳木斯大学人文学院院长、硕士研究生导师王永宏教授为作家和大学部分师生做了“略谈文学素养”专题讲座，共同探讨基于一定文学素养下的文学创作。

佳木斯市作家协会第二届妙笔润三江——“到人民中去”文艺志愿服务主题文艺演出在佳木斯市外滩公园百姓大舞台拉开了帷幕。作家们自编自演的诗朗诵、情景剧等节目深受观众的欢迎，百姓大舞台围满了人，有近千人观看了演出。

新华社记者闫睿就佳木斯市深化文化体制改革落实情况，到市作协进行调研采访，市作协负责人孙代君接受采访。记者在市委宣传部外宣办主任王延颖、副科长史浩同及市文联秘书长胡春阳、市作协有关领导的陪同下，参观了位于佳木斯大学图书馆的“佳木斯作家作品馆”。随后又来到佳木斯大学作协乐知读书沙龙活动室观看《佳木斯市作协 2017 年工作成就》专题片，听取市作协负责人孙代君的工作汇报。记者还与市作协的佳木斯大学学生作家会员进行了交流，并在佳木斯大学图书馆“佳木斯市作家协会文学创作基地”牌前合影。

附　　录

Appendices

B.19
2017～2018年黑龙江省作家协会文学大事记

罗纯睿*

一　黑龙江省作家协会2017年文学大事记

1. 2017年1月15～17日，省作协协助央视纪录频道拍摄作家迟子建的纪录片《作家的乡愁》。

2. 2017年2月22～23日，黑龙江省作家协会六届六次全委会于哈尔滨北大荒国际饭店召开。省委宣传部部务委员庞玉红出席会议，会议由省作协主席迟子建主持。省作协党组成员、副主席司兆国传达了全省宣传部长工作会议精神。省作协党组书记赵德信作省作家协会六届六次全委会工作报告，

* 罗纯睿，黑龙江省作家协会办公室主任。

对2016年的工作进行了全面系统的总结，对2017年的文学工作进行了全面部署。会议还表彰了2016年度先进团体会员单位。

3. 2017年4月29日，中国共产党黑龙江省第十二次代表大会在哈尔滨隆重召开。黑龙江省著名作家张雅文同志光荣当选省第十二次党代会代表。

4. 2017年6月19～22日，中国作协党组成员、书记处书记、副主席阎晶明，中国作协办公厅主任李一鸣，中国作协外联部综合处处长梁飞，就学习贯彻习近平总书记在中国文联十大、中国作协九大开幕式上的重要讲话精神情况到黑龙江省调研。

5. 2017年6月19～23日，黑龙江省作协在哈尔滨举办中国作协会员深入学习贯彻习近平总书记文艺工作座谈会重要讲话精神黑龙江省培训班。中国作协党组成员、书记处书记、副主席阎晶明，中国作协办公厅主任李一鸣，省委宣传部常务副部长杨殿军，省作协党组书记赵德信，省作协主席迟子建，省作协党组成员、副主席司兆国，中国作协外联部综合处处长梁飞，省委宣传部文艺处处长黄锦秋出席了培训班开幕式。来自全省各地的70余名中国作协会员及文学骨干参加了此次培训班。

6. 2017年6月20日，黑龙江省作家协会《晚华文萃》丛书首发式在哈尔滨市隆重举行。

7. 2017年6月21日，中国作协党组成员、书记处书记、副主席阎晶明，中国作协外联部综合处处长梁飞在黑龙江省调研期间，分别看望了在哈尔滨的老作家郑加真和张恩儒，黑龙江省作协主席迟子建陪同。

8. 2017年6月22日，黑龙江省作家协会在北大荒国际饭店召开黑龙江中青年作家座谈会。中国作协党组成员、书记处书记、副主席阎晶明，中国作协办公厅主任李一鸣，中国作协外联部综合处处长梁飞，黑龙江省作协党组成员、副主席司兆国出席了座谈会，会议由黑龙江省作协主席迟子建主持。

9. 2017年7月9～14日，萧红文学院第十七届中青年作家创作培训班在哈尔滨举办。省作协主席迟子建，省作协党组书记赵德信，省作协党组成员、副主席司兆国出席开学仪式并分别致辞。

10. 2017年7月20日，黑龙江省委常委、副省长贾玉梅到省作协看望慰问省作协主席迟子建，并和省作协领导班子进行座谈。

11. 2017年8月19~24日，为了纪念中国人民解放军建军90周年，缅怀英烈、铭记历史，省作协以文学的形式传承红色基因。省作协组织“迎接党的十九大暨纪念建军九十周年”主题采风活动，先后赴人民军队初创时期重大革命历史事件发生故地进行采风采访，采风团由省作协党组成员、副主席司兆国带队，团员以近年来部分获奖作家为主体，采风团一行10人分别到南昌、井冈山、上海采风采访。

12. 2017年8月28日，黑龙江省作家协会2017~2021年度合同制作家聘任大会在哈尔滨召开，会议由省作协主席迟子建主持。孔广钊、王若楠、王鸿达、黑鹤、阎逸、吕天琳、孙且、刘浪、耳根、朱珊珊、桑克、陈力娇、杨勇、鲁奇、张建祺、张爱玲、鱼人二代、唐飙、梁帅、曹立光、程琳、薛喜君等22位作家现场签约，有关领导为合同制作家颁发聘书。本次合同制作家中除了小说、诗歌、散文、报告文学等各个创作门类的作家外，又新增加了网络文学作家。

13. 2017年9月13日，为迎接党的十九大，及时送去省作协对老党员、老作家的关怀，省作协开展了喜迎党的十九大，走访慰问老党员、老作家活动。省作协党组书记赵德信，省作协主席迟子建走访慰问了中流、黄益庸等老党员、老作家，就他们的创作和生活情况进行了详细交流，并送上精心准备的慰问品，把省作协的温暖和关怀送到老党员、老作家身边。

14. 2017年10月16日，省作协对黑龙江省作家仉立国长篇小说《浑然不觉》、王左泓长篇小说《四季》、代英夫长篇小说《百姓是天》、周树山历史随笔集《菊花砚》、姜孟之报告文学集《为了红松故乡永存》、姜淑梅民谣故事集《小辫梢，剪一剪——鲁西南民谣》、袁炳发小小说集《穷孩子》、高艳散文集《我这里的北地》、韩文友散文集《云上行走——日喀则札记》、董谦长篇小说《西苇塘传》等10部作品进行了重点扶持。

15. 2017年10月29日，省委书记、省人大常委会主任张庆伟就学习贯彻党的十九大精神和习近平总书记文艺工作座谈会重要讲话精神情况、黑龙江省文化事业发展状况进行调研。

16. 2017年10月30日，迟子建的中篇小说《空色林澡屋》获第十七届百花文学奖，这也是迟子建第九次获得该奖项。

17. 2017年10月31日，省作协召开全体干部大会，认真学习党的十九大重要精神，学习贯彻落实省委书记张庆伟在省文联、省作协调研时的重要讲话精神，并对省作协学习贯彻落实党的十九大精神以及开展下一步工作进行安排部署，省作协主席迟子建出席会议，省作协党组成员、副主席司兆国主持会议。

18. 2017年11月10日，省作协召开黑龙江省作家学习贯彻党的十九大精神座谈会，省作协主席迟子建主持座谈会，省作协党组成员、副主席司兆国，萧红文学院院长何凯旋参加座谈。黑龙江省部分老、中、青三代作家——中流、门瑞瑜、唐飙、陈明、桑克、袁炳发、孙且、梁帅、阎逸、孔广钊参加座谈会。

19. 2017年11月24日，黑龙江省著名作家迟子建获第十届中国版权年会2017年中国版权卓越成就者奖。

20. 2017年11月30日，由中华文学基金会、浙江省桐乡市人民政府发起主办的“中华文学基金会茅盾文学新人奖”揭晓，黑龙江省青年作家格日勒其木格·黑鹤（包铁军）获奖，鱼人二代（林晗）获得“网络文学新人奖”提名。

21. 2017年12月5日，由黑龙江省报告文学作家韩春华创作的新书《烈焰冰心》的发布仪式在哈尔滨消防支队成功举办，此书是黑龙江省首部消防题材的长篇报告文学作品。

22. 2017年12月13日，省作协召开全体干部职工大会，省委组织部副部长张义龙同志宣读了省委关于李红同志任省作协党组书记的决定。

二　黑龙江省作家协会2018年文学大事记

1. 2018年1月12～22日，省作协举办送文化下基层“给网络作家送传统经典文学”、“文学进乡村”和“纪念萧红逝世76周年爱心赠书”等活动。

2. 2018年1月23日，由中国作协主办，黑龙江省作协、大兴安岭地委宣传部协办的“到人民中去”红色文学轻骑兵黑龙江漠河行文学公益讲座活动在漠河举行。

3. 2018年1月29日，省作协党组书记李红，省作协主席迟子建，省作协党组成员、副主席司兆国等走访慰问了中流、门瑞瑜、黄益庸、郭先红、刘畅园等老作家，带去了省作协对老作家的关怀，并致以新春的问候和美好祝愿。

4. 2018年1月29日，完成第十届黑龙江省文艺奖文学作品初评工作，第十届黑龙江省文艺奖共征集到符合要求的文学作品92件，与上届相比此次参评作品的数量大幅度增加。经过初评，共有22件作品进入联评。

5. 2018年2月4日，迟子建《候鸟的勇敢》入选“人民文学出版社2018年度十五大好书”。

6. 2018年3月9日，由人民文学出版社、天天出版社主办的“常新港新作《尼克代表我》新书研讨会”在京召开。

7. 2018年3月9日，四川省作协一行7人抵达黑龙江开展文学交流活动。两省作协就文学工作召开座谈会，黑龙江省作协党组书记李红主持座谈会。

8. 2018年3月20日，黑龙江省作家协会六届七次全委会在北大荒国际饭店召开。会议由省作协主席迟子建主持，省作协党组书记李红作省作协六届七次全委会工作报告。会议传达了中国作协深入学习贯彻党的十九大精神专题研修班会议精神、全省宣传部长工作会议精神，总结省作协2017年工作情况，部署2018年工作，表彰2017年度先进团体会员单位。

9. 2018年3月23日，省作协党组书记李红同志带队，与省委宣传部、省文联组成联合调研组，赴大庆及周边多地就黑龙江省开展文化惠民工程情况进行专题调研，形成了《黑龙江省开展文化惠民工程提升群众文化获得感的实践与思考》调研报告。

10. 2018年4月4日，省作协分别召开党建工作会议、党风廉政工作会议和深化机关作风整顿动员大会，对2017年工作情况进行总结，部署2018年相关工作，省作协党组书记李红，省作协党组成员、副主席司兆国参加会议。

11. 2018年4月11日，张雅文《与魔鬼博弈——留给未来的思考》（英文版）在伦敦肯辛顿千禧国际格洛斯特酒店举办新书发布会。

12. 2018年4月15日，第十四届十月文学奖揭晓，迟子建《最短的白日》获短篇小说奖。

13. 2018年4月23～27日，省作协举办了为期5天的学习习近平新时代中国特色社会主义思想和党的十九大精神专题培训班。

14. 2018年5月13～18日，省作协组织15名作家赴改革开放的前沿城市——深圳、广州、珠海进行为期7天的采风采访、参观学习。

15. 2018年5月28日，中央电视台系列纪录片《文学的故乡》首映式在北京师范大学举行。省作协主席迟子建与其他5位入选作家共同讲述了文学背后的故事。

16. 2018年6月13日，黑龙江省作家协会牡丹江师范学院大学生文学创作中心举行揭牌仪式，省作协党组成员、副主席司兆国参加揭牌仪式并为创作中心授牌。

17. 2018年6月22日，省作协组织机关和直属事业单位全体党员开展“不忘初心”主题党日活动。省作协党组书记李红，省作协党组成员、副主席司兆国分别为党员讲党课。党课结束后，组织机关和直属事业单位全体党员干部参观了东北抗联博物馆和中共黑龙江历史纪念馆，重温入党誓词。

18. 2018年6月25～29日，黑龙江省作家协会在哈尔滨举办了“拥抱新时代　讴歌新征程——学习贯彻党的十九大精神”培训班，省作协党组书记李红出席培训班开幕式并作动员讲话，省作协党组成员、副主席司兆国主持开班仪式。来自全省各地的70余名省作协会员、文学工作者及文学骨干参加了此次培训班。

19. 2018年7月1日，为充分发挥省作协自律维权工作职能，省作协与专业律师机构签订了法律顾问协议，聘请黑龙江海天庆城律师事务所专职律师梁庆艳为省作协法律顾问，为有维权需求的会员提供帮助和服务，解决会员遇到的法律问题。

20. 2018年7月16～20日，“萧红文学院宝清中青年作家骨干培训班”在双鸭山宝清县举办。省作协党组书记李红、双鸭山市委副书记张云凯、萧红文学院院长何凯旋出席了开班仪式并分别致辞。来自双鸭山四县四区及农垦系统的60位文学创作骨干参加了此次培训班的学习。

21. 2018年7月24～27日，省作协组织了由主席迟子建为团长，副主席司兆国为副团长，王左泓、何凯旋、王鸿达、陈力娇、桑克、孙且、梁帅、韦健玮、郭力等10余位黑龙江省著名作家组成的采风团，赴黑龙江省五大连池市进行调研采风。

22. 2018年8月6～13日，省作协承接了中国作协庆祝改革开放40周年主题采访活动。省作协党组书记李红、省作协主席迟子建分别带领作家们进行实地参观、采访，并举行全国各省作家主题采访活动座谈会，会议由省作协主席迟子建主持，省作协党组成员、副主席司兆国出席座谈会。

23. 2018年9月19日，由省作协推选的第八次全国青年作家创作会议黑龙江作家代表团赴京参会。省作协党组书记李红、省作协主席迟子建为代表团送行并举行座谈会。黑龙江作家代表团由省作协党组成员、副主席司兆国带队，成员有黑龙江省知名青年作家王若楠（若楠）、梁帅（梁小九）、张建祺、张驰（鲁奇）、林晗（鱼人二代）、张晓光等6人。

24. 2018年9月20日，张雅文长篇纪实文学作品《妈妈，快拉我一把》在黑龙江省未成年管教所召开新书发布会，省作协党组书记李红出席发布会。

25. 2018年9月28日，省作协召开纪念改革开放40周年主题征文活动评审会，邀请著名作家、评论家组成评委会，评出一、二、三等奖和优秀奖共计49篇，省作协党组成员、副主席司兆国主持评审会。此次活动历时近5个月，受到全省文学工作者和爱好者的普遍关注。

26. 2018年9月，由黑龙江省作家协会策划、人民文学出版社编辑出版的“野草莓丛书”第四辑正式出版发行。丛书包括刘浪的短篇小说集《去可可西里吃大餐》、包临轩的诗集《蓝钟花》、张爱玲的散文集《当爱情上了年纪》、冯晏的诗集《碰到物体上的光》、薛喜君的小说集《李二的奔走》。

27. 2018 年 10 月 1 ~7 日，为庆祝改革开放 40 周年，省作协与黑龙江广播电视台公共·农业频道《帮忙》栏目合作，组织张雅文、韩乃寅、王左泓、葛均义、全勇先、王宏波、王鸿达等 7 位黑龙江省著名作家，推出庆祝改革开放 40 周年的专栏报道《书香四十年》，国庆期间在黑龙江广播电视台连续播出。

28. 2018 年 10 月 9 ~14 日，萧红文学院第十八届中青年作家创作培训班在哈尔滨举办。省作协党组书记李红，省作协主席迟子建，省作协党组成员、副主席司兆国，萧红文学院院长何凯旋出席了开学仪式并分别致辞。来自全省各地、各行各业的 42 名中青年作家参加了本届培训班的学习。

29. 2018 年 10 月 11 日，省作协对黑龙江省作家王鸿达的长篇小说《天下警察》、申志远的长篇小说《诞生》、冯晏的诗集《地平线上的小月亮》、孙且系列中短篇小说集《摇摆不定的河》、孙彦良的长篇小说《北方流人》、刘福申的报告文学作品《一个真实的故事——护鹤女孩徐秀娟牺牲 30 年祭》、陈力娇的长篇小说《幸福的劫持》、宋成君的长篇小说《棚改故事》、张嘉孝的报告文学作品《钢铁 1205 钻井队神话》、桑克的诗集《乡野间》等 10 部作品进行了重点扶持。

30. 2018 年 10 月 16 日，省作协组织召开黑龙江省中青年作家作品研讨会。会议主要围绕王鸿达、孙且、陈力娇、桑克、申志远等 5 位中青年作家近期创作的作品进行研讨。黑龙江省著名文学批评家郭力、郭淑梅、林超然、陈爱中、叶君与 5 位作家进行了深层次的交流探讨，会议由省作协主席迟子建主持，省作协党组成员、副主席司兆国出席会议。

31. 2018 年 10 月 27 日，由萧红文学院和哈尔滨师范大学文学院主办的“龙江文学新实力”文学论坛暨“主流文学进校园，名家讲经典”活动在哈尔滨师范大学举行。

32. 2018 年 11 月 8 日，陈伯吹国际儿童文学奖颁奖典礼在宝山国际民间艺术博览馆举行。黑龙江省著名作家格日勒其木格·黑鹤的小说《驯鹿六季》荣获本年度图书（文字）奖。

33. 2018年11月9日，省作协开展了“做新时代的不懈奋斗者”主题党日活动。省作协党组书记李红在会上以《不懈奋斗　勇于担当　做新时代合格的党员干部》为题进行了党课辅导。党课活动结束后，为认真学习贯彻习近平总书记在深入推进东北振兴座谈会上的重要讲话精神和在黑龙江省视察时的重要讲话精神，省作协组织党员干部参观了北大荒博物馆。

34. 2018年11月20日，省作协、萧红文学院组织黑龙江省专业作家、签约作家赴粤港澳大湾区等地采风。

35. 2018年11月26日，省作协召开解放思想推动高质量发展大讨论动员大会，省作协党组成员、副主席司兆国主持会议，省作协机关、事业单位全体人员参加了会议。

36. 2018年11月26～28日，省作协机关党委举办党务干部培训班，组织党务干部学习政治理论、党纪党规、党建业务和先进榜样事迹。省作协党组成员、副主席司兆国在开班仪式上讲话。

37. 2018年12月5日，黑龙江省委常委、副省长贾玉梅到省作协看望慰问省作家协会主席迟子建，贾玉梅副省长与迟子建亲切交谈，她详细询问了迟子建的工作、生活和文学创作等方面的情况。迟子建就省作协近期的工作情况、文学创作情况及今后工作的意见和建议等向贾玉梅副省长作了汇报。

38. 2018年12月9日，2018年收获文学排行榜在安徽蚌埠古民居博览园揭晓，迟子建《候鸟的勇敢》领衔中篇小说榜。

39. 2018年12月12日，“《作家文摘》2018年度十大非虚构好书”终评活动在京举行。张雅文《妈妈，快拉我一把》被与会专家评为“专家特别推荐图书”。

40. 2018年12月24日，省作协召开机关、事业单位全体干部学习会议，集中学习习近平总书记在庆祝改革开放40周年大会上的重要讲话精神，并就开展解放思想推动高质量发展大讨论进行了交流发言。省作协主席迟子建主持会议，省作协党组成员、副主席司兆国出席会议，省作协机关、事业单位全体干部参加会议。

41. 2018年12月26日，中国作家协会创研部、人民文学出版社在京召开了《妈妈，快拉我一把》作品研讨会。中国作协副主席何建明，中国出版集团副总裁李岩，中国作协创研部副主任李朝全，黑龙江省作协党组书记李红，司法部预防犯罪研究所副所长周勇，人民文学出版社社长臧永清、副总编辑应红等参加了会议。

42. 2018年12月29日，《黑龙江省志·文学志（1986—2005）》终审会议在省作协召开。省委史志研究室主任，省地方志书终审委员会主任，《黑龙江省志》总编室常务副总编何伟志，省作家协会党组成员、副主席司兆国出席会议并讲话。

43. 2018年12月30日，省作协、萧红文学院“文学大讲堂——著名作家进校园系列讲座”启动仪式在哈尔滨学院文法学院举行。

B.20
2017 ~2018年黑龙江省文学领域主要创作成果及获奖情况

兰雪燕*

一　长篇小说

葛均义

《流放》，百花文艺出版社，2015，第十届黑龙江省文艺奖一等奖。

程琳

《人民警察》第三部，人民文学出版社，2015，第九届黑龙江省文艺奖二等奖。

王鸿达

《青马湖》，中国文史出版社，2015，第十届黑龙江省文艺奖二等奖。

王延才

《厂魂》，作家出版社，2015，第十届黑龙江省文艺奖三等奖。

李文方

《六角街灯》，黑龙江人民出版社，2015。

孙彦良

《爷的村庄》，中国文史出版社，2015。

王如

《家风》，中国文史出版社，2015。

徐景辉

* 兰雪燕，黑龙江省社会科学院文学研究所助理研究员。

《风雨中东路》，北方文艺出版社，2016。

梁晓声

《人世间》，中国青年出版社，2017，第十届茅盾文学奖。

孙且

《有一个地方叫“偏脸子”》，黑龙江教育出版社，2018。

迟子建

《伪满洲国》，译林出版社，2018。

二　中篇小说

陈力娇

《布控》，《大平原》2017 年第 3 期。

王鸿达

《同桌》，《清明》2017 年第 5 期。

《英雄喋血决战前》，《章回小说》2017 年第 7 期。

《生命线》，《清明》2018 年第 9 期。

木糖（苦瓜）

《出城记》，《绿洲》2017 年第 1 期。

《烟火记忆》，《岁月》2018 年第 4 期。

杨勇

《夏天掉了一块骨头》，《小说林》2017 年第 2 期。

薛喜君

《花事》，《中国作家》2017 年第 12 期。

《雪夜晚钟》，《北方文学》2017 年第 10 期。

《秋风渐凉》，《北方文学》2018 年第 7 期。

《漫过树梢儿的冷雨》，《北方文学》2016 年第 2 期，第十届黑龙江省文艺奖二等奖。

《迎着太阳走》，《朔方》2017 年第 1 期，第三届《朔方》文学奖。

王子（王春伟）

《殇痛》，《北方文学》2017 年第 7 期。

王善常

《穷人怕得癌》，《北方文学》2018 年第 31 期。

张伟东

《多余》，《北方文学》2017 年第 31 期。

王芳

《火红的萨日朗》，《石油文学》2017 年第 3 期。

王玉波

《抗日英雄张甲洲》，《章回小说》2017 年第 8 期。

《侠虎仙踪》，《章回小说》2018 年第 8 期。

老长

《死亡证明》，《小说林》2017 年第 5 期，第十一届“哈尔滨天鹅文艺大奖”一等奖。

《残年》，《小说林》2018 年第 2 期。

王跃斌

《沉重的九连环》，《章回小说》2017 年第 3 期。

迟子建

《候鸟的勇敢》，《收获》2018 年第 2 期。

阿成

《逃离地震带》，《作家》2018 年第 1 期。

《私厨》，《小说月报》2016 年第 6 期，第十届黑龙江省文艺奖一等奖。

张抗抗

《把灯光调亮》，太白文艺出版社，2018，第十届黑龙江省文艺奖一等奖。

张雅文

《妈妈，快拉我一把》，《当代》2018 年第 5 期。

何凯旋

《兴凯湖》，《星火》2006 年第 7 期。

刘浪

《没有几个人知道我们曾经写诗》，《野草》2018 年第 3 期。

尹群

《公社往事》，《岁月》2018 年第 1 期。

孙彦良

《一地雨水》，《小说林》2018 年第 4 期。

李文方

《玻璃屋》，《北方文学》2018 年第 1 期。

红岸（张大朋）

《傻瓜之书》，《北方文学》2018 年第 13 期。

《三花》，《小说林》2017 年第 4 期。

吴极

《飞鸟各投林》，《北方文学》2018 年第 6 期。

吕占明

《大山兵》，《北方文学》2018 年第 4 期。

张望朝

《家殇》，《北方文学》2018 年第 25 期。

廉世广

《病树前头》，《北方文学》2018 年第 34 期。

墨凝

《江界情迷》，《章回小说》2018 年第 12 期。

朱法成

《江山万里图》，《岁月》2018 年第 4 期。

申志远

《击毙 1909》，《北方文学》2016 年第 4 期，第十届黑龙江省文艺奖三等奖。

赵仁庆

《融雪剂》，《北方文学》2015 年第 8 期，第二十六届“东丽杯”梁斌小说评选中篇小说一等奖、第十届黑龙江省文艺奖三等奖。

杨中华

《洗心经》，《中国作家》2013 年第23 期，2018 年获“中华铁人文学奖”。

三　短篇小说

刘浪

《去可可西里吃大餐》，人民文学出版社，2018。

薛喜君

《李二的奔走》，人民文学出版社，2018。

《雪蝴蝶》，《小说林》2017 年第5 期。

《雪夜晚钟》，《北方文学》2017 年第10 期。

廉世广

《春梦无痕》，《北方文学》2017 年第19 期。

《对影》，《北方文学》2018 年第10 期。

《迷局》，《小说林》2017 年第4 期。

《深藏不露的病灶》，《小说林》2018 年第5 期。

《聊斋新语》，《四川文学》2018 第3 期。

孙戈

《同堂》，《北方文学》2018 年第31 期。

袁炳发

《我的姑姑李婉花》，《小说林》2017 年第5 期。

杨力

《眼珠》，《小说林》2017 年第5 期。

王如

《雪花盛开》，《小说林》2017 年第5 期。

莎仆

《老成》，《小说林》2017 年第5 期。

张伟东

《疯爷的火车》，《小说林》2018 年第 1 期。

冯殿波

《又见阳光》，《小说林》2018 年第 1 期。

贾新城

《查无此人》，《小说林》2017 年第 2 期。

《转经轮》，《小说林》2018 年第 2 期。

尹成

《那些人》，《小说林》2017 年第 2 期。

庞壮国

《血色中午》，《小说林》2017 年第 2 期。

申志远

《二毛子彭大全》，《小说林》2018 年第 3 期。

孙且

《偏脸子辞典》，《北方文学》2017 年第 25 期。

《〈偏脸子辞典〉选》，《小说林》2018 年第 4 期。

《过路的鱼》，《北方文学》2018 年第 19 期。

王善常

《血鸟》《饿痨》《无处可逃》，《北方文学》2017 年第 1 期。

徐岩

《小酒馆》，《北方文学》2017 年第 7 期。

王鸿达

《木头》，《北方文学》2017 年第 28 期。

刘浪

《靠山河》，《北方文学》2017 年第 13 期。

《孪生兄弟》，《北方文学》2018 年第 22 期。

老长

《阁楼》，《北方文学》2018 年第 25 期。

陈力娇

《南磨房》，《北方文学》2017 年第 4 期。

《紫河殇》，《北方文学》2018 年第 19 期。

孔广钊

《弱势群体》，《小说林》2017 年第 4 期。

第十届黑龙江省文艺奖

二等奖

短篇小说集《长脖子女人》（作者：姜淑梅）

短篇小说集《马戏团的秘密》（作者：梁小九）

三等奖

短篇小说集《隐蔽在河流深处》（作者：袁炳发）

第十一届“哈尔滨天鹅文艺大奖”

二等奖

《弱势群体》（作者：孔广钊）

《西伯利亚蝴蝶》（作者：廉世广）

三等奖

《哈尔滨大侦探》（作者：温宏声）

《呼兰河畔》（作者：王明杰）

《睡醒虫》（作者：孙彦良）

《哈尔滨女人》［作者：孙艳萍（梵可）］

《别扯李格兰》（作者：韩亚庆）

四　纪实文学

张雅文

《妈妈，快拉我一把》，人民文学出版社，2018。

李云桥

《赵一曼传》，商务印书馆，2018。

孙莉

《迎着太阳行走——来自龙江第一村的报告》，黑龙江人民出版社，2017。

韩春华

《烈焰冰心》，黑龙江人民出版社，2017。

王利文

主编《大兴安岭铁道兵回忆录》，黑龙江人民出版社，2016。

赵国春

《沃野星空》，北方文艺出版社，2017。

孙且

《乌苏里船歌》，《北方文学》2018 年第 1 期。

《寻找》，《北方文学》2018 年第 7 期。

王鸿达

《铁人故乡的人们》，《石油文学》2018 年第 5 期。

五　网络文学

2017 年网络小说目录

耳根

《一念永恒》，2016. 4 ~ 2018. 2，起点中文网。

鱼人二代

《总裁校花赖上我》，2016. 5 至今，起点中文网。

梁不凡

《超品战兵》，2015. 11 ~ 2018. 8，纵横中文网。

康静文

《那些年我倒斗的日子》，2017，咪咕文学。

赵家浮生

《重生之完美未来》，2017.10至今，起点中文网。

花柒迟迟

《重生之锦绣皇后》，2016.3～2017.3，网易云阅读。

北汉

《修仙归来的神农》，2016.6至今，起点中文网。

吴半仙

《超级老爸》，2017，阿里文学。

长宇宙

《白杨往事》，2017.2～2017.4，晋江文学城。

2018年中国作协、黑龙江省作协会员网络小说目录

耳根

《三寸人间》，中国作家协会会员。

鱼人二代

《重生似水青春》，中国作家协会会员。

小刀锋利

《无疆》，中国作家协会会员。

胜己

《我是都市医剑仙》，中国作家协会会员。

梁不凡

《超品战兵》，中国作家协会会员。

康静文

《追凶猎人》，中国作家协会会员。

沐清雨

《翅膀之末》，中国作家协会会员。

唐吉诃巴

《最强召唤师》，黑龙江省作家协会会员。

蓝盔之恋

《维和战队》，黑龙江省作家协会会员。

三月海

《有权保持沉默》，黑龙江省作家协会会员。

吴半仙

《一掌定乾坤》，黑龙江省作家协会会员。

一纸虚妄

《旧木逢春》，黑龙江省作家协会会员。

秋日菠菜（晴若秋波）

《婚久必痒：总裁追妻路漫漫》，黑龙江省作家协会会员。

邢云刘水

《武侠乐园》，黑龙江省作家协会会员。

八匹

《天师打假协会》《重生之女配的富贵人生》，黑龙江省作家协会会员。

长宇宙

《小河山》，黑龙江省作家协会会员。

薛漠北

《汪！我才不会输给女孩子呢》，黑龙江省作家协会会员。

九朵蔷薇

《天价小女佣》，黑龙江省作家协会会员。

少年小蜗

《傲世无双》，黑龙江省作家协会会员。

谭天

《半仙科学家》，黑龙江省作家协会会员。

坐墙等红杏

《校花的修真强少》，黑龙江省作家协会会员。

姜杨行言

《系统重生：首席鬼医商女》，黑龙江省作家协会会员。

励志大黑鱼

《最强国术》，黑龙江省作家协会会员。

燃烧飞鹰

《鹰霸九霄》，黑龙江省作家协会会员。

袁大为

《抗日之兵王传说》，黑龙江省作家协会会员。

晓浅

《御天武帝》，黑龙江省作家协会会员。

伪戒

《正道潜龙》，黑龙江省作家协会会员。

温暖的裸色

《读心男友使用说明》，黑龙江省作家协会会员。

任恩硕

《听，花开的心跳声》，黑龙江省作家协会会员。

六　儿童文学

常新港

“小布老虎丛书”长篇小说《家有八只猴》，春风文艺出版社，2017。

“中华原创幻想儿童文学大系”短篇小说集《陶然的神秘旅行》，大连出版社，2017。

长篇小说《脚丫子发烧了》，北京教育出版社，2017。

短篇小说集《甘北朝北走》《儿子·父亲·守林人》《他和他永恒的朋友》《化妆的冬天》，安徽少年儿童出版社，2017。

童话《小芬的蝈蝈》（注音版），天天出版社，2017。

长篇小说《尼克代表我》，天天出版社，2018。

短篇小说集《灵魂草场之旅》，晨光出版社，2018。

长篇小说《一个传奇》，晨光出版社，2018。

短篇小说集《玻璃蛋中的那粒米》（注音版），中国和平出版社，2018。

黑鹤

《儿童文学》典藏书库·“自然之子”黑鹤原生态系列，包括3部长篇小说《鬼狗》、《叼狼》和《叼狼·疾风》，5部中短篇小说集《阿吉奈敖包下的狐》《冰湖之下》《守护者》《蒙古细犬和野猫》《猛犬都日波》，5本桥梁书《藏獒格桑》《野牦牛》《蒙古谣》《斑斓蒙古牛》《黄昏夜鹰》，中国少年儿童出版社，2017。

长篇小说《鬼狗》，明天出版社，2017。

长篇小说《驯鹿六季》，明天出版社，2017。

长篇小说《天鹅牧场》，明天出版社，2017。

长篇小说《驯鹿之国》，明天出版社，2017。

短篇小说《我在草原上的牧羊犬》（注音版），北京联合出版公司，2018。

短篇小说集《飞翔的窃贼》（注音版），北京联合出版公司，2018。

中篇小说《滑雪场的雪橇犬》（注音版），北京联合出版公司，2018。

长篇小说《中国童年：沐风于野》，新世纪出版社，2018。

《艾雅苏克河的猞猁》，明天出版社，2018。

《风之子》，新蕾出版社，2018。

《狼獾河》，新蕾出版社，2018。

《獾家族》，新蕾出版社，2018。

《克尔伦草原的狐獾家族》，新蕾出版社，2018。

长篇散文作品集《我的原始森林笔记》，人民文学出版社、天天出版社，2018。

《罗杰阿雅》，浙江摄影出版社，2018。

王左泓

长篇小说“导演手记系列”《一路狂奔》，中国少年儿童出版社，2017。

长篇小说《萤火虫河谷》，接力出版社，2018。

长篇小说《五色树》，接力出版社，2018。

王如

长篇小说《星星河》，石油工业出版社，2018。

王芳

长篇小说《倾听拔节的声音》，石油工业出版社，2018。

木糖

长篇小说《春知的地图》，石油工业出版社，2018。

杨中华

长篇小说《阳光照在路上》，石油工业出版社，2018。

赵春宏

长篇小说《屋顶上的青果》，石油工业出版社，2018。

林日暖

长篇小说《第三本日记》，石油工业出版社，2018。

七　小小说

袁炳发

《堂号》，《安徽文学》2017 年第 6 期。

《面孔》，《四川文学》2017 年第 8 期。

《大哥》，《红豆》2018 年第 1 期。

《同学》，《黄河文学》2018 年第 5 期。

安石榴

故乡人物三题《抱板皮的老胡头》《一对夫妻》《家属》，《百花园》2017 年第 3 期。

《关于脑洞我有话说》，《小小说选刊》2017 年第 13 期。

《天棚上的脚印》，《小小说选刊》2017 年第 22 期。

《碎玻璃》，《小小说选刊》2017 年第 23 期。

《九江和三傻子》《荣升和树宝》，《安徽文学》2017 年第 12 期。

《合租风波》（《蠢偷你有多二》），《啄木鸟》2017 年第 7 期。

《上元夜》，《百花园》2018 年第 2 期。

陈力娇

《偿还》，《小说月刊》2017 年第 1 期。

《狼谷》，《天池》2017 年第 2 期。

《姐姐的爱》，《天池》2017 年第 2 期。

《还你人民币》，《百花园》2017 年第 1 期。

《战争让女人走开》，《小说月刊》2017 年第 3 期。

《大陆新娘》，《小说月刊》2017 年第 5 期。

《南磨房》，《北方文学》2017 年第 4 期。

《出走的四姨太》，《青春阅读》2007 年第 8 期。

《会治病的疯嫂》，《小说月刊》2017 年第 7 期。

《炮台山遗骨》，《小说月刊》2017 年第 7 期。

《踢来踢去的球》，《小说月刊》2017 年第 12 期。

《秋之河》，《佛山文艺》2018 年第 3 期。

《魔窟》，《小说月刊》2017 年第 11 期。

《末路》，《小说月刊》2017 年第 2 期。

《丹高子的满洲悲伤》，《小说月刊》2018 年第 1 期。

《青春期功血》，《小说月刊》2018 年第 3 期。

《紫河殇》，《北方文学》2018 年第 19 期。

《对射》，《小说月刊》2018 年第 5 期。

田洪波

《米汤的梦》，《海燕》2017 年第 1 期。

《三岔口》，《时代文学》2017 年第 3 期。

《十年》，《安徽文学》2017 年第 6 期。

《入帮》，《小说月刊》2017 年第 8 期。

《望穿秋日》，《北方文学》2017 年第 9 期。

《套娃》，《春风文艺》2017 年第 4 期。

《1968》，《小说月刊》2017 年第 12 期。

《怎么回事》，《羊城晚报》2018 年 1 月 15 日。

《俺娘》，《小说月刊》2018 年第 2 期。

《香水梨香》，《天池小小说》2018 年第 7 期。

《一念间》，《小说月刊》2018 年第 6 期。

邴继福

《当过母亲》，《小小说大世界》2017 年第 5 期。

《兴安生死恋》，《林中凤凰》2018 年第 4 期，《2018 中国年度作品・微型小说》（现代版）选用。

牟喜文

《浪漫满城》，《小说月刊》2015 年第 12 期，2017 年《小小说选刊》转载。

警喻

《子孙大事》入选《2017 中国小小说年选》。

乡村民谣二题《正月里正月正》《三月是清明》，《章回小说》下旬刊（纯文学版）2018 年第 6 期。

乔迁

《于二反正》，《百花园》2017 年第 5 期。

《今晚儿吃啥呀》，《山东文学》2018 年第 8 期。

鸿鸣

《举报信》，《文学百花苑・微刊精选》2017 年第 2 期。

《老榆树》，《湘乡文学》2017 年第 2 期。

《为了孩子》，《百花园》2017 年第 11 期。

《进城找老党》，《三门峡日报》（副刊）2017 年 11 月 22 日。

《守护》，《百花园》2017 年第 7 期，入选《2017 年中国微型小说排行榜》（第 97 名）。

《响箭》，《文学百花苑・微刊精选》2017 年第 5 期。

《换岗》，《党的生活》（黑龙江）2017 年第 4 期。

《套》，《小小说出版》2017 年第 1 期。

《老榆树》，《精短小说》2017 年第 7 期、《湘乡文学》2017 年第 2 期。

《陶大夫》，《湘乡文学》2017 年第 3 期。

《女交通员》，《文学百花苑·微刊精选》2017 年第 6 期。

《心灵的空间》，《小小说出版》2017 年第 2 期。

王哲

《刘三》，《海燕》2018 年第 6 期。

《老实人》，《小说林》2018 年第 3 期。

隋荣

《王大麻花》，《海燕》2018 年第 4 期。

《羊儿地图》，《小说林》2018 年第 5 期。

李季（笔名季节）

《英雄》，《海燕》2017 年第 6 期。

《丁叔》，《小说林》2018 年第 3 期。

张碧岩（又名长白山）

《家》《妈妈的灯》，《长春日报》2018 年 6 月 10 日。

勾连颖

《一桩悬案》《纸蝴蝶》，《海燕》2018 年第 2 期。

刘红敏

《杀手》，《双鸭山日报》2018 年 8 月 28 日。

于博

《关于一匹枣红马的记忆》，《海燕》2018 年第 8 期、《小说选刊》2018 年第 10 期。

柴亚娟

《生命》，《小说林》2017 年第 4 期。

《倔驴杨二》，《岁月》2018 年第 2 期。

王立红

《天使》，《玉融文学》2017 年第 4 期。

《血战无人岛》，《海洋日报》2017 年 3 月 16 日。

《妖精》，《小说月刊》2017 年第 7 期。

《妈妈的味道》，《文学少年》2018 年第 1 期。

《航》，《文学少年》2018 年第 9 期。

高振霞

《守望》，《海燕》2017 年第 4 期。

《呼唤》，《精短小说》2018 年第 1 期。

顾长虹

《葬礼》，《海燕》2017 年第 5 期。

《山爷》，《芒种》2018 年第 9 期。

任家范

《祭》，《海燕》2018 年第 5 期。

八　诗歌

安澜

《我的烟火人生》（组诗），《北方文学》2018 年第 2 期。

《敬一杯夕阳给晚晴》（组诗），《诗潮》2018 年第 4 期。

《我的烟火人生》（组诗），《上海诗人》2018 年第 2 期。

《我是一个草民》（组诗），《石油文学》2018 年第 3 期。

《草木人间》（组诗），《草堂》2018 年第 8 期。

《草木人间》（组诗），《草原》2018 年第 9 期。

《敬一杯夕阳给晚晴》（组诗），《岁月》2018 年第 10 期。

《小兴安岭》（组诗），《椰城》2018 年第 11 期。

包临轩

诗集《蓝钟花》，人民文学出版社，2018。

诗集《包临轩诗选——常春藤诗丛之一》，太白文艺出版社，2018。

《冬天的景深》（组诗），《作家》2018 年第 7 期。

陈爱中

《呼兰中雨》（外三首），《生活报》2018 年 5 月 6 日。

《石榴》（外两首），《扬子江诗刊》2018 年第 3 期。

《陈爱中的诗》，《远东文学》2018 年第 1 期。

《那一朵雪花》（散文），《北大荒文化》2018 年第 1 ~2 期合刊。

《莫斯科广场》（外两首），熊国华选编《国际华文微诗选粹》，大世界出版公司，2018。

《陈爱中诗七首》，《北极光》2018 年第 5 期。

《陈爱中的诗》，杨勇、杨拓主编《东北亚》（2018 年卷）。

《晚祷》（组诗），《北大荒文化》2018 年第 11 期。

曹立光

《零下三度的夜》（组诗），《草堂》2018 年第 6 期。

《老子》（组章），《星星·散文诗》2014 年第 4 期。

《向每个清晨致敬》（外一首），《中国文化报》2018 年 4 月 10 日。

《没有炊烟的村子》（组诗），《中国诗人》2018 年第 3 期。

《农家纪事》（组诗），《黑龙江日报》天鹅副刊 2018 年 7 月 14 日。

《脊梁：石油的光芒》（组诗），《铁人文学》2018 年第 5 期。

《被海守护的国土》（组诗），《大地文学》2018 年第 10 期。

《曹立光的诗》（组诗），《岁月》2018 年第 1 期。

《在火苗中埋下爱》（组诗），入选《中国地学诗歌双年选 2015 ~2016》。

《曹立光的诗》（组诗），入选《中国新诗 2017》。

《曹立光的诗》（组诗），入选《2017 中国诗歌年选》。

散文诗《下午三点钟的纬二路》，入选《2017 散文诗选粹》。

散文诗《这些你没有看见》（组章），入选《2017 中国年度散文诗》。

散文诗《风，吹动银河》（外二章），入选《2017 年度作品·散文诗》。

陈陈相因

《一封来自〈字之坟〉的写着“求我用典”的信》（外一首），《北斗诗刊》2018 年第 1 期。

陈泰灸

《雪猎》（外一首），《诗林》2018 年第 1 期。

《陈泰灸的诗》（组诗），《大河诗歌》2018 年第 1 期。

《夏天的几个瞬间》（组诗），《天津诗人》2018 春之卷。

《松鹤图》（二首），《中华诗词》2018 年第 2 期。

《这个冬天　我只负责滴水成冰》，《诗刊》2018 年第 3 期。

《伊比利亚日记》（组诗），《广州文艺》2018 年第 8 期（《诗选刊》转载）。

《初恋》（中罗对照），罗马尼亚《萨图马雷报》2018 年 9 月 21 日。

《漾濞核桃》（二首），《诗刊》2018 年第 10 期。

《茅台镇　我四次从赤水河上走过》，《华声晨报》2018 年 10 月 25 日。

《青海湖　我高原的女人》（二首）（中英对照），新西兰 *Catalyst* 2018 年第 15 期。

《欧洲日记》（二首），《星星》2018 年第 12 期。

刁江波

《垂老的尊严》（组诗），《中国诗人》2018 年总第 154 期。

《最痛》《今晚会下雪》，《石油文学》2018 年第 2 期。

《起名字》，《大庆油田报》2018 年 9 月 26 日。

《雪城》《隔着海的距离》，《先锋》诗刊｜诗歌精选｜2018 年总第 121 期。

冯晏

《被灵魂所信赖所爱》（组诗），《作家》2018 年第 8 期。

诗集《碰到物体上的光》，人民文学出版社，2018。

方勇

《静时光》，《散文诗》（青年版）2018 年第 2 期。

《梦醒十分》，《散文诗》（青年版）2018 年第 2 期。

《即便如此》，《散文诗》（青年版）2018 年第 2 期。

《夜雨》，《散文诗》（青年版）2018 年第 2 期。

《最后事宜》，《散文诗》（青年版）2018 年第 2 期。

《假象》，《散文诗》（青年版）2018 年第 2 期。

《渡客》，《散文诗》（青年版）2018 年第 2 期。

《致命罂粟》，《散文诗》（青年版）2018 年第 2 期。

《答案》,《散文诗》(青年版)2018 年第 2 期。

《那时》,《人生》2018 年第 12 期。

高也深

《羊群，从身边走过》(外一首),《琥珀诗报》2018 年第 1 期。

《风·声》(组诗六首),《北方文学》2018 年第 16 期。

《把江南的春天塞进一列火车》(组诗),《菉溪文学季刊》2018 年夏季号。

《夜访湛山寺》，入选《诗参考》年度诗歌。

郭富山

《归乡》,《星星》2018 年第 1 期。

《城市里可以看见的良心》等 5 首,《诗林》2018 年第 3 期。

《答案》等 5 首,《江海诗人》第 1 辑，2018。

《抵达》(诗集)，时代文艺出版社，2018。

红雪

《心底的歌》,《解放军报》(“长征”副刊)2018 年 2 月 8 日。

《家的方向》(三首),《草堂》2018 年第 3 期。

《小寒》(二首),《诗选刊》2018 年第 9 期。

《随风而逝》,《世界日报》2018 年 2 月 20 日。

《回家》,《华西都市报》(“宽窄巷”副刊)2018 年 2 月 24 日。

《住进碑里的人》(组诗),《辽河》2018 年第 4 期。

《春天素描》(长诗),《重庆晚报》(“夜雨”副刊)2018 年 4 月 16 日。

《落花流水》(诗歌),《火花》2018 年第 5 期。

《这里是中国的北方》(长诗),《岁月》2018 年第 10 期。

《大庆记》(长诗),《石油文学》2018 年第 5 期。

《从前》(组诗),《牡丹》2018 年第 9 期。

《天涯与海角》(三首),《椰城》2018 年第 8 期。

《奔波在农事里的节气》(组诗),《华西都市报》2018 年 8 月 18 日。

《时光书：大庆成长记》(长诗),《中国石油报》2018 年 11 月 2 日。

《慢下来》（三首），《香山诗刊》“2018 年中国诗人桂冠诗”。

《秋》（三首），《重庆勘探开发》2018 年 3 月 2 日。

《水是靠不住的》（三首），《鉴湖》2018 年第 1 期。

《兴城书》，《辽西风》2018 年第 4 期。

《奔波在农事里的节气》（组诗），《挠力河》2018 年第 3 期。

《北大荒，我是来朝拜的》（组诗），《东北风》2018 年第 4 期。

《总有一些滋味回到百草》（组诗），《鹰山文学》2018 年第 3 期。

《周庄：流淌着黑白时光》，毕福堂主编《记忆乡愁·诗意周庄　全球华语诗歌大赛获奖作品集》，团结出版社，2018。

《宁小铺屯》（组诗），《诗东北》（2018 年夏季卷）。

《新诗的“三驾马车”与“四不原则”》（诗论），《解放日报》2018 年 5 月 24 日。

《新诗的“三驾马车”与“四不原则”》（诗论），《海燕》2018 年第 2 期。

2018 年 1 月 8 日黑龙江评论家协会、《文艺评论》举办红雪诗集《碑不语》研讨会，并在 2018 年第 3 期《黑龙江作家》“文学人物”专栏加“编者按”，刊发 8 名评论家评述红雪诗歌小辑。

苦海

《我愿意去大海生一场病》，《中国校园文学》2018 年第 9 期。

《久别回到故乡》（组诗），《时代报告（奔流）》2018 年第 8 期。

《我向天再要五百年》，《湛江文学》2018 年第 12 期。

《不必有伯乐，青山自巍峨》，《诗歌周刊》2018 年第 305 期。

《真假崔永元》，《诗歌周刊》2018 年第 332 期。

《他要把邮件递送到光亮处》（外一首），《巢》2018 年第 1 期。

《春风袭来，枯草深处涌出马蹄》（组诗），《小兴安岭》2018 年第 2 期。

《今夜，明月从南方升起》，《西楚文艺》2018 年第 2 期。

《一棵树把四季安排得那么合理》，《南来北往》2018 年第 7 期。

《东北家乡》（组诗），《林海文学》2018 年第 3、4 期。

《我手中的两张卧铺票更换了美丽》（又名《卧铺》）、《火车，凋谢的红玫瑰》，《大平原诗刊》2018 年第 1 期。

《流水带不走沉潜的星光》（外二首），《当代教育》2018 年第 3 期

《分水岭》（外一首），《兴化文学》（原名《楚风》）2018 年第 1 期。

《请把我的碑文刻在暴力拆迁的砖石上》《终于把自己喝成一壶毒酒》，《狼域》2018 年第 5 期。

《蓝色雪夜上的灯光》，《大平原诗刊》2018 年第 6 期。

《一首不知篇名的诗歌》，《中国民间短诗》创刊号。

《都市大街上的夫妻清洁工》（组诗），《天涯诗刊》2018 年第 4 期。

诗歌《我在蓝天上伐过木》，2018 年 4 月在清风笺文学网的“七仙女·十大才子”文学大赛中获得“十大才子奖”第三名。

《东北家乡》（组诗），获得黑龙江省海林市二十八届“林海雪原”端午诗会诗歌大奖赛二等奖。

《现在过年大街上看不见人》，获得中国文明出版社主办、湖北十堰新梦文化传媒公司承办、荆楚文艺杂志社协办的 2018 年“年味”主题全国文学作品征文大赛诗歌组三等奖。

《月光从花朵移到我的床上》，在“醉毫文艺”平台的 2018 年 9 月中秋“家乡月更圆”征文活动中获得二等奖。

《今夜，明月从南方升起》，2018 年在《西楚文艺》举办的“情系中华·诗韵神州”中秋诗会征文中获得“好作品”奖。

《我的一生》（又名《我替所有的人活过一生》），入选《中国诗歌排行榜》；入选《中国新诗·歌谣卷》，中国诗歌学会，2018。

《故乡，我偷情也要回去的地方》（组诗），入选周鹏程主编《中国当代乡愁诗歌精选》，2018。

《离开故乡，星耀苍穹》，入选《新时代，我们与你在一起》，中国诗歌学会，2018。

《背光》，入选《新诗路·诗人年鉴》2017 年总第 2 期。

《一首不知篇名的诗歌》，入选《中国百年诗人新诗精选》，吉林文史出版社，2018。

《野玫瑰之美在于被凌辱被虐待》，入选《中国乡村诗选编》，中国艺文出版社，2018。

《只要还有一轮红红的夕阳》，入选中国诗歌大展《我在手机的那一端》，文汇出版社，2017。

《一首不知篇名的诗歌》，入选《中国诗歌年选2018卷》，团结出版社，2018。

梁久明

《土地上的居住》（四首），《岁月》2018年第2期。

《盛满月光的院子》（六首），《诗探索》第2辑，九州出版社，2018。

《土地上的居住》（诗集），哈尔滨工程大学出版社，2018。2018年获第三届“诗探索·春泥诗歌奖”。

梁潇霏

《稻草雪人》，《诗刊》2018年第6期。

《渐次清明》，《扬子江》2018年第3期。

《流水的声响》（组诗），《北方文学》2018年第13期。

《白杨树的花朵》（组诗），《福建文学》2018年第8期。

《高棉的微笑》（组诗），《诗林》2018年第2期。

《朝日殿夜雨》，《群岛2018诗年卷》，文汇出版社，2018。

《流逝》，《火花》2018年第5期。

《花事》，《人民铁道》2018年6月21日。

《七月》，《2019年中国新诗日历》，江西高校出版社，2018。

梁梓

《我的村庄，我的物语》（组诗），《诗探索》2018年第4期，获第八届“诗探索·中国红高粱诗歌奖”。

《刺头》《乌鸦》，《诗林》2018年第5期。

《来自西塘石皮弄的遐想》，《诗刊》2018年第6期。

落雪

《洗时间》，《中国诗人》2018年第6期。

《剥皮师》,《中国诗人》2018 年第 6 期,《2018 奔腾诗歌年鉴》收录。

《无根之水》,《中国诗人》2018 年第 6 期。

《镜子后面》,《白天鹅诗刊》2018 年第 1 期。

《暮年》,《白天鹅诗刊》2018 年第 1 期。

《静坐记》,《湛江文学》2018 年第 9 期。

《绳子》,《岁月》2018 年总第 361 期、《中国诗影响》2018 年总第 6 期、《白天鹅诗刊》2018 年第 1 期。

《父亲与牛》,《2018 奔腾诗歌年鉴》收录。

《后来》,《湛江文学》2018 年第 9 期,《2018 奔腾诗歌年鉴》收录。

《瓦解》,《香港·流派》2018 年第 7 期。

潘永翔

《身边》(组诗),《海燕》2018 年第 2 期。

《写给自己》(组诗),《鹿鸣》2018 年第 5 期。

《身边》(组诗),《诗选刊》2018 年第 5 期。

《与雪为邻》(组诗),《天津文学》2018 年第 5 期。

《潘永翔的诗》,《关东诗人》2018 年冬季号。

《春天的雨滴》(组诗),《岁月》2018 年第 10 期。

《遥想敬亭山》(外一首),《人民文学》2018 年增刊。

孙道真

《雨水谣》(外一章),《诗选刊》2018 年第 6 期。

《杏花谷》(组诗),《北方文学》2018 年第 31 期。

《桃花开在桃花上》,《河埠头·塘河文学专刊》2018 年总第 7 期。

《孙道真诗选》(二十三首),《北方诗刊》2018 年第 2 期。

《季节、万物和我》(组诗),《青年文学家》2018 年第 11 期。

《孙道真诗选》(五首),《北方诗刊》2018 年第 1 期。

《听眼泪流过的声音》(随笔),《鹤城晚报》2018 年 9 月 18 日。

孙英辉

《与爱情相逢》(组诗),《石油文学》2018 年第 1 期。

《幻想的花朵》（组诗），《当代人》2018 年第 2 期。

《遇见美好》（组诗），《岁月》2018 年第 5 期。

《短诗两首》，《海燕》2018 年第 7 期。

《我们是寻找童话的孩子》（组诗），《北方文学》2018 年第 19 期。

《跟着希望回家》（组诗），《岁月》2018 年第 10 期。

王国良

《晚风吹过黄昏》，《星星·诗歌原创》2018 年第 12 期。

《松花江》（外二章，散文诗），《星星·散文诗》2018 年第 10 期。

《黄河谣》，《延河》2018 年第 7 期。

《雨中牧人》，《大地文学》2018 年第 4 期。

《铁人雕像》（组诗），《地火》2018 年第 2 期。

《坐在土炕上喝酒》（组诗），《岁月》2018 年第 2 期。

《浪淘沙》（组诗），《岁月》2018 年第 10 期。

《印》（组诗），台湾《秋水诗刊》总第 175 期，2018 年。

《一株玉米》《秋天的重量》，《大别山诗刊》2018 年第 3 期。

《母性的湖》（组诗），《油脉》2018 年第 2 期。

《晚风吹过黄昏》（组诗），《执手文学》2018 年第 5 期。

《背着月亮回家》，《中国乡村》2017 年第 2 期。

《日出》（组诗），《河南诗人》2017 年 10 月号。

《诗歌三首》，《四川诗歌》2018 年春季号。

《杏花开满山谷》（外二首），《湛江文学》2018 年第 7 期。

《低调的黄昏》《老家》，《汉诗界》2018 年第 3 期。

《落日下的故乡》，《山东诗人》2017 年冬季号。

《乌兰布统草原》（散文诗），《山东诗人》2018 年夏季卷。

《黄河入海口》（组诗），《中国诗影响》2018 年第 1 期。

《脚印》，《长江诗歌》2018 年第 1 期。

《秋到深处》（组诗），《湍河文学》2018 年第 1 期。

《山路》（外一首），《开发区文学》2018 年第 1 期。

《两个人的长征》，《八公山文学》2018 年总第 2 期。

《窗前的糖槭树》《遗忘的小路》《安静的树》《小满》，《小拇指》2018 年第 1 期。

《雪地》《树挂》《让冬天飞起来》，《大西北诗人》2018 年第 1 期。

《镜缘》（组诗），《凤垭山》2018 年春季号。

《雪地》，《诗坛》2018 年第 3 期。

《木化石》《归来的草原》《杏花开满山谷》《五月的芬芳》，《诗海潮》2018 年第 1 期。

《东北乡》（组诗），《上饶文艺》2018 年总第 11 期。

《松花江》《黄河谣》《日出》，《新玄幻诗刊》2018 年第 3 期。

《与父亲在镜子里相遇》《晚风吹过黄昏》，《水仙花诗刊》2018 年第 4 期。

《徒步咸盐湖》（散文诗），《辽西风》2018 年第 3 期。

《下雪的时候》（组诗），《中外文艺》2018 年第 1 期。

《六月来了》，《青岛当代文学》2018 年第 2 期。

《五月的芬芳》，《青岛当代文学》2018 年第 3 期。

《藏在时光里的画面》（组诗），《华星诗谈》2018 年第 3 期。

《夕照故乡》（组诗），《星星草》2018 年第 1 期。

《飘》，《星星草》2018 年第 2 期。

《母亲的君子兰》（组诗），《星星草》2018 年第 3 期。

《故乡的背面》《日出》，《草根诗刊》2018 年第 4 期。

《卖西瓜的女人》，《辽宁省个体私人经济》2018 年第 9 期。

《桃木梳子》《路边草》《杏花开满山谷》《影子》，《水月北湖》2018 年第 1 期。

《散文诗四章》，《中国魂·散文诗》2018 年第 2 期。

《东北乡》，《江柳文学》2018 年第 2 期。

《红月亮》《老屋》，《开发区文学》2018 年第 3 期。

《故乡的背面》《落日下的故乡》，《开发区文学》2018 年第 4 期。

《密集的雨点像一群小狗》（外二首），《老爷山》2018 年第 3 期。

《黄河谣》，《速读》2018 年总第 120 期。

《密集的雨点像一群小狗》（组诗），《香稻诗报》2018 年总第 141 期。

《壶口瀑布》《松花江》《乌兰布统草原》《呼伦贝尔草原》，《泰山诗人》2018 年第 9 期。

《杏花开满山谷》，《鸡西矿工报》2018 年 8 月 2 日。

《唢呐吹过星光》《鲅鱼圈的广场舞》，《湖北诗刊》2018 年第 1 期。

《喊声娘》（组诗），《四川人文》2018 年第 2 期。

《两个核桃》（组诗），《太阳河》2018 年第 4 期。

《下雪的时候》《雪村》《听雪》，《大平原诗刊》2018 年第 10 期。

《远去的山村》（外二首），《如云诗刊》2018 年创刊号。

《坐看拉萨河》《母亲的梳子》，《中华山诗刊》2018 年第 2 期。

《黄河入海口》《壶口瀑布》《黄河谣》《坐看拉萨河》，《大楚文学》2018 年 10 月号。

《故乡的背面》《白桦林》，《黑龙江林业报》2018 年 11 月 7 日、《园林春》副刊。

《雪地》《雪松》，《黑龙江林业报》2018 年 12 月 5 日、《园林春》副刊。

《雪地》，《营口日报》（副刊）2018 年 3 月 2 日。

《唢呐吹过星光》，《营口日报》（副刊）2018 年 9 月 6 日。

《再坚持一下》《一杯茶》《落叶上的落叶》《倒着走》等 6 首，《营口日报》（副刊）2018 年 12 月 2 日。

《松树下》《扭秧歌》《挖野菜》，《诗歌周刊》2018 年第 307 期。

《壶口瀑布》（散文诗），《诗歌周刊》2018 年第 318 期。

《风景里的风景》《唢呐吹过星光》《望儿山》，《诗歌周刊》2018 年第 328 期。

《诗人李琦》《诗人桑克》《诗人潘红莉》，《诗歌周刊》2018 年第 332 期。

《倒着走》《风在吹》《沉默的山》《以秋风相逼》，《诗歌周刊》2018

年第335～336期合刊。

《大庆的雪》（外二章），《诗歌周刊》2018年第333期。

《人到中年》，《诗歌周刊》2018年第337期。

《黄河入海口》，《诗歌周刊》2018年第338～339期合刊。

《一杯茶》，《诗歌周刊》2018年第340期。

王志娟

《王志娟的诗》，《北方文学》2018年第9期。

杨河山

《暴雪之夜》（九首），《诗林》2018年第1期。

《电车四处行驶》（组诗），《远东文学》2018年第1期。

《诗人》，《2017中国诗歌年选》，花城出版社，2018。

《有人演奏》，美国《新大陆》2018年总第165期。

《为什么我要书写这个城市》（随笔），《诗林》2018年第4期。

《在绥化新华乡看见一辆废弃的坦克》（组诗），《小兴安岭》2018年第4期。

《听曾侯乙编钟》，美国《新大陆》2018年总第167期。

《杨河山诗十首》，《诗悦读》（2017～2018双年卷），浙江文艺出版社，2018。

《说起》，《北方文学》2018年第19期。

《一只丹顶鹤起飞时的诗意解释》（组诗），《岁月》2018年第10期。

《诗人的地域性写作》（随笔），《北方诗人》2018年第1期。

《一座1935年的红砖房》（组诗），美国纽约《中外诗人》2018年第2期。

《走松花江铁路大桥》（组诗），《人民铁道》2018年11月15日。

《间谍之城——哈尔滨诗十二首》（组诗），《北方诗人》2018年第12期。

杨勇

《慈母诗》（组诗八首），《广州文艺》2018年第6期。

《煤渣及其它》（组诗六首），《阳光》2018 年第 10 期。

《丰登》，《西部》2018 年第 6 期。

《边境纪事》、《农事诗》（组诗二十首），《北方文学》2018 年第 12 期。

《魔术师》（组诗五首），《诗林》2018 年第 4 期。

《农事诗》（组诗五首），《黑龙江日报》2018 年 10 月 17 日。

《艺术，未完成的故事——对艺术几个关键词的新观察》（文艺评论），《南腔北调》2018 年第 1 期。

《纸世界》（散文），《阅读时代》2018 年第 10 期。

《诗三首》，广州《诗词报》2018 年 4 月 15 日。

《诗三首》，浙江《鉴湖》2018 年第 3 期。

《腹语》（组诗八首），《群岛》2018 年第 4 期。

《梦之诗》（组诗八首），《小兴安岭》2018 年第 4 期。

《随笔四则》，《岷州文学》2018 年第 12 期。

《顺手写写光阴》（组诗四首），《中国汉诗》2018 年第 1 期。

《弗朗茨·卡夫卡》，《2007—2017 中国诗歌版图》，成都时代出版社，2018。

《7 月 29 日还乡，夜雨里想起母亲》，《群岛 2018 诗年卷》，文汇出版社，2018。

《途中书》（组诗十一首），《中国诗人》2018 年第 3 期。

《夜雨寄北》，《2019 天天诗历》，中国青年出版社，2018。

《愚人节》（组诗七首），《新丝路诗人年鉴》2017 年总第 2 期。

《杨勇的诗》（五首），《中外诗人》2018 年总第 2 期。

《南山书》，《2018 年中国诗歌精选》，长江文艺出版社，2018。

《纸世界》（散文），获湖北省“光辉历程·书香筑梦”纪念改革开放 40 周年有奖征文大赛一等奖。

《边境纪事》、《农事诗》（组诗二十首），获黑龙江省作家协会庆祝改革开放 40 周年主题征文一等奖。

《冬日的波格拉尼奇内》，获中国首届“东西方诗人奖”优秀奖。

杨美宇

《生活片断》（组诗），《朔方》2018 年第 8 期。

《捅蚂蚁的小孩儿》，《天津诗人》（2018 夏之卷），团结出版社，2018。

张静波

《月亮被风擦出雪沫》（五首），《诗林》2018 年第 6 期。

《时间挂在白茫茫的寂静里》（三首），《岁月》2018 年第 10 期。

《俄罗斯风情小镇》，《2018 天天诗历》，中国青年出版社，2017。

张永波

《致敬》（组诗），《阳光》2018 年第 3 期。

《夕阳》，《滇池》2018 年第 3 期。

《盗梦者》，《滇池》2018 年第 3 期。

《在春天写诗……》，《牡丹》2018 年第 5 期。

《领通》，《诗潮》2018 年第 7 期。

《这么多年》，《诗林》2018 年第 4 期。

《立冬》，《绿洲》2018 年第 1 期。

《申请》，《中国财经报》（副刊）2018 年 5 月 21 日。

《从容》，《中国国土资源报》（副刊）2018 年 4 月 15 日。

《雪野有一群物探人》，《中国石油报》（副刊）2018 年 3 月 15 日。

舟自横

《与带鱼对话》，《诗刊》2018 年第 6 期。

《大海退回玄想之中》（组诗），《广州文艺》2018 年第 12 期。

《浮光》（组诗），《石油文学》2018 年第 1 期。

《山居》（组诗），《鹿鸣》2018 年第 5 期。

《成长》，《延河》2018 年第 6 期。

《时光地》（组诗），《岁月》2018 年第 2 期。

《故乡》（散文诗组章），《中国诗人》2018 年第 1 期。

《啄木》（散文诗组章），《星星·散文诗》2018 年第 8 期。

《遗址与废墟》（散文诗组章），《散文诗》2018 年第 1 期。

九　影视文学

金姝慧

《林海雪原》，红色剿匪传奇电视剧，中共黑龙江省委宣传部、黑龙江广播电视台、黑龙江广播影视传媒集团有限公司、北京吉安永禾影视有限公司出品，2017 年 6 月播出。荣获 2017 年美国亚洲影视联盟“金橡树奖”优秀电视剧奖；中美电视剧“金天使”奖；2017 年国剧盛典“十佳优秀电视剧奖”；广西卫视“2017 年度最受广西观众喜爱的电视剧奖”；2017 年度最有影响力电视；国家新闻出版广电总局优秀电视剧；2018 年第十届黑龙江省文艺奖一等奖。

余飞、许伟才（哈尔滨）

《剃刀边缘》，谍战剧。

韩炜（广东）、韩松、马海建

《第一声枪响》，抗战剧。

董成鹏、苏彪（哈尔滨）

《缝纫机乐队》，喜剧故事片。2017 年乔杉获第四届中澳国际电影节最受欢迎男演员奖；2018 年第 21 届上海国际电影节亚洲新人奖中，大鹏获最佳导演提名奖，曲隽希获最佳女演员提名奖。

杨子（黑龙江宝泉岭）

《我是马布里》，故事片，2017 年 8 月播出。2017 年马布里荣获第 20 届上海国际电影节最具潜力新人男演员奖。该片荣获第 13 届北京国际体育电影周“最受媒体关注的故事片”奖。

乙福海（哈尔滨）

《仓央嘉措》，电影剧本。2017 年荣获了“夏衍杯”优秀电影剧本“潜力电影剧本”奖。

《永远的记忆》，电影剧本。2016 年荣获首届“八一杯”中国军事题材电影剧本“优秀剧本”三等奖。

皮 书

智库报告的主要形式
同一主题智库报告的聚合

皮书定义

皮书是对中国与世界发展状况和热点问题进行年度监测，以专业的角度、专家的视野和实证研究方法，针对某一领域或区域现状与发展态势展开分析和预测，具备前沿性、原创性、实证性、连续性、时效性等特点的公开出版物，由一系列权威研究报告组成。

皮书作者

皮书系列报告作者以国内外一流研究机构、知名高校等重点智库的研究人员为主，多为相关领域一流专家学者，他们的观点代表了当下学界对中国与世界的现实和未来最高水平的解读与分析。截至 2020 年，皮书研创机构有近千家，报告作者累计超过 7 万人。

皮书荣誉

皮书系列已成为社会科学文献出版社的著名图书品牌和中国社会科学院的知名学术品牌。2016 年皮书系列正式列入“十三五”国家重点出版规划项目；2013~2020 年，重点皮书列入中国社会科学院承担的国家哲学社会科学创新工程项目。

S 基本子库
UB DATABASE

中国社会发展数据库（下设 12 个子库）

整合国内外中国社会发展研究成果，汇聚独家统计数据、深度分析报告，涉及社会、人口、政治、教育、法律等 12 个领域，为了解中国社会发展动态、跟踪社会核心热点、分析社会发展趋势提供一站式资源搜索和数据服务。

中国经济发展数据库（下设 12 个子库）

围绕国内外中国经济发展主题研究报告、学术资讯、基础数据等资料构建，内容涵盖宏观经济、农业经济、工业经济、产业经济等 12 个重点经济领域，为实时掌控经济运行态势、把握经济发展规律、洞察经济形势、进行经济决策提供参考和依据。

中国行业发展数据库（下设 17 个子库）

以中国国民经济行业分类为依据，覆盖金融业、旅游、医疗卫生、交通运输、能源矿产等 100 多个行业，跟踪分析国民经济相关行业市场运行状况和政策导向，汇集行业发展前沿资讯，为投资、从业及各种经济决策提供理论基础和实践指导。

中国区域发展数据库（下设 6 个子库）

对中国特定区域内的经济、社会、文化等领域现状与发展情况进行深度分析和预测，研究层级至县及县以下行政区，涉及地区、区域经济体、城市、农村等不同维度，为地方经济社会宏观态势研究、发展经验研究、案例分析提供数据服务。

中国文化传媒数据库（下设 18 个子库）

汇聚文化传媒领域专家观点、热点资讯，梳理国内外中国文化发展相关学术研究成果、一手统计数据，涵盖文化产业、新闻传播、电影娱乐、文学艺术、群众文化等 18 个重点研究领域。为文化传媒研究提供相关数据、研究报告和综合分析服务。

世界经济与国际关系数据库（下设 6 个子库）

立足“皮书系列”世界经济、国际关系相关学术资源，整合世界经济、国际政治、世界文化与科技、全球性问题、国际组织与国际法、区域研究 6 大领域研究成果，为世界经济与国际关系研究提供全方位数据分析，为决策和形势研判提供参考。

法律声明